故事会

2011 · 43

（总第 478-481 期）

合订本

I0553135

STORIES

上海故事会文化传媒有限公司　出品

图书在版编目(CIP)数据

2011《故事会》合订本.43/《故事会》编辑部编.
上海: 上海锦绣文章出版社, 2011.4
ISBN 978-7-5452-0858-0

Ⅰ.① 2… Ⅱ.①故… Ⅲ.①故事–作品集–中国–当代 Ⅳ.Ⅰ① 1247.8

中国版本图书馆 CIP 数据核字（2011）第 056433 号

责任编辑: 刘迎曦
封面设计: 李宝强
责任督印: 张　凯

2011 故事会合订本 43
（总第 478–481 期）

《故事会》编辑部　编

上海锦绣文章出版社 · 上海故事会文化传媒有限公司出版
地址: 上海绍兴路 74 号
电子信箱: gushihui@263.net
网址: www.slcm.com

中国图书进出口上海公司发行
地址: 上海市广中路88号
电话:36357888
ISBN 978-7-5452-0858-0/Ⅰ · 297

478

2011
SEMIMONTHLY
上半月刊

1月

STORIES

欢迎登录本刊主办的"故事中国网"(www.storychina.cn)

2011年1月
上半月·红版

何承伟: 社 长、主 编

夏一鸣: 副社长

吴 伦: 常务副主编(兼绿版负责人)
姚自豪: 副主编(兼红版负责人)

本期责任编辑: 吕 佳

电子邮箱: lujia411@yahoo.com.cn

红版发稿编辑:

姚自豪 郑继文 叶小萌 李天然

美术编辑: 李宝强

电脑制作: 郭瑾玮

通 联: 归依玲

本社办公室电话: 021-64375030

上半月刊编辑部电话: 021-64332325

下半月刊编辑部电话: 021-64336469

(上海市绍兴路74号 邮编: 200020)

主管、主办: 上海文艺出版(集团)有限公司

出版单位:《故事会》编辑部

发行范围: 公开

制作、发行总监: 张 凯

电话: 021-64313930

广告业务: 上海故事会文化传媒有限公司

广告总监: 张 淮

广告业务: 021-34010383

广告投诉: 021-64333738

广告经营许可证

沪工商广字3100320080016号

发行: 中国图书进出口上海公司

·笑话·

妙对谣言

有个大嫂经常在邻里间传一些捕风捉影的事，好几对夫妻因为听了大嫂的谣言而大吵大闹，但住在大嫂隔壁的一对小夫妻却从没有受到影响。

这天，有人来小夫妻家做客，问起他们为何能不受影响，丈夫笑着说："因为我老婆姓陈，左耳陈；我姓郑，右耳郑。"客人奇怪了："那又怎么样？"

丈夫笑道："那些缺德的谣言传到我们这里，就会'左耳朵进，右耳朵出'。"　　（汪　杰）

（本栏插图：包丰一）

检查产品

一天，质监局局长去检查老鼠药的生产情况，他让各厂家用自己生产的鼠药喂老鼠，看效果如何。

经过两天"临床实验"，只有一只老鼠死了，其他老鼠都活蹦乱跳。

局长勃然大怒，立刻下令："把那只死老鼠吃的药列为合格产品，其余的统统停业检查！"

这时，秘书吞吞吐吐地说："可是……局长，那只老鼠是撑死的。"　　（鱼多多）

语言限制

有个姑娘去美国旅行，她在商店里看中一件皮衣，想问店员是什么皮料的，可她的英语实在太差，比划了半天店员也没听懂。姑娘灵机一动，指指皮衣，学了一声羊叫，店员摇头；她又学了一声牛叫，店员还是摇头；最后她学了一声猪叫，店员终于点头了。

姑娘长出了一口气，说："还是动物好呀，没有语言限制！"　　（王　瑞）

不考试的选修课

某学院开办佛学选修课，请了一位方丈给大家讲课。上选修课前，同学们照例都会问老师几个问题，这次，大家却得到了意想不到的回答，整个对话是这样的——

同学问：大师，这门课点名吗？

答：随意。

问：大师，这门课考试吗？

答：随便。

问：大师，那期末成绩怎么办？

答：随缘吧。

（鱼多多）

彼此彼此

一名男子去情人家里鬼混，不料情人的丈夫突然提前回家，男子吓坏了，情人却很冷静，说："不要紧张，穿上衣服等一会儿。"然后，她从厨房拿出一袋垃圾走到门口，打开门，对丈夫说："亲爱的，进门前先把这袋垃圾拿出去扔了吧。"

趁那丈夫去扔垃圾的时候，男子赶紧穿好衣服离开了。回家路上，男子心想，自己的情人真是太聪明了！走到家门口，男子按响门铃，他妻子打开门，递出一袋垃圾，说："亲爱的，进门前先把这袋垃圾扔出去好吗？"

（执 着）

真正原因

一个小孩在超市门前大口喝着一罐饮料，引起了一个中年男人的注意，他走过去对小孩说："小朋友慢点喝，别呛着。你的样子很可爱，我想请你为我们公司的饮料做广告，你愿意吗？"

小孩点点头："愿意。"

中年男人继续问："你喝得这么急，是太渴了还是因为很喜欢我们这种饮料？"

小孩指着街对面一个捡饮料罐的婆婆，说："我是不想让那个婆婆等太久。"

（汪 杰）

拍片子的

王小姐是个影迷，整天做着明星梦。一天她喜滋滋地告诉朋友，自己最近在网上认识了一个人，对方是拍片子的。朋友提醒她小心骗子，王小姐却不以为然，还是请假会网友去了。

几天后王小姐回来了，苦笑着对朋友说："他不是演艺界的。"

朋友气愤地说："果然是个骗子！他不是说自己是拍片子的吗？"

王小姐摇摇头："他不是骗子，是我自己走火入魔了，他、他是医院放射科拍片子的……"

（云　弓）

山寨到底

妈妈带着儿子在公园里玩，儿子嚷嚷口渴，妈妈就去小卖部买了瓶冰红茶，谁知儿子喝到一半才发现是"山寨"的，妈妈只好自认倒霉。谁知她看了一眼瓶盖，突然大喜："老板，中奖了！这儿写着'再来一瓶'。"

小卖部老板淡定地说："你再看看。"妈妈仔细一看，连称佩服——原来瓶盖上写的是：再买一瓶。　　（涂　涛）

妈妈，我只有一个

学校的老师让孩子以《妈妈，我只有一个》为题写几句话。

卡佳是这样写的："昨天妈妈回家时，我给她开了门，替她拿了包，还帮她做了饭。因为妈妈，我只有一个。"

别佳是这样写的："我们全家昨天去滑雪了，妈妈笑得特别开心，我觉得妈妈真漂亮！妈妈，我只有一个。"

沃瓦是这样写的："昨天我放学回家，妈妈正醉醺醺地睡在床上。我进了厨房，开始翻冰箱，冰箱里只剩下一个面包，我拿出面包吃了起来，这时妈妈醒了，她对我说'给我也拿一个面包。'我回答说：妈妈，我只有一个。"

（李冬梅）

祝福挨骂

一个傻小子去参加寿宴，却垂头丧气地回了家，母亲问他："怎么了？是不是菜不好？"

傻小子说："菜倒不差，是主人差劲。我实心实意地敬酒，祝老寿星长命百岁，却被她骂了一顿，连客人也怪我不懂事。"

母亲说："寿星肯定老糊涂了，你别跟她一般见识，她是不是八九十岁了？"

傻小子笑了："哪儿呀，今天刚好是她一百岁生日。"　　（顾文显）

上调的后果

办公室里有三个人，二男一女，大男45岁，小男21岁，女38岁。三人关系融洽，同事常开玩笑说他们像一家人。

这天，女的上调，从这个办公室搬出去了，庆贺酒宴上，大男祝酒后质问女人："你为什么要抛夫弃子？"引得全桌人哄堂大笑。

又一日，小男也上调了，庆贺酒宴上，众同事笑问大男："上次酒宴上你语出惊人，这回有什么好说的？"

大男叹了口气，说："还有什么好说的，我奋斗半生，如今只落得妻离子散！"

（王金海）

接 图

有个小朋友去上美术班，老师让他接龙画画，老师给出了三幅画，画的是小猪走丢了，猪妈妈找小猪，后来找到了，老师让小朋友根据自己的想象画第四幅画。

按老师的想法，小朋友肯定会画猪妈妈和小猪幸福地生活在一起，不料，小朋友先画了一堆篝火，然后，在篝火上画了一大一小两只烤猪……

（常宝军）

本栏欢迎来稿，读者、作者可将有新鲜感、有精彩细节的笑话佳作投寄给我们。来稿一经采用，最高稿费为一则100元。本期责任编辑电子信箱：lujia411@yahoo.com.cn。

配套服务

□ 焦松林

俗话说咸鱼也有翻身日，最近，一个消息在县里传得沸沸扬扬：早年在县电影院门口卖瓜子的关大睛，在外奋斗几十年，如今成了酒店业巨头，衣锦还乡，要在本县投资兴建一座超豪华五星级宾馆！

这消息经过媒体的轮番宣传，在这个小小的县城家喻户晓。县政府甚至毫不避嫌地让新闻发言人发表电视讲话，发言人指着一幅地图，说道："喏，酒店就落户在城际高速铁路的新车站旁边。这个酒店的兴建，将极大地提升我们这座城市的品位……"

紧接着，晚报推出了一篇深度报道，讲述关大睛的成功经历，报道的结尾，写了这样几行字："关大睛先生是本县走出的优秀企业家，亲不亲，家乡情，你曾是关大睛的邻居吗？你曾是关大睛的同学吗？请拨打电话，和我们联系，讲一讲关大睛小时候的

故事。"

这篇深度报道一推出，关大睛顿时成了街头巷尾最热门的话题，很多人都询问亲戚朋友，看有没有可能和关大睛搭上关系。

这天下午，晚报社的电话被拨通了，话筒里传来一个苍老的声音："是晚报吧？我是你们的忠实读者，我想告诉你们一个消息，关大睛他是不会来这里投资的，你们就别再宣传了。"

接电话的记者小吴一愣，马上追问道："请问你是哪位，和关大睛先生有什么关系？要知道，他已经和政府签过意向性合同了，你怎么认定他不会投资呢？"

电话那头嘿嘿一笑，说"意向不意向的，我不懂，我就知道，他这五

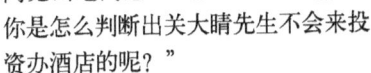

星级酒店要建在新火车站边上啊，没戏！"

这事和新火车站有什么关系？小吴耐着性子问："那你认识关大晴先生吗？他是你的同学还是邻居？"

老头没有正面回答小吴的问话，而是淡淡地答道："我们是什么关系，你就不要管了。我觉得，你们还是多关注一下因为城际高铁而拆迁的拆迁户吧，不要再炒作什么关大晴了。"说着，这人抢在小吴前面挂断了电话。

小吴看了看来电号码，随手把这个号码写在了纸上，她觉得这个电话没有太多价值，过了一个周末，她才走进主任室，把这事向新闻部主任做了汇报。不料主任听完小吴的话，十分惊讶，许久才低声说道："你赶快查一查，看看打电话的人是谁，他是怎么预见到的。"

"预见？难道说，五星级酒店的事真的黄了？"小吴惊讶地问。

主任低声答道："是的，刚刚县政府外宣办打来电话，让我们不要再宣传这事了。"

拿着那天记下的电话号码，小吴毫不费力地找到了电话所在的地址。打电话的老人就住在城际高铁沿线，他家的房子上面，用油漆写了一个大大的拆字。

小吴进屋打量了一番，眼前是一个再普通不过的人家，实在不像能预知内幕的样子，小吴便开门见山地问道："老人家，你是怎么判断出关大晴先生不会来投资办酒店的呢？"

老人长长地叹了口气，道："你知道啥叫配套服务吗？码头附近有物流，工地旁边有快餐店，那些都是配套服务。说到底，酒店也是配套服务，城际高铁虽然速度快，可就是票价太高，听人说，那票比飞机票卖得还贵。我们这里的老百姓，偶尔坐一次飞机还要掂量掂量呢，有几个会赶那时髦？再说，我们这小县城又没有景点啊资源啊什么的，怎么能吸引一掷千金的客流呢？就算建成了五星级酒店，又有几个人来住呢？"

小吴一听，佩服得五体投地，问道："那老先生，你是做什么的？现在和关大晴先生还有往来吗？"

老人幽幽地说道："我和关大晴以前是同事，我们都是做配套服务的。前几天他来这里实地考察，我就知道，他回去后不会投资了。"

小吴顿时来了兴趣，忙问："老先生，你也是从事酒店业的？"

老人摇了摇头，淡淡地说："我和关大晴以前在电影院门前卖瓜子。电影院里放一般电影，他就卖普通瓜子；电影院里放大片，他就卖高档瓜子。我和他在一起卖，生意总不如他……"

（题图：安玉民 梁 丽）

阿P改名字

□ 王彦民

自打阿P当上总经理，腰包一鼓，真是发生了翻天覆地的变化：房子换成两层的了，车子换成四个轮子的了，就连老婆小兰的眼皮子，也换成双的了。

这天，阿P忽然觉得还有一样必须换，否则太不符合自己的身份了：那就是自己的名字！

这天，阿P通过朋友，邀请派出所的刘所长吃饭，阿P端起酒杯，一饮而尽，先做了自我介绍："在下阿P……"

这话还没说完，刘所长一口啤酒先喷了出来，笑着问："啥？阿屁？放屁的屁？"

阿P窘得满脸通红，说："这P，是英文字母的P，本来取这名字寻思着比较洋气，可换成中文发音，太让人浮想联翩了。无论如何，我得换个名字。"

刘所长也是个痛快人，酒过三巡，便拍拍胸脯表态"本来改名是件麻烦事，可P总这朋友我交了，新名字想好了告诉我，我给你办。"

喝完酒，两人像亲兄弟似的一同走出酒店。目送刘所长的车离去后，阿P一步三晃地朝自己的车走去。走着走着，一辆面包车"嘎"地停在阿P面前，没等阿P反应过来，一个大胡子跳下车，一把捂住阿P的嘴，像拎小鸡似的把阿P抓进面包车里，同时，一个大光头猛地一踩油门，面包车飞驰而去。

阿P的酒一下子醒了一半，他感到一把尖刀顶在了自己脖子上，没等歹徒开口，他便乖乖地把钱包、手机掏了出来。

大胡子把手机递还给阿P，接着

刀子稍一使劲，阿P疼得"哇哇"直叫，大胡子瞪着眼珠子说："给你老婆打电话，让她准备五十万！"

阿P哆哆嗦嗦地拨通了小兰的号码，带着哭腔催促小兰快准备钱，交代完毕，还反复强调了两遍歹徒都忘记交代的事情——"小、小兰，你可千万别报警啊！"

不大工夫，面包车开到了郊区的一座荒山上，荒山的半山腰有一个山洞，阿P一看傻眼了，这里阿P来过，山洞里面漆黑一片，伸手不见五指，当时他压根都没敢进去。

两个歹徒用胶布把阿P的嘴巴封死，又用眼罩蒙住他的眼睛，接着，连推带拽地把阿P带到山洞最深处，用绳子把阿P从头到脚绑在一根石柱上。

处理完阿P，两个歹徒一边往洞外走一边嘀咕："等着收钱就行了，这鬼地方没人来，就算来了，黑咕隆咚的也发现不了他。"

两个歹徒走后，阿P绝望了，山洞里静得出奇，只听见自己心脏"扑通扑通"的跳声。过了好久，阿P连累带吓地进入了梦乡。

忽然，阿P听见有人说话，一下子惊醒了。

先是一个女孩的声音："斌哥，我怕。"

接着一个男孩说道"别怕，有我呢，我会保护你的。"

阿P明白了，这是一对恋人来这里幽会了，不禁一阵狂喜，只听脚步声一点点传到自己身旁，停下了，接着，男孩猛地说了一句："我爱你！"便传出"叭叭"的亲吻声。

机会来了！阿P使劲张嘴，可发不出一点声音，又左右扭动身子，可纹丝不动。阿P急得直想往上蹿，好用脚蹋地发出声音，可该死的歹徒把他绑得几乎和石柱合二为一了，阿P干着急没办法。

这时，一对恋人激吻过后，竟开始往洞外走去……

话分两头，先不提阿P在洞里干着急，回头再说绑架阿P的那两个歹徒。他们和小兰取得了联系，经过几次试探，最后把收款地点定在一个公园门口。

两个家伙来到公园，观察了一番，见没有异状，就把车一停，刚走下车，不知从哪冒出来好多警察，一下子将他俩按在了地上。

两个歹徒纳闷了：到底哪出问题了呢？阿P胆小怕死，小兰深爱阿P，她不会冒险报警啊！正郁闷呢，一个人大步流星走了过来，走近一看，惊得两个歹徒目瞪口呆：来者不是旁人，正是被他们绑在山洞里的阿P!

阿P这会儿可精神啦，他先义正词严地向警方指认了两个歹徒，接着扭头教训两人："敢绑架我？我阿P是什么人哪，就凭你们，能关住我？"说得两人哑口无言，忍不住疑惑地问阿P是咋出来的。

阿P一下子兴奋起来，绘声绘色地描述起来，当说到自己无论如何也发不出声响时，阿P戛然而止。歹徒的好奇心被吊起来了，大胡子哭丧着脸说"P总，我们把你绑得那么结实，你到底是怎么发出声响的啊？"

大光头也跟着说："是啊，我们犯法，我们服罪，可你得让我们哥俩死个明白，你到底怎么让那两人知道你在山洞里的啊？"

阿P狠狠地瞪了他们一眼，竟然像管教似的教导起他们来了："天网恢恢疏而不漏，不要以为天衣无缝，你俩一人说一句'阿P真聪明'，我再告诉你们。"

两个歹徒此时像犯错的小学生，真的一本正经地说了句"阿P真聪明"，阿P这才得意地说了下去：

原来，一对恋人激吻过后，摸索着往山洞外走去。阿P心里一声叹息："天啊！莫非老天要绝我阿P……阿……P？"想到这个"P"字，又联想到众人对自己这名字的误解，阿P突然灵光一闪，慌忙运起丹田之气，将全身力量汇于一处，只听"扑"的一声响，如同闷雷一般，在这半封闭的环境中，竟然余音绕梁。

两个恋人吓了一跳，女孩惊道："有人？"

男孩却回应"别瞎说，这里咋会有人？"

阿P一着急，一串"连环屁"排出体外，这对恋人才确认洞中确实有人……他们发现了被五花大绑的阿P后，立即报了警。

说完这些，阿P得意地去公安局做笔录，一到门口，凑巧碰上了刘所长。刘所长一见阿P，笑着说："P总，既然到所里来了，顺便把名字改了吧。"

阿P甩了甩头，说："前两天我觉得这名字挺俗气，现在，哈哈……我的名字我做主，谁的名字有我狂！"

（题图、插图：顾子易）

不说话的鹩哥

秦班副是个孤寡老人，唯一的伴儿就是家里养的鹩哥。

鹩哥是比鹦鹉还会学人说话的鸟，可秦班副的鹩哥养了一年多，就是不说一句"人话"。秦班副请教小区里的养鸟行家徐老爷子，徐老爷子看了后说："老秦，你自己一天都说不了几句话，这鸟跟谁学去？唉，可毁了一只好鸟啊！"

其实，秦班副不是故意不教鹩哥说话的，秦班副年

轻时参过军，一发炮弹震破了他的耳膜，现在基本就听不到什么声音了。他有时见鹩哥吃饱喝足在笼子里跳来跳去，看得眼晕，忍不住会大喊一声"立正"，他耳朵听不见，不知道自己这一声吼像雷鸣，把鸟儿吓懵了，还以为它很听话。

日子一天天过去，这天下午，徐老爷子从秦班副门口经过，看到鹩哥没精打采地歇在门前的樟树上，他觉得奇怪，还没见过这么养鸟的呢。他敲敲秦班副的门，见没反应，就踮起脚从窗口望进去，隐约见秦班副倒在地上，他慌得大叫，忙喊来年轻人，等他们翻窗进去一看，秦班副的身体早就僵硬了。

后来，法医告诉大家，秦班副是突发中风，死亡三天了。法医摇摇头说："从地上的痕迹看，他中风倒在厨房后，不知为什么，挣扎着爬到客厅里，将一只鸟笼扯到地下，要是躺着不动，兴许还有救。"别人不明白是怎么回事，只有徐老爷子明白，秦班副一定是怕自己死了，鹩哥饿死在笼子里，他是拼着命，放鹩哥一条生路呀！

殡仪馆的人来了，将秦班副的遗体从屋里抬出来，突然，树上响起一声响亮的"立正"，那声音竟是秦班副的河南口音，大家都吓了一跳。徐老爷子望着树上的鹩哥，老泪横流，说道："好鸟儿，你终于开口说话了！"

（作者：牧 歌）

口头禅

吴才一进单位，就显得与众不同，虽然他在业务上两眼一抹黑，说起话来却气势逼人，他的口头禅很特别，那就是："我舅舅说……"

比如："我舅舅说，有知识有文化，不如有门子有面子。""我舅舅说，这世上没有钱摆不平的事儿，这市里没有他摆不平的事儿。"

这些话把同样刚出校门的几个同事听得一愣一愣的。大家四下打听，他舅舅到底何许人也？真是不打听不知道，一打听吓一跳，吴才的舅舅竟是直接主管这个单位的周副行长。

可天有不测风云，吴才的舅舅到底还是有摆不平的事。不久，因贪污受贿，吴才的舅舅锒铛入狱，一脚踏在了生死门上。

那段时间吴才很消沉，耷拉着脑袋几天不说一句话。有人故意问他："你舅舅这几天又说什么了？"吴才看也不看他们一眼，掉头走了。

日子就这样慢慢过着。这天上午，吴才突然踱着方步气宇轩昂地走进办公室，一开始大家都没理他，哪知吴才一开口，差点让大家当场晕倒。

"我岳父说……"

原来，吴才他岳父昨天刚刚升任为市委办公室主任。

（作者：付志勇）

挑西瓜

夏天到了，西瓜上市，小强兴冲冲地买了几个西瓜，回家打开一看，都是生的。小强的父亲笑道："走，我教你认瓜去！"

来到西瓜摊，父亲随手挑了一个瓜，小贩麻利地放在秤上："七斤半。"父亲问："算七斤行不？"小贩倒也爽快："没问题！"

父亲不吭声，将这个瓜放在一边，又挑了一个，小贩往秤上一放："八斤三两。"父亲又问："算八斤行不？"

这回小贩迟疑了："大叔，不能一让再让啊！"父亲还了半天价，小贩却怎么也不肯让那第二个瓜，于是父亲不再理会小贩，回头向小强道："看好了，这个瓜才是熟的！"说着拿过刀，"咔咔"两下，把两个瓜切开，果然，第一个瓜是生的，第二个才是熟的。

小强不解地问："爸，你是咋知道的？"

父亲说："其实我不会认瓜，但我会认人。你看，好瓜他寸步不让，赖瓜呢？降价也行，让秤也行，骗着你要，这样的人，还能跟他买东西吗？"

小贩闻言，顿时窘得满脸通红……　　　（作者：上　清）

（本栏插图：安玉民　梁　丽）

"路怒"，顾名思义就是带着愤怒去开车，在汽车时代，"路怒症"已成了世界通病，不过人们得病的原因各有不同……

我不是"路怒"

□ 晓 砚

怒从心头起

最近我心里很烦，因为我怀疑妻子出轨了!

妻子美丽能干，在大公司任职，薪水是我的两倍，平时朋友经常和我开玩笑，让我这堆牛粪一定要看好妻子这朵鲜花。这段时间，妻子说自己在忙一个项目，常常半夜才回家，我问她是什么项目，她却总是支支吾吾地不肯说。

这天，我开车路过高尔夫球场，见一辆宝马车从球场大门驶出，突然我看到，妻子坐在宝马的后座上，妻子旁边坐着一个四十多岁的中年男人，两人谈着什么，表情很愉快。

奇怪，这时候妻子不是应该在上班吗? 我想跟着宝马，看他们开去哪儿，可我的车和宝马不是一个档次，一会儿就被甩了。我掏出手机，给妻子打电话，想探探她的行踪，哪料妻子竟拒接。我又接连打了两个，妻子依然没接，过了一会儿，她才回了一则短信: 我在公司开会。

刹那间，我只觉得血直往头上涌，情绪一激动，我便狂踩油门，只见车速从70、80直蹿到了100，就在这时，前方一辆QQ车左转变道，我闪躲不及，轰的一声，车迎头撞了上去。好在只是车辆受损，人并无大碍，我当即下车，准备向对方道歉，可当我见到车主是一位和妻子年龄相仿的漂亮女士时，不知怎么的，我的情绪突然失控了，大声冲她吼了起来: "喂，你怎么开的车?"

那女士辩解道"大哥，明明是你

撞了我。"

见女士争辩，我更来气了，指着她的鼻子大声道："我怎么撞你了？自己不会开车还赖别人，臭女人！"

"你，你骂人？"女士气得满脸通红。

"我骂你怎么了，你告我呀！"我瞪着眼，怒火中烧地嚷道。

女士一甩手，冲我喊了句"神经病"，愤愤地开车走了。

也不知怎的，骂完以后，我觉得心里畅快了不少。

然而晚上一回家，我的情绪再次跌入了谷底——我在妻子的背包里发

现了一套做工精致的运动衫。我曾在一本时尚杂志上见过这个品牌，那是专为打高尔夫设计的，国内根本买不着，至于价格，最便宜的折算成人民币也得五千多。

我想问妻子这衣服是哪来的，可话到嘴边却开不了口。是的，我胆怯了，因为一切都太明显了，衣服是别人送的，我如果追问下去，只有两种可能，要么忍气吞声，要么结束婚姻，而这两样我都不愿意，所以我选择了沉默。

"路怒"一族

第二天是周末，妻子对我说，她今天要去加班，看着妻子神采奕奕地出门，我心里就像被针扎了一样，我知道，妻子一定又去"打高尔夫"了。我郁闷极了，就打开电脑，想上网找点刺激，别说，还真被我找到了，在一个聊天群里，有人听说了我的烦恼后就问我："你有车吗？"

我说有一辆二手的，那人问："你驾驶技术好吗？"

我说还行吧，那人说："好，你照我说的做吧。很简单，你驾着车，冲着那该死的路坑、那该死的堵车、那该死的马路菜鸟们大声怒吼吧！"

我疑惑地问："这招管用吗？我怎么从来没听说过？"

"你连这都没听过，老土，你可真老土！告诉你，这叫'路怒'，专治你

这种郁闷之症，快去试试吧！"

听了这番话，我突然想起上次对那位女士破口大骂的情景，回想起来，骂完之后确实非常解气。我一下子来了精神，对，我现在需要的就是宣泄，彻彻底底的宣泄！于是我关了电脑，开车上路了。

我对路坑、堵车毫无兴趣，就把目光放到了寻找马路菜鸟上，我想好了，不找男的，要找就找一个和妻子年纪差不多的女人。凭我的车技，制造点小碰擦不成问题，到时我就用手指着她的鼻子，将她骂得落花流水，一吐为快！

为了寻找目标，我直接上了外环。不一会儿，一辆无牌新POLO车闯进了我的视线，看车开得两边摇晃，我判断对方是个新手，最主要的是，驾驶座上那一头秀丽的长发、红色的T恤，让我知道她就是我要寻找的对象。

我故意放慢车速，跟在POLO身后寻找时机，很快我便从后视镜中发现了一辆大货车。货车司机一般脾气暴躁，习惯开快车，于是我故意变道，和POLO慢悠悠地并肩同行。果然，货车先是在我身后按着喇叭想超车，见我毫无避让，就将车开到POLO身后，POLO车主毕竟是新手，一见背后的大块头，本能地闪躲，车子便向我这边蹭了过来。

通常，我只需稍稍带一脚刹车，

也就相安无事了，可是今天我不，我故意做出措手不及的样子，让车向花坛撞去，然后猛一下急刹，停在距花坛一米处。POLO车主显然被这急刹给吓坏了，也在前方停了下来。

我心里狂喜，表面却装出怒火中烧的样子，打开车门就气冲冲地朝着POLO奔去："你怎么开的车？"

"对不起，我不是故意的，大哥你没事吧？"

"没事？我差一点就见阎王了！"我正想开骂，突然一怔，怎么对方的声音这么浑厚？定睛一瞧，乖乖，原来车主不是女的，而是一个蓄长发的小伙！

不过，我管不了那么多了，一口气继续骂道："臭小子，你想找死别拖累别人，你冲那电线杆子上撞呀，冲江里开呀，冲悬崖下飞呀，你说你上马路干吗？还有，你一男的，留长发还穿红T恤，真是点灯不亮炒菜不香，一看就不是好油。癞蛤蟆插毛，你算飞禽还算走兽？哦，我知道了，你想吸引人眼球是吧，你想男扮女装是吧，你想去泰国做人妖是吧，你、你、你想傍个大款坐宝马打高尔夫是吧？你想、你想……是吧！"

说到这儿，我一口气接不上来，正打算换口气，只见小伙子竟一脸钦佩地看着我，问："大哥，你是说相声的吧？口齿真利索，到我们艺术团去

吧，就缺你这样的人才了。"

一听这话，我傻笑了好一会儿，说："对不起，我不是说相声的。"说着赶紧上车。

小伙扒着车窗还问："那你是做什么的呀？"

"我是……"停了片刻，我大声喊道："我是'路怒'！"说着踩了一脚油门，疾驰而去。爽，真爽！我摇下车窗，吹着风，听着歌，顿觉浑身舒坦。

自这次以后，只要我在妻子的包里发现什么来历不明的名贵首饰、高级化妆品，次日我便一定会上马路发泄一番，而妻子对这些却全然不知……

两怒相逢

中秋节这天，我本来和妻子说定，晚上一起去我父母家陪老人过节，哪料起床时，发现妻子只留下一张纸条，人却不见了——"老公，公司临时有事，抱歉我去不了。"顷刻间，我只觉万念俱灰，不能再这么下去了，我要去找妻子，和她摊牌！

我上了车一路狂飙，一不留神，与另一车道的一辆凯迪拉克车撞上了。

"好，撞得好！"我在心里喊了一声，"今天我本不想惹事，既然你自己找上门，那就让你见识见识'路怒'的厉害。"想着，我当即下了车。

这时，凯迪拉克上下来了一个大腹便便的中年男人，我迅速估量了一下对方的"实力"，他这个身份、这个地位，估计多年没人顶撞他了，和"路怒"一族的我相比，战斗力基本为零，于是我张嘴就吼道："你！对，说的就是你，别以为开凯迪拉克就了不起，凯迪拉克算什么，还不是四个轮子三个后视镜两个车牌一个方向盘；别以为有点钱就可以在街上随意违章，钱算什么，还不是生不带来死不带去的一堆废纸；别以为你长得像个人样，就可以随意霸占人家老婆！"不知不觉中，我把对妻子的不满也夹杂到了怒吼中。

果然，中年男人听了我劈头盖脸的一顿吼，一下愣住了，这让我很得意，正当我想再接再厉时，没想到，那男人却深吸了一口气，张嘴就吐出了一串词儿："你敢骂我？你以为你是谁，我看你就是天生属黄瓜的，欠拍；后天属核桃的，欠捶；终生属破摩托的，欠踹，木鱼改梆子，挨敲的货，还有……还有这次算你狠，弄个女的来监视我，降我职是吧？让我做司机是吧？我怒，我怒，我怒怒怒……"

只见那男人的嘴像机关枪似的，一席话说得唾沫横飞，我当即被雷昏了。看不出来，这位的嘴皮子比我还利索，可算是超级"路怒"！我将起袖口，运了运气，打算和他拼了，正要张嘴，从凯迪拉克车内走下一位女士，我定睛一看，不由一怔，是妻子！只见她捂着嘴，一副惊恐的神情。

我与妻子面面相觑，妻子仿佛不认识似的瞪着我："你，你什么时候成了这样？"

我呆了半晌，这才发现，刚才和自己吵架的男人不就是那天和妻子一起坐在宝马车里的人吗？这些日子来所有的委屈全涌到了嘴边，我张口说道："我……我还不是因为你？"

这时，车上又走下一位中年女士，她叫着妻子的名字，问是怎么回事，妻子为我们做了介绍，说这位女士是自己的学姐，叫王晶。她是妻子任职公司的董事长，因常年经营海外业务，一直将国内的生意交给丈夫老钱打理，而老钱，就是刚才和我吵架的那位男士！

妻子告诉我，前不久王晶听人汇报，老钱想挪用公司款项冒险去做期货，于是她派妻子以秘书的身份进行商业卧底，那些高档商品都是王晶送给妻子的，为的是让老钱以为我妻子只是个爱慕虚荣的普通秘书。正当老钱准备转账时，妻子及时通报，老钱的行为被王晶果断制止。今天下午，王晶一回国便免去了老钱总经理的职务，把他先贬成了自己的司机。

听罢，我傻了半天，这才恍然大悟，忙对妻子赔笑道"对不起，老婆，都怪我胡乱猜疑，我不知道你是在做卧底，还以为……"

妻子冲我摇了摇头，叹了口气，正要说什么，身后一辆POLO车追了上来，我一看，开车的竟是上次那个长发小伙，只见他冲着我大喊道"路怒哥，我终于找到你了！团长让我一定请你去说相声。"

我笑着答道"不，我不当'路怒'了！"说着我用手一指旁边垂头丧气的老钱，"你找他吧，他是新一代'路怒'，嘴皮子比我利索多了……"

（题图、插图：谭海彦）

唐僧骑牛

□ 谭必久

如此中选

上司离职，对职场人来说可是一个好消息，因为那空下的位子就像刚掉了牙的空槽，有点想法的人都想千方百计补上去。这不，软件开发部的主管刚离职，副主管冯昌就蠢蠢欲动了。这时，总经理找他谈话，让他带领团队开发一款做职场测试的新软件，软件名为"伯乐"。冯昌是个明白人，立刻就知道了总经理的意图，这是借机考验他，看他有没有本事整合领导开发部。

要说开发新软件，开发部里不缺人，但就是不好确定项目组长，在这样的关键时候，选不好人，闹不好会给自己树一个竞争对手。冯昌想起酒桌上听过的一个段子，说唐僧要去西天取经，如果只能在孙悟空、猪八戒、沙和尚中选一个助手，谁最合适？争了半天，大家认为，选谁都不可靠，只要骑上白马去取经就够了，要是选了

孙悟空，难以管束不说，说不定还要夺唐僧的权。冯昌决定了，找一匹绝对不会威胁自己的"马"来当这个项目组长。

他脑子里将开发部的几个程序员排来排去，排到一个叫康力的小伙子时，眼前一亮，这康力倒是个不错的人选！听说他读初中时就在电玩中玩到了三国九段，虽说后来没考上名牌大学，可上大学没从家里要过一分钱生活费，全靠自己写软件赚钱，整个开发部里，就他一个人不是名牌大学毕业，算是破格录用。这家伙没野心，资历浅，整天沉迷在键盘上。用开发

部唯一的女程序员、也是公司公认的美女夏芸芸的话讲：如果编程是在计算机中反映世界，那么，康力的世界就是虚拟的。

冯昌将自己的安排告诉康力，以为他会感激，没想到他竟十分冷淡，说写这样枯燥的软件，不符合自己的编程风格。冯昌听了又好笑又好气，这家伙还真将自己当比尔·盖茨了。

最后，冯昌计上心来，答应将开发部那台顶级配置的笔记本给康力专用，康力一听，当即改了口："你怎么不早说？两个月交活儿。"

看到康力喜滋滋地将笔记本抱走，冯昌暗自得意，自己的眼光没错，果然还是个娃娃，送他一件"玩具"，就乐翻了天。

骑牛取经

开发部的人原本都想利用开发新软件的机会露一手，好在竞争主管时抢占先机，没想到冯昌玩这么一手，都气鼓鼓地不愿给康力当助手。冯昌没办法，只好悄悄找到夏芸芸说好话。夏芸芸却朝冯昌撒娇："我好歹也是名牌大学毕业，凭什么给他这个二流大学毕业的当助手？"

看着夏芸芸俏丽的脸，冯昌心花怒放，他早就看上了夏芸芸，只是没有十足把握，迟迟不敢开口，这次只要自己当上主管，还愁不携得美人归？他忙说："我这是为你着想，当项

目组长蛮累的，一个软件搞下来，眼圈都会黑几个月。"其实他知道，夏芸芸虽然也算高材生，但写软件的能力与康力根本不在一个档次。

夏芸芸有自知之明，但不服输，她压低声音说："别骗我了，你知道别人背后怎么说你？"

冯昌一愣："什么意思？"

夏芸芸扑哧一笑："有人说你是武大郎开店，比你高的人免谈。"

冯昌说道："这些家伙，忌才妒能。话说回来，我当上主管，你应该最高兴啊！"

"去你的。"夏芸芸脸一红，扭身就走。冯昌嗅着夏芸芸留下的香水味，心里暗暗得意，刚才夏芸芸说有人背后骂他武大郎，他一点都不生气，因为康力连马都算不上，顶多是头牛，骑牛取经，更保险。

就这样康力接下了项目，他不愧是软件高手，看了计划书，几天就拿出自己的设计方案，在笔记本上敲完最后一个字，他得意地对夏芸芸说："伯乐软件的作用是考核人才，我已列出考核的全部要件，但靠你我的脑袋去想具体的测试题，猴年马月也想不完，我准备嵌入世界几大智库的人才资料，借用全世界的人才标准，也就是说，通过我们伯乐软件考核的人，按得分高低，最高得分者，当美国通用公司的 CEO 也没问题。"

听完这席话，夏芸芸不由对康力刮目相看，开发部的人说冯昌是武大郎开店，他们还真小看了康力。不过，夏芸芸既然参加进来，也想露一手，这天她编写程序时，突然想到一个问题，急忙对康力说："我发现一个问题，这款软件只是单方面考核应聘者，其实现在都是双向选择，应聘者也希望了解上级领导，我们是否可以针对这一需求，设计出考核领导者的内容？"

康力听了，猛拍脑袋，一把抓住夏芸芸的手："我怎么没想到？"

夏芸芸的手被握痛了，忙要挣脱，康力这才发现自己失态，一时手足无措，连声道歉："对不起，对不起……"

夏芸芸虽然手有点痛，但看到他

紧张得像个小孩，不禁莞尔一笑……

康力将想法汇报给冯昌，冯昌也连连称好，再汇报给总经理，总经理当即批了同意，还对冯昌夸道："项目成功，你就是公司最大的功臣。"

从这以后，康力和夏芸芸全身心地投入到软件开发中，冯昌见康力带着夏芸芸日以继夜赶编软件，心里乐开了花，得意自己选对了"牛"，看康力这欢腾劲儿，简直是不用扬鞭自奋蹄啊！他已下了决心，只要公司的任命书一下，他就找夏芸芸求爱。

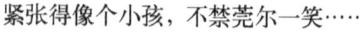

到底谁牛

"伯乐"软件如期完成，公司的宣传推出没多久，这款软件就在市场卖火了，总经理直夸冯昌是公司的栋梁。可就在这时，有记者发表了一篇质疑"伯乐"软件的文章，认为这款软件的测试结果并不准确。总经理急了，现在是网络时代，这样的言论要是在网上蔓延开，那还得了？情急之下，他决定邀请记者到公司考察，变被动为主动。

这天，记者们兴致勃勃地来到公司，总经理特地让康力现场解答记者的疑问，让美女夏芸芸为他们端茶递水，冯昌跟在总经理身后，笑容可掬。记者们虽然被总经理的侃侃而谈所吸引，但还是不服气，康力就像一个刚产下婴儿的产妇，不能容忍别人说自己的孩子丑，他对刁钻的记者说："这样吧，你们可以利用软件自我评价，看准不准？"

记者们一听来了兴趣，纷纷输入自己的资料，然后回答综合测验题。令人惊奇的是，他们的得分基本与他们的知名度成正比，特别是其中一个著名记者，得分最高。总经理乐呵呵地对他说："祝贺您，如果我没猜错的话，您是今天来的记者中唯一获得'范长江新闻奖'的老师吧，您看，我们的软件神吧？"

记者们惊叹之余，有人还不甘心，问道："公司在宣传中说这款软件不仅能帮助用人单位识别应聘者，还可以用来考核提拔干部，那么，您和贵公司的员工可以亲自示范一下吗？"

总经理当即被问住了，他想，万一考核下来，自己得分很低，那不是太尴尬了？就在危急时刻，夏芸芸悄悄递过一张纸条，总经理看了一眼，大喜过望，对记者说："我满足你们的要求，刚好我们公司开发部要提拔一位主管，现在就当着大家的面，在开发部全体员工中现场选拔，如何？"原来，夏芸芸的纸条上写的是"开发部主管"几个字。

记者们听了很感兴趣，一会儿，冯昌将开发部的人员全部叫齐，他悄声问总经理："我也参加吗？"

总经理拍拍他的肩膀，说："当然参加，我相信你们开发部的新软件，更相信你的实力。"冯昌一听有些发懵，情急之下，他灵机一动，提出康力和夏芸芸是软件编写者，参加考核的时候，为公平起见，两人答题由别人代为输入，以防两人在软件中留有后门，在输入的时候做手脚。总经理觉得有理，答应了他的要求。

一小时后，考核结束，每人的考核成绩按得分高低出现在显示屏上，一看之下，连总经理也惊呆了——康力得分最高，冯昌第二！在一片掌声中，总经理只得高声宣布，公司聘康力为开发部主管。

冯昌在绝望中，怎么也想不通，煮熟的鸭子竟这样稀里糊涂飞了？

观音救牛

对冯昌的打击还没完。当天晚上，康力请开发部的人喝酒，冯昌借故没去。大家怀着复杂的心情祝贺康力当选主管，没想到康力对大家说："别把主管太当回事，不就变个'界面'、换个'对话框'吗？我的操作系统没变。我有更高兴的事告诉你们：从现在起，夏芸芸就是我的未婚妻，我今请大家就是为这事。"

在场的人简直不敢相信，直到看见夏芸芸满脸羞涩地依偎在康力肩上，他们才如梦初醒，不约而同着

问：你们是怎么对上眼的？谁先发电？

大家见两人横竖不开口，都笑问两人怎么"死机"了？康力说："这是秘密，死机就死机，重启也没用。喝酒喝酒。"说着，幸福地望了夏芸芸一眼。

这当然是个不能说的秘密。原来，就在那次康力握痛夏芸芸手的一瞬间，夏芸芸感到一种从没有过的异样感觉，而康力看到她绯红的脸庞，也怦然心动，不久，两人就热恋上了。

夏芸芸爱上了康力，当然不甘心他的才智被无端利用，就动起了心思。在"伯乐"软件编写快结束的时候，她

问康力，这款软件关系到开发部主管的位子，他有什么想法？康力傻乎乎地说，我有你就足够了，主管算什么。夏芸芸打断他的话："你真将编程看做整个世界了？"她将自己的想法说给康力听，经夏芸芸一点拨，康力终于开窍了。两人定下谋略，说干就干，凭康力的水平，在软件中做点手脚是小菜一碟，至于请记者写文章、到关键时刻给总经理递纸条，夏芸芸都滴水不漏地做到了。

第二天，冯昌得知康力将夏芸芸也追到了手，如五雷轰顶，他终于明白过来了，康力这次"政变"成功，一定是夏芸芸当观音，指点了康力这头"取经牛"。冯昌忍不下这口气，要找总经理讨说法。他哪里知道，总经理悄悄用软件自我测试了一下，他的得分比康力高出一大截，正在兴头上呢。冯昌还没开口，他就呵呵笑道："我正要感谢你这个伯乐，为公司发现了康力这匹千里马，不简单哪！我要号召全公司员工学习你这种精神。"

冯昌勉强听完总经理的称赞，离开总经理办公室，他肠子都悔青了，都怪自己，亲手将一头牛变成了一匹黑马，还搭上了自己心仪的美女。早知如此，还不如找个孙悟空算了，不管怎么说，唐僧还可以给孙悟空戴紧箍咒，怎么也不会像白马尥蹶子、将唐僧摔个鼻青脸肿呀！

（题图、插图：谢 颖）

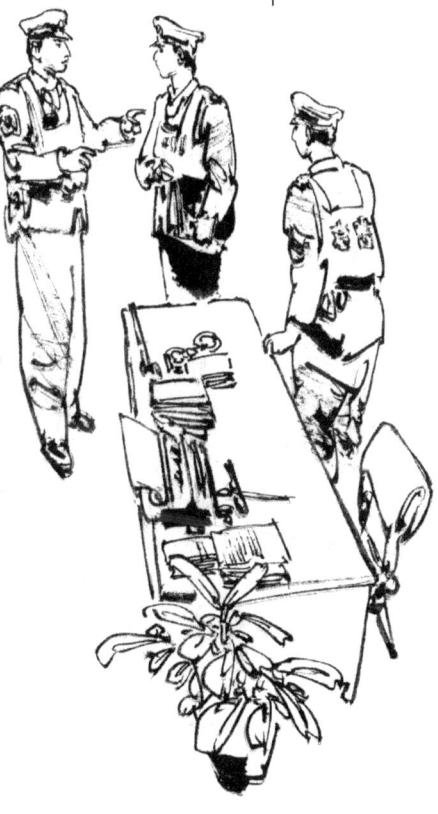

老林和小林

□ 崔岩丽

贴罚单也有"大学问",看新老交警如何在工作中巧破三十六计……

小林是个新交警,去队里报到的时候,队长将他领到一个人面前,介绍道:"这位和你是本家,老林同志,他是咱队里的执法标兵,你先跟着他学上几天吧。"

老林其貌不扬,黑黑瘦瘦的,人看上去很和气,说话也挺谦虚,他握住小林的双手,说:"互相学习、互相学习……"

小林老老实实当了几天跟班,就有点不耐烦了,心想,老林这人除了细心点,还真看不出有啥过人之处,自己比他年轻,学历也比他高,他老林干得了的,我小林会挑不动吗?

于是小林找到队长,提出要独当一面,队长打量着小林,有点不信任地问:"你……行吗?"

小林胸膛一挺,底气十足地说:"行不行,我说了不算,是骡子是马,牵出去遛遛!"

队长挺欣赏这种初生牛犊不怕虎的劲头,用力一拍小林的肩膀说:"好,遛遛就遛遛,明天你就独当一面吧。"

第二天恰好是周末,大街上车如流水,违规停放的汽车很多,小林在

管辖区域内认真地巡查，一上午贴了多少张罚单，他自己都记不清了。快到下班时间了，突然，他看见老林走了过来，便有点奇怪，老林这会儿应该正是忙的时候，怎么有工夫跑到这儿来了？又一想，明白了，看来队长还是不放心，给自己派了个"督察"！

老林见到小林，关切地问道："怎么样？有什么问题吗？"

"没啥问题，你放心吧！"小林回答得很干脆。

老林点点头，说："贴过罚单的区域，又重新检查过没有？"

小林一怔，摇了摇头。老林掉头往回走，开始一处一处巡查，小林只得跟在后面，心里却不以为然，觉得老林是鸡蛋里挑骨头，豆腐里拣鱼刺，没事也要找点事，为的是显示自己高明。

可是查着查着，小林很快不这么想了，因为他看到老林的脚步停了下来——出问题了！小林往前看，这才发现在一排贴过罚单的汽车中间，竟然又挤进了一辆小车。

小林的脸"刷"的红了，他一边填写罚单，一边气鼓鼓地嘟囔着："天底下还有这种笨蛋，睁着眼睛往枪口上撞！他没看到在这儿停的车全被处罚了吗？"

老林笑了笑说："这个司机才不笨呢，这一招叫'浑水摸鱼'，你没听过这句老话吗——最危险的地方最安全。有些交警经验不足，以为罚单一贴万事大吉，其他司机肯定不敢在附近停车了，这种心理，很容易被人家钻空子……"

尽管老林措词很委婉，但小林还是觉得难堪，都怪自己把话说得太满了，结果来了个烧鸡大窝脖，不过小林并不服气，谁都有踩西瓜皮滑倒的时候，吃一堑，长一智，自己决不会再犯同样的错误啦。

接下来的半个月，小林吸取了教训，每天都要在自己的执勤区域反复巡视，一看见那种想浑水摸鱼的车，就毫不客气地贴上罚单。他相信，在自己的火眼金睛之下，肯定不会再有漏网之鱼了。

小林这人好胜心很强，从哪跌倒就要从哪爬起来，这些天他几乎是望眼欲穿，就等着老林来挑刺，你别说，老林还真来了。这一回，老林细心得似乎有点过头了，连贴好的罚单都要凑过去看一下。小林暗自好笑：罚单有什么好看的？难道还会是伪造的不成？

这时，老林招手把他叫到一辆车旁，指了指前挡风玻璃上那张罚单，说："你看看这个。"

小林看了一眼，说道"怎么了？没什么不对呀，是我开出的罚单。"

老林的眉头不由皱起来："你再好好看看！"

小林再细细一看，这才看出了其中奥妙：这张罚单确实是自己开出的，乍一看没什么不对，但仔细一瞧问题就出来了：罚单上的日期是七天前，也就是说，这是一张过期的旧罚单。

老林的声音慢悠悠地响起来：

"这一招也有个说法，叫做'移花接木'。有些司机为了逃脱处罚，就想出了自贴罚单这个招数，有的老手还会刻意让车窗雨刷遮住罚单上的日期和地点，再把车停到许多贴过罚单的车中间。这一手很绝，一名交警每天要处理那么多车，稍一疏忽，很容易被蒙混过关！"

小林听了，脸上火辣辣的，像涂了一层胡椒粉，回家后饭都没吃，把自己关在房间里生闷气。他不怪老林，只怨自己，他告诫自己：有再一再二，没再三再四，自己说什么也要争口气，不能让老林看扁。

从那以后，小林在执勤中对每一张罚单都进行查验核实，那种移花接木、以旧充新的方法，再也别想骗过他的眼睛。

那一天，老林又来了，他检查完毕，满意地夸了小林一句："好样的！"谁知话刚说完，问题就来了，老林炯炯的目光落在一辆车上，他指着车上那张罚单，看着小林不说话。

小林情知不妙，趋步过去细看，可是看来看去……好像没什么不对啊，时间地点都对得上号，确实是自己今天上午刚开出的罚单，难道是老林看走了眼？

刹那间，小林猛地想到了什么，赶紧低头一看车牌号，使劲拍了一下

脑袋，什么都明白了。

老林摇摇头说道："这招'偷梁换柱'，在逃罚招数中，是最绝的也是最损的，有的无良司机，不惜损人利己，揭下别人车上的罚单，贴在自己车上，这样一来，除了车牌号，其他都没问题，光盯着罚单看，是看不出什么的……"

小林低头站着，一脸的羞愧，老林走上前去，拍拍他的肩膀，语重心长地说道："小伙子，不用太沮丧，我也是从你这一步走过来的，对你来说，挑战才刚刚开始，你现在对付的只是车，以后还要直接面对人，面对形形色色的人……"

小林抬起头，语气诚恳地说："老林同志，我有个请求，你能答应我吗？"

"你说。"

"我想回炉重修，跟着你学习，我现在才知道，我离一名合格的交警，差距有多大……"

老林笑着答应了。

一年后，在年底的工作总结会上，老林和小林共同署名提交了一份建议书，由队里热烈讨论后，转交给市政管理部门。在这封建议书里，针对停车难的问题，两人认为：光是处罚违规停车，治标不治本，要从根本上解决问题，必须加强建设停车设施，有效满足停车需求，可以借鉴大城市的经验，利用宽裕的非机动车道、人行道，增设临时停车位，在城区的主要路口，以及商业网点周边，设置停车引导牌……

老林和小林的建议，赢得了有关部门的赞赏。

（题图、插图：刘斌昆）

红版编辑部各编辑邮箱：

姚自豪：yaobianji@126.com;
郑继文：zjw002@vip.163.com;
吕　佳：lujia411@yahoo.com.cn;
叶小萌：xiaomeng.ye@gmail.com;
李天然：chin_poet@163.com.

为了让领导吃好一顿饭，上上下下都积极行动起来，不禁让人感叹：吃顿平常饭，咋就这么难？

□唐门

吃顿平常饭

蛤蚧村胡老三家穷人丑，一个人过活。这天一早，他家来了贵客，镇里王主任在村干部的陪同下，突然大驾光临，并且通知他：后天县长来蛤蚧村察看夏粮收割，午饭就在老百姓家吃，他家很荣幸地被选中了。

胡老三一听慌了，两只手使劲摇："不行哟，不行哟！我家又脏又破，怎么好让县长来吃饭？"

"你要是住着小洋楼，我们也不会选你了。"王主任笑眯眯地解释，"县长点名，说要在最贫困的老百姓家吃饭。"

胡老三一听，有点脸红，谁都知道，他胡老三是村里有名的贫困户，

他想了想说："县长要来我家，是看得起我，可是我家这条件……"

一听这话，王主任心里也犯嘀咕，以前上面来的领导都在酒店用餐，这个县长不知发什么神经，特地交代要在老百姓家吃，还一定要选最贫困的那家，镇里不能违背领导的意愿，但还要想办法保证领导吃好。想到此，王主任哈哈一笑："这个不用你操心！你的任务就是当主人，这两天你先把房子彻底扫一扫吧。"

胡老三一脸为难，他的稻子熟得都往下掉了，他恨不得晚上也出太阳呢。王主任一笑，说："小事，损失多少镇里补给你，还有这几天，镇里也给你发误工费。"

胡老三无可奈何，只得点头答应了。王主任他们一走，他就忙乎起来，按照王主任交代的，把房子从里到外清扫了一遍，桌椅凳子都抹过了，老鼠洞蚂蚁窝也塞住了。最麻烦的是门前的臭水沟，还有搬走门后那堆猪粪，整整花了两天时间才搞好。

第三天一早，一辆小车开到他家门前。王主任从车上跳下来，查看了一遍，十分满意，接着就指挥大家从车上往下搬东西。

胡老三一看大家手里拿的，有活的土鸡、野生甲鱼、各种新鲜野菜，还有些从没见过的药材。王主任看他满脸纳闷，就笑着说，领导难得来一次，一定得让领导吃好，说着拉过一个人介绍"他是饭店请来的厨师，待会他负责做菜，你呢，到时候给他烧火就行了。哦，对了，要是领导问起来，你就说，甲鱼是你在自家塘里抓的，野菜、药材是你上山挖的……"

胡老三"哦哦"地应着，心里却想，这不是越搞越麻烦吗？直接去饭店吃多好！

等东西都摆弄好，王主任来到屋里，研究了半天，感觉不错。胡老三想到什么，忽然喊了起来："我家只有一个旧电风扇，恐怕不够用！"

这一喊，把王主任喊了一个激灵，他拍拍胡老三的肩膀："这个困难提得好，我差点把这忘了！"

现在正是一年中最热的时候，太阳火辣辣地直晒进屋，不要说吃饭，人往屋里一坐，汗就滚滚往下流，让领导怎么吃得下？王主任一时疏忽，差点忘了这个关键细节。

王主任皱起眉头，若有所思地打量着屋子，忽然掉头就往外走，上了车，又匆匆交代胡老三说："你抓紧一下，把房子通风的地方用薄膜蒙一下。"

胡老三一愣，通风还热得受不了，再蒙得严严的，要蒸活人啊？

过了一个小时，王主任回来了，车上装着几台机器。王主任跳下车，心急火燎地招呼车上的人："动作都给我快点，必须在中午前装好！"

大伙儿七手八脚，忙了个不亦乐乎。胡老三一看，才知道这些机器原来就是空调，是王主任特地从镇上紧急抽调来的，一共三台。

胡老三挠挠头皮，对王主任说："我家这条件，怎么可能用得上空调？还一用就是三个！"

王主任怔了怔，一拍脑袋"对对对，提醒得好！领导特别叮嘱过，不要搞特殊。"

那咋办好呢？既要为领导营造一个凉爽的用餐环境，又不能让领导发现作假，这倒是件难事！

王主任满头大汗地在屋里兜着圈子，思索着解决问题的最佳方案。他下意识地摸着坑坑注注的墙面，突然

灵机一动，叫道："有了！快快，把空调都装到墙外去，然后用柴草席子什么的挡住。"

安装的工人懵了："那冷气进不了屋呀！"

"有办法。"王主任胸有成竹地一笑，双手在墙上比划着，"把这几块砖取出来，让凉气正好从洞中送进来，神不知鬼不觉。"

胡老三顿时哭笑不得，这种馊主意，真亏王主任想得出来。王主任安慰他说："不要紧，等领导走了，再把砖补上。"

胡老三只好由着别人折腾了，他知道，现在自己家不由自己说了算啦！

忙乎了半天，三台空调都装好了，又做了伪装，往屋里一站，一股股凉气从四面八方涌来，真是一点破绽也没有。

过了十二点，县长头戴草帽，终于从田里视察回来了。王主任把胡老三推上前去，跟县长握手。

胡老三壮着胆一打量，县长很年轻，比自己大不了几岁，不过人家长得白白嫩嫩的，这可不能比。令人称奇的是，县长脸上一滴汗也没有，手也是干干的，而其他陪同干部个个汗如雨下，衣服都

湿透了。

县长一行进了吃饭的屋子，菜跟着就上来了。县长一进来就发觉不对劲，奇怪地说："咦，这房间好凉快！"

一旁的镇长对接待工作了如指掌，立刻解释说："乡下有些地方是这样的，特别凉爽。"

县长"哦"了一声，亲切地拉着胡老三坐下，寒暄两句，就开吃了。

胡老三是平生第一次享受吹着空调吃饭，但因为心情紧张，不一会额头就冒了汗，最后竟滴滴答答往下淌。县长吃着吃着，扭头看看胡老三，又看看一旁的镇长、书记，忽然放下筷子，叹了口气。大家一看，也都放下了筷子。

县长没头没脑地说了句："看来，

诸位都生了和我一样的病啦！"

大家一听，都愣了一下。县长瞅着镇长说："你们身上也没冒汗嘛。"

镇长尴尬地说："这屋子凉快。"

县长又叹了口气，说"你们不知道，我这次下乡，一是为工作，第二我还有点个人的私事，就是为了治病。"

屋里的人都愣住了，疑惑地望着县长，洗耳恭听。县长忽然解开了衬衣纽扣，伸手往胸膛上一抹，把手掌伸出来让大家瞧"看看，我身上一滴汗也没有，干干的。"

县长说，他半年前就发现自己得了不出汗这种病。他去医院检查，医生告诉他，他的汗腺本来就有些问题，自当了领导，这十几年来都几乎感受不到温度的变化，无论人在哪儿，都处在一个相当舒适的温度里，冷不着，热不着，久而久之，出汗的功能竟渐渐退化了。

医生叮嘱他想办法经常出出汗，于是他爬过山、打过球、蒸过桑拿，但都没用。他只感到身体内部热得不行，可汗就是排不出来，就好像一个全密封的高压锅似的，里面的水沸腾了，外面却一丝热气也不冒。

县长夫人也很着急，她问县长：还记不记得自己出汗最厉害的一次是什么情景？经夫人一问，县长想起来了，自己读中学时，有一次帮家里夏收，收完稻子，还要赶去学校考试，根本没时间等饭凉了再吃，毒辣的日头照在瓦片上，一碗热粥没喝几口，脚底下就淌了一大摊汗，结果吃完饭往学校赶的路上，热得昏倒了……县长说，要说出汗，就数那次最厉害。夫人灵光一闪，说："要不，你还去瓦房子底下吃顿热饭试试？"

县长觉得有道理，自己已经多年没在瓦房里吃过饭了，说不定真的管用。然而刚才在田间地头走了一遭，他还是滴汗未出，只能寄希望于吃饭的机会了。谁想，这屋里却凉得吓人，没有一丝一毫当年的感觉。

县长说完后，大家都傻愣在椅子上，屋里一时沉默了。胡老三却听得热血沸腾，也不知从哪来的胆量，他站起来大声说："县长，只要你经常下来走走，一定能出汗！"

"对，我就是这么想的！"县长高兴地一拍他肩膀，又对在座的干部说，"诸位以后也该多下来走走，别和我生一样的病呀！"

镇长他们连连点头。县长突然一把扯掉衬衣，光着雪白的膀子，说道："把空调都关了，让我们真正吃一顿老百姓的饭，风风火火出一回汗吧！"

几分钟后，屋里的温度陡然一热，接着，大家分明看见，县长的胸脯上滚动着点点汗珠。

（题图、插图：张恩卫）

奇特的
司机

□ 张东兴

有个老板，想招聘一个司机。这个职位挺重要，将来可是要把命交在他手上的，所以老板开出的价码很高，当然，标准也近乎苛刻，所以试了很多个应聘者，一直没有中意的。

这天，来了个小胖子应聘。小胖子人很机灵，老板刚掏出烟来，人家的火儿就凑上去了；老板的话还没说出口，人家就知道是什么意思了。几个回合下来，老板心里已有八分中意了。

于是老板就让小胖子试车。老板生意兴隆，座驾是一款限量版的名车，价值不菲，国内还没几辆。其实，这也是一道考题，老板眯着眼，看小胖子如何操作。

小胖子一点都没犯怵，只见他走到车前，娴熟地开车门、系安全带、启动，一气呵成，熟练得就跟在这车里长大似的。老板暗自点头，满意度已上升到了九分，可是老板又感到奇怪，心想，我这辆车不敢说绝无仅有吧，也算国内少见，这小子玩得这么熟练，档次绝对低不了，他还用得着出来干司机的工作吗？

老板见小胖子这么熟练，才敢坐进车里，说："你开出去兜一圈看看。"

小胖子点头："您坐稳了。"一踩油门，车平稳地开了出去。

车子开着开着，老板的眉头却皱了起来。为什么呢？因为一路上连遇三次红灯，小胖子却根本没有停车的意思。老板心想：你这是什么意思？是不是开别人的车、罚别人的款，反正没你什么事儿啊？这么一想，心里的满意度不知不觉又降回到八分。

到了市区，车速降了下来。今天

是星期六，堵车不很厉害，但小胖子却老跟在别人屁股后边，眼看着好多超车机会都被他轻轻放过，连旁边的夏利车都趾高气扬地鸣着喇叭超了过去。老板心里奇怪：一般来说，车越高档，开车的人脾气越大，小胖子玩高档车这么熟练，脾气咋就这么好呢？

老板侧头看看小胖子，只见他握方向盘的手指节都发白了，老板这才明白，原来这小胖子不是脾气好，而是车技平平，不会钻空超车！老板更失望了，心想：我生意上应酬多，每天从这个酒楼赶到那个酒楼，个个都是不能得罪的主儿，就你这跟屁虫的水平，有多少生意还不都得给我耽误黄了啊？

这时，老板的满意度已降到六分了。他不愿再跟在别人后面受气，就示意小胖子找个地方停下来。小胖子找啊找啊，好容易才找到个停车位，只见他开过去倒过来，却怎么也停不进去。这会儿老板再一看油表：好家伙，才20公里，就耗了4升油，我这车还是出名的低油耗呢，你当我是中石油的老板啊！

老板的脸色顿时就难看了，他面无表情地说："好了，把车交给我，你下去吧。"

小胖子善于察言观色，一看这情况，也知道这份报酬优厚的工作要跟自己擦肩而过了。但他并不着急，这时他平静地看看后视镜，没车没人，这才靠路边停车熄火。解安全带的时候，小胖子似乎不经意地说了一句话："这车真新！当老板就是比当官儿的换车方便。"

老板一听这句话，不由两眼放光。老板阅人无数，当然看得出这小胖子不是官儿，那他就是给官儿开车的了。老板再想起先前的疑惑，顿时恍然大悟：小胖子原先的雇主，级别一定低不了，给这个级别的官儿开车，出门沿途都是交通管制，从来不用管红灯，不用钻车空，不用找停车位，更不用操心油耗！所以这小胖子善于察言观色，对豪华车也很熟悉，却偏偏不懂那些普通司机的开车技巧！

老板想到此，当即留下了小胖子的联系方式，然后迅速找人调查，果然不出所料，于是立刻拍板，联系小胖子："我的司机就是你了，年薪二十万。"这比原来开出的价码可高出一大块。

有人要问了，老板又不能享受那些待遇，要这样的司机干吗呢？嗨！这你们就不明白了，这年头好多东西都不按原来的用了——月饼是专门用来卖盒子的，手表是专门用来摆阔气的，司机呢？开车不是主要的，要是能通过小胖子和他原先的雇主搭上关系，那老板可就赚大发喽……

（题图：魏忠善）

□芦宏伟

爱的拯救

胡凌又仔细看了看外卖单,单子写得很潦草,302的"3"字又有点像"8"字,难道自己走错了?胡凌正要转身,忽然脑子里冒出一个大胆的念头,随即心就怦怦狂跳起来……

这屋里没人,如果……如果自己顺手拿走点值钱的东西,谁会知道?

机不可失,有了这个念头后,胡凌又打量了一遍房间,看样子住在这里的是女孩子,桌上大大小小一堆化妆品。胡凌打开桌子抽屉,眼前顿时一亮——里面有一个存折,存折内还夹着一张银行卡,跟存折是一起的,存折上有25000元活期存款,不过让胡凌暗叫可惜的是,要凭密码才能取款。

胡凌正准备将存折和卡放回去,一个熟悉的"嘀嘀"声吓了他一跳,是桌上电脑里开着的QQ来消息了。这给了胡凌灵感,胡凌在电脑上重新开了一个QQ,登录了自己的QQ号,查看了电脑上原来开着的这个QQ号,昵称是"一束阳光"。胡凌用自己的

套取密码

胡凌今年上大二,他出身在农村一个贫穷的家庭,边读书边打工。这段时间,他在一家快餐店送外卖,每天吃饭时间饿着肚子给别人送饭,每送一份外卖可收入三毛钱,而这三毛钱常常要骑几里路车、爬几层高楼才能挣到。

这天,胡凌去一个小区送快餐,有一份饭要送到一单元302室。胡凌到了302室门口,敲门喊道:"外卖来啦!"叫了几遍,屋里没人应答,胡凌随手一推,房门竟然打开了,他走进几步,大声叫道:"外卖送来了,有人吗?"仍是没人。

QQ号申请加"一束阳光"为好友，然后操作"一束阳光"通过了自己的请求，操作完，胡凌退出了自己的QQ号，使电脑保持原样。

随后，胡凌把存折放回了老地方，却把那张银行卡揣进自己兜里。他走出302室，才发现自己出了一身冷汗……

接下来，胡凌每次上网都留意着好友列表里"一束阳光"是否在线，几天后，一束阳光灰色的头像闪亮起来，她上线了。

胡凌就发话给一束阳光："你好！"一束阳光问："你是谁？"胡凌说"很早以前我加你的呀，好久没聊

了，我也换过昵称了，你都想不起来我了吧。"

两人就这样聊了起来，没多久，胡凌已经知道，这个网名"一束阳光"的女孩真名叫刘芳，今年19岁，就在学校附近的一家十字绣专卖店当营业员，刘芳也知道胡凌是计算机系大二的学生。终于，两人约好时间要见面了。

这天刘芳下班后，两人一起去肯德基吃饭。刘芳是个很清秀的姑娘，可能因为两人在网上聊得很愉快，刘芳对胡凌一见如故，她告诉胡凌，自己的父母去年离婚了，妈妈嫁给了一个在新加坡做生意的男人，出国前给自己留下了几万块钱。胡凌心里一动，十有八九那卡上的25000元钱就是刘芳妈妈留给她的。刘芳说："不过，这笔钱我不会动的，这是妈妈留给我的纪念，我现在花的钱，都是我自己挣的。"

胡凌不由感到一阵惭愧，他有意接近刘芳，就是想跟她混熟了，好骗取银行卡的密码，但同时他心里也松了一口气，刘芳不动那笔钱，一时半会儿就不会发现银行卡不见了，胡凌的妹妹明年要上大学了，需要一笔不小的费用，胡凌虽然省吃俭用，仍然差很多……他本性不坏，

但人穷志短，才打起了坏主意。

吃过饭，胡凌趁两人聊得愉快，故意说："你说自己19岁，可我觉得你顶多17岁，你是不是说谎了？"

刘芳说："哪有，真的19岁了。"胡凌说："你敢不敢打赌，拿身份证给我看，我输了请你吃冰淇淋。"刘芳就真的拿了身份证给胡凌看，胡凌输了，刘芳笑嘻嘻地吃着冰淇淋，却不知道貌似忠厚的胡凌已经偷偷地记下了她的身份证号码……

试卡还卡

回去后，胡凌就研究起来，他对应着刘芳的身份证号码，分析出好几个有可能的密码，然后就戴上鸭舌帽和大墨镜，去自动取款机前试着取款，可试了几次，机器都提示"密码不正确"。

胡凌很失望，然而内心深处也有一个声音对他说：也好也好，终于没机会犯罪了。

虽然套取密码失败了，可不知为什么，胡凌还是继续跟刘芳交往着。有一次，刘芳好几天没上网，胡凌觉得心里空落落的，他突然意识到，莫非自己喜欢上刘芳了？胡凌猛地惊醒过来，决定要疏远刘芳——自己跟刘芳结识的动机不纯，交往下去是不会有结果的。

这天，刘芳又约胡凌出来，见面后，刘芳说，我想用手机上QQ，可不

会用，你帮我在手机上把QQ开通了吧。胡凌也不太懂手机怎么上QQ，两个人就一起摸索起来。就在这过程中，胡凌知道了刘芳的QQ密码，刘芳说，最早上网时，自己还不太会玩电脑，是表姐帮自己申请的QQ号。

回到寝室，同学约胡凌出去喝酒，酒过三巡，胡凌想到白天的事，突然想，刘芳的银行卡密码会不会和QQ密码有关？想到这儿，他好奇心顿起，借着酒劲一个人去了自动取款机专柜，插进卡输入密码，没想到密码竟然正确！

胡凌的手颤抖了，一查卡上的金额，25000元竟然一分没少！不知道是啤酒的缘故还是被金钱冲昏了头脑，胡凌只觉得脑袋里热血上涌，一次最多取款5000元，胡凌取出5000元钱，第二次再取5000元，接连四次取了20000元，再次取钱时，却取不出来了，原来，自动取款机每天最多只能取出20000元。胡凌心想，20000元就20000元，剩下5000元也算是给刘芳留点吧……想到刘芳，胡凌突然感到一阵心痛。

就在这时，胡凌的手机响了，正是刘芳打来的，接通电话，胡凌的冷汗都出来了，结巴着说："刘、刘芳啊，有事吗？"手里抓着刘芳的两万块钱，胡凌此时说不出是什么滋味。

一向大大咧咧的刘芳这会儿却沉

默起来。胡凌更加紧张，正忐忑着，刘芳说："我……有点事儿，想见你。"

挂了电话，胡凌还在想：去还是不去？不会刚偷了钱就东窗事发了吧……如此胡思乱想着，胡凌见到了刘芳。也不知是不是心理作用，胡凌觉得今天刘芳看自己的眼神有点怪，她好像还化了淡淡的妆。胡凌低下头不敢看她，问道："什么事呀？"

刘芳想了一会儿，说"胡凌你知道吗，我喜欢你，难道这么长时间你就没看出来吗？"

啊，原来刘芳今天约自己出来是来表白的。胡凌紧张得额头冒汗，刘芳也低下头来，轻轻地说："我知道你

经济紧张，不过，我们谈恋爱不花钱的，我不要求你给我买什么，我有工资，我还可以帮你……"

在这刹那间，胡凌真想紧紧地把刘芳抱在怀里，又想扭头逃走，从此再也不见她……胡凌内心纠结万分，最后胡乱一指前方，说："我们、我们走走吧，边走边说话……"两人顺着小路向前走，谁也不说话了。恐怕，再也没有一个男孩遇到女孩表白时，会有胡凌这样复杂的心情。

走呀走呀，一直走了一个多小时，胡凌脑子里仍然很乱。这时，刘芳把包塞给胡凌，说："你先帮我拿着，我去洗手间。"

刘芳进了洗手间，胡凌呆呆地愣在那里，突然，他觉得自己是那样可耻，于是迅速把银行卡和兜里的20000元钱掏出来，塞进了刘芳的包里，然后，他把包交给看厕所的大妈，嘱咐大妈待会儿转交给刘芳，就头也不回地逃走了。

回学校的路上，他一下子觉得轻松了……

阴差阳错

一连三天，胡凌和刘芳两人没有联系，胡凌不知道刘芳有没有发现包里的卡和20000元钱……

这天下午没课，胡凌去办公室找班主任，在楼下看到几个穿警服的人，胡凌心里咯噔一下，隐隐有不祥

的预感。果然，几个警察进了班主任的办公室，胡凌站在门口偷听里面的谈话。

隐隐约约，胡凌听到警察说"胡凌"、"银行卡"之类的字眼儿，他呆住了，差点一屁股坐在地上。等他缓过神，就一口气跑出了办公楼，又疯了似的冲出了校园……

不知跑了多久，终于跑不动了，胡凌靠在墙上，绝望地想：完了，全完了！警察知道了，自己要坐牢了，虽然把钱还了，可偷盗的罪名毕竟成立……刘芳，你也太狠了！

胡凌想到刘芳的绝情，心里一阵痛，他头脑一热，立刻拨通了刘芳的电话，对着电话就大吼："刘芳，我承认我是个贼！我不配你喜欢……但你用得着这么绝情吗？把我送进监狱你就高兴了？我不是都已经悔改了吗……"刘芳在电话那边插不上话，最后只说："你在哪？我们见面再说。"

找到胡凌时，胡凌坐在地上，哭得满脸都是鼻涕眼泪，看到刘芳后，他就把自己送快餐偷银行卡，通过QQ和刘芳成为朋友，骗取密码偷钱，又把钱放回刘芳包里的经过说了……

"你把钱放在了我包里？我到现在都不知道呢，我那天回去后把包放在家里，就没再动那个包了。"刘芳说，"走，我带你去见一个人，现在只有她能帮你了。"胡凌一愣："谁能帮我？"刘芳说："我表姐。"

原来，那张银行卡并不是刘芳的，而是她表姐的。事情是这样的，那天胡凌送快餐的302房间，是刘芳的表姐家。当时，刘芳在表姐家玩电脑，电脑上开着的QQ就是刘芳的QQ号，中午刘芳和表姐一起出去吃饭，出门时忘了锁门。胡凌在电脑桌抽屉里偷走的银行卡，是刘芳表姐的银行卡，而胡凌通过QQ认识的，却是刘芳。

胡凌用刘芳的身份证号码，自然分析不出她表姐银行卡的密码，而巧的是，刘芳的QQ号当初是表姐帮她申请的，密码也是表姐为刘芳设置的，当时表姐用了自己常用的密码，这个密码正好也是表姐银行卡的密码。刘芳表姐这天发现卡上少了20000元钱，就急忙报警了，警察最终查到了取款人胡凌。

刘芳带着胡凌和包里的20000元钱，找到了表姐，向她讲明了事情经过，刘芳请求表姐想想办法，毕竟胡凌取钱后，本意是将钱立即还给"失主"，虽然他阴差阳错地还错了对象。

刘芳的表姐听后也认为应该给胡凌一个机会，于是去了公安局说明情况，希望能酌情免于起诉……

出身贫寒的大学生胡凌，因为一念之差犯错，差点造成悲剧，但因为他本性的善良，加上一位爱着他包容他的女孩，终于用爱拯救了自己。

（题图、插图：张恩卫）

女朋友就这样没了

◇ 她是隔壁班的美女，上大课的时候我要到了手机号。某次约她出来，晚秋小树林边，美女说："我冷。"我说："咱一起跑跑，跑跑就暖和了。"

　　然后，就没有然后了……

◇ 我一个哥们，有一次，一个认识他很久的美女在下雪天给他发短信"多美啊，要是能一起在外面走走该多浪漫啊！"他回了一句："这么冷只有傻子才会出门。"

　　然后，就没有然后了……

◇ 某日，好不容易约到喜欢了很久的MM，在湖边散步时，MM把手伸到我面前说："我这手都没地儿放。"我直接来了句："你衣服没兜吗？"

　　然后，就没有然后了……

◇ 某次和几个朋友一起打羽毛球，有个美女和我双打，气氛非常愉快。打完球，美女对我说："把你的手机借我一下。"我目瞪口呆地说："我就这一个手机，还要用呢。"

　　然后，就没有然后了……

◇ 某女一天悄悄对我说"大家都议论我们是男女朋友呢，真过分！"我说："是谁在胡说？不过，我们身正不怕影子歪，让他们胡说八道去。"

　　然后，就没有然后了……

◇ 当年有个MM请我在元旦舞会时做她的舞伴，我说："我还没学会跳舞。"其实我说的是真话，就是到了现在我还没学会跳舞，可她没吭声，走了。

　　然后，就没有然后了……

◇ 我有个朋友很羞涩，喜欢一个女生好久了都不敢表白。后来这个女生主动对他说："我同学说，看得出来你很喜欢我。"朋友羞愧得无地自容，说："抱歉啊，我以后会注意的，不让别人误会。"

　　然后，就没有然后了……

◇ 一位师妹和我很投缘，说要给我介绍女朋友，约我第二天早上图书馆门口见面。第二天到图书馆门口，没见到她说的女朋友，只见到穿了一身新衣服的师妹，我大呼上当，扬长而去，等回过味儿来，已经晚了。

　　然后，就没有然后了……

（作者：笑　文；推荐者：于林娜）

◇ 明朝官员致仕后，喝酒时都要坐在平民之上，如果遇见一起退休的，谁官大谁坐上位，官一样大再论年龄，同岁再看月份，要是同年同月同日同级别怎么办？书上没写。

◇ 嘉靖二十三年定的状元叫吴情，明世宗说这破名字也配当状元？这样吧，我昨晚做梦打雷了，你看这些考生里面有没有带雷字的？一查还真有个叫秦鸣雷的。得，就他了！

◇ 岳母刺字的真实性值得怀疑。第一是他妈不认字。第二就算认字，那四个字得捅多少针啊？哪个当妈的忍心下手？不过话又说回来，岳母对女婿下手倒是挺狠。

◇ 郑和回来后就给朝廷发快报，说寻找到传说中的麒麟了。明成祖高兴坏了，看过之后还让人画了下来留作纪念。600年过去了，再看那头麒麟——原来是长颈鹿。

◇ 你以为皇上跟电视里一样都说文言文吗？故宫清点时发现一奏折，内容是大臣进呈了10张米芾的字帖。乾隆很重视，朱笔御批写道："是假的，不要。"

◇ 溥仪退位之后清点宫内存货，发现一只比小沈阳还搞笑的青花瓷瓶，上写道：大明康熙年制。

◇ 太监总管小德张在天津做寓公，娶了好几个媳妇，溥仪问他这是干吗啊，张说："摆着看呗，挺好。"

（作者：张发财）

爆 强 对 联

◇ 上联是：几多风雨心难老。出题人强调，下联要工整，结果，对出来的下联真的很工整：一把年纪人更花。

◇ 上联是：残雪梅中尽。出题人提醒：对下联时不要局限于花花草草。结果下联让人哭笑不得：赘肉腹下生。

◇ 一家小彩票站门前贴着一副对联，很有趣，上联是：猪头大吧？笨死了。下联是：店小咋了？能中奖！

◇ 最强的工作对联悬挂在重庆一家公司门口，上联是：图轻松另谋他路，下联是：怕辛苦莫入此门。

◇ 高考中的一道题，上联是：荔枝龙眼木瓜，皆为岭南佳果。有学生对下联：豆浆油条面窝，都是街头小吃。

◇ 有一道题是这样的 请你从"勤学"、"立志"等词语中选一个作为话题，撰写一副对联。老师点一个男生上台，他奋笔疾书，写下这样两句话现在学好本领，将来报效祖国。对仗工整，他在全班的掌声中风光下台。他下去之后，老师越看越觉得这两句话熟悉，想了好久，终于想起来了，原来这两句话是一个伟人说的！（推荐者：鱼多多）

（本栏插图：谭海彦）

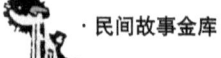

爱情就像耳环，最好的不一定是最华丽的，而是最适合自己的……

羞耻环

□ 姜红梅

明朝苏州有户富商，膝下只有一个女儿莲娇，这莲娇从小娇生惯养，长大后更是刁蛮异常。

这天晌午，莲娇带着丫鬟出门闲逛，走到街口，见一群人围在一起看热闹，挤进去一看，原来是个屠户在取狗宝。

那屠户两手在狗肚子里来回扒拉，手一扬，狗血竟溅到了莲娇脸上，莲娇吓得眼前一黑，就要摔倒，旁边一个书生见状，赶紧相搀。莲娇稳住心神，发现自己被一个陌生男子搂着，不禁又羞又怒，有心骂他几句，但见书生潇洒英俊，一时竟看痴了。还是丫鬟反应过来，一拍那书生的胳膊："放开我家小姐！"

回家后不知怎的，莲娇对那书生念念不忘，满脑子都是书生的影子，最后她一跺脚："我要找到那书生！"

莲娇派人多方打听，终于查明书生在街上摆了个字摊，靠给人撰文为生。这天，莲娇带着丫鬟，悄悄出门去找书生，不料刚走近字摊，莲娇就差点气昏过去——只见一个青布衣裙的姑娘陪在书生身边，帮着磨墨铺纸，形影不离。丫鬟赶紧把莲娇拉到一边，找人一打听，这才知道，那青布姑娘是书生的意中人，他们青梅竹马，感情甚笃，还好，青布姑娘还未嫁给他。

丫鬟见莲娇失望的样子，就安慰她说："小姐，你不用伤心，他们还未成亲，你若喜欢那书生，就把他抢过来。我们是高门大户，小姐你也长得沉鱼落雁，哪能输给一个布衣姑娘？"

莲娇听到这里，转悲为喜，就把心事和父亲说了。父亲哈哈大笑"这算什么难事？我叫人送去重礼，再给你良田百亩当嫁妆，他能不愿意吗？"

莲娇听了，却连连摇头："不可不可，这是女儿的大事，又不是花钱买家丁，女儿的意思，还是要智取。"

于是莲娇让父亲出面，把书生请到府里，给他安排了一些誊写的小活，目的就是让莲娇有机会接近他。从此，莲娇隔三差五就去看望书生，给他送炖鸡汤、煲燕窝，有时还硬拉书生一同吃饭。一来二去，书生也对莲娇生出几分好感，但好感归好感，书生始终和莲娇保持着一定距离。

一晃半个月过去了，这天，莲娇终于等不及了，就让丫鬟递话，表示想与书生结为百年之好。书生闻言有些尴尬，话已挑明，如果拒绝，就驳了大小姐的面子；如果答应，自己岂不成了负心郎？莲娇知道书生心中还惦记着那个青布姑娘，便再三逼问，书生被逼得没辙，只好托词说："婚姻大事，须经父母做主。要不，等到八月十五，你和她一起到我家，让我父母定夺。"

莲娇听了这话，满心欢喜，回到屋里，就把所有漂亮衣服一一试穿，一边试穿，一边问丫鬟："这件怎么样？"

丫鬟咬咬嘴唇，说："小姐，依我看，这些衣服随便挑出一件来，都要远胜那青布姑娘，只怕……只怕到时候小姐戴的耳环添乱。"

原来那时候，女子出门做客，总要佩戴耳环，这耳环又叫"羞耻环"，不仅有装扮作用，还能规范女子的姿态行为。如果女子行为不稳重，前仰后合，摇头晃脑，耳环就会随之摇晃不已，左耳环碰到女子左脸，意为"羞"，右耳环碰到右脸，意为"耻"，因此，这羞耻环对女子来说极为重要，既要它美观夺目，衬托主人的美貌，还不能让它"抢戏"，万一左右摇晃不已，那可就大煞风景。

丫鬟说莲娇的耳环可能添乱，就是指的这事。莲娇从小刁蛮任性，行为不受约束，别说颠步扭腰，就是说话腮帮子动大了，耳环也会摇晃个不停。莲娇也知道自己的毛病，听丫鬟一说，不由直叹气："唉，见书生父母时，耳环若是叮叮当当晃个不停，人家会说我没教养，这可怎么办？"

丫鬟想了想，说："小姐，这种关键时刻，你要佩戴乖耳环。"

莲娇眉头紧皱，问道："乖耳环？那是什么？"

丫鬟说道："乖耳环就是听话的耳环，戴上后不会轻易晃动。我听说，有个李铁匠最擅长做这种乖耳环。"

丫鬟告诉莲娇，她偶尔听人说

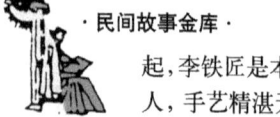

起,李铁匠是本地的一位奇人,手艺精湛无比,大到盔甲铁犁,小到针尖细丝,无一不精,听说,李铁匠年轻时还为朝廷大将打过护国宝剑呢。

莲娇听罢,心急火燎,带着丫鬟出门,竟亲自去找那李铁匠。到了地方一看,李铁匠的铁器铺颇为简陋,一个大火炉就占去了半间房,木架子上、地上摆满了铁条铜疙瘩什么的,

李铁匠本人也是其貌不扬,看不出有何才能。

莲娇有些失望,她斜了李铁匠一眼,大大咧咧地问:"你会打耳环?"

李铁匠点头:"当然,这不算什么。"

莲娇嗯了一声,说"我要你给我打一副羞耻环,要漂亮精致,最最重要的是,让它少羞臊我。"说完,莲娇把一块上等美玉和一锭金子交给李铁匠。

从莲娇一进屋,李铁匠就仔细打量着她,这时,李铁匠接过美玉和金子,突然问:"姑娘,你喜欢用左手取物?"

莲娇是左撇子,李铁匠一语点破,她着实吃了一惊"你怎么知道?我让你打羞耻环,你问这个干什么?"

李铁匠微微一笑:"要是你只图耳环漂亮,我自然不会多问,可你要的是不会羞臊人的乖耳环,当然要做得精细些。普通人遇事习惯伸右手,右肩往前歪,右边的耳环就会往前探,因此,右耳环总是晃动得更厉害,为了少碰人的右脸,就要把右耳环做得稍沉一些,但如果右耳环太沉,又与左耳环不相称,这中间的分量火候要拿捏得当。你与常人不同,喜欢用左手,打制耳环时正好相反。"

听李铁匠这么一说,莲娇不由刮目相看,原来小小一副耳环中还有这

么多门道。

这时离中秋节还有半个多月，莲娇问李铁匠："半月内能不能打造完？"李铁匠捋捋胡子："十天就可完工。"

莲娇是急性子，虽然李铁匠说十天就能完工，但她还是不放心，就派了几个家丁守在铁匠铺门口，把别的客人都挡在门外，好让李铁匠专心为自己打耳环。

这天，莲娇亲自跑去铁匠铺查看，她站在李铁匠身旁，一会嫌花样不够精细，一会要再镶块宝石上去，李铁匠被搅得心烦意乱，一个没留神，美玉从手中滑落，断为几块。莲娇顿时气得脸色铁青，大骂了李铁匠一顿，只得命人再取美玉重新打磨。时间紧迫，莲娇怕耽误了日子，日日派家丁催促，李铁匠只能起早贪黑，加紧赶制，一次竟累得眼前发黑，差点摔倒在地。

这天，羞耻环终于完工了，莲娇来取货，忽然，她远远地看到书生和青布姑娘从铁匠铺里出来。莲娇心中顿时生出一股醋意，看来书生还是偏向青布姑娘，两人一定也是来找李铁匠打耳环的，但她又一想，中秋节马上要到了，纵然他们要打耳环，也来不及了，而且婚姻大事，由父母做主，只要自己到了书生家里，好好施展一番手段，还怕不成吗？

莲娇回到府中，把李铁匠精心打造的羞耻环戴上，前后左右晃动身体，那耳环虽然也随之摇动，但幅度比普通耳环小了许多，很少碰到脸。莲娇兴奋不已，这下心里有谱了。

中秋节这天，莲娇佩戴着珍贵的耳环，身后丫鬟仆役捧着礼物，前呼后拥地来到书生家中。到了书生家门口，莲娇见那青布姑娘也正好走来，只见她脸色憔悴，精神欠佳，戴着一副极平常的耳环，那耳环黑漆漆的，竟像是铁打的，又丑又旧。青布姑娘见莲娇也来了，便上前打招呼，莲娇见她每走一步都十分吃力，耳环也随着晃个不停，原来青布姑娘不知何时竟崴了脚！莲娇暗暗好笑，心想，这回我赢定了。

两人来到屋内，见一位老太太端坐椅上，莲娇心里明白，想必这就是书生的母亲了，自己可得好好表现一番！

老太太见到两位姑娘，十分高兴，亲自到厨房端出一道道美味佳肴，留两位姑娘吃饭。莲娇一心要讨好书生的家人，便故作殷勤地帮老太太端这拿那，端的时候小心翼翼，特意将碗端得平、走得稳，那对精心打造的羞耻环果然争气，一点也没有晃动。这时她见青布姑娘也一瘸一拐地帮着端菜，心里一动，便悄悄伸出脚来一绊，青布姑娘被绊得一个趔趄，手里捧着的汤洒了一大半，耳环也随着剧烈晃动起来。

莲娇看了笑起来："哎呀，这位姑娘，你戴的是什么耳环呀？晃得把脸都拍肿了，叮当叮当的响声，八里外的狗都能听见！"

"不，玲儿的耳环才是最好的！"这时，从里屋走出来一位老者，莲娇一看，吃惊不已，来人正是李铁匠，原来他竟是书生的父亲！这时，莲娇才知道那青布姑娘原来叫玲儿。

李铁匠说："当年我偶尔得到一块陨铁，我用陨铁打了一对护国宝剑，剩下的边角料就打了一副羞耻环，打算送给将来的儿媳妇，因为陨铁比金子还稀少，比美玉还坚硬，寓意情有独钟、天长地久。这副羞耻环，我前几天已经送人了，现在就戴在玲儿的耳朵上。今天她的羞耻环叮叮当当晃个不停，那是因为她扭伤了脚。"接着李铁匠问莲娇，"你知道她是怎么受伤的吗？"

莲娇此时目瞪口呆，愣愣地摇摇头，李铁匠叹道："那几日你逼我赶制耳环，我累得吃不消，玲儿知道后，熬了补药送到我铺里，她怕药凉了，路上走得急，一不小心就扭伤了脚。"

莲娇听了还不服气："可是，我也是真心对公子好啊！"

李铁匠叹了口气，还没说话，老太太先开口了："姑娘，你的事我已经听老伴和儿子说了。唉，要是真心对一个人好，又怎会连他的家人是谁都不知道？这不是真心，是表面功夫。羞耻环，羞耻环，最要紧的并不是耳环，而是内心。姑娘你的耳环名贵无比，我们小户人家实在高攀不起……"

听到这里，莲娇只觉眼前发黑，满脸发烫，暗想，这回，自己可真是彻彻底底"羞耻"了一遭。

（题图、插图：黄全昌）

封面话题

圣诞老人的故事

很久很久以前，遥远的北方住着一位神父，他热心慈善，最喜欢暗中帮助穷人。离神父家不远处有一户人家，穷得无法度日，这家的父亲没有办法，打算把三个女儿卖给别人当女仆来还债。好心的神父知道了这事，圣诞之夜，他把三只沉甸甸的长袜挂在了那三个少女的窗前。第二天，三个少女发现了窗前的袜子，摘下一看，里面装满了金子！她们不禁喜极而泣，感谢"圣诞老人"送来的礼物。

后来，三个少女把故事讲给孩子们听，孩子们听了非常羡慕，每到圣诞夜，就把一只袜子挂在窗前，希望也有"圣诞老人"来送他们礼物。这个习惯一直流传至今，大家都相信，礼物背后，是一颗朴素的爱人之心。

有了巨款傍身，狗也变得底气十足，故事就围绕着这只神奇的狗和它携带的巨款展开了……

人模狗样

□于 强

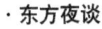

这天，市里有名的凤凰大酒店发生了一件稀奇事：酒店里闯进了一只神奇的狗，这狗毛色雪白，个子不大，行动却十分奇异。

最早发现这狗的是贵宾包房的一个服务小姐，她上菜时看见一只白色小狗叼着一个黑色的皮包，一头钻进了包房，当时吃饭的人不少，服务小姐还以为这狗是哪位客人带来的呢，可一打听，却没有客人认识。保安以为是只野狗，正要拿棍子赶出去，不想那狗异常凶猛，狂吠一通后，竟用嘴从它叼来的皮包里咬出了一沓钞票，搁在服务小姐脚边，然后跳上饭桌，用爪子按着菜谱，看样子，它是来吃饭的。

所有人见状都傻了，那狗见服务小姐不动弹，突然生起气来，瞪着血红的狗眼，汪汪大叫。有个客人觉得很好玩，就让服务小姐找了几盆剩菜，端到狗面前，想看看它会怎么做。不料那狗一点也不客气，稀里哗啦、风卷残云，一下把剩菜吃了个干净。吃完后，那狗还不满足，竟然伸嘴去喝杯子里的剩酒，喝完后还用嘴拱倒了旁边的红酒瓶，那意思，一杯不够喝，还要再开一瓶。见服务小姐迟疑，那狗又从黑皮包里叼出一沓钞票，甩在桌子上。服务小姐见状不敢怠慢，赶紧去报告酒店经理。

很快，经理就赶到了，只见这狗四肢朝天，正在呼呼大睡。一个保安对经理说："这狗刚才发了一通酒疯，现在可能累了。要说这狗真是比人还精，那只装钱的黑皮包，它走到哪里就叼到哪里，谁要是想去碰包，它立即就翻了狗脸，上来就咬。"

经理轻轻走上前，见那只包竟然是价值两万多块的名牌，不禁咋舌，暗想，这狗的主人肯定是大有身份的人。

不久，那狗醒了过来，不知道哪根神经出了毛病，竟然如醉汉般东摇西晃，在沙发上撒泡尿，在地毯上呕吐几口，又龇牙咧嘴，转着圈追服务小姐，还用狗嘴往服务小姐裙子底下钻，吓得小姐大呼小叫……

看来这狗要发疯了！经理心想，必须赶紧找到狗的主人，不然狗咬伤了客人，他们就被动了。

还别说，消息传开不久，一个光头男人急匆匆赶来，一见狗和黑皮包，光头就嚷嚷开了："哎呀！这畜生怎么跑到这里来捣乱？真是对不起啊！"说着，就去抓那黑皮包。没想到那狗见光头要夺包，立即扑过来，张嘴就啃光头的腿肚子。光头吓得大叫起来，旁边的酒店保安起了疑心，问光头："这是你家的狗吗？"

光头一瞪眼："不是我家的，还是你家的？"

"那这狗叫啥名？"

"这……"光头一愣，随即吞吞吐吐起来，"叫……叫，对了，它叫笨笨，

是吧，笨笨？"光头叫狗，那狗却瞪着血眼，充满敌意地朝他低吼。

见众人一脸怀疑，光头急了，"小白、宝宝"的乱叫，最后连"根生"都叫出来了，可那狗根本无动于衷。这时，旁边一个看热闹的老头说"马大头，根生不是你爹的小名吗？怎么，你爹变狗了？"

众人一问才知道，这光头叫马大头，是个无业混混。马大头见露了馅，想抓起包就跑，结果被那狗一口咬在屁股上，疼得他捂着屁股，抱头鼠窜而去。后来又有几个人来认狗认包，可那狗不论是谁，一律狗牙伺候。

看来不少人打上了皮包的主意，为了不出意外，尽快找到狗主人，酒店经理只好报了警。不久警察来到，好不容易把狗关进了笼子，拿过包打开一看，大家都吸了一口凉气：包里不但有好几叠钞票，还有几部高档手机、劳力士金表、支票簿……更令人吃惊的是，包外面还有些已经干涸的污血，经化验，警察断定这血是人血！

狗事一下子变成了人事，警察不敢怠慢，通过包里手机内遗留的信息，终于查到，包的主人叫吴大有，是一家大公司的老总。警察联系到了吴大有的家人，可家里人却说，吴大有已经两天没回家了，警察找到吴大有的公司，公司里的人也说吴总已经两天没来上班了。警察让吴家人和公司

员工来辨认那只狗，吴总的妻子看后，点头说是自家的狗，然后叫着狗的小名"点点"，不料那狗对吴总的妻子爱搭不理，反倒贴近吴总的女秘书娜娜，摇头摆尾，左蹭右靠。一时，娜娜满脸尴尬，吴总妻子怒火中烧，正要发作，警察赶紧说，现在不是处理家务事的时候，如今吴总生死不明，应该赶紧想办法找到他的下落。

这时，公司的人提供线索，说两天前，吴总开着他的宝马，载着爱犬点点，说是要去参加一个宴会，具体要去哪里，就不清楚了。

警察分析，像吴总这样有身份的人，参加的宴会场所不是大酒店，就是大宾馆。于是警察走访了市里各个宴会场所，还别说，果然查到两天前的晚上，吴总在一个叫仙人居的酒店参加了宴会。在酒店提供的监控录像里，吴总和一帮朋友觥筹交错，先点了一大桌菜，又点了红酒白酒一大堆，喝得东倒西歪后，吴总就开始不老实，"啃"得服务小姐大呼小叫，吴总则乐得哈哈大笑，之后甩给小姐一沓钞票，又东摇西晃地来到桑拿房。也许是酒性发作，吴总先在沙发上撒了泡尿，又趴在地毯上呕吐，真可谓丑态百出。

大家面面相觑，这情景真熟悉，点点在酒店包房里干的一切，活脱脱就是学它的主人啊！之后，录像上显示，晚上十一点多，吴总醉醺醺地带着点点上车，离开了酒店，后来就没有消息了。看来，要想追寻吴总的下落，还是要靠那只狗。于是警察带上点点，从吴总离开的那条路开出去，没多久，车子来到一个岔路口，警察正不知往哪里开，点点突然朝左边大叫，大家一商量，决定根据点点的指引，把车子开向了左边。之后每逢岔路口，点点就做出指示，不久车子竟然开出了市区，到了市郊荒凉的地段，最后在一处沟壑

边，发现了吴总翻倒在沟里的车子。大家赶紧打开车门，拖出车里的吴总，发现吴总虽然浑身是血，竟然还有一口气……

几天后，吴总醒来了，他悄悄告诉警察，原来他在郊外买了套别墅，包养了个情人，那晚，喝醉的他驱车去别墅偷会情人，结果酒后驾驶，一不小心，车子掉进了沟里。

警察告诉吴总，如果不是他那只神奇的狗，再过十天半个月，人们也找不到他。不料吴总听完点点在酒店里的奇异表现，却不相信，他告诉众人，点点是只听话、爱干净的狗，从来不会捣乱咬人，至于叼着钱包点菜要酒，胡吃海喝，更是不可能的事。

可众人都证实点点的表现是真的，吴总还是不相信，他特意吹了声口哨，点点听到口哨声，温顺地跑进屋子，趴在众人脚边摇尾乞怜。这就怪了，为啥几天前它又是那副样子呢？

这时，警察把点点叼着的黑皮包交给吴总，让他瞧瞧里面的东西对不对。吴总拿过包来，连连道谢，就在这时，奇怪的事情发生了，点点闻到沾染在皮包上的血污，忍不住伸出舌头舔了起来。谁想没舔几下，点点就变了模样，双眼血红，狂吠乱叫起来，就像一个喝醉酒的醉汉。

警察有些明白了，问吴总："那晚你喝了不少酒吧？"

吴总不好意思地说，那晚确实喝了不少，大概有两瓶红酒，一瓶茅台，一瓶洋酒。警察说，他知道点点为什么会发疯了。那晚吴总的车子翻了，撞得头破血流，点点可能无意中舔了他的血，由于吴总血液里酒精浓度太高，幼小的点点"不胜酒力"，就醉了。点点是一只学习能力很强的名犬，平时就爱模仿主人的行为，它酒醉后把持不住，竟把平时目睹主人的种种做派人模狗样地表演了出来。

吴总闻言脸一红，正想说点什么，突然一个人闯进病房，抬手就给了吴总一耳光！来人正是吴总的妻子。吴总奇怪了，自己去别墅会情人的事只告诉了警察，妻子还不知道呢，她为什么要打自己？这时，只见妻子一边哭一边质问："说，你是不是和秘书娜娜有一腿？"

吴总惊呆了，这事连警察都不知道，妻子怎么发现了？妻子怒气冲冲地说，点点醉酒后，对自己不理不睬，却对娜娜邀宠献媚。吴总一听，顿时觉得头痛欲裂，点点虽然聪明，可它还是不如人聪明，不知道什么该藏，什么该露啊！他瞅了一眼满脸怒气的妻子，忍不住哼哼说："我、我现在还觉得有点醉……"

这时，一旁的警察拍拍他的肩膀说："醉了不怕，能醒就好，就怕醉了醒不了，那就麻烦了。"

（题图、插图：刘斌昆）

编读聊天室：众手浇开故事花

读者侯温盛： 各位编辑好！贵刊462期上刊登的《十五个杀人的医生》，我看了以后很心酸，对庸医误人我深有感触，我自己就是因为看错医生才让生活失去了光彩。我想问，医学界真有这样的集会吗？能谈谈吗？此外，建议贵刊多刊登一些类似的故事。

编辑部： 您好！这篇故事写作的年代较早，故事里的秘密集会是艺术虚构，但结尾那场令人感动的对疑难病症的"会诊"，在今天已经成了一种最普遍的医疗制度。"外国文学故事鉴赏"这个栏目一直深受许多读者喜爱，今年我们会通过这个栏目推出更多文学名家和他们的优秀作品。

读者魏小舟： 我是一个铁杆《故事会》迷，很想了解一下编辑老师们的工作情况，对同一版的编辑来说，是每人负责编一期，还是一人负责几个栏目、大家共同编一期？

编辑部： 《故事会》目前是轮流发稿，责任编辑负责一期中的所有栏目，所以投稿时没有栏目限制，可以选择您喜欢的任何一位编辑，但注意不要一稿多投哦。

读者李小明： 我很喜欢"传闻逸事"这个栏目，如果一期里没看到就觉得少了点什么。"传闻逸事"和"民间故事金库"这两个栏目都有很强的可读性，读故事之余还可以领略中国传统文化，令人回味无穷。

编辑部： 很高兴您喜欢这两个栏目。这两个栏目都以古代题材为主，"传闻逸事"更注重传奇性，大多讲述一些奇人奇事；而"民间故事金库"则更注重智慧性和想象力，本期这两个栏目的故事都很有特点，欢迎读后谈谈您的感想。

·本刊信息传真·

故事中国网与您一同跨进2011

随着新年钟声的到来，由《故事会》主办的故事中国网(www.storychina.cn)即将与您一同跨进2011。在新的一年里，故事中国网将继续致力于打造成中国最好的故事网站，让您徜徉在故事海洋中，与万千网友共欢乐，同悲喜。

2010年度的最佳故事和杰出故事家评选将进入最终投票阶段，此次我们将邀请30位普通读者组成大众评审团，与业界专家共同评出获奖作品。任何故事爱好者均可报名，详情请登录网站查看，报名截止时间为2011年1月23日。

从本期开始，每期刊物都有一位作者在网上畅谈创作过程和幕后故事，并由责任编辑对这篇作品进行点评，定能让您耳目一新，受益匪浅。有奖征集评论活动将继续，只要您对本期刊物中的某篇作品撰写评论，就有机会在网站首页发布并获得稿酬。

故事中国网在一整年中将不断推出新的活动，面貌也将发生重大改变，敬请密切关注。2011，故事中国期待和您分享最精彩故事。

本篇改编自东野圭吾的小说。东野圭吾（1958—），日本著名作家，作品笔锋老辣，情节跌宕诡异，擅长从极不合理处写出极合理的故事。代表作《嫌疑人X的献身》获日本文学最高荣誉"直木奖"和本格推理小说大奖。这篇作品选自其短篇小说集《毒笑小说》。

手工贵妇

生活中没有才能而不自知的人不少，最倒霉的是，这样的人偏偏是自己的上司……

安西静子是个家庭主妇，一年前搬到了一片新建的住宅区，这里住着300多户人家，大部分家庭的男人都在"ABC电器"公司上班，公司距离社区只有10分钟车程，不夸张地说，这片土地简直是专为公司员工开发的。静子的丈夫也供职于ABC电器，刚搬到新家时，静子每天都乐得心花怒放，可不久后，她就遇上了麻烦事。

那天，邻居鸟饲文惠告诉静子，在这个社区里，主妇们经常参加一个活动，那就是富冈夫人的茶会。富冈夫人的丈夫是ABC电器的董事，这位夫人每月举办两次茶会，与会的都是"丈夫部下的太太"。刚听说这事时，静子觉得很麻烦，心想：若要应酬上司，在公司里就够了，凭什么连私生活也得搭进去？但最后她还是决定参加下一次的聚会，因为这样做也许可以帮助丈夫提升一些印象分。结果直到今天，静子还常常后悔当初的决定……

这天又是举办茶会的日子，静子磨蹭了好久才心情沉重地走出家门，等她来到富冈府，客厅里已经到了好几位太太，都是熟面孔。静子刚坐下，富冈夫人就来了，她看了看墙上的时钟，又看了看在场的所有人，目光灼灼地说："山田太太好像还没光临呢。"

鸟饲文惠紧张地挺直腰，回答说："这个，山田太太的亲戚过世，所以请假了，她……她说错过茶会很遗憾。"

富冈夫人同情地皱起眉头："这可是大事啊，外子知道这件事吗？我让他视情况发个唁电吧。"

鸟饲文惠听了这句话，突然变得语无伦次："啊，不不，不用了，那个，听说只是远房亲戚……"

富冈夫人这才点点头："那就先不发唁电了吧。"

点完名后，茶会终于开始了，今天富冈夫人招待大家品尝她亲手做的曲奇饼，夫人端上饼干，骄傲地说："虽然我第一次做曲奇饼，可烤得很不错，孩子们也都夸好吃。"

静子看着满满一盘焦黄色的饼干，感到一阵头皮发麻，但事到如今，想不吃也不行了，她拿起一块放入口中，曲奇饼咬起来嘎吱嘎吱的，活像在嚼火山石，味道也腻死人，完全没有曲奇应有的香甜，只有砂糖甜得发苦的味道。静子忍不住伸手端起红茶，把嘴里的曲奇饼冲下去。再看其他几位太太，也都在努力吞咽着，鸟饲文惠一边吃一边说："很可口，简直入口即化。"其他太太也赶忙附和："是啊，味道非常高雅。"静子只好也含糊地说了几声好吃，富冈夫人微笑着接受大家的赞美，显得很满意。

静子暗暗叹了一口气：其实这个所谓茶会，就是为了恭维富冈夫人的手工制品。这位夫人酷爱手工，她的一大乐趣，就是向大家展示自己的作品，可不知为什么，她做出的东西都在正常水准以下，而她本人对此还毫不自知。静子觉得，夫人不光味觉不灵敏，说不定神经也出奇地迟钝。

喝过茶后，富冈夫人送了每人一大盒曲奇饼，静子看着这些硬得像石头一样的饼干，不禁苦笑起来。夫人喜欢把自己的得意之作送给大家，静子收到过的就有被误认为抹布的餐垫，还有丑陋的洋娃娃，孩子一看就吓得哭了起来，但最麻烦的还是食物。一次夫人送了大家她亲手腌制的香肠，静子一开始也想凑合着做给丈夫吃，可无论怎么煎炒烹炸，香肠还是发出一股肉类腐烂的味道。丈夫说什么也吃不下去，只好拿去喂家里养的狗，没想到那狗刚闻了一下，立刻汪的一声惊叫，飞快地往后直躲，夹着尾巴逃走了，最后只好把香肠扔进厨房的垃圾桶，看来今天的曲奇饼也会是这个下场。

每到扔垃圾的日子，静子就特别提心吊胆，生怕被人看到，特别是被茶会的同伴看到，如果有人跑去告密，就麻烦了。这一带乌鸦又多，赶上垃圾回收车来迟了，垃圾袋就会被乌鸦啄得一片狼藉。因此静子每次处理富冈夫人的礼物时，都至少套上三层垃圾袋。

日子就这样郁闷地过着，这天，静子接到鸟饲文惠打来的电话，鸟饲通知她，夫人有礼物要送给茶会的全体成员，请大家明天务必光临。如果谁有事去不了，以后夫人会亲自送来。

第二天，静子愁眉苦脸地出门了，丈夫在她身后小声道："别忘了对夫人强调一下，我们家人饭量小。"

到了富冈府，静子一走进庭院，就觉得一股异样的臭味直冲鼻孔，来到院子里，味道更重了，只见茶会的常客都到齐了，她们看到静子，都露出百味杂陈的笑容。

庭院中央放着四个巨大的塑料水桶，只见富冈夫人兴致勃勃地挽起袖子，伸手探进其中一个，揪出一棵足有脑袋大小的白菜："这些泡菜看起来很诱人吧？我这是第一次腌菜，既然腌了，就请大家都尝尝，一共用了五十，哦不，是六十公斤白菜，光蒜就用了一公斤呢，呵呵呵呵……"

听到这番话，静子只觉一阵眩晕，这么说来，今天要分送给大家的就是这些泡菜了？怎么会这样！

夫人却完全没留意静子她们的表情，忙着从水桶里拿出泡菜，扑通扑通地倒进准备好的大号塑料袋，依次发给众人，还叮嘱说"回头别忘了反馈感想"。等静子回过神来，两手已各拎着两个塑料袋。

一回到家，静子的丈夫就嚷道："什么味儿呀，快扔掉。"静子点点头，要尽快扔了才行，搁得久了，整个家都会臭不可闻，可问题在于怎样扔掉。垃圾袋根本挡不住这股强烈的臭味，就这样扔到垃圾场是行不通的。

静子想了一会，终于有了点子。

两天后的上午，快九点了，静子透过窗户不时地张望，她盘算着，等垃圾回收车一开过来，自己就马上拎起垃圾袋飞奔出门，只要争取垃圾第一个被回收，就能神不知鬼不觉地处理掉了。

但打这个算盘不止静子一个，当静子飞奔出门时，几乎同一时间，好几个家庭主妇拎着垃圾袋从不同方向出现了，一看面孔，都是茶会上的同伴。大家面面相觑，静子望着别人手里的垃圾袋，不由地把自己的垃圾袋藏到身后。

垃圾车逐渐开近了，大家都尴尬地沉默着，谁也没有勇气放下袋子就走。或许是心理作用，静子觉得有泡菜的臭味飘散出来……终于，清洁工开始收集垃圾了，大家默默地把垃圾袋放到回收口旁边，却都没有离开，而是站在原地看着清洁工作业。清洁工把几个袋子收起来，突然小声嘟囔了一句："这是泡菜的臭味吧？"

那一瞬间，静子看到所有人的表情都僵住了，自己也多半好不到哪里去，她挤出一个尴尬的笑容，赶紧回家去了。

转眼又到了茶会的日子，这天人来得很齐，富冈夫人心情大好，高兴地说："最近我正在研究一个新玩意儿，和烹饪、缝纫完全两样，相当有难度，不过做起来很有意思，不知不觉就迷上了。"

鸟饲文惠凑趣说："这回夫人要挑战什么新项目？"

夫人说："我很快就会展示给各位看，请稍等片刻，这段时间大家先喝喝茶、聊聊天吧。"说着离开了客厅。

屋里一下安静下来，好一阵子，谁也没有开口，大家窥探着别人的态度。终于，坐在静子边上的一位年轻太太凑近她问："那个，有点棘手吧？"

静子谨慎地说："什么？"

那位太太叹了口气，说："我是说，泡菜。"

这话一出口，众人霎时屏住呼吸，静子假装平静地点点头"是很棘手……量有点多了。"

先开口的那位太太好像松了口气，这时，另一位主妇也加入了谈话"是啊，我家孩子太小，不太喜欢那个味道，不过，好吃还是蛮还吃的，要是大人的话，味道就正合适了。"

这时一个心直口快的主妇插嘴道"味道太特别了，我家那口子一尝就说，这是什么啊，味道真怪。"

大家顿时沉默了，谁也没想到有人会大大咧咧地直接说出"味道真怪"，毕竟到目前为止，还没有人公开对茶会表示过不满。可沉默没有持续多久，今天大家似乎都有点忍不住了，又有人接口说："说起来，味道特

别的食物还真不少，以前的香肠不也是吗？"

"哦，那个啊，确实有点……臭烘烘的。"

"还有那个曲奇饼你们觉得怎么样？"

平时专爱奉承夫人的鸟饲文惠说道："活像在啃墙土。"

大家哄堂大笑起来，就像解开了魔咒，大家肆无忌惮地批评起了以前那些作品，最后静子总结道："真是可悲啊，不管做什么都一塌糊涂。"

鸟饲点点头："不光烹饪，缝纫也是……不知她今天又要献什么宝。"

有人接口道："不会是什么难以

下咽的饮料吧？""嘻嘻，那你就假装手一滑摔了就没事。""哇，高智商犯罪！"这时，大家已经完全放开了，眉飞色舞地嬉笑起来，静子心想，如果茶会都像今天这样，就是天天开也乐意。

这时，一位主妇从桌下拿出一本杂志，"咦，这里有本奇怪的杂志，是董事看的吧？"静子从旁边凑过去一看，那本杂志是《电子工作》，她顺手翻了翻，突然发现其中一页夹了一张书签。一看那一页的标题，静子顿觉心里猛地一沉，那标题是——"你也可以制造窃听器"。

众人一看，立刻无言地站起身，四散寻找起来，很快，鸟饲"啊"的叫了一声，从花瓶背后拿起一个东西。那是一个小方盒，和杂志上刊登的窃听器成品一模一样。

大家静静地推开客厅的门，动作僵硬得像机器人，先后来到走廊上。富冈夫人就在走廊尽头的洗衣机旁，一看到她，静子等人顿时惊慌失措。

"不得了啦！"

"白沫……夫人口吐白沫了……"

"夫人，振作一点！"

原来，富冈夫人今天展示的作品正是自制窃听器，当她通过窃听器听到大家的谈话后，不知什么时候，已经昏了过去……

（改编：顾　诗）

（题图、插图：佐　夫）

活饺子

□ 陈 墨

饺子边也有火候

三和镇的人爱吃饺子，所以这里的饺子馆开门最早，打烊最晚。

这天一大早，王记饺子馆的小伙计去开店门，手刚一拔门杠，门"呼"的自己就开了，顺着门缝，直挺挺地倒进一个人来。这个人衣衫褴褛，脸色死灰，两眼紧紧地闭着。

小伙计颤声叫道："一个倒卧！"闻声过来的几个伙计一看，便说"这个倒卧，死哪不好，偏偏死到咱门上来了。"说着，拉胳膊拽腿地就想把人拖到大街上去，忽听背后一声："慢着！"不知什么时候，店主王掌柜也来了。

王掌柜来到那人跟前，俯身仔细打量，只见那人三十多岁年纪，一脸菜色，看样子是饿晕过去的。王掌柜忙让伙计把人抬到后院炕上，随后吩咐："赶紧去煮一碗'饺子边'。"

"饺子边"是什么呢？原来，平日来饺子馆吃饺子的食客，常有那眼大肚子小的，要多了，吃不下的饺子舍不得扔，就把饺子肚吃了，扔下饺子边。王掌柜心疼粮食，便想了一个主意，让伙计将饺子边归拢到一起，放在大盖板上晾晒，等晾晒干了就装到一个小面口袋里，遇到落难讨饭之人，便抓一大把煮上，连汤带水地施舍给他们，既解了他们的饥饿，还不用花费银子。

不大一会儿，伙计端着一海碗热气腾腾的"饺子边"回来了，也许是受到香气的刺激，那个"倒卧"悠悠地睁开眼睛，直直地向大海碗看去，只见白白的饺子边像一条条白嫩的小鱼游动在面汤里，他不禁精神一振，挣扎着坐了起来，端起大海碗，三扒拉两扒拉，便将一海碗饺子边划拉到了肚子里。吃完后他咂了咂嘴，说出一句话来"就是面欠了点火候，要不会更香甜些。"

旁边的伙计一听，差点气乐了：都饿成这熊样了，还讲究什么香甜不香甜。可一旁的王掌柜听了这话，心里却一惊：能从回锅的面里品出火候，这人不简单啊！王掌柜有意试他一试，就问："这位客，你说这面欠点啥火候？"

这人抹着嘴说："生面和到一半的时候，和面的人搁了半晌，让面塌了。"这句话一说，旁边的伙计一下子傻了，为什么呢？原来几天前他正在和面，王掌柜招呼他去搬东西，等他搬完再接着和面，已隔了半晌，今天煮的饺子边，用的正是那天的面！

王掌柜看到伙计的表情，已明白了几分，便问："这位客，我看你衣衫不整，这是要到哪去？"这人脸上露出痛苦的神情，说："在下名叫张三，因家乡遭了洪水，田产家小都没了，只剩我孤身一人，漂泊到了此地。"

一听这话，王掌柜就有意留下他，说："我看你还有些虚弱，先在我这里将息两天，等身子好些再说。"

中午时分，王掌柜端着饺子又来看张三，张三正睁着两眼躺在炕上想心事，见王掌柜进来，赶紧坐起来就要下地，被王掌柜一把按住。张三感激地接过饺子吃了，吃完后，他又说话了："贵记的饺子薄皮大馅，可惜个个是'呆饺子'，不是'活饺子'。"

"什么？呆饺子，活饺子？"王掌柜听着都新鲜，心想，自家几代人经营饺子馆，从没听说过饺子能活，他有些不服气地问："敢问这位客，普天下谁能把饺子做活？"

"在下！"张三答得不紧不慢。

看着王掌柜不相信的眼神，张三叹了口气，说："实不相瞒，我祖上是御厨，有一手做饺子的绝活，掌柜的对我有救命之恩，张三无以为报，愿做上一回'活饺子'以报大恩！"

果真是个高手

第二天一早，张三在院子里寻摸了一圈，抱着一堆铁丝、树干进了屋，关上门就没再出来，一直到太阳下山才打开门。王掌柜进屋一看，见炕头上赫然摆着一个大笊篱，那笊篱的尺寸特别大，冷不丁一看，还以为是个大锅盖放那了。

王掌柜疑惑地问："咱这是饺子馆，哪会缺捞饺子的笊篱，你又何必特地做一个？"

张三笑了笑，说："您就别管了，我自己做的家伙，用着称手。"

第三天，天还没亮，张三左手拎着一个大瓦罐，右手拿着大笊篱进了厨房，点亮灯，他四面打量一番，在北墙上钉进一个大钉子，郑重地挂上大笊篱。这时，王掌柜和伙计们也都聚拢到厨房里，好奇地等着看张三怎么做"活饺子"。

只见张三扎上围裙，拎起一大袋面来到案板前，高抬手臂，轻抖面袋，面粉一点不拉全被抖进跟前的大面盆里，接着，他拎过大瓦罐，手腕一抖，罐里的水便划出一道弧线，均匀地洒在盆里。这罐里的水可不是一般的水，这是张三特地准备的"阴阳水"。他头天子时前将滚开的热水倒入罐内，然后盖上盖子，让热水在瓦罐内蒸腾，热气在盖子上不断凝结成水珠，再掉回热水内，这样循环一夜，罐内的水便成了阴阳水。用阴阳水和出的面不仅能激发出面粉的清香，还能让面粉有极大弹性。

和完面，张三开始切馅。他用的是窖冰镇着的新鲜牛肉，刀光飞舞中，细如发丝的牛肉丝纷纷扬扬地堆成了一座小山。张三边切边解释说，肉馅不用剁而用切，因为剁成的肉糜是烂肉，会失去肉的鲜香。

王掌柜在一旁暗暗佩服："果真是个高手！"

很快，张三就包好了饺子，他擦擦手上的面粉，对王掌柜说："掌柜的，饺子都备好了，下锅前我有一个条件——我煮饺子的时候谁都不能看，不然这'活饺子'我可做不了。"

王掌柜一听就明白了，有绝活的人都讲究留一手，他答应了这个要求。

中午时分，王记饺子馆陆续上客了，老主顾们惊讶地发现，饺子馆变样了：进门右手的大灶台被一顶蓝布幔子严严实实围了起来。张三左手托着一大盖板饺子，右手拿着那个特大号的笊篱，从厨房走了出来，钻进布幔后，帘子紧接着就被撂下了。

食客们的好奇心被吊起来了，不一会儿，只听一声："起锅！"一碗热腾腾的饺子从布幔后面递了出来，食客们拿起筷子趁热就吃，刚咬一

口，就纷纷赞叹："天下竟有这么好吃的饺子！"王掌柜赶紧也端过一碗饺子，夹起来一咬，呵！奇了，面皮与肉馅相配得宜，各自的鲜香都被激发了出来，那饺子真像是活的，鲜味一下子布满口腔，竟自己直往嗓子眼儿里钻。

一顿饭过后，王记'活饺子'的名声一下传开了，张三也被王掌柜执意留了下来。

因为生意太红火，张三一个人忙不过来，就收了店里的几个伙计做徒弟。张三带徒弟和别人不同，他把手艺分成和面、切肉、调馅几部分，看徒弟的天分只教一样，而最后一道工序煮饺子，他却从未示人。捞饺子用的那把特大号笊篱，张三更是心爱无比，从不许别人触碰，他每天睡前把大笊篱洗刷干净，郑重地挂在厨房北墙上，早上起床洗漱完毕，便从北墙上摘下大笊篱，带在身边。

呆饺子回来了

王记饺子馆的名声越来越大，这天，店里迎来一个不同寻常的食客，为筹备皇上六十大寿，内务府四处寻访民间美食，他们听说了"活饺子"的名头，派了经验老到的御膳房大总管前来考察。

为了预备给大总管品尝的饺子宴，这天，饺子馆的伙计们一直忙到半夜，张三更显得精神头十足。王掌柜看着大家忙碌的身影，真是又高兴又发愁，高兴的是几代人经营的饺子馆在自己手上风光了，发愁的是一旦"活饺子"被大总管选中，自己这个小店就再也留不住张三了……

众人一直忙到四更天才睡，不料，一场灾难悄悄袭来。

负责封灶火的伙计也许是太累了，睡前竟忘了把厨房的灶火封上，夜风带出了火苗，一下子引燃了旁边的柴禾，等人们惊醒的时候，火苗已蹿上了房梁。张三见状，喊了一声："我的笊篱！"就疯了一样往火海里跑，旁边的伙计一把拉住他："师傅您不能去，一个笊篱，咱再做一个！"

"明天就要给大总管上活饺子，再做哪来得及！"张三一把挣脱徒弟，不顾一切地冲进了火海。

张三一冲进厨房，便觉浓烟扑面，仗着对厨房的熟悉，他还是摸到了北墙，一下子就找到了那把大笊篱。真是万幸，大笊篱好好的，没被烧着，张三舒了口气，抱着笊篱就往外跑。恰在这时，厨房的大梁被烧断了，一下子掉下来，正砸在张三的头上，张三晃了几晃便倒了下去。

火终于扑灭了，张三却死了，一直到断气，他手里还抓着那把被浓烟熏黑的大笊篱……望着一片狼藉的厨房，王掌柜欲哭无泪。

正午时分，大总管在当地大小官员的簇拥下来了，王掌柜带着伙计们强忍悲痛，开始包饺子。看着伙计们分工有条不紊，王掌柜多少有些安慰，心想，多亏张三尽心尽力带了这些徒弟。

一盏茶过后，白生生的饺子端上桌来，大总管夹起饺子咬了一口，空气仿佛停滞了，所有人都紧张地盯着他的表情，王掌柜心里说"凭你见多识广，也得被'活饺子'的美味折服。"

可是，大总管的眉头皱了起来，他黑着脸放下筷子，说了一句"徒有虚名！"便拂袖而去。

王掌柜吓傻了，半天才反应过来，他连忙夹起桌上的饺子一尝，天啊，饺子的皮馅都没什么差错，可不知为什么，就是没了那股独特的鲜活劲，昔日那俗不可耐的呆饺子又回来了！

那天，王掌柜让伙计按着张三生前所教，连煮了三拨饺子，真是怪了，一样的材料，一样的手艺，却再也做不出"活饺子"的味道了。从此，王记饺子馆的生意一落千丈，望着萧条的店面，王掌柜只好宣布暂时歇业。

大笊篱的秘密

正在王掌柜犯愁的时候，镇上又出了一件怪事。

连着几天夜里，镇上的人们都被一种奇怪的声音惊醒——每到半夜，街上就传来重物敲击地面"咚咚咚"的声音，随后便是一个男人嘶哑着嗓子喊："谁敢惹我的大脑袋！谁敢惹我的大脑袋！"让人听了毛骨悚然。

到了白天，大家聚在一起议论纷纷，有人说，那声音是从王记饺子馆的方向响起来的，绕镇子一圈后又在那里消失了。王掌柜郁闷到了极点，他跟大家商定，今夜自己带两个胆大的伙计，看看到底是什么妖魔鬼怪发出的声音。

夜里，王掌柜带着两个伙计，一人拿一根大粗棒子，隐在店门后。子夜时分，一阵瘆人的夜风从门缝里刮

进来，冻得三人一哆嗦，就在这时，门外响起了"咚咚咚"的声音，接着一个嘶哑的嗓音喊道："谁敢惹我的大脑袋！"

王掌柜他们大着胆子从门缝望出去，啊！黑暗中，一个独脚怪物，顶着硕大的脑袋，一蹦一蹦地往这边窜来。怪物蹦进店门，就往老厨房的方向蹦去，因为失火，原来的老厨房已经成了一块空地。

王掌柜他们赶忙悄悄跟了过去，到了原先老厨房的所在，三人顿时愣住了，这时，怪物已经不见了，本该是空地的地方不知何时搭起了灶台，火光中，一个身影正在忙碌，仔细一看，三人不由心跳加快，差点惊叫出声，那人竟是张三！

三人捂住嘴巴再看，只见张三正专心地煮饺子，身边，放着那把特大号的笊篱。他用大笊篱顺着锅沿猛一推，一锅饺子便在笊篱的带动下转起圈来，接着，张三翻过大笊篱，兜头向下一按，一锅的饺子全被压进水里，这时水沸腾起来，张三一抬手，一个海底捞月，将锅里的饺子全部捞起在大笊篱上，掂了三掂，喊道："起锅！"

看到这里，王掌柜再也忍不住，脱口喊了一声："张三！"话音刚落，灶台里的火灭了，空地上一片漆黑，只听到"咚咚咚"的声音。

一个伙计慌忙将手里的棒子朝发出声音的地方砸去，只听"砰"的一声巨响，好像有什么东西应声倒地，等王掌柜点起灯笼一看，只见空旷的地上根本没有什么灶台、饺子，只有一只大笊篱静静地躺在那里。

"张三的大笊篱！"王掌柜最先反应过来，他急忙跑过去拿起了笊篱，不由仰天长叹："张三啊，你这是记挂着'活饺子'的手艺失传，才让大笊篱通了你的灵气，把我们引到这里，给我们煮了一回饺子啊！"

当晚，王掌柜梦到了张三，张三在梦里说："当初我只想在您店里暂时落脚，所以隐瞒了活饺子的诀窍，有负您的救命之恩，死不瞑目。今日我已演示了煮饺子的技艺，记住，'活饺子'离不了大笊篱，饺子熟后必须用大笊篱一下子全部捞起，第一时间端到食客面前，切记、切记！"

第二天，王掌柜和伙计们来到张三坟前，含泪将那把大笊篱埋进了张三的坟里……

王记饺子馆又重新开张了，王掌柜亲自站到了灶前，他下令撤了蓝布幔子，人们看到，大笊篱的功夫被王掌柜使得挥洒自如，美味异常的"活饺子"又回来了！

从那时开始，三和镇的饺子就出名了，镇上还流传起一首歌谣："三和镇有三怪，饺子好吃胜肴菜，大笊篱赛锅盖，谁敢惹我的大脑袋……"

（题图、插图：黄全昌）

□吕浩峰

杀手与保镖

霍尔登从事的职业十分特殊，今天，他要去完成自己退休前的最后一次任务。

吃完早饭，霍尔登把装有消音器的手枪装进枪套。这次雇主说工作的地点在游泳池，为了避免脚下打滑，他穿了那双订制的麂皮黑皮鞋，穿上它，六十五岁的霍尔登感觉自己就像三十五岁一样。

霍尔登知道，像他这个年纪还在天天跟枪打交道的人已经很少了，连警察都六十岁退休，更别说自己这种危险的工作，所以每次接到新的活儿，他都慎之又慎：一次次地侦察地形，找到最佳的射击角度，选好脱身的路线。没办法，他的身份是一个杀手，杀手必须比保镖更注重细节！

这时，霍尔登卸下弹夹，再次确认没有装错子弹，就出门上了车。半个小时后，霍尔登的车开进了艾菲堡宾馆，时间还早，他进了宾馆的西餐厅，选了一个背对餐厅大门的座位，然后把墨镜摘下来，放到桌子上，要了一杯苏打水，静静地喝着，翻看着当天的报纸。

中午时分，从墨镜的反光里，霍尔登看到目标出现了，目标的名字叫施德曼，是个胖老头，他旁边跟着的一个精干的小伙子，是施德曼的新保镖尼克。霍尔登用手指轻轻挪动墨镜，墨镜里映出施德曼和尼克穿过餐厅，从餐厅后门出去了。

霍尔登懒懒地把报纸收起来，分成两份，装进兜里，跟了出去。突然，

他看到施德曼和尼克穿过草坪，他们似乎去了会议室而不是游泳池，该死，这不是既定的路线。还好，路边停着很多为客人准备的电动自行车，霍尔登赶紧蹬上一辆自行车，悄无声息地绕到了会议室的后门。

霍尔登跳下车的时候，左脚有一处旧伤疼了一下，但他来不及多想就进了后门，伏在拐角处，然后拔出枪，努力调整自己的呼吸。这时，保镖尼克先推开大门进来了，他警惕地扫视着四周，霍尔登的枪瞄准了尼克，但没有射击，他的目标是施德曼。他眯起眼睛，瞄准尼克的身后，这时，胖老头施德曼也走进了大厅。

霍尔登果断地开枪了，尼克反应迅速，几乎是枪声响起的同时，他伸

手推开施德曼，但还是差了一步，子弹击中了施德曼的腹部，施德曼倒在地上，不停地挣扎。尼克立刻拔出佩枪，向霍尔登这边开了两枪，子弹险些击中霍尔登，趁霍尔登躲避的间隙，尼克回身查看施德曼的伤势。

霍尔登在墙边静静地等了一会儿，按照雇主的要求，他应该再补一枪，于是，他从左边兜里掏出那一卷报纸，团成一个球，凌空扔了出去，尼克听到动静，回身射击，子弹准确地击中了那团报纸。这时，霍尔登把手中的另一份报纸轻轻地撕成碎片，然后脱下皮鞋，突然像撒花一样抛出了那一叠碎报纸和两只皮鞋，与此同时，他从墙后朝施德曼和尼克的方向连开三枪，紧接着，他跳出来，在纷纷扬扬的纸片的掩护下，瞄准躺在地上的施德曼，又开了一枪。打中了！他看见施德曼再次倒在地上，这时，霍尔登眼角的余光看到保镖尼克正在举枪向自己瞄准，他慌忙卧倒在地，打了个滚，但是没有躲开，尼克的子弹还是打中了他的左肩，同时，他感到左脚一阵钻心的疼痛。

按照规矩，霍尔登的任务结束了，因为雇主并没有提出要置保镖

下枪吗？我猜你穿了防弹衣，可是你要知道，我也有可能穿了防弹衣，而在你扣动扳机之前，我会先打爆你的头，你想试试吗？"

尼克看看躺在地上的施德曼，他的眼中掠过一丝畏惧，但似乎很快就被愤怒淹没了，他说"今天是我职业保镖生涯的第一天，没想到竟然也是最后一天，你是老牌的职业杀手，我输得心服口服。"说着，他举起手枪对准了自己："我的老板死了，是我的失职，我必须自杀！"然后他扣动了扳机。

令人吃惊的是，尼克的头上并没有出现一个预想中的血洞，只是"噗"的一声，尼克甩甩头，有些诧异，这时，本来还躺在地上流血的施德曼竟然坐了起来。霍尔登哈哈笑着，朝坐在地上的施德曼身上连开数枪，施德曼只晃了几下身体，并没倒下，不但如此，浑身是血的施德曼竟然慢慢脱下了西装，西装里面是一件满是血洞的马甲，一些细电线连接着很多小爆炸点挂在马甲上，施德曼脱下来的时候触到了其中一个小爆点，马甲上就出现了一个新的血洞，一些血流了出来。

施德曼把马夹脱下来，对霍尔登说："这东西真重，我这次搞的是动物血，逼真吗？老伙计，本来我以为你把我杀死就结束了，谁知道你竟然会

于死地，但是，霍尔登决定折回去。霍尔登根本就不在乎中了弹的左肩，他更在意的是左脚，他活动了一下，疼痛使他几乎无法站立。他一瘸一拐地绕到正门，用手枪的消音器把门推开了一条缝，只见大厅里，施德曼的两处伤口正不断地流血，尼克背对着大门，正脱下衬衣为施德曼压住伤口，霍尔登无声地举着枪走过去，远远地，枪口正对着尼克的头，说："把枪扔掉！"

尼克愣住了，他举起沾满血的手，慢慢转过身，看着霍尔登，眼神里全是愤怒，他说："你杀死了我的雇主，现在要杀死我是吗？"

霍尔登眯起眼睛说："你不想放

·海外故事·

折回来,怎么? 你觉得这个小子还算不错?"

霍尔登的左脚几乎疼得无法忍受,他坐在了地上,说:"这次你要付给我双倍报酬,本来我杀了你之后应该离开的,但是你也看到了,我老了,旧伤频繁发作,我该退休了,不能再这样一次又一次地帮你选保镖了。"

施德曼点点头:"那么你认为尼克怎么样?"

霍尔登欣慰地说:"尼克的枪法很不错,他竟然打中了我,而且他的反应和判断都很好,我想他只是缺乏一些实战经验,于是,我想看看他在面对死亡时的反应,就折回来试探他,没想到他竟然会选择自杀。施德曼,你需要的正是这样一个保镖,一个视责任重于一切的保镖! 就像我当年一样。"

尼克这时还在摸着自己的脑袋,露出疑惑的样子,施德曼知道,他一定在想,明明自己开枪自杀了,为什么没有死,这是怎么回事?

施德曼把地上的手枪踢给尼克,说:"看看弹夹吧,都是橡皮子弹,小子,跟老霍尔登这个神枪手比起来,你还差一大截呢。好吧,我决定听霍尔登的意见,付给你每年50万的保镖薪水,但是,我建议你从这些钱里拿出一部分给霍尔登做学费,这对你有好处,哈哈……"

霍尔登眯起眼睛,点点头说:"尼克是目前为止的最佳人选,我做你的保镖二十年了,为了测试你的新保镖们是否合格,我又扮成杀手足足杀了你六年,感谢上帝,现在我终于可以放心地退休了。"

施德曼满意地点点头,去换衣服了。看到雇主走远了,尼克突然悄悄地对霍尔登说:"完美的计划,爸爸! 我唯一的问题是,如果真有杀手来杀施德曼,我该怎么做呢?"

"嘘——"霍尔登看看四周,轻声说,"二十多年来,从来就没人想要杀死过他,那些假杀手都是我雇的,所以我才可以让施德曼多次化险为夷。想想看,如果感觉不到杀手的威胁,他会付给保镖那么高的薪水吗?"

"那他会不会发现我是你的私生子?"

霍尔登笑了:"永远都不会,他关心的只有三点,他的钱,他的命,和保镖的忠心! 相信我,只要你表现出绝对忠心,并且像我一样平衡好这三者的关系,这份工作将永远属于你。"

(题图、插图:佐 夫)

您手中有没有得意之作? 本刊辟有二十多个原创性栏目,如新传说、我的故事、情感故事、16岁故事和中篇故事等;您读到或听到什么有趣事可以和大家一起分享吗? 3分钟典藏故事、第一推荐和快乐辞典等都是本刊推荐性栏目。热忱欢迎来稿,本期责任编辑信箱:lujia411@yahoo.com.cn。

直起你的腰来

□ 於全军

工作难找，人生的路更不好走，只有先直起腰来，才能让路越走越敞亮……

1. 打尖

许津大学毕业，在城市里求职碰了几回壁，就扛起行李卷回了老家万安镇。

万安镇不大，却是全省有名的粮食加工基地，几十家面粉厂一家挨一家。许津想，镇里厂子这么多，自己这个刚出炉的大学生还怕找不到工作？可是他和寡母两个人一家一家去问，人家都答复说，暂时不缺人。

娘儿俩这就愁上了，上学时满以为一毕业就会有好工作，想不到还得闲在家里，实在无奈，许津对娘说："要不我去找一下王叔？他和我爹以前可是好朋友，这个忙他一定会帮。"

许津娘叹了口气，说："他那个活儿不好做啊，他就是答应，我还怕你干不了。"

这个王叔绰号大老王，都五十开外了，但身子骨依然硬朗，他干了一辈子装卸工，现在还领着六个小伙子做粮食装卸。镇上每天运粮车出出进进，都要靠大老王他们两只肩膀一双手，装粮卸粮。这活儿拼的是体力，讲究两百斤的大包扛起来就走，许津从七岁读书读到二十三岁，哪干得了这

个？所以许津娘才放心不下。

可许津再也不愿意闲坐在家里了，第二天他就去找大老王。此时大老王刚把一袋小麦扛上汽车，听了许津的请求，不由左一眼右一眼，打量起了许津的身板儿，看完正要说话，旁边一个瘦小的小伙子先开口了："你是识文断字的秀才，怎么也干我们这力气活儿？"

大老王呵斥一声："刀子嘴，给我打住！"那瘦小伙吓得一吐舌头，拿过装满凉白开的塑料桶，猛灌起来。

大老王这才对许津说，这里还真缺一个人，但装卸工这活儿又苦又累，先做一天试试吧，然后吩咐刀子嘴："你来和小许打尖！"

许津心里纳闷：什么是打尖？却见刀子嘴笑嘻嘻地给他示范：一个大包装两百斤麦子，装卸工自己是扛不到肩上的，必须有另外两个人抬起来，放到他肩膀上。因为要捏着袋子的四个尖角来抬，所以叫"打尖"。

刀子嘴喊了个号子，许津和他同时抬起一包小麦来，许津只觉腰椎咯咯地响，两只胳膊像要断掉一样，有心放下不干，可偷眼看刀子嘴，见他抬着麻包像抬着棉花团一样，还冲自己一脸坏笑。许津一时好胜心起，咬牙用力一举，终于把麻包放在了大老王肩上。大老王喊了声"好"，说许津刚开始做成这样就算不错了。

两百多个麻包终于都装上了车，许津觉得腰部酸痛难忍，不由弯下腰来。这时刀子嘴又开腔了："许秀才满肚子墨水，应该挺胸叠肚，直起腰来才对，怎么弯得像个虾米？"说着就伸手来直他的腰。

许津有心发火，想想自己是新来的，只好忍了。一扭脸，见大家都去喝塑料桶里的凉白开，他也走过去喝，没想到又被刀子嘴拦住"秀才你喝这个。"刀子嘴递过来的是一个搪瓷缸，里面有水。许津不明所以，像别人一样接过来就灌，想不到一下子烫了嘴，这里面是热水！这下许津彻底爆发了，抢起拳头就要教训刀子嘴，还好被大老王及时拦住了。

大老王对许津解释，刀子嘴本来姓李，因为嘴皮子爱损人才起了这个绰号，其实为人很不错。他刚才让许津喝热水，是因为刚干完活肠胃正热，一喝凉的会闹病，至于别人喝凉白开没事，是因为他们多少年都习惯了，肠胃像铁打的一样。

许津还是不高兴，问刀子嘴为什么要笑话自己弯腰，还动手动脚直自己的腰。大老王说"他这是为你好！做装卸工腰部最受力，如果不是常常有意识地直起腰来，不久就会成驼背！"

原来是这样！许津觉得刀子嘴不那么讨厌了，他对大老王说："那么我可以加入装卸队了吗？"

大老王正要说话，队里的一个小伙子说话了："后天的事关系着大伙儿的饭碗，要加人也不能加新手，恐怕会输掉。"大老王想了想，才说："先把活儿做完，小许你上汽车点点大包数，总共三百包小麦。不要装多了，亏了货主。"

许津顺着架板上了车，开始点起来。司机随后也上了车，看着他点，可是连点了两次，都是三百零一包，正在疑惑，司机悄悄叫他到驾驶室，摇上车窗，说："小麦确实多了一包，你别声张，咱哥俩二一添作五。"说着递过来一百块钱，许津推挡过去，说："这昧良心的事不能做。"司机一竖大拇指，随即收起钱，下车去喊老王："喂，他的考核过关了！"

许津这才省悟，原来干装卸工也要搞招聘考核的一套啊，幸好自己一向不爱占小便宜，不然这个饭碗还真砸了。大老王拍一拍许津肩膀，话却是对大家说的："装卸工过去有个名字，叫苦力！但咱们凭力气吃饭，对得起天地良心。做人最重要的，就是腰杆要直，良心要正。小许的良心大家都看到了，是我们一伙儿的，就是后天当真输了，我们也要收他。"

小伙子们不言语了，最后还是刀子嘴打破沉默："我们大老王装卸队以前七个人，号称七星聚会，现在八个人了，那就是八仙过海，你们说小许像不像韩湘子？"

一句话说得大家都笑起来。许津知道自己被大家接纳了，也很高兴，可是转脸一看大老王，却发现他脸上愁云密布，不由想起刚才的话来。后天的事是怎么回事？自己这个新人会不会拉后腿？

2. 叠罗汉

第三天上午，许津被告知了事情的来龙去脉。原来，上个月镇上来了个外地口音的装卸队，打头的叫铁塔刘。这支队伍看上了新成立的永胜面粉公司，声言要揽下这个公司所有的装卸活儿。大老王知道，永胜公司论规模全镇第一，包下它的活儿大家再不愁没活干，所以也去永胜公司揽活儿。结果，大老王就和铁塔刘对上了。

大家都是同行，有话好商量，大老王就提出扛包较技，三天后看哪个队扛得多、扛得快，永胜的活儿就归谁。铁塔刘欣然答应，他们队总共八个人，大老王的队伍也得八个人才好比，所以才招了许津，但他这个新手自然比不上铁塔刘他们，所以前天才有队员反对。

比赛场地是在永胜公司的五号库，两队各自把仓房里的面粉装车，谁的卡车先装完谁就获胜。事已至此，许津只好咬牙上了，他暗暗告诉自己，万万不能拖大家后腿。

毛竹制的架板往卡车后桥上一架，两队的比赛就开始了。面粉五十

斤一袋，不需要专门打尖的，由各人自己往肩膀上扛。大老王当先出马，朝自己肩膀上装了四袋，一个摞一个，用行话叫"叠罗汉"，这就是二百斤。他照顾身后的许津新来不久，说："你装三袋就行了，小心累坏。"

许津一看，见包括刀子嘴在内，人人都是四袋，不服输的性子又冒上来，说："你们行，我也行！"

四袋面粉上了肩，许津就觉得四肢百骸的骨节都好像在嘎吱嘎吱直响，压得直想弯腰。大老王大喝一声："直起腰，朝前走，跟我上架板！"

架板向上倾斜四十五度，还是竹制的，一踩上去就打颤。这时大老王喊开了号子"一二一！小许，我喊一你抬左脚，喊二抬右脚！"许津咬牙点头，终于把面粉扛到了卡车上。

两队都是八个人，都是一趟四袋面粉，许津虽然扛得勉强，但总算没拖后腿。装了一半的时候，铁塔刘换了战术，他们每个人扛的不再是四袋，而是五袋，二百五十斤！铁塔刘人如其名，高大黑壮，扛着五袋面粉还有说有笑："五袋面粉才叫叠罗汉，大家伙儿再加把劲！"

大老王和刀子嘴他们也都跟着扛起了五袋，许津知道自己也必须扛五袋才不会落后，就试着加上一袋，顿时两条腿就打起了哆嗦，不过还是一步一移，上了架板。这时他觉得两条腿像灌了铅，走到架板中央时，他只觉头晕目眩，再不敢迈腿，就弯着腰悬空停在那里。

铁塔刘一看，操着外乡口音大笑："你这两条腿是面条做的吧，怎么那么软？"刀子嘴再也忍不住了，大声说："人家是新毕业的大学生，一时没工作才来的。这场比赛我们认输可以，但是不能嘲笑他。"

铁塔刘一听，忽然就不笑了，反而喊起来"大学生？你能放下面子做装卸就是好样的，直起腰，把这一趟装完！"

大老王和刀子嘴也喊起来："直起腰，往前走！"在众人的鼓励下，许津再次迈腿，终于走上了卡车。

当他再次进仓库扛起面粉时，铁塔刘那边发出惊呼，出事了！

在走架板的时候，所有人必须排着队鱼贯而上，迈腿的节奏则要靠领队喊号子，这样竹架板的起伏和迈腿节奏正好一致。而刚才铁塔刘可能是一时分神，竟然迈错了腿，结果被架板弹到了外面，要知道，他肩上还扛着二百五十斤面粉，便一齐砸在他身上。不过这人真像铁打的，一骨碌爬起来跟没事人一样，一拱手说"我这边出了事故，就算输了，永胜的活儿我们不会再沾边！"

刀子嘴一声欢呼，却被大老王打断："输的是我们。人家是看小许为人硬气，怕一个大学生累出病来，才故

意出错，不然一个经验丰富的领队，哪会迈错腿？人家讲仁义，咱们也不能让人小瞧，走，输就是输了！"

大老王坚持认输，永胜公司的装卸活儿自然由铁塔刘去接。不料没过多久，永胜公司的周老板就打来电话，告诉大老王，说他听说比赛结果了，但是他信不过外乡人，以后的活儿还是由大老王他们本地人做。大老王听了闷闷不乐，做人要讲信用，输了就要让出活儿，可现在业主周老板这么说，不做又不行，想来想去，他决定亲自去和铁塔刘商量。

一个多小时后，大老王才回来，他向大家说了和铁塔刘商量的结果：人家周老板说明不用外乡人，谁也没办法，不过以后要是有大活儿急活儿，就两个队一起干。大家听了都表示同意。

许津回家和娘说了这消息，娘却叹了口气，心疼地抚摸着儿子被压得红肿的肩头，说："你做装卸工，总不是长久之计啊！娘托了一个亲戚，人家和一家厂子的老板认识，现在去说说看，要是能找到工作，就不用扛大包了。"

许津听了也没往心里去，他觉得做装卸工也挺好的，虽然比较苦，

可时间长了就习惯了，再说这帮装卸工为人都不错呢。

3.撒豆成兵

这天下午，永胜公司有三辆卡车的小麦要卸到六号库，一车二十吨，三车就是六十吨，而天色阴沉眼看要下雨，需要及时入库，大老王估摸着自己八个人卸不过来，就向周老板请示，最好让铁塔刘的人来一起做。周老板看看天色，犹豫了一下，答应了。

卡车直接驶到六号库门口，长长的架板伸入仓库内部，两队十六个人不分彼此，排成一列长队，扛着小麦包下架板。许津有了这些天的锻炼，扛起二百斤的小麦包轻松多了，再说又是卸货，显得游刃有余。

刀子嘴没有扛大包，他的任务是用一把小刀在车上割开绳结，这样大

故事会2011年1月上半月刊·红版 **71**

家扛包进仓的时候,可以直接把小麦倒在粮堆上。当然扛的时候开口要朝上,不然就撒了。这时刀子嘴一边割,一边嘀咕:"这批小麦里混了不少生黄豆,看样子是机器收割的,货主也不挑拣一下。"

哪知就是因为这些黄豆,发生了一场事故。

这时扛包下架板的顺序,第一个是铁塔刘,第二个是大老王,第三个就是许津。只见铁塔刘左脚一软,肩上的大包就有点歪,大包可是开口的,立刻有不少粮食撒到架板上。如果粮食都是又尖又长的小麦还好,可里面还混有圆圆的黄豆,大老王正好

踩在黄豆上,脚下一滑就摔下架板,掉在仓库硬邦邦的水泥地面上。

大老王马上捂着腰"哎哟哎哟"地叫起来,大家慌忙把他送到医院,小麦一卸完,许津他们连招呼也没跟铁塔刘打,就急匆匆去医院看望大老王。医生告诉他们,大老王没大事,已经出院了。他们又去了大老王家里,大老王的家人告诉他们,医生拍了片子,说脊椎有个小黑影,多少有点骨折,休养一百天再说吧。

大家知道大老王一家五口,都指着他扛大包生活呢,这一百天他是分文不进啊,刀子嘴忍不住说:"铁塔刘别是故意的吧,我们队长一受伤,以后的活儿还不都归他们?"

大老王佝偻着腰躺在床上,语调却依然洪亮:"你不要说了,我看得清清楚楚,是他崴了脚才出差错的,这是老天爷让我休息一百天呢。"说完,他交代大家,装卸队不能没有队长,在这一百天里,七个人就暂时跟铁塔刘干,无论什么事都要听铁塔刘的。

这话一说,刀子嘴他们心理上多少有点不接受,还是许津脑子快,他笑着说:"这么着吧,这段日子咱们接了活,匀出一份钱来给王叔,直到他能干活为止,怎么样?"

大家纷纷表示同意,不过这事还得通知永胜公司的周老板,人家是业主。想不到周老板对于两队合并的事非常重视,居然亲自过来和铁塔刘谈

了话，问了一堆籍贯家庭之类的话，最后才勉强答应了。

从此万安镇的两支装卸队合为一支，队长是铁塔刘，总共十五个人。虽然挣了钱要匀给大老王一份，不过没了竞争对手，活儿多，钱也不少挣。

这天，许津扛了一天大包回到家，发现老娘正在灯下剥瓜子，每剥出一个仁儿就放在面盆里。许津平时最爱吃这个，伸手就要抓一把来吃，被老娘一巴掌打开了手，娘说："别动，这是在给你找工作。"许津暗笑，剥瓜子也能找工作？

娘说："这你就别管了，你老王叔扛了一辈子大包，还是出事骨折了，娘可不能眼看着你也这么干一辈子！"许津看娘有意卖关子，也就不再问了。

4.又一支装卸队

许津他们跟着铁塔刘干了半个月，不料这天，又一支装卸队出现在万安镇，不过这个队伍很奇怪，让大家百思不得其解。

事情的起因是这样的，那天中午十二点多，大家正要回家吃饭，忽然看见从镇外驶来一辆装满面粉的卡车，开车的司机大家认识，是永胜公司的。铁塔刘招呼一声，说又有活儿啦，大家吃个烧饼赶紧走！

等大家吃完烧饼，来到永胜公司仓库前，发现有一伙人已经开始卸面

粉了，看脸孔都是陌生人。刀子嘴有点生气，他们跟周老板有口头协议的，现在怎么又杀出一伙程咬金？于是上前想问问，谁知刚靠近车厢，对方一个络腮胡就腾地跳下车来，挥舞着一根铁棍说："你们是干什么的？这里不许闲人靠近！"

刀子嘴见对方来势汹汹，火气也上来了，说："我还要问你们是干什么的呢，怎么抢我们的装卸活儿？"

络腮胡一听对方也是装卸队，神情松弛下来，掏出手机就打电话。接电话的是周老板，他听完讲述，让络腮胡把手机拿给铁塔刘。周老板在电话里说，这个新装卸队是他一个朋友介绍来的，总得给他们点活干，以后凡是七号库的装卸活儿，络腮胡他们干，其他库房还是铁塔刘干。

话说到这份上，铁塔刘只好带人回去。在路上，许津说出了自己的疑惑：络腮胡的装卸队有点怪，光靠七号库那点活儿，怎么够生活？

刀子嘴接口说："要说怪，七号库最怪，大家做了这么长时间装卸工，谁也没干过七号库的活儿，谁也没进去瞧过半眼，现在这支怪怪的装卸队包揽了七号库，会不会里面有什么奥妙？"

这么一说，大家都觉得奇怪起来，都想说道几句，铁塔刘见状赶紧制止，说多一事不如少一事，不要管闲事，免得惹祸上身。许津一听，不

由暗暗纳闷，按说铁塔刘可不是怕事的人，今天怎么突然小心起来了？

许津回了家，他娘已等他好久了，一见面拽起他就往外走，说赶紧去面试，她为许津找的工作有着落了——本镇涂料厂的赵厂长说他们厂会计病休，正好缺一个会计，让许津去试试。

在路上，许津问娘是怎么找到这个门路的，和那盆瓜子有没有关系。许津看到，老娘托人去外地买来最贵的瓜子，又整整剥了两个礼拜，才装满一盆。因为老娘白天活计多，大多是夜晚才有空剥瓜子，熬得眼睛都红肿了，还买了回眼药。

许津娘说："虽说赵厂长是亲戚介绍认识的，但现在工作难找，我去求他，他本来没答应，实在被我磨不

过，才端出个面盆来，告诉我，什么时候用剥了皮的瓜子装满这个盆，什么时候才考虑。还好，面盆装满了，他说话还算数。"

许津问："他要这么多瓜子做什么？难道都自己吃掉？"许津娘叹了口气，没说话。

到了涂料厂，许津发现，涂料厂就建在永胜面粉公司隔壁，赵厂长和永胜公司的周老板一样，也是外地客商来本地投资的。这时赵厂长正逗弄一只鸽子，见了许津，他感觉很满意，吩咐前任会计拿过账簿来，做交接工作。

许津本来就是学财经专业的，接这点账务是行家里手，所以很快就完成了一半。赵厂长见他有点累了，就先领他参观厂区，许津很快就发现一个问题，涂料厂的厂址选得不好，没有靠大路，涂料运出的时候很不方便。赵厂长解释说，别处的房租比较贵。许津是本地人，闻言心里就打了个问号，他知道万安镇的房租哪里都差不多，赵厂长为什么说假话呢？

5. 七号库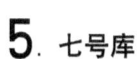

赵厂长让许津第二天早晨上班，这样许津必须在今天下午就和铁塔

刘他们道别。平心而论，许津还真不愿意离开装卸队，他觉得活虽然重，但大伙儿都是正直的人，没社会上的那些勾心斗角。不过他也不愿意把这么多年学到的东西白扔了，最后还是决定，先当一阵子会计再说。

许津找到铁塔刘，正要提辞职的事，铁塔刘却告诉他，永胜公司又来活儿了，六号库的小麦需要灌装打包。许津心想，先别说自己要走的事了，干完这最后的活儿，大家回家的时候再慢慢说，免得大伙儿伤感，一分心，干活时还容易出事。

小麦打包的时候，许津负责拿着三十斤重的粮斗往麻袋里灌，瘦小的刀子嘴负责系绳结。这时许津发现，刀子嘴有点心不在焉，隔一会就打量一眼六号库的气窗，那是三米高的一处百叶窗，开口不大。出于好意，许津就打了个招呼："小李，你速度慢了啊，是不是想媳妇了？"

刀子嘴今年才十九，听了脸红到脖子根，接口说"秀才也练出嘴皮子来了，看来我这刀子嘴后继有人了啊！"许津心里一紧，心想，自己待会儿说出要走的话，大家指不定多伤心呢。

活儿干完，铁塔刘招呼大家出仓，许津跟着人群出来，正想说辞职的事，一抬头发现少了一个人，刀子嘴不见了！他一下想起刚才刀子嘴一副心不在焉的样子，别是被保管员不

留神锁在六号库里了吧？要知道，这些粮仓有时候三天都不开一次，被关在里面就麻烦了。许津也是关心则乱，没跟铁塔刘打招呼，就径直回六号库找刀子嘴了。

保管员听说六号库里有可能锁了个装卸工，慌忙拿钥匙开了库门，领许津进去看。却见库房里只有一堆小麦，并没有人，但是气窗下摞了一堆刚才灌好的大包，百叶窗被挤出个大口子，好像有人钻了出去。保管员爬上麻袋，从百叶窗往外看，就看见窗户外面有一截短墙，短墙一直连接到七号库的百叶窗下，而七号库的百叶窗也开了个口子。

保管员的脸色立刻就变了，他喊了一声："出事了，快来人！"

库房旁的值班室里立刻涌出五六个人来，打头的许津见过，竟是那个新来的装卸队的络腮胡。络腮胡听保管员讲了原委，马上让人控制住许津，然后吩咐保管员，打开七号库！

神秘的七号库打开了，许津从门外往里看，只见里面是密匝层层的面粉袋，袋子上蹲坐着神情愤怒的刀子嘴。许津明白了，原来刀子嘴并没有被锁在六号库，他是特意留在六号库，然后神不知鬼不觉地从气窗爬进了七号库，可是，他为什么要这么做？

正想着，只听络腮胡一声令下，好几个人冲进七号库，把刀子嘴押了

出来。络腮胡问刀子嘴：
"你看到了什么？"

刀子嘴咧嘴一笑："看到了你们不让看的东西。"络腮胡伸手就搜刀子嘴和许津的手机，然后吩咐："那就对不住了，关起来！"

许津和刀子嘴被关进了正对七号库大门的一间值班室，外面铁将军把门，还有两条壮汉守卫。刀子嘴透过窗户看着七号库的库门，对许津讲述了事情的来龙去脉。

原来铁塔刘从外省赶来万安镇做装卸工，不是为挣钱，而是为弟弟报仇来的。他弟弟在家乡也是装卸工，在为一家面粉厂卸货时，发现卸的不是面粉，而是滑石粉，联想到当地有人买了这家的面粉，常常拉肚子，便知道肯定是黑心面粉厂掺了滑石粉增重害人。出于义愤，他向工商局举报了，可是没等工商局派人来化验，黑心面粉厂的周老板来了个金蝉脱壳，转移到万安镇开起永胜公司来了，临走时，还雇人对铁塔刘的弟弟下了黑手，打得他生活不能自理。

铁塔刘循踪找到这里，发现仇人周老板有保镖护身，只有依靠法律才能报仇，他需要的是有力的证据。一开始铁塔刘只是买了永胜公司的面粉拿去化验，却没有发现问题，因为周老板学精了，黑心面粉不在当地出售，一律出售到外省，具体地点还保密。于是他更换了姓名籍贯，跟大老

王他们争永胜公司的地盘，以便找证据。当发现七号库不许旁人过去后，铁塔刘就断定这里有鬼，只要进去，多半能找到证据。后来他发现六号库的气窗和七号库的气窗挨得很近，可以从六号库爬过去，但气窗太小了，他钻不进去，就找上了身材瘦小的刀子嘴。刀子嘴没吃过黑心面粉的苦，但在电视里没少看这种丧尽天良的事，一向深恶痛绝，所以一拍胸脯答应下来。他钻进七号库后果然发现，那堆积如山的面袋里装的不是面粉，而是不能食用的滑石粉！

刀子嘴讲完，许津追悔莫及，要不是自己多事，回六号库寻找刀子嘴，刀子嘴一定能平安离开七号库。刀子嘴反过来安慰他，说他在库房已经给铁塔刘打了手机，说发现了滑石粉，请他速带人来。

果然两个多小时后，铁塔刘带着装卸队的人来了，身后还有工商局和公安局的人。许津见状跳起来就推门，大喊："我们被关在这里了！"不料门一推就开，外面守着的大汉也不见了。铁塔刘跑过来，一见刀子嘴就问："滑石粉在哪个库房？"刀子嘴一指："七号！"

这时周老板也跟来了，表现得异常积极，没等警察说话，他就吩咐管理员："把七号库打开，让警察同志看看！"仓库的大门推开，里面竟然空无一物！许津看一眼刀子嘴，两人都

万分惊讶，仓房只有一个门一个窗啊，刚才他们目不转睛地看着仓库大门和百叶窗，没见有东西搬出来，怎么就凭空消失了？

6. 直起腰来

周老板见状对着铁塔刘冷笑："你说我库房里有滑石粉？纯属胡说嘛。还有，你说我关了你们两个人，这两位好端端坐在值班室，行动可是自由的。要知道，诬告会被判刑的！"

这下连警察们也疑惑起来，铁塔刘急得冲刀子嘴直叫："你说你亲眼看见的，怎么又没了？"

就在这时，身后人群里走出个挂

拐杖的人，这人弯着腰走进七号库，用拐杖一路敲一路听，走到墙角处忽然说："这里声音不对，有地道！"

这人不是别人，正是大老王！

许津先跳起来，问："王叔，你不是要养一百天才能下地吗？怎么跑出来了？"

大老王忽地扔掉拐杖，直起了腰杆："那回比赛完后，永胜公司不用铁塔刘的队伍，我去找铁塔刘商量，他就告诉了我一切。我摔跤是障眼法，好让铁塔刘有借口领导装卸队，为他找证据提供方便。腰椎上的阴影，是十多年前的老毛病，早就好啦！"

一转脸，大老王又对铁塔刘说："那天我在六号库摔在水泥地上，无意中听出地下有空洞的声音，就猜想有地道。我回到家也没闲着，一到晚上就在永胜公司大门口溜达，结果我发现，那个络腮胡有一天从六号库进去，竟从七号库出来。靠他的块头是不可能钻百叶窗的，还是说明有地道！"

警察按大老王所指，果然在墙角找到了地道口。顺地道找过去，十多吨滑石粉果然堆在六号库里。原来周老板发现许津和刀子嘴看到了七号库的滑石粉，知道这两人是当地人，无法杀人灭口，就指使亲信络腮胡他们，把滑石粉由地道搬到六号库。照他的想法，六号库许津他们刚刚看

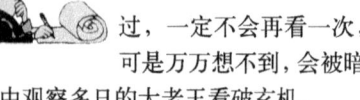

过，一定不会再看一次，可是万万想不到，会被暗中观察多日的大老王看破玄机。

到了这种时候，没想到周老板还有最后一招，他对警察说："您可能是误会了，这些东西是隔壁涂料厂的赵厂长暂存在我这里的，不信你们问问。"说着打起了手机。

赵厂长很快来了，他说"我们做涂料要用到大量滑石粉，又没地方放，才放到他这里的。"大老王不信："那你们没事挖地道干啥？"周老板显然早有对策："我们买的是以前的军备旧库房，地道原来就有，不信可以查资料。"

这才叫天衣无缝，大老王、铁塔刘他们都没词了。幸好工商局的同志经验丰富，问了赵厂长一个关键问题："你说滑石粉是你们涂料厂的，那应该有账啊，我们看看账本可以吗？"

赵厂长还是不慌不忙："因为新旧会计刚刚交接工作，账本暂时封存了。不过我们的新会计就在这里，账上有没有滑石粉可以问许津。"

刹那间，所有人的目光都投向许津。许津一清二楚，账上根本没有滑石粉，同时他也明白了涂料厂为什么要建在永胜公司隔壁，因为他们是一丘之貉，但是自己要说出真相吗？一旦说出，会计工作自然没有了，老娘的一脸盆瓜子也白剥了……就在他略一犹豫的时候，耳边响起了大老王的大喝："铁塔刘来到咱们万安镇，他对咱掏心窝子，咱也得尽力帮忙。你的腰杆要直，良心要正！"

许津终于讲出真相，周老板和赵厂长被押走了，而他的会计工作也丢了。不过他不后悔，真正为难的是，该怎样跟母亲说？

送走千恩万谢的铁塔刘后，许津回了家，面对老娘，他不知从何说起，只是咕哝一句："会计的工作，丢了。"

许津娘已经从街坊口中知道了来龙去脉，她对许津说："你做得对，你知道那赵厂长让我剥一脸盆瓜子仁做什么用吗？用来喂他的鸽子！这是不把咱们当人看啊，直起你的腰来，这种人咱不伺候！"

（题图、插图：杨宏富）

不平常的
雪夜

□ 佘远香

陈婧是个年轻的妈妈，一个假日的下午，她带着女儿晶晶去看望山区的一个朋友，她们从市区出发，坐了两小时车后来到一个小镇。朋友住的地方离小镇还有十几公里，都是崎岖的山道，不通车，陈婧只得带着女儿徒步前行。

这时正值数九寒冬，天空中彤云密布，北风呼啸，两人走到半路，就纷纷扬扬下起了大雪。眼看天快黑了，陈婧暗暗着急起来，四下一打量，只见不远处的山坳里有一座屋子，于是决定前去借宿一晚。

这是三间低矮的土坯房，屋前用篱笆围成一个小院子，陈婧带着女儿穿过院子，上前敲了敲门，门"吱呀"一声开了，走出来一个面色憔悴的中

年妇人。陈婧向妇人说明了来意，妇人打量了她们一下，就把两人让进了屋。陈婧走进屋子，见屋里的陈设很简陋，昏黄的灯光下，桌边挨坐着三个女孩，大的约莫十来岁，与晶晶差不多大，小一点的大概七八岁，最小的那个，也就五六岁的光景，三个孩子都一齐默默地打量着她们。妇人指着三个女孩对陈婧说："这是我的女儿和侄女，现在家里只有我们娘儿几个，我丈夫和他兄弟都去山外打工了……"

这时灶上传来玉米和地瓜的香味，妇人招呼陈婧母女一起吃饭，饭后，妇人把陈婧母女带到东边的屋子，说："屋子简陋，你们城里来的，大概不习惯吧？"陈婧忙说"很好，这里比城里清静多了。"走了大半天路，陈婧和女儿都很累了，就上床休息。

妇人看到她们脱下的鞋子，说道："这么好的鞋，走山路沾了湿气，我拿到刚烧过的灶上烤着，明天你们好穿了走路。"说完就弯腰拿鞋子，陈婧连连道谢，心想这妇人真是细心。

晶晶很快就进入了梦乡，陈婧却有些不适应，睡到半夜就醒了过来，此时屋里一团漆黑，周围一片寂静。她推开床边的窗户，只见雪花还在飘着，陈婧感到一丝凉意，正要关上窗，就在这时，突然听到一阵轻响，只见西边屋子的门轻轻地打开了，从门里走出一个人来，虽然看不清脸，但从

身影看来，应该是三个女孩中最大的一个。只见女孩径直走到院子里，然后绕着院子不停地走了起来。

陈婧感到很奇怪，深更半夜的，女孩在雪地里做什么？是找东西吗？但那女孩挺直着身子，并没有低头看着地面，又不像找东西的样子。陈婧正想叫女孩进屋，别着凉了，但就在这时，一个奇怪的想法涌上心头：这女孩莫非在梦游？听说梦游中的人是不能受惊吓的，于是陈婧把到嘴边的话又咽了回去，屏气凝神地望着。只见女孩在院子里漫无目的地走着，"咔嚓咔嚓"的脚步声，在寂静的夜里显得格外清晰。陈婧很紧张，生怕女孩在梦中做出什么异常举动来，好在女孩走了一会儿，什么也没做，又静静地回屋去了。

陈婧不禁长吁了口气，正想关窗睡觉，不料，令她惊讶的事又发生了，只见西边屋子里接着又走出一个人来，这回是排行第二的那个女孩。只见这女孩也像她姐姐一样，不停地在院子里走来走去。陈婧迷惑了，这么看来，先前的女孩并不是梦游了，一个家里哪会有两个梦游的人？即使有，又怎么可能像约好了似的相继发病呢？那么，她们又究竟在干什么？

陈婧正胡乱想着，只见这个女孩又走进屋去了，紧接着，最小的那个女孩走了出来，也在院子里走了一阵就进去了，然后那扇门被轻轻地关上

了，院子里又恢复了平静，只有雪花还在无声地飘落。

陈婧感到非常好奇，她穿上妇人为自己准备的布鞋，悄悄走到院子里，仔细地察看，没有发现什么异常的地方。突然，她的目光落到了地面的脚印上，在雪光的映照下，陈婧惊讶地发现，这些脚印虽然凌乱，但都是一样大小！

这怎么可能？三个孩子年龄相差好几岁，个子高矮不一，怎么会穿一样尺码的鞋子呢？这时，突然"哇"的响起一声乌鸦的怪叫，陈婧不禁打了个寒颤：荒山孤屋、女孩的怪异举动、眼前奇怪的脚印……这一切让陈婧恐惧起来，她赶忙逃也似的回到屋内，关紧门窗躺到了床上。

女儿还在甜甜地酣睡，陈婧的心却久久不能平静，女孩们的举动一定隐藏着什么秘密，这个秘密会不会与自己母女的到来有关？可到底是什么秘密，她们到底是人还是……陈婧越想越怕，想着想着，迷迷糊糊地又睡了过去。

也不知过了多久，耳边响起了晶晶的呼唤："妈妈，醒醒，天亮了。"陈婧睁眼一看，屋子里一片明亮，她感到昏昏沉沉的，突然想起昨夜的事，忙开窗一看，雪已经停了，雪地上一片平整，已看不到任何脚印，难道昨夜是做了个梦吗？

陈婧摇了摇头，穿好衣服，去后面的灶房拿自己和女儿的鞋子。妇人正在屋檐下劈柴，见了陈婧问道："昨夜睡得好吗？"陈婧勉强笑笑："很好，一觉醒来天就亮了。"

她走到灶边拿鞋子，只见自己的鞋子里外都已烘得非常干燥了，她拿起晶晶的鞋子一看，一下愣住了，晶晶的鞋子是双红色的小棉鞋，只见鞋面与鞋底还都湿漉漉的。鞋子烘了一夜怎么还会是湿的呢？难道半夜有人穿过？陈婧再仔细一看，灶台另一边还放着三双黑黑的小胶鞋，鞋口与鞋面露出了大大的口子，她似乎明白了什么……

陈婧拿着鞋子从灶房出来，路过西边屋子，听到屋里传来小女孩低低的谈话，一个脆脆的声音说道："姐姐，那双鞋子好漂亮，穿着好暖和啊！"另一个声音接口道："是啊，我们要是每人都有这样一双鞋子，该多好！"很快又响起一个声音，好像是最大的姐姐："好了，穿一下过过瘾就行了，别再瞎想了。爸爸和叔叔赚的钱要给妈妈治病，还要供我们读书，哪有钱买这么好的鞋子呢？"

听到这里，陈婧恍然大悟：三个女孩昨天夜里是在轮流试穿女儿的鞋子，因为她们以前从没穿过这么漂亮的童鞋！想到这里，陈婧的心忽然变得很疼很疼……

（题图、插图：安玉民　梁　丽）

赔了夫人
又折兵

□ 王 萧

这是一个真实的故事。
唐媛媛是个农家姑娘，靠着自身的努力，她考上了北京一所高校，但毕业后一直没找到理想的工作。就在她郁郁不得志的时候，那天在餐厅里遇到了一个女人，一下子改变了她的生活。

这天唐媛媛在吃饭的时候，突然听见有个女人在叫她："媛媛啊，没想到在这儿遇到你呀！"唐媛媛一看眼前这个浑身名牌的女人，真想不起来自己何时有过这么富贵的朋友。

"媛媛，我是你的小学同学杨娟呀！"杨娟？唐媛媛上上下下仔细打量："哟，杨娟，是你呀，瞧你这珠光宝气，有什么成功的秘诀啊？"杨娟左看看，右看看，把唐媛媛拉到一个角落，说："不瞒你说，我现在干上了一个新职业，这职业叫代理孕妇。我一共帮人家生过四个孩子，挣了50多

万，我现在洗手不干了，过舒服的日子哩。"说到这里，杨娟又凑着唐媛媛的耳朵说："媛媛，你长得比我漂亮，学历比我高，如果你想做代孕妈妈，一定很好找雇主。怎么样，要不要我帮你联系联系？"

唐媛媛听到这里，马上回绝了杨娟，在她看来，代孕这种事，虽然来钱轻松，但毕竟不是正道。

与杨娟分手后，唐媛媛回到家中，正好遇到房东来催房租，她想让房东宽限几天，可是房东的一席话，却让她深感侮辱："你们这些女孩真是的，没钱就不要在北京混嘛，干脆回老家得了！"这话深深地刺伤了唐媛媛，在北京，没有钱生存是这样的

难！犹豫了一个晚上，她终于拿起电话打给了杨娟。

杨娟是在这个圈子里混的，专门帮着联系那些不能生育的夫妇，她为唐媛媛选中了陈方夫妇，因为陈方夫妇有显赫的身份及社会地位。

而陈方夫妇对唐媛媛的模样、身高、学历，也都挺满意的，带着去做检查，身体条件也很满意。唐媛媛便住进了陈家。双方约定，陈家不仅管吃管住，每月还给唐媛媛5000块钱工资，另外还约定，孩子顺利生产后将付给她20万元代孕费。这么着，夫妇俩带着唐媛媛在一家私人医院做了人工受精，回家后就如同公主般的伺候起来，每天有医师来量血压，还有保姆根据营养师的建议给她做专门的营养套餐。很快，唐媛媛就怀孕了。

俗话说天有不测风云，这天，唐媛媛出去散步的时候，不小心摔了一跤，她当时就喊肚子疼，等送到医院时，发现已经流产了。听到这个消息，唐媛媛哭了出来。陈方夫妇虽然觉得遗憾，但也没有责怪唐媛媛，还安慰她说，等她身体康复可以重新再来。可是出院前的体检，却让所有人大吃一惊，唐媛媛因为这次流产，输卵管有些堵塞，已经很难再怀孕了。唐媛媛无比沮丧，不但代孕做不成，连生育自己的小孩也很难了。

陈家得到这个消息，态度也发生了一百八十度大转弯。这天，陈方夫妇找到了唐媛媛，说："你看，你在我们陈家住的时间也不短了，这样，你先回家吧。考虑到你身子还虚，我们再给你拿一万块钱，你回家买点好吃的。"

唐媛媛拿了一万块钱回家，心里觉得很委屈，这不是赔了夫人又折兵吗？于是她找到了杨娟。

杨娟可不是省油的灯，她听了唐媛媛的遭遇，一拍大腿，说："我说媛媛，你怎么那么好欺负呀，一万块钱就把你给打发了？走，我带你去讨个说法！"

陈方夫妇倒是客客气气地接待了她们，唐媛媛一看气氛不错，就直话

直说："我今天来这里是想说说我困难的情况，一个女人不能生孩子，这是多大的事儿呀！按常理，你们是不是应该给我点赔偿呢？""什么？赔偿？"陈方一听赔偿，脸就黑了下来，说："媛媛，我们家一直对你不错啊，你现在不能生育是你自己不小心摔倒落下的毛病，不能怪我们呀，再说了，这期间我们前前后后折腾，也没少花钱呀！"

双方为赔偿的事闹得不欢而散，唐媛媛决定要给自己讨个说法，于是找到了一家律师事务所。可当她跟律师说完了事情的始末，律师却叹了口气，说："小唐姑娘，你知不知道我们国家对于代孕的规定？"

"这个我不知道，反正很多人都在做这个。"

"那我来跟你说说吧，现在世界上绝大多数国家，是禁止代孕的，而且严厉禁止代孕的商业化，我们国家也是这样规定的。我们国家有一个人工辅助生殖技术的管理办法，是说任何形式的人工辅助生殖技术都必须符合我国的计划生育政策、法律以及伦理。禁止以任何方式买卖配子、合子、胚胎，也禁止医疗机构和人员私自实施代孕手术。陈家和你的代孕行为本身就是非法的，且不说你和陈家只有一个口头协议，即便签定了代孕合同，并在合同中明确规定责任和赔偿金，但因为它违反了国家的强制性法

律，也是一个无效合同啊！法律是不会保护你们这种违法行为的。"

唐媛媛听律师这么一说，心都凉了，雇主不理，告又不能告，她陷入了无尽的苦恼之中。自己的委屈应该如何宣泄呢？就在这时，她想起自己身边还有陈家的钥匙，一个邪恶的计划从心底产生。

唐媛媛找到杨娟，两人一拍即合，她们很顺利地进入了陈方的别墅，在唐媛媛的指点下，两人迅速把陈家洗劫一空，一共盗窃了5万多元现金、价值40多万元的珠宝和价值400多万元的古董书画。

两人盗窃后就找了个地方躲了起来，没想到，警方根据陈方夫妇提供的线索，很快将她们缉拿归案，等待她们的将是法律的宣判。这下，唐媛媛真的是赔了夫人又折兵。

律师点评：

《赔了夫人又折兵》这一故事中主人公唐媛媛与他人签订代孕协议，其内容显然有违我国社会公序良俗，我国卫生部也明令禁止，且生育权作为身体权的一部分，不能作为商品进行买卖，故依法当属无效，其不受法律保护，所以，对于唐媛媛的流产或不能生育，因协议本身非法，由此造成的损害结果也只能自己承担而无法得到有效的法律保护。

（题图、插图：安玉民 梁 丽）

最美情话

电视台录制一个节目，要评选最美的一句情话。现场选出了十对夫妻，轮到一对老年夫妇时，老太太接过话筒，轻轻说了一句："我听过最美的情话是——你现在站着还是坐着？"

众人不解，老太太微微一笑，说起这句话背后的故事来。一次，老先生上班时突发心脏病，同事们把他送进医院，医生马上准备进行心脏搭桥手术。医院规定，病人动手术前要通知亲属，老先生躺在手术台上，拨响了太太的手机……

"那么多年过去了，我还清楚地记得，当时他说的第一句话是：你现在站着还是坐着？他是担心我如果站着，听到消息受不了刺激，会摔倒在地……他自己都这样了，还惦记着我的安危，这是我一生听过的最美的情话。"

老人说完，现场响起了掌声。情话之美，不在文采，而在真心。

（作者：戚锦泉）

他们是朋友

头狼老了，它让几只年轻的狼独自去捕食。没过多久，年轻的狼满载而归，原来它们袭击了一群猎人，轻松地把猎人的猎物据为己有了。

头狼问："猎人一共多少人？"年轻的狼骄傲地回答："十个！"

几天后，年轻的狼再次结队出去捕猎，却一去不复返。几天后，一只遍体鳞伤、奄奄一息的狼终于艰难地爬了回来。头狼问出什么事了，受伤的狼说，它们袭击了猎人，其他狼都被猎人打死了，只有它逃了回来。

头狼惊讶地问："猎人一共几个人？"受伤的狼有气无力地回答："三个……"头狼奇怪了："上次猎人有十个人，你们不是也得了手吗？"

受伤的狼说："可这三个人是朋友……"

力量的大小不取决于人数，而取决于是否团结。

（编译：李冬梅；**推荐者**：汪 杰）

测谎机器人

□ 闻春国　翻译

约翰遇到新鲜玩意儿，总是忍不住买来试一试。这天，他又买了个新奇玩意儿回家，它是一个有测谎功能的机器人。

这天傍晚，约翰11岁的儿子汤米从学校回到家，比平时晚了两个多小时。约翰想，正好借这个机会试试新买的机器人，于是他打开机器人的测谎按钮，问儿子："你上哪儿去了？"

汤米不假思索地说道："我去了图书馆。"话音刚落，那台机器人绕过桌子，"啪"的一声朝汤米身上猛拍了一下，差点把他从椅子上打下来。

真是太神奇了！约翰对儿子笑道："孩子，这是一台测谎机器人。你现在要老实告诉我和你妈妈，你放学以后究竟到哪去了。"

汤米低下头说："我去了鲍比家，看了一部电影。"约翰得意地看了妻子玛莎一眼，玛莎赶紧追问："你们看了什么电影？"

汤米犹豫了一下，说："是、是动画片。"这时，机器人又走到汤米身边，"啪"的猛拍了他一下。汤米只好垂头丧气地说："对不起，我撒谎了。我们其实看了一盘叫《性感皇后》的录像带。"

约翰气坏了："儿子，我真为你害臊！我像你这么大的时候，可从来没对父母撒过谎。"刚说到这里，机器人突然走到约翰身边，"啪"的一下，差点把他从椅子上打倒在地。

看到这情景，妻子玛莎笑得前仰后合，她边笑边说："亲爱的，原来你小时候也撒过谎呀！算了吧，你也不要对汤米发那么大的脾气了，毕竟他是你的亲儿子呀！"

这时，机器人激动了，它马上走到玛莎身边，"啪"的一声，狠狠地把她从椅子上敲了下来……

用汉语说什么

□ 亮 坡

王晓辉高中毕业就去了美国留学，别看他学习不努力，泡妞的水平可不一般。这天他在校园里遇到一个美女，赶紧上去搭话，可惜英语水平太差，吭吭哧哧，错误百出，美女问："王，你在美国读书，这样的英语水平能听懂课吗？"

要是换了别人，早羞得面红耳赤了，可王晓辉反而嬉皮笑脸地侃了起来："美女，我平时用不着英语啊！你知道，跟朋友说话应该用俄语，因为俄语很优美；跟敌人说话应该用德语，因为德语很硬朗；跟情人说话要用法语，因为法语很浪漫，嘻嘻！"王晓辉说着，用法语流利地说了句"我爱你"，其实他就会这一句。

美女被唬住了，好奇地问："那汉语适合用来说什么呢？"

王晓辉从小语文就没及格过，一时还真被问住了，他赶紧说："这汉语……汉语土得掉渣，我出国后一般不说汉语。"没想到美女是个中国迷，她认真地反驳道："听说汉语的词汇特别丰富，我正想学呢！你快告诉我，汉语应该用来说什么？"

王晓辉灵机一动，摆起架子道："这个嘛，你要真想知道汉语用来说什么，得和我喝咖啡！"

"喝就喝！"美女拉着王晓辉就往咖啡馆走。进了咖啡馆，王晓辉东拉西扯，就是不提汉语。到了结账的时候，王晓辉说有点事，拿着手机往外走，美女赶紧悄悄跟了出去，她知道，中国有个传统叫"偷师"，王晓辉这个电话很可能是打给中国人的，自己正好听听他用汉语说什么。

只见王晓辉走到街角，拨通手机，终于开口说起了汉语："爸，我刚才看上一套学习资料，你再给我打点钱吧，不多，就两千美金……"

绝对重视

□ 皮皮鲁

有个老头叫张老三，老伴去世后，儿子就不管他了。于是，张老三把儿子告上法院，法院宣判，由儿子负责，给张老三找个保姆。

儿子这个气啊，心想，虎毒还不食子呢，老头上法院告自己，明摆着让自己丢人现眼嘛！于是，儿子去中介所挑了一个长得丑、脾气急、好吃

懒做的，总之，是哪家都不要的保姆。

保姆找来后，张老三觉得还不如自己过呢，就给儿子打电话，提出不要保姆了，儿子嬉皮笑脸地说："没办法，这是法院的意思！"

张老三心里发堵，血压升高，终于有一天，他的脑血管承受不了，破了。

儿子把张老三送到医院，收到了医院的病危通知，说生存希望渺茫，儿子心想，反正医生也宣判了他死刑，就别怪我不孝了。于是，张老三在昏迷中被儿子雇车拉回了家。张老三不会说话，可心里明白：坏了！儿子太不重视自己了，肯定没活头了。

可是，张老三在昏迷中总觉得有人在照顾自己，这人到点给自己翻身，还时不时地给自己按摩身体。

张老三疑惑啊，难道是自己死了，到老伴那去了？也不知过了多少天，奇迹出现——张老三他醒了。等他睁开眼，一下子惊呆了，原来，整天照料自己的，竟然是那个保姆。

张老三激动地坐起来，一把拉住保姆的手，哽咽着说："老妹子，人到关键时候才知道谁好谁坏，以前对你误会了，看来还是你重视我啊！"

没想到保姆一把甩开张老三的手，龇着两颗大牙，说："你快别自作多情了，要不是怕你在月底前死了，我拿不到这月的工资，老娘才懒得伺候你呢。"

二十年后又是一条好汉

□ 冷 空

许多人都知道"二十年后又是一条好汉"这句话，却很少有人知道这句话是怎么来的。

很久很久以前有个县官，整天琢磨着贪点银子，却找不到名目，便让一个亲信开了家铺子，同他配合行事。想不到没搞了几笔，上面就把那亲信查了出来，判了三年。县官怕亲信把自己咬出来，私下拼命给他保证："不会有事的，三年后你又是一条好汉！"

果然，三年后亲信一出牢房，县官马上就给了他很多好处，还给他安排了个虚职，真是呼风唤雨，好不得意。

两人继续贪赃枉法，然而天网恢恢，很快这亲信又被查了出来，这回判得更重了，一判就判了五年。县官仍然向他承诺："五年后保证你又是一条好汉。"

五年后县官已经升为知府了，当然给了那亲信更多好处，虚职也给得更高，那亲信不但又是一条好汉，而且更牛气冲天了。

两人还是不思悔改，为所欲为，很快这亲信因为涉嫌大案，被抓了个正着，由于他前科累累，臭名昭著，虽然知府极力活动，还是被判了二十年。知府再次对亲信信誓旦旦"没关系，二十年后你又是一条好汉。"

不料上面很快又查到其他罪证，数罪并罚，直接将亲信改判为死刑。

亲信这回真有点慌了，行刑日期一天天临近，他心里直骂知府不帮自己想办法，看来得赶紧威胁威胁知府！怎么才能既吓住知府又不至于把事情搞砸呢？他决定在行刑前游街示众的时候大喊那句暗语。

这一天终于来到,看处决犯人的百姓挤得人山人海,知府因为没被查出来,还是由他主持行刑,高坐法场,好不威风!亲信眼见知府一点也没有救自己的意思,赶紧扯着喉咙大喊:"老子二十年后又是一条好汉!二十年后又是一条好汉——"

亲信本以为大家听了这话会觉得奇怪:马上就死了,二十年后怎么还会是好汉?不料话音刚落,立即有好几个犯人跟着喊:"是呀!怕个鸟,二十年后又是一条好汉!"

亲信摸不着头脑,回头一看,是几个和自己一同处斩的泼皮无赖小混混。难道他们也和我一样,和知府有什么纠葛?亲信想着,低声问其中一个:"喂,你们喊什么呢?"

"不是跟你学的吗?"那混混一脸崇拜地看着他,说,"大哥,太佩服你了,我们也都想豪壮这最后一回,可又不知道喊点什么好,二十年后又是一条好汉,牛!这话太酷了!"说着,混混们又把这话喊上了好几遍。

围观的百姓听了,不由齐声喝彩:"好胆量!"

现场一片混乱,亲信还想再说什么,不料知府当机立断,喝道:"立即行刑!"

令牌飞出,亲信早已经晕了过去,但"二十年后又是一条好汉"这句话却以讹传讹,一直流传到现在。

(本栏题图、插图:包丰一　顾子易)

(本栏目欢迎来稿。来稿可从邮局寄发,也可从网上传递。如为电子邮件,请发以下信箱:lujia411@yahoo.com.cn)

阿 P 系列幽默故事征文

阿 P 系列幽默故事栏目开辟二十多年来,深受读者欢迎。阿 P 是个有多重性格的喜剧人物,他正直、朴实,却又染有许多不良习气;他自作聪明,却又往往事与愿违,弄巧成拙;面对屡屡受挫的现实,他却能自我解嘲,很有点阿 Q 的精神姿态,让人啼笑皆非。

为了把这个栏目办得更好,本刊再次面向全社会征稿,希望有更多的人来关注阿 P,把您身边的阿 P 故事写得更精彩,更有现实意义和典型意义。

来稿方法:1. 从邮局寄发,请在信封上注明"阿 P 故事征文"字样,本刊地址:上海市绍兴路 74 号《故事会》杂志社,邮编:200020。2. 从网上传递,可寄以下信箱:wulun@vip.sohu.net,请在主题上注明"阿 P 故事征文"字样。凡已和我刊编辑有联系的作者,稿件可继续投给联系的编辑。

479 2011 SEMIMONTHLY 下半月刊 1月 STORIES

欢迎登录本刊主办"故事中国网"（www.storychina.cn）

故事会
—STORIES—

2011 年 1 月
下半月刊·绿版

何承伟：社长、主编
夏一鸣：副社长
吴伦：常务副主编（兼绿版负责人）
姚自豪：副主编（兼红版负责人）
本期责任编辑：颜轶超
电子邮箱：yanyichao1004@sina.com
绿版发稿编辑：
朱虹 杭帆 黄美舟（见习）
美术编辑：李宝强
电脑制作：郭瑾玮
通联：归依玲
本社办公室电话：021-64375030
上半月刊编辑部电话：021-64332325
下半月刊编辑部电话：021-64336469
（上海市绍兴路74号 邮编：200020）
主管、主办：上海文艺出版（集团）有限公司
出版单位：《故事会》编辑部
发行范围：公开

制作、发行总监：张凯
电话：021-64313938
广告业务：上海故事会文化传媒有限公司
广告总监：张淮
广告业务：021-34010383
广告投诉：021-64333738
广告经营许可证
沪工商广字3100320080016号
发行：中国图书进出口上海公司

特别提示：凡本刊录用的作品，即视为本刊已获得该作品与《故事会》相关的网上传播、汇编出版、电子和录音录像制品等权利。本刊向作者支付的稿酬，已包含了上述各项权利的报酬，如有特殊要求，请提前说明。

（本栏插图：包丰一）

做清官

小贝的爸爸当上了局长，小贝便要求爸爸每天都吃一碗方便面。爸爸好奇地问他这么做的原因。

小贝很认真地回答"因为我要爸爸做一个清官！"

这个回答让爸爸有点摸不着头脑，他继续追问说："吃方便面和做清官有什么关系呀？"

小贝拿出一包方便面说："我听说这里面有防腐剂，只要爸爸每天吃一碗，爸爸就不会腐败了啊！"

（吴文敏）

连续剧

有那么一个花心的丈夫，他和很多女人都关系暧昧。有一次他的妻子又听说了丈夫的花边新闻，为此她大声责问丈夫："婚姻不是儿戏，你怎么可以如此随便？"

丈夫一把搂住妻子，说："亲爱的，要知道那些都是逢场作戏啊！"

听到丈夫这么狡辩，妻子更是怒不可遏，她嚷嚷道"我本来也以为只是一场独幕话剧，现在看来却是一出连续剧！你到底有完没完啊？"

（平　静）

爱情小屋

一个男人正在热烈追求他的女同事，而女同事却无动于衷。这天，男人激动地对那位女同事说"亲爱的，我昨晚梦见你了！"见女同事不为所动，他又补充说道，"而且我还在你心里盖了一间属于我俩的爱情小屋。"

女同事撇撇嘴回答说："哦，那间小屋一定是违章建筑！"（罗洪专）

唯一的优点

小徐在联谊会上对一个女孩一见钟情，随即展开了猛烈的爱情攻势，可女孩对他总是冷冷的。一次，小徐特地把女孩约出来，他问："你为什么就看不上我呢？难道我就没有让你欣赏的优点？"

女孩想了一会儿，说："优点，你还是有的。"

"真的？"小徐惊喜地问道，"啥优点？"

女孩答道："优点就是——你挑对象的眼光还不错！"

（唐育铮）

夸海口

在一场奢华的晚宴上，一位男士向一位美貌的女士搭讪，他夸夸其谈，末了还说："这场宴会纯粹是一个笑话，您瞧，我根本不是被邀请来的，到现在还没被人发现呢！"

那位女士显得兴致很高，她说"是吗？那可真有趣，我也不是被邀请来的。"

男士不由大吃一惊，忙问："那您是怎么进来的？"

女士从容地回答："我是主人……"

（沈 俊）

别 跑 了

有个阿姨退休后养了一条小狗，宝贝得不得了。

这天，阿姨去小区里遛狗。突然小狗发怒冲向一个小伙子，那小伙子见状拔腿就跑。小狗"汪、汪、汪"叫着紧追不舍，一人一狗绕着花坛团团转。

阿姨着急了，大声叫着："别跑了，别跑了！"

围观的邻居安慰她："没事没事，小狗不会咬人的。"

阿姨气呼呼地说："你们知道啥呀！小伙子，你就别跑了，再跑，把我家狗狗都给累坏了！"

（陈 皓）

试验田

女同事上个月生了个儿子，工会领导抽空去她家探望。工会领导一进她家，就见桌上放着很多瓶瓶罐罐，吃的抹的擦的，品种繁多。服侍她的呢，除了双方四位老人外，还有两个月嫂。工会领导不禁啧啧惊叹说："现在生个孩子感觉像搞科研啊。"

女同事听完，打趣说："是啊，生孩子就像搞科学试验田，投入多少，产出就有多少。请您去屋里看看我家田里的苗吧，长势格外喜人呢！"

（李彦锋）

申请报告

大学校长收到物理系递交的经费申请报告后，一个电话把物理系主任叫到了办公室。他叹气说："你们怎么总是要买那么多昂贵的设备？你看看，数学系只要纸、笔和橡皮。"想了一会，校长又补充道，"哲学系更节省，他们只要自己的头脑就够了，连橡皮都不要。"

（小 唐）

疯狂抢购

周末，一对小夫妻在外面逛街。突然老婆看到一家商场打出了"大促销"条幅，便拉着老公进去看看。正巧她发现喜欢的化妆品也在大促销，而且柜台前早已挤满了抢购的人群。于是她二话不说，从老公钱包里抽出一千块钱便挤了进去。

大约过了二十分钟，老婆终于出来了，她衣服被挤皱了，但脸上笑开了花，原来她抢到了满满一袋的化妆品。老公忙问："这得多少钱啊？"

这时老婆却拿出十张百元大钞往他眼前晃了晃。老公吓得瞪大了眼睛，他小声地问："你怎么没付钱啊？"

老婆边整衣服边抱怨道："别提了，我刚把这些化妆品装在袋子里，还没来得及付钱，就被他们给挤出来了……"

（张 蔚）

同学会

周末，老公想去参加同学会，就向老婆请假。老婆不放心地说"同学会同学会，搞垮一对又一对。你去的目的是什么？是想重温激情燃烧的岁月，还是想去看看谁动了你的情人？"

老公忙讨好地说："我只想去告诉大家，我娶了个多么温柔美丽的老婆。"

老婆听了开心地说："那我陪你一起去。"

（王 啸）

吃 鱼

爸爸教五岁的儿子背英语单词，但儿子还小，一直背错。

爸爸就要儿子多吃鱼，并一再说："吃鱼会让人变聪明，你只要多吃点鱼，就能多背几个英语单词。"

儿子一听，就天天缠着爸爸，说要吃鱼。

过了几天，爸爸抽查儿子背英语单词，儿子支支吾吾还是背不出来。爸爸无奈地说："你怎么吃了鱼还是背不出来呢？"

儿子想了想说："我知道了，因为我吃的都是中国的鱼啊，他们又不会说英语！"

（陆俊勃）

特别祈祷

有个教授开车去参加一个重要的会议，没想到，到了会场却怎么也找不到停车位。眼看会议就要开始了，他急得满头大汗。无奈之下，教授仰头祈祷说："上帝呀，请可怜可怜我吧。如果您为我找到一个停车位，我以后每周都去教堂做礼拜，并且戒掉威士忌。"

不可思议的事情立刻发生了：有一辆车开走了，一个停车位出现在他面前。

教授急忙又仰头说道："上帝呀，不劳您费心了，我已经找到一个了。"（黄 坤）

重逢

阿信和莲香是一对恋人，他们白手起家，一起创业开公司。就在他们事业有成，开始论及婚嫁时，阿信却一时糊涂，和别的女人发生了关系。莲香得知此事，伤心欲绝，说再也不要看到阿信这个负心汉。两人很快分了手，不久公司也垮了。

很多年后，阿信开起了出租车，但毕竟城市太小了，他经常会碰到以前的熟人，每回被认出时，他都感到

十分窘迫。于是他决定改去郊区的国际机场载客。

这一天，阿信开着出租车在机场排队，就在要轮到他载客时，阿信突然发现，即将搭车的那位女性穿着剪裁优雅的套装，拉着高档的皮箱，一头短发衬出她的利落，这不是自己的前女友莲香吗？此刻，看着莲香神采飞扬的样子，再瞧自己寒酸的样子，阿信真想扭头就走，可是当地有严格的法规，拒载将被重罚。考虑再三，阿信还是抱着侥幸心理，慢慢将车开到了莲香的身边。

莲香打开车门，坐在了后排，轻轻地说了句："花园饭店！"然后便没再说话。

这时阿信突然想起车前放置的执业登记证，上面不但有自己的名字，还有自己的照片，哎，他只能祈祷莲香坐在后排，不会注意到了。

过了一会儿，莲香打起了手机，总共打了四个电话。第一个是打给丈夫的，从对话中，阿信得知莲香现在住在澳洲，丈夫是一位律师，最近正处理几个大案子，他们之间的感情很好；第二个是打回公司的，交代秘书一些待处理的事情，听得出莲香现在开了公司，生意似乎很不错；第三个则是打回家里，莲香关心女儿在学校做了哪些事，提醒她要去上芭蕾课，并叮咛儿子记得写作业，不要一直玩计算机，还有哪一天有户外教学，应

该准备什么东西……

第四个电话是打给莲香的一个老朋友，这个朋友阿信也认识，通过他们的交谈，阿信这才知道，原来莲香的妈妈生病了，莲香这一趟临时回国是来探望妈妈的，过几天就会返回澳洲，她还约了那位朋友有空一起吃个饭！

阿信默默地听着莲香打电话，知道她现在过得很好，阿信心里既是高兴又是难受，他几次想叫一声，但由于自卑，阿信始终没有勇气，他只是很庆幸莲香一路上忙着打电话，没认出自己。

目的地终于到了，阿信从后视镜里注视着莲香，她优雅地翻找着钱包，当她取出钱递给阿信时，他又迅速移开了视线，他将手伸到后座接过

钱，然后低声说了声："谢谢！"

后车门传来"啪"的一声，莲香终于下车了。阿信呆呆地坐在驾驶座上，心中百感交集，也不知这样呆了多久。

"笃笃笃"有人敲了敲阿信这边的车窗玻璃。阿信抬头一看，是莲香！

阿信只得将电动窗缓缓降下，两人终于还是面对面了。

莲香指指捏在阿信手里的钱，温柔地说："你还没找钱呢！"

阿信动了动嘴巴，却什么也说不出来。

莲香指指阿信的执业登记证，说："其实我一上车就看到你的照片了，我一直在考虑该怎么和你相认了，我打那四个电话，是想把这几年的生活通通告诉你：我住哪里，我丈夫在做什么，我有几个小孩，他们几年级了，我妈妈生病了，我这趟回来会待几天，什么时候走……而你，怎么连一句问候也没有？"

阿信默默地将手里的钱递给莲香，这是刚才她给的车资，然后就开车离开了。

莲香目送阿信离去，她早已放下了对阿信的怨恨，其实生活不就是这样，哪有什么一辈子的仇人呢？

（根据吴念真导演叙述改编 改编者：秦力）

（题图、插图：安玉民 梁 丽）

"红包"的前尘往事

@ **欢喜小萨** 过年，我们在表姐家聚会，最开心的莫过于她五岁的儿子了，因为可以收红包啦！当我刚掏出红包准备给她儿子时，表姐一把按住我的手，连说不用了。她儿子一听着急了，一边紧盯着我手里的红包，一边朝表姐嚷嚷说："我要钱，我要钱，我要存钱讨老婆的呀！"

@ **我是雷帝我怕谁** 我们公司有惯例，新年第一天上班，老板会亲自给员工派发红包。今年也不例外，当我看着老板越来越接近我的座位，不禁心神荡漾、满怀期待。终于老板拿着红包来到我面前，悲剧发生了！当我激动地接过红包，正要开口致谢时，我的口水却先"飞流直下"……现在想起来，我还有马上撞墙自尽的冲动。

@ **同男正传** 每年春节我们都免不了收、发红包的。年过完了，我口袋里还剩几个红包。这天下班我赶着去上夜校，便想随便对付一顿。我找了个卖盒饭的，一边低头选菜色，一边从口袋里抽出一张钱给他。卖盒饭的把盒饭递给我，却迟迟不接我的钱。我纳闷地抬头一看，他怎么直勾勾地看着我的钱呢？顺着他的视线，我看到自己递出的是一个大红包。

@ **嘻嘻不哈哈** 女儿今年六岁。去年堂弟来我家拜年，一进门，堂弟就给她一个红包，但是告诉她说："要等舅舅走了才可以看哦。"女儿连连点头，还在堂弟脸上狠狠亲了一口。等堂弟走后，女儿迫不及待拆开红包，见其中只有十块钱，不禁一脸郁闷。但是不一会儿，女儿又笑得阳光灿烂了，她把红包递给我，并说："妈妈，按原样封好，等舅舅结婚的时候送给他。"

@ **平民女王** 记得那年，我和老公去领结婚证。老公大笔一挥，毫不犹豫地填好申请表，然后签字。接着他把申请表往我面前一推，示意我赶紧"画押"。我却故意说："我还要考虑考虑！"这时他变魔术般地取出一个大红包，作势要塞给我，还挤眉弄眼地逗我，这爱耍宝的家伙！办完手续，他兴奋地说："哎呀，我终于有老婆了。"然后又勾起我的下巴，"来，喊声'老公'听听！"我一把掉掉他的手，觉得怎么也喊不出口。老公居然又掏出那个红包，往我口袋里塞，还说："这回可以喊了吧？"

@ **真相只有一个** 有次我在路上看到一个红包，眼看没人认领，也无人注意，就赶紧捡了起来，捏在手里厚厚的，看来有点"内容"。于是我赶紧躲到僻静处，此红包包得很严实，我层层剥开，只见里面有张纸片，上书："想钱想疯了吧，真以为路上能捡到红包？"当时我那个懊恼悔恨哟！转念一想，我将红包还原包好，重新放回路上……

（推荐者：郭淼淼）

阿P 帮邻居

□林华玉

阿P最近贷款买了一套房子，简单装修了一下，就住了进去。

这天晚上，阿P正在家里看电视，突然门铃响了，他打开门一看，只见门口站着一个二十多岁的小伙子。小伙子朝阿P笑了笑，说："打搅了，我是你家对门邻居，我叫孙庆，实在不好意思，有一件事想拜托你！"

阿P疑惑地问："什么事？"

孙庆笑着解释说："是这样，我家刚装修好房子，听说，新装修的房子里有各种有毒气体，要经常通风换气才能去掉，可我最近要去外地出差半个月，所以想请你帮忙，每天到我家开开窗，通通风……"

阿P虽然热心，但刚到一个新地方，还不知家长里短，所以就有些犹豫。

孙庆见他有点迟疑，忙大方地说："我也不会让你白干的！我这房子里边配套齐全，我不在时你可以随便使用我房子里的水电，怎么样？"

还有这等好事？阿P一听，心想，现在水费又要涨了，眼下只要每天给他开开门窗，就能省下一笔钱来，这不是挺划算的买卖吗？于是阿P立刻就答应下来。

孙庆很高兴，马上把房门钥匙交给了阿P，转身就走了。

那天晚上，出于好奇，阿P用那把钥匙打开了孙庆家的大门。

进屋后，阿P四处看了看，发现房子的确是刚刚装修，比自己家豪华漂亮多了，就是味道还有点刺鼻。当他走到卫生间时，顿时眼前一亮，只见这里有一个很大很漂亮的浴缸。想起孙庆答应自己的话，阿P乐坏了，不用白不用，先舒舒服服地洗个澡再说。

就在阿P泡在浴缸里舒服得直哼哼的时候，突然，他听见外面的防盗门传来"咔嗒"一声，接着屋内响起了一阵脚步声，只听脚步声越来越近，最后在卫生间门前停住了，紧接着，门外传来一个声音："里边有人吗？"

"是谁呀？"阿P一边咕哝着，一边赶紧披上了浴巾，打开了卫生间的门，只见门口站着一个四十多岁的中年男人。阿P忙问："你是谁？怎么进来的？"

中年男人怔了一下，说"这句话应该由我来问你！你是谁？你在我家干什么？"

"你家？"阿P一听，惊得眼珠子差点掉出来，好半天才反应过来，"噢，你是孙庆的亲戚吧？"

不料想中年男人怒目圆睁，说："什么孙庆？我不认识。我姓杨，这是我家！"

阿P一下子蒙住了，他挠了挠头，就把孙庆相托的事说了一遍，不料，姓杨的根本不相信，一把抓住他的手，说"你一定是偷了我的钥匙，哼，你私闯民宅，走，咱们去派出所说清楚！"

阿P一急，就乱了方寸，他想不明白，自己和孙庆素不相识，他干吗要作弄自己呢？眼下阿P顾不得多想，只想赶紧离开这个是非之地。阿P连连作揖："大哥，误会了，误会了，有事好商量。"

姓杨的在房间里查看了一遍，见没少什么，就说："算了，咱们今后还要做邻居，就不追究你的法律责任了，只是你用了我的水、煤气，你得付钱。"

阿P一听松了口气，大大咧咧地说"我给你10块钱，就当付水费吧。"

姓杨的哪肯答应："你当打发要饭的啊？你看，你看，水、电、煤你都用了，加上精神损失费，你得赔5000块！"

见对方如此狮子大开口，阿P真恨不得上去给他俩耳光，但现在自己理亏，真要闹到派出所去，他说家里

·多重性格 憨态可掬·

丢了钱那就更说不清楚了。没办法，阿P讨价还价，磨了半天，给了姓杨的男人2000块钱了事。

回到家，阿P心里郁闷极了，把孙庆的祖宗八代都问候了一遍。

过了几天，阿P正在家睡午觉，突然门铃又响了。阿P打开门一看，只见门口站着一个陌生的中年妇女，阿P问："请问你找谁？"

中年妇女热情地说："你好，我是你的对门邻居！"

阿P一听，心想：原来她和那个姓杨的中年男人是两口子呀！想到被诈去的钱，阿P心里就不舒服，他没好气地问："杨大嫂，又有何贵干啊？"

中年妇女一怔，说："什么杨大嫂？"

阿P不耐烦地说："你家男人不是姓杨嘛，当然叫你杨大嫂了！"

那个中年妇女更糊涂了，说："什么我家男人？这房子是我一个人的啊！"

阿P见中年妇女这么说，心里"咯噔"一下，这几天的疑问一下子浮现在眼前，他赶紧把那天发生的事情原原本本地说了一遍。

中年妇女一听完，就大叫道："你上当了！这房子确实是我的，因为刚装修好，气味太大，我没搬过来住，今天回来想开开窗，只看见卫生间里乱七八糟，所以我就过来问问，知不知

道什么人到过我家？"

听到这里，阿P一下子明白过来：原来前几天，自己遇到了一个完美的骗局：先由那个自称孙庆的家伙用小便宜引诱自己上钩，然后再由那个姓杨的中年男人出面，谎称是真正的房主，对自己敲诈！

阿P脸上火辣辣的，真是有苦说不出。他心有不甘地问道："那……那两个人怎么会有你家的钥匙呢？"接着，他向中年妇女描述了一番那两人的长相。

那中年妇女一听，一拍脑袋说："我知道了，前段时间，我大门的钥匙找不到了，现在想想，一定是插在门上忘了拿下来，被人钻了空子。还好，是一套空房子，没什么损失。"

阿P心说，你没损失，我可被诈去了2000块呀。等那中年妇女走了，阿P却又想通了：幸好这女人没再追究下去，不然他问我要点精神损失费，我不就赔了夫人又折兵了嘛！多亏我阿P长得忠厚老实，好人、坏人都信任我啊！

（题图、插图：顾子易）

最佳结果

□ 马凤文

县教育局要招聘一部分大学毕业生充实进教师队伍，公告一发，报名者便挤破了门。于小源是教育局局长的儿子，今年刚好师范毕业，也顺理成章报了名。可明眼人都知道，于小源不学无术，进入教师队伍，就是多一匹害群之马。可是知道归知道，但实际上，于小源的表现更像是一匹"黑马"，他在笔试中杀进了前十名，顺利进入了面试阶段。

这天，教育局召开会议，成立了一个面试委员会，专门负责面试工作。委员会由德高望重的副局长老徐，还有几个年轻人，外加来自基层的几名优秀教师组成。

老徐知道，此次面试非同寻常，要是没有于小源什么都好办，现在于小源一搅和进来就多了不少麻烦。笔试那关是怎么回事，大伙都心知肚明，如果面试这关在自己这里出了问题，如何向局长交代呀？

老徐正在为难，局长忽然打电话过来，说："老徐呀，此次面试的重要性你应该清楚，我可不希望出现任何问题，你肩上的担子很重啊。"

老徐赶紧拍着胸脯保证说："局长放心，我一定全力以赴，不让您失望！"

老徐刚向局长立完军令状，忽然门一开，进来一个年轻人，他是小李，也是这次面试的考官之一。小李知道于小源也参与面试，其中的分寸不好把握，便前来向老徐求教。

老徐板着脸说："这种事你也来问我，你一点社会经验都没有吗？于小源他爸是谁你不知道吗？"小李点点头，为难地说："当然知道，可我还是不知道该怎么做。"

老徐白了他一眼，说："年轻人就是年轻人，没有主意，既然你来问我，我也就明说了，局长的儿子不被录取，我们这些人不是失职吗？"

小李听罢茅塞顿开，心里敞亮许多，说："其实我也是这么想的，可怕别人骂我徇私。"

老徐不以为然地说："你不说我不说，谁会知道啊？再说，面试就是一眼高一眼低的事儿，各有各的标准，我们可发挥的空间特别大。"

小李连连点头，这时又来几个人找老徐，竟然都是面试的考官，他们和小李一样，都是来请教老徐，该如何面试于小源的。老徐也不避讳，干脆把刚才和小李说的话又说了一遍。众人一听，都放下了心理包袱，录取于小源原来是"众望所归"啊！

转眼间便到了面试的日子，老徐是主考官，小李挨着老徐坐。这次来面试的大学生综合素质都很高，而且几乎都没什么背景，所以老徐他们都能客观公正地打分。

于小源是最后一个面试者，他一进来，老徐便皱起了眉头，原来他们给之前的面试者都打了高分，最少的也打了个九十多分，这样一来，于小源的分数必须比他们都高！

老徐镇定一下心神，率先提出了问题："请问，你为什么来参加这次教师选拔？"

于小源显然是有备而来，他从教师的神圣使命谈到了教师的伟大贡献，把几个同样身为教师的考官感动得一塌糊涂。末了，他还挤挤眼睛说："我爸是教育局局长，子承父业，这也算是天经地义吧……"

老徐尴尬地清清喉咙，示意他打住。

小李又低声问老徐："这怎么个打分法？"

老徐没好气地瞪他一眼，低声说："自己看着办！"

小李怕把分数给低，因为先前的人多，分数也没记太清，一分之差都可能让于小源没戏。于是便多了个心眼，他偷偷去看老徐，只见老徐大笔一挥，打了个一百分。老徐身边的一个考官见状，也赶忙打了个一百分。小李心说，看来我也得打一百分。这么想着，他在面试表上写下了一百分，其他几位考官也都打了一百分。最后去掉最低分，再去掉最高分，一平均于小源还是得了一百分的满分，可谓是"开天辟地创奇迹"了。

给于小源打完分，所有的考官都松了一口气。晚上回家，老徐刚要睡下，便接到了局长的电话，他对老徐一通表扬，说老徐能在面试中顾全大局，保证了面试质量，功不可没。老徐很是谦虚，说这全赖领导的信任。

大家高兴了没多久，便出了麻烦。没几天局长又给老徐打来电话，着急地说："老徐，有麻烦了，考生说你们在面试中徇私，给我儿子打的分数高得离谱，现在已经曝光给媒体了。"

老徐显得比局长还担心，他磕磕巴巴地说："这、这、这曝光会咋的？有啥后果？"

局长狠狠地说："你真笨，曝光就意味着我儿子不能被录取，真要录取了，媒体还不要查到我头上来？"

老徐唯唯诺诺，忙说是自己工作失误，好不容易挂掉了电话，他才长舒一口气。这时老徐又换上了一副开心的面孔，只见他呷了一口茶，自言自语道："哼哼，这才是我要的最佳结果哩，否则就没天理了！"

（题图、插图：安玉民 梁 丽）

·本刊信息传真·

阿P系列幽默故事征文

阿P系列幽默故事栏目开辟二十多年来，深受读者欢迎。阿P是个有多重性格的喜剧人物，他正直、朴实，却又染有许多不良习气；他自作聪明，却又往往事与愿违，弄巧成拙；面对屡屡受挫的现实，他却能自我解嘲，很有点阿Q的精神姿态，让人啼笑皆非。

为了把这个栏目办得更好，本刊再次面向全社会征稿，希望有更多的人来关注阿P，把您身边的阿P故事写得更精彩，更有现实意义和典型意义。

来稿方法：1. 从邮局寄发，请在信封上注明"阿P故事征文"字样，本刊地址：上海市绍兴路74号《故事会》杂志社，邮编：200020。2. 从网上传递，可寄以下信箱：wulun@vip.sohu.net，请在主题上注明"阿P故事征文"字样。凡已和我刊编辑有联系的作者，稿件可继续投给联系的编辑。

有些钱不能要

□ 陈铭

钱和性命，孰重孰轻；钱和尊严，孰重孰轻？且看他如何选择……

手术不能等

皮二是个开公司的老板。这天他正在办公室坐着，助理进来告诉他，有个男人带着一个小女孩，想要进来找他，在门口被保安拦住了。

皮二想都不想，摇摇头说："让他快走，别来烦我。"

过了一阵，助理又走进来说，那个男人怎么说也不走，后来又跪下了，现在还跪在公司里呢。皮二怔了一下，皱着眉头说："让他进来吧。"

几分钟后，助理领着那个男人进来了。皮二打量了他一眼，眉头又皱了起来。那男人四五十岁年纪，一脸皱纹，两眼无光，脸上就写着一个"苦"字。他牵着一个五岁光景的小女孩，小女孩长得白白嫩嫩，一双眼睛扑闪扑闪，像会说话一般，穿着也光鲜。两人站在一块，形成了强烈的反差。

皮二不耐烦地问："我不认识你，找我有什么事？"

男人没说话，先"扑通"一声跪了下来。皮二一愣，还没等他出声，旁边的小女孩也两腿一弯，双膝着地，像训练有素的士兵一样。

皮二一下站了起来"走走走，到大街上要钱去！"

男人慌忙解释说："老板，求求

你，救救这孩子的命吧！"接着颠三倒四地把来意说了出来：原来这女孩是他的女儿，患有先天性心脏病。医生说过，他女儿必须在五岁以前接受手术，不然就小命不保了。所以打女儿确诊起，他就天天攒她的手术费，可眼睁着女儿五岁了，他还是没能攒够那笔钱。想来想去，就逼出了这么一条路，那就是找有钱人帮忙，借也行，捐也行。他并不认识皮二，但他看见这么大一个公司，老板应该是个有钱人，所以就来求他给钱。

皮二听罢顿时一阵反感：这算什么？有这样逼人做善事的吗？他再看

了看小女孩，没想到，看起来这么活泼漂亮的孩子居然有病。

小女孩此时正支着脑袋，睁着大眼睛望着他。

男人可怜兮兮地恳求道："老板，请你发发慈悲，救救我的女儿啊！将来她长大了一定会报答你，她已经五岁了呀，再不动手术就没命了，我、我、只差三万块钱……"他一边泪眼蒙胧地说着，一边期待地望着皮二。

皮二不想再听下去了，淡淡地说了句："我为什么要给你钱？"

"你……"男人怔了怔，说道，"因为你是有钱人……"

皮二一笑："我有钱，这不假。但我的钱不是捡来的，也不是买彩票中来的，是我千辛万苦打拼来的。我跟你无亲无故，也不亏欠你的，凭什么要给你钱？"

男人被他一番话呛住了，低下了头。过了一会又仰起脸，嗫嚅着说："只差三万了……这些钱对你来说，很、很少，你要是同情一下，就能救一条命……"

"没错！"皮二按捺住自己激动的情绪，从椅子上站了起来，对着男人冷冷地说道，"三万块钱对我来说，九牛一毛。可是，我就是不想拔，因为这根毛是从我身上长出来的。"

男人仍然不甘心，继续哀求"老板，您做做好事吧……"

这让皮二不单反感，还有些厌恶

起来。他皱着眉头，挥手打断男人喋喋不休的话："我本来也是个穷光蛋，十五岁还没有鞋穿，我老爹临死的时候，我到药店赊药，可老板却不肯。这么多年，我吃过多少苦，受过多少累，有谁帮过我？一个也没有！我现在就信这句话，做人要靠自己，不要指望别人！"

男人听完，没有再恳求，他慢慢地从地上站了起来，脸上涌起一股失望的神色。只一瞬间的工夫，他仿佛又老了几岁。小女孩也跟着站起来，他们慢慢从门口走了出去。快走出门口时，小女孩回头望了一眼，似乎有些恋恋不舍。

筹款不容易

晚上，皮二回到家，把白天的事跟妻子说了。妻子听罢，叹着气说："就三万块钱，你怎么不帮帮人家？那是救命呢！"

皮二摇摇头："我就是讨厌他们那种行为。"想着想着，他又有些激动起来，"这些人就是这样，觉得有钱人做好事发善心，天经地义！随便他怎么想，说我为富不仁也好，铁公鸡也罢，我就是不给钱！"

妻子在一边又劝了皮二好几次，他就是不肯松口。

一晃过了三天，皮二开着车到一家酒店见客户。刚停下车，忽然发现酒店门口站着两个熟悉的身影，正是那天的男人和小女孩。皮二不禁好奇地打开车窗，把头探出去。

这时，前面的车门打开，一个珠光宝气的女人走下来。那男人一见，拉着小女孩上前两步，忽然就跪了下来。

"救命啊！"男人声音嘶哑地哭道，"老板，求求你救救我女儿，她今年五岁了，再不动手术就没命了……三万块，只要三万块……"他张开两只手，差点要抱住女人的腿了。

女人可能根本就没听清楚他在说什么，丢下一句："神经病！"绕过他们，匆匆走进了酒店。

皮二看到这儿，明白了：这男人一门心思想找有钱人帮忙，就守在酒店门口。他认为从小车上下来的一定就是有钱人，一见到人家下车，就上去恳求。哪知道这法子压根行不通！

皮二微微摇了摇头，然后熄火下车。刚一步跨出车门，那男人立刻条件反射一样迎上来。一打照面，男人顿时一怔，弯到一半的腿又收了回去。

此时小女孩却已经跪到了地上，仰着脑袋看着爸爸和皮二。男人脸上一片死灰，有些尴尬地扭头看向别处。

可皮二却没有立刻走开，男人更加窘迫了，想拉起小女孩。没想到，她却张口说道："老板，救救我吧！"

男人忙把小女孩拉了起来："不用问了，这位老板我们问过了。"

小女孩一听，脸上一片失望，低下头跟着父亲转身离去。

皮二怔怔地望着这对父女的背影，心里有点不是滋味。他往酒店走了几步，又迟疑地站着，再看了看男人和小女孩，想到妻子劝自己的话，突然喊道："你们等等！"皮二快步追上他们。

男人转过身，两眼放光。他微张着嘴巴，满怀期待地等着皮二开口。

皮二伸出一只手，摸了摸小女孩的头，对男人说道："这样，明天你再

到我那里去一下。我给你三万块。"

"真的？"男人顿时面颊抽动，哆哆嗦嗦说不成一句话来，"有救了……有救了……"说完又要和小女孩一起跪下道谢。

皮二忙拦住父女俩，匆匆交代几句就走进了酒店。

金钱非万能

第二天，皮二原以为男人很快会来拿钱。哪知在公司等了一上午，男人都没来。他有些奇怪，走到公司门口看了看，没见到人。他又吩咐了门口的保安，要是有人来找他，不管是谁，都让对方进去。然而一直等到下午，男人仍然没有来拿钱。

到了第三天，男人还是没来。皮二纳闷极了，按理说，手术迫在眉睫，就算天上下刀子，男人也应该会来要钱呀。他忍不住琢磨起这件事来，难道是男人又获得了另一个有钱人的帮助？还是那个小女孩突然发病去世了？这么胡思乱想了一天，皮二有点心神不宁起来。

当晚，皮二开车沿着这个城市有钱人出没的地方，包括宾馆、饭店、高档住宅区……一处一处地找过去。

最后在一家五星级宾馆门口，皮二终于看见了那个男人和小女孩。此时，他们正坐在地上，茫然地盯着进进出出的人。小女孩面前放着一块牌子，上面写着几个大字：救救我！

皮二既纳闷又来气，下车径直向他们走过去。男人发现了他，顿时一阵慌张，想站起来，结果又坐了下去，还把脑袋埋到两腿间。

皮二粗着嗓子问："我都答应给钱了，你为啥又跑来这里？"

男人没吭声，还把身子扭到了一边。

皮二一瞧，火都上来了，他扳正了男人的肩膀："你到底什么意思？是不是存心拿老子寻开心？要是敢拿老子当猴耍，我让你后悔一辈子！"

男人这才把脸抬起来，眼睛却看着别处，赌气地说："我不要你的钱！"

皮二一听，有点蒙了。愣了半晌，才追问："你倒是说说，为什么又不要我的钱了？"

"你不是好人！"男人愤愤地说，"我不要你的钱！"

皮二又愣了，自嘲地一笑"我本来就没说自己是好人，是你先来求我的。我现在想做好人，你又不愿意要我的钱了，兄弟，你到底想干啥呢？"

男人沉默了一会，恨恨地说道："我老婆是扫街的，你欺负过她！"

我？皮二张了张嘴，脑子里飞速地一搜索，猛然间想起一件事。几个星期前，他是在街上跟一个清洁工发生过冲突。说起来，简直是不值一提的小事。那天他去外面谈生意，生意没谈成，他把车停在路边。一个女清洁工让他退几步，因为他的车挡住了垃圾。

皮二当即心里冒火，二话不说，就给了对方一个耳光。完了他还火气未消，指着对方骂了几分钟。那清洁女工一直不还手，也不还口，居然也没有跑，就一直站在面前让他骂。

男人说，本来那天早上，他们一家三口很早就去了皮二的公司。他老婆也跟来了，说要当面给大恩人磕几个头。可在公司门口，老婆一眼就把皮二认出来了，最后，他们一家还是没有走进公司。

皮二怔怔地望着眼前这个苦命的男人，一句话也说不出来。男人眼里闪着泪花，高声说道："你以为你有钱，就能随便欺负人吗？就算你有再多的钱，我们也不要了！"

说罢，他拉起小女孩，再也不看皮二一眼，慢慢地往前面走去。

皮二有些失魂落魄地在原地站了好久，然后昏昏沉沉开车回了家。一进门，妻子一脸惊讶："你怎么才回来？你哭了？"

"我怎么会哭呢？"皮二伸手摸了摸脸，脸上果然挂着几滴眼泪，他想了想，轻轻握住妻子的手，断断续续地说，"求你一件事，明天你提三万块钱，开你的车……去把钱给那个男人……你还是一个好人，他会要你的钱的……"

（题图、插图：谭海彦）

拍客风波

□邢 东

现在有一个时髦新词——拍客，指的是一群人，他们随身携带相机，看到有意思的场面就拍下来，传到网上去。有个叫梁新的，就是这样一个拍客。

这天早晨，梁新路过一所小学，他看到一个感人的场景：薄薄的晨雾里，一个四十多岁的女环卫工人，蹬着一辆写着"环卫"字样的三轮车。车上站着一个八九岁的小女孩，她两只手扶着环卫工人的肩膀，兴高采烈地哼着歌，小脸蛋被初升的太阳映得通红。

梁新立刻掏出相机，对准了这对母女，按下了快门。

这时只听"吱"的一声，一辆黑色的豪华轿车从后面冲了上来，紧贴着那辆三轮车急刹车。

周围的人们呼啦一下围了过去，梁新也带着相机赶了过去。

三轮车上的小女孩吓坏了，环卫工人把小女孩从车上抱下来，一边摸孩子的胳膊和腿一边问："没吓着吧？"

这时，从那辆豪华轿车上下来一个胖女人，指着环卫工人嚷开了："你没长眼睛啊？你把我的车蹭了，你说怎么办？"

环卫工人怯怯地看了看那轿车，车身上果然有一道浅浅的白印儿。环卫工人走过去，想用手擦擦，没想到却被胖女人一把推开了："这车是你能摸的吗？赔钱！我送完孩子还得修车去，真晦气！"

环卫工人的脸一下涨得通红，她指了指两辆车的位置说："大姐，你看，是你从后面追过来蹭上的，再说这是非机动车道，不该我赔钱啊！"

胖女人一下说不出话来了，但是她眼珠子一转，又扯着嗓门嚷嚷说："甭管什么车道，总之你今天必须赔钱！不然我一个电话，让你连大街也扫不成！你信不？"说完，掏出电话就要拨号。

环卫工人被她吓得脸色发白，忙说："您别打，我赔，我赔还不行吗？"

这时旁边看热闹的人们也七嘴八舌劝了起来，好说歹说，胖女人终于同意让环卫工人掏100块钱了事。可环卫工人从兜里掏了半天，只掏出十几块零钱。

胖女人见状又火了："你打发叫花子啊？今天拿不出500块钱来，这事儿没完！"

人群里的梁新再也看不下去了，他从人堆里挤了过去，掏出500块钱，递给了环卫工人。环卫工人不敢接，梁新索性走到胖女人跟前，直接把钱给了她。

胖女人接过钱，仔细点了一遍，这才满意地说："行了，今天就便宜她们娘俩了！"说完，她转身要上车，却被梁新拦住了。

梁新指了指汽车里一个机关单位的标志，说："这辆车是公车，您开公车送孩子上学，这不好吧？这样，我拍几张照片，放到网上去，让大家评说评说。"说完，他拿出相机，"咔嚓咔嚓"对着现场拍了几张照片。

这下轮到胖女人傻眼了，她赶忙把500块钱还给梁新，还说："算了，我不让她赔了，你把照片删了，我们就当啥事也没发生过。"

梁新笑着拒绝了，围观的人们也七嘴八舌地让梁新一定要把照片放到网上去。

胖女人有些慌了，她又掏出100元，朝着环卫工人递了过去："大姐，今天这事算我不对，我倒赔您100块，麻烦你请这位兄弟把照片删了吧！"

环卫工人看看胖女人又看看梁新，坚定地摇了摇头，没接这100元。人群里顿时爆发出一阵叫好声。

梁新见状，把相机举过头顶朗声说道"大家放心，我一定把照片发布到网上去，让大家都能看到！"

正在这时，梁新突然觉得有人在拽他的衣襟，低头一看，原来是三轮车上的小女孩。

小女孩眼泪汪汪地乞求说："叔叔，求求您了，千万别把照片放到网上去。"她指了指三轮车上的"环卫"两个字，说，"妈妈骑的三轮车，也是公家的，您把照片发出去，妈妈会不会被开除啊？"

（题图：魏忠善）

不在乎

□ 方冠晴

不 幸 事

小洽是一个刚上高中的女生，她和同龄人不太一样，放着舒适宽敞的家不住，非要寄宿在学校，连周末都不肯回家。她的爸爸和继母赵阿姨只得每周末来学校看她。可这个周末，爸爸和赵阿姨却破天荒地没来。

到了星期一，赵阿姨打来电话，告诉小洽一个惊天的消息：她爸爸昨天出车祸去世了。这个晴天霹雳一下子把小洽给打傻了。

办丧事的过程中，小洽整个人都空了，妈妈五年前就去世了，如今爸爸也走了，家里只剩下没有血缘关系的继母，她真算是一个有家无亲的孤儿了。

料理完爸爸的后事，小洽渐渐从巨大的悲痛中回过神来，她开始问赵阿姨爸爸车祸的细节。赵阿姨低着头，说"他是在城东郊外的公路上出的车祸。"

"郊外？爸爸去郊外干什么？"

"他……"赵阿姨抬头瞄了小洽一眼，又匆匆低下了头说，"他是开车去、去城东郊外的水库钓鱼，和一辆环卫车撞了……"

钓鱼？又是钓鱼！小洽惊呆了，五年前，她妈妈就是陪爸爸去郊外的水库钓鱼时淹死的。

那是五年前暑期的一天，爸爸带妈妈和小洽去郊外钓鱼，爸爸的烟抽完了，让妈妈去给他买。最近的乡间小店离钓鱼的地方有四五里地，妈妈便开车去了，车行到半途中，正碰到当老师的赵阿姨领着一群夏令营的孩子到这儿来游泳，孩子们突然从坝的另一边涌上路面，妈妈避之不及，只能猛打方向盘，结果，车子冲下大坝，一头栽进了水库里。等小洽和爸爸赶到时，一切都晚了……

妈妈的去世，让小洽开始记恨赵阿姨和爸爸，如果不是赵阿姨领着的孩子涌上马路，妈妈不会出事；如果不是爸爸要妈妈去买烟，妈妈也不会出事。最让她气愤的是，三年之后，爸爸居然不顾她的反对，娶了赵阿姨。一个害死妈妈的女人，就这样堂而皇之进了家门，替代了妈妈的位置。

从此，小洽不再和爸爸说话，中考时，她又故意选择了远在平川路的寄宿高中，只因为这样可以躲开那两张可憎的面孔。

可是，现在爸爸也出事了。五年前，小洽因为钓鱼失去了妈妈，现在，她又因为钓鱼失去了爸爸。有这样的巧合吗？小洽渐渐起了疑心。

起疑心

引起小洽怀疑的，不仅仅是父母都死于钓鱼的巧合，更主要的，是赵阿姨说话时的表情。赵阿姨在讲爸爸出事的细节时，吞吞吐吐，始终不敢正视她的眼睛。如果心里没鬼，怎么会这样心虚？

小洽一时不知如何是好，思来想去，只能找警察了。她去了派出所。派出所的民警听完她的话后，告诉她，这件事得去找处理她爸爸那次车祸的交警。

于是小洽又来到交警大队事故科，有位姓邢的科长接待了她。得知她要了解父亲出事的详细情况后，邢科长说："你等等，我先打个电话。"

邢科长到外面打了个电话，回来之后才告诉小洽她爸爸出事的细节，他所说的情况基本与赵阿姨说的吻合，而且他还调出了几张爸爸出事时的现场照片，照片上，爸爸的小车几乎是横插在一辆环卫车的车斗底下。

小洽不死心，又提出一个新的问题："你们有没有拿我爸的钓竿？"见邢科长摇了摇头。小洽梗着脖子说道，"我爸连钓竿都没带，他怎么可能去钓鱼呢？"

邢科长愣了一下，问："你想说明什么？"

"我的意思是，这起车祸有些蹊跷，我怀疑它不是意外，而是人为造成的。"

邢科长却不以为然："人为？怎么人为？据我们勘查以及现场目击者的证词，是你爸开车撞向人家环卫车的，不是人家撞他。该负全责的是你爸爸。"

"他为什么要撞人家环卫车？我想说，会不会有人在他车子的刹车系统做了手脚，让他刹不住车。"

邢科长有些生气了："你这孩子，

脑子里尽想些什么呢？我告诉你吧，车子的刹车系统完好无损，还有你爸爸根本就没刹过车。"

小洽从交警这儿问不出什么名堂来，只得回家。经过一辆环卫车旁边时，她猛一下停住了脚步，她想到了一个问题：这个城市的垃圾处理厂在城西，环卫车运垃圾也是往城西去，怎么会在城东的水库那儿出现？而且那个水库是城市用水的水源地，是严禁倒垃圾的。

还有，爸爸是一家建筑公司的老总，他上次来学校看自己时说过，他的公司刚刚在邻市竞标了一个大工程，这段时间他很忙。他这么忙，怎么有空去钓鱼？即使有时间，周末他都要来学校看自己，怎么这一次他不来学校，却无缘无故要去钓鱼？

这么一想，小洽更觉可疑，再结合五年前妈妈的那起事故，她不由背脊发凉：这会不会是连环谋杀？如果是，那么从妈妈的去世到爸爸的去世，受益的就只有她——赵阿姨！

小洽心里发毛，却又茫然无助，谁能来帮她揭开真相呢？没有人！交警不相信这是谋杀，她又能指望谁？小洽悲从中来，哭了好久，她才渐渐冷静下来，她想：靠不了别人，就靠我自己！她开始冷静地思索，该从何下手。

邢科长说过，爸爸车子的刹车系统没有问题，那爸爸为什么眼睁睁往人家环卫车上撞而不刹车？会不会……有人事先给爸爸下了药，让他精神恍惚呢？

爸爸的尸体已经火化了，这样的猜测无从找到证据，不过，抢救爸爸的医生也许会有些发现！小洽立即赶往抢救爸爸的那家医院。

不 在 乎

经过一番折腾，小洽只找到了当时参与抢救的一名护士。护士告诉她，因为她爸伤势严重，在送医院的途中就不治身亡了。赵阿姨第一时间就来料理后事，院方也就没多做别的检查。

小洽仍不死心，问："我爸去世前说过什么话吗？"

护士回忆说："他被抬上救护车时，已经说不了话了。不过，他用血在床单上写过几个字。"

"什么字？"小洽紧张起来。

"因为我们忙着抢救他，顾不上看那是什么字。对了，那床单后来被你妈妈拿走了，你问她不就知道了。"

"她不是我妈妈！"小洽喊完这一句，转身就往家里跑。爸爸临死写下几个字，很可能是为了指认凶手，赵阿姨拿走床单，会不会是要销毁它？小洽回到家便翻箱倒柜，终于在赵阿姨的房间找到了那条床单，只见上面血迹斑斑，在靠近边缘的地方有三个鲜红的字："不在乎"。

不在乎？什么意思？正当小洽还在发愣的时候，赵阿姨回来了，她看到小洽拿着床单，顿时紧张起来。小洽劈头就问："我爸不在乎什么？"

这让赵阿姨明显松了口气，她迟疑一下后说："我猜他的意思是：如果他去世了，让我们不要太在乎，不要太难过。"

"胡说！是你对他干了什么对不对？他是说，对你干的事不在乎！"

赵阿姨吃惊地抬起头来，看着小洽，一句话也说不出来。

小洽意识到自己可能戳到了赵阿姨的痛处，于是进一步追问："你到底对他干了什么？是你害死了我爸！"

赵阿姨颓然跌坐在沙发上。好半天，她才噙着泪颤声问："孩子，你就是这样看待阿姨的？"

"五年前，你害死了我妈；现在，你又害死我爸。虽然我不知道爸爸写下'不在乎'这三个字的真实用意，但总会有人知道的！我现在就去报警，这条床单就是线索！"说完，小洽拿着床单冲出了家门。

太 在 乎

小洽重新找到了交警大队的邢科长，她拿着那条染血的床单，激动地说着自己的看法。邢科长一直皱眉听着，最后，他紧紧地注视着小洽问："赵阿姨真这么坏？"

"当然！她是有目的的，为了我家的……"

"好吧，"邢科长挥了挥手，打断了小洽的话，"现在我只好违背承诺，将你爸去世的真相告诉你了。"说完，他回忆起了那天车祸的经过：

当邢科长接警赶到事故现场时，赵阿姨也刚好赶到。那时小洽的爸爸已经奄奄一息，众人将他抬上救护车之后，他就一直盯着赵阿姨，嚅动着嘴唇，似乎有话要对她说，但那时他

·新传说·

已经出不了声，不知道想说什么，赵阿姨含着泪说："你比划吧，我来猜猜看。"他这才用沾满鲜血的手指在床单上艰难地写下了三个字："不在乎"。邢科长将这三个字念了出来，小洽的爸爸却痛苦地闭上了眼睛，然后他又颤抖着伸出手指，要继续写。这时，赵阿姨叫了起来："我懂了，那不是'平'，那是'平'。那一钩是他的手指颤抖造成的。"她赶紧问，"你是想说，你不是在平川路出事的，对不对？你是不想

让小洽知道，你是在去看望她的路上出了车祸！"他这才双眼一亮，艰难地点了一下头，然后永远闭上了眼睛。

听到这里，小洽叫了起来："什么？我爸是在平川路出的车祸？可你之前还说，他是在郊外……"

邢科长叹了一口气："这是你爸的遗愿，而且你赵阿姨也求我不要告诉你。其实，我真没想到你会来找我，所以当时我不知道如何是好，便到外面打了个电话给你赵阿姨，好和她统一口径。"

这又让小洽愣住了："我爸为什么不让我知道他是在平川路出的事？"

"因为，他不想让你自责。"冷不防有人接腔了，俩人扭头望去，是赵阿姨赶来了，她脸色苍白地倚着门框，埋怨地看了邢科长一眼说，"您怎么告诉她了？好吧，事已至此，就全说了吧！"

赵阿姨走了过来，看着小洽说："出事前天晚上你爸去邻市处理事情，凌晨又开车赶去学校看你。出事前半个小时，他打了个电话给我，让我在学校门口等他，我们一起去看你。哪知道，我赶过去时，他已经因为疲劳驾驶，出了车祸……"

说到这里，赵阿姨已经泣不成声了，她哽咽着说"你爸写下的那三个字，只有我懂。自从你妈去世之后，我

和你爸，都生活在自责之中。要不是我突然领着孩子们出现在你妈妈的车前，你妈就不会出事。而你爸经常念叨的一句话就是：'我真犯浑，我为什么要抽烟？我为什么要她去给我买烟！'就是因为这种自责，我们才走得近了，最终产生了感情。我不敢说我嫁给你爸完全是因为自责，但我真有代替你妈妈来好好照顾你们俩的想法。只是我没料到，你这么排斥我……"

小洽好半天才反应过来，颤抖着说："那么如果我每周末都回家，爸爸就不会这样急着赶来看我，就不会出事？"

赵阿姨赶紧说："不。孩子，不是这意思。生死由命，这是你爸爸生命的一劫，跟你没关系。"

"有关系！"小洽举起拳头，直捶自己的脑袋，"是我害死了爸，是我太不懂事！"

赵阿姨赶紧搂住了小洽安慰说："孩子，你千万别这样想，你要是这样想，就枉费了你爸爸的一片心了！"

第二天，小洽特意买了一条烟，要和赵阿姨一起去墓地看爸爸，她知道，爸爸烟瘾很大，她要亲手将这条烟烧给他。但当她拿出那条烟时，却被赵阿姨拦住了，阿姨说"你爸已经不抽烟了，自从你妈出事后，他就再也不抽烟，再也不钓鱼了。"

小洽愣住了，这五年来，她没有主动和爸爸说过话，也没有关注过他，压根没注意到爸爸已经戒烟。她又想起爸爸临死前写下的那三个字。那真的是"不在乎"，而不是"不在乎"，这五年来，自己何时在乎过爸爸的感受？她哽咽着朝爸爸的遗像说："爸，女儿过去不懂事，对不起！我今后会常常回家，我会把阿姨当作我的亲妈。"

赵阿姨听完哭了，她说："孩子，有你这句话，够了！咱娘俩，今后好好过……"

小洽扑到她怀里，颤声叫了一句："妈！"

（题图、插图：魏忠善）

由上海故事会文化传媒有限公司主办的《金色年代》
——中国第一本介绍退休后精彩生活的杂志

《金色年代》——开启新生活的大门
《金色年代》——向长辈敬献一份爱心
《金色年代》——向退休员工以示关爱

白条在手，万事不愁……

打张白条吧

□万里秋风

靠山屯的李大文是个种植能手，他干了一辈子脸朝黄土，背朝天的活计，就盼望着独生子能上大学，以后找个体面的工作。儿子争气，考上了城里的大学，上的还是最热门的专业，叫啥"国际金融学"。但是李大文却开心不起来，原来是儿子的学费还没着落呢！倒不是李大文没有钱，而是他的钱都被打成白条"存"在了县农科站里。

一年前，县农科站到靠山屯来鼓励大家种植高丽参。农科站的高站长拍着胸脯说："兄弟们啊，这高丽参产值高，再加上省里还有专项扶持经费，保证大家生财有道，奔小康！"

李大文一听，心动了。他积极响应，几个月下来眼看参苗长势喜人，但是上头的资金就是迟迟不到位。他只能去找高站长解决问题。高站长倒也爽快，他大笔一挥，给李大文打了

一张白条，盖上农科站的大印，让李大文择日来兑现。

但是直到儿子入学注册，李大文也没兑上钱。死马当活马医，他只好领着儿子，带着农科站的白条去了儿子的学校。

到了收费窗口，李大文把钱和白条一起递了进去。

收费的是个年轻老师，他又把白条和钱一起给退了回来。

李大文见状忙赔着笑脸说："老师，这不是普通的白条，你看这上面还有政府的印呢，三个月后我就把钱补齐。"

年轻老师笑了笑，坚持说："我们这里不收白条的！"

这下李大文着急了，他忙解释："这是农科站打给我的白条，我在帮他们试验无土栽培高丽参苗呢！现在营养品市场日益火爆，这高丽参物美价廉，销路不成问题。我肯定能筹回娃儿的学费！"

年轻老师还是摇摇头，但是他好心地告诉李大文："如果你有困难，西边的教务楼里可以办理贫困生助学贷款申请，你去办个贷款手续吧，没有利息的。"

李大文赶紧带着儿子去办贷款的教务楼。

那里的工作人员看了李大文手里的白条，又笑了笑，说："我们这里不用这个，只要有乡里开的特困证明就可以了。"

李大文一听有点蒙了，他红着脸不好意思地说："老师，其实我家真没到特困的地步，只要农科站给了钱，立马就能还上学费的！要么先贷点款，别耽误娃儿上学呀！"

教务处的老师听听在理，立刻给领导打了个电话，得到首肯后又复印了李大文的身份证和县农科站打的白条，就给他填了表，然后给了一张贷款证明条。

李大文拿着证明条回到收费处，顺利地给儿子办了入学手续。

回到村里，李大文挺高兴，逢人就说"现在大学好啊，没钱也没事，可以打白条的。我就是打了白条把儿子送进去的！"大家都很惊叹，以前都是政府给自己打白条，没想到现在政府也收白条了。

转眼过了年，省里的高丽参专项扶持经费经过审核，批了下来，农科站的白条也很快兑现了，农科站高站长亲自把钱送到了李大文手上。

李大文不敢耽搁，又赶紧跑到学校把儿子的助学贷款还上了。

第二年李大文仍然替农科站种高丽参，农科站依然给李大文打白条，李大文自然也得给学校打白条。如此循环了四年，李大文的儿子终于快要大学毕业了！

靠山屯里出的大学生不多，得知李大文儿子毕业在即，乡亲们都说李家出状元了。那几天整个靠山屯都喜气洋洋的。

儿子毕业回家当天，李大文按风俗高高兴兴地摆了两桌，请大家喝酒。

酒过三巡，村里德高望重的老人家提议："咱这小村子出个大学生不容易，把发的证书拿出来给大家开开眼吧，那可是国家发的凭证呢。"大家点头称是，李大文早就等着大家开口呢，趁势忙笑容满面地让儿子把毕业证拿出来给大家看。

儿子却似乎不太愿意，架不住大

家三催四请，他终于掏出一张小小的条子：

"兹证明李小文同学是我校国际金融学专业学生，成绩合格，准予毕业。"

下面盖着学校的大印。这不像是毕业证书啊！

看着大家不解的表情，儿子解释说："学校为了提高毕业生就业率，让我们必须拿着单位介绍信才能回去领毕业证。如果找不到工作，就拿不到

介绍信，学校也就不给毕业证。"

大家大吃一惊，没想到学校连毕业证也要打白条。乡亲们你看看我，我看看你，一时不知是安慰还是继续庆祝好。

就在这时，有人推门进来了："老李，我刚从村头过来，你今年的参苗种得相当不错啊，估计收入比前几年都得高啊。听说儿子毕业了，恭喜你啊！"

李大文抬头一看，来的正是农科站高站长！

高站长瞧瞧气氛不对，李大文和儿子垂头丧气，乡亲们干坐在酒席前，不由纳闷起来："大学毕业是大喜事啊，这酒席都摆了，怎么没人喝酒呢？来来来，我们兄弟干一杯！"

李大文哪有心情喝酒，他叹了口气，把儿子的事又说了一遍，最后拿出学校打的白条给高站长："看看，现在咋什么都能打白条啊？"

高站长拿着白条看了一会儿，哈哈大笑起来："我当是什么天大的难事呢！不用发愁。就冲你这几年支持我工作，我也帮你解决好！"

大家一听顿时转忧为喜，忙问高站长有什么好主意。

高站长自顾自抿了口酒，笃定地说："我们站每年都有临时工聘用合同，回头我多给你盖个章就是了，不就打张白条的事嘛！"

（题图、插图：谭海彦）

生活是一个战场。总有那么一个终极杀招让人克敌制胜，杀出一条血路来……

终极杀招

□ 黄　胜

张九斗原来是乡文化馆的普通职员，但是他酒量过人，便被乡长一眼相中，调到乡办公室专门负责迎来送往的接待工作，其实说白了就是陪酒！

上任后，张九斗有了用武之地，他几乎每天都泡在酒桌上，喝酒就像喝白开水一样，不管白酒、红酒、啤酒，直往胃里灌。这样一来，乡里的接待工作立马就上了一个新台阶，客人们无不满意而来，尽兴而归。乡长对他的表现非常满意，夸他是手中王牌、乡里一宝。

可张九斗的胃毕竟也是肉长的，酒量再大，也架不住酒精天天这样腐蚀呀。时间一长，张九斗也扛不住了。终于他在一次醉酒入院治疗后，被医生严正警告说：再这样喝下去，早晚有一天会"光荣牺牲"。

张九斗的老婆小丽一听吓坏了，赶紧劝他戒酒。张九斗却好不为难，说："这是我的工作呀，戒了酒，我可就下岗了。"

小丽见劝不动他，只好退而求其次，买来各种解酒药，让他喝酒之前先服药。但实践证明，这些解酒药并不管用，该醉还是要醉。小丽只得另想主意，劝张九斗以后喝酒别那么实在，让他觉得喝多了的时候，就跑到

卫生间吐出来。

张九斗觉着这主意不错，就依计而行，以后每次喝到差不多的时候，他就借口出去，在没人的地方拿手指往喉咙里一抠，这酒一吐完，立马神清气爽，就跟没喝过一样，回到酒桌从头再来。如此吐故纳新，乡长看不透其中机关，再次表扬他酒量见长，战斗力提升！

不过，两个月之后，这招就不管用了。因为张九斗抠喉咙的次数过多，喉部天天受刺激，对外来刺激逐

渐麻木了，任他再怎么抠，就是吐不出来。

于是小丽又开动脑筋想了半天，有了新主意。她说物理刺激不行，咱就来心理刺激。这天晚上，她把张九斗的手机拿去，坐在电脑前忙活了一晚上。第二天一早，她把手机还给张九斗，说："以后你要是吐不出来，就打开手机里的一个叫'不信你不吐'的文件夹，里面我给你下载了几段视频。其中的最后一段可谓'终极杀招'！"

张九斗对此将信将疑，他好奇地打开手机里的文件夹，先看第一段视频，竟是网络红人凤姐搔首弄姿、卖弄风情的画面。立刻，张九斗就感觉到胃里一阵翻腾。他不敢再看，赶紧按了返回键，接着，他又想打开第二段视频看看，小丽急忙拦住他，说："不能看！一回生二回熟，你如果现在看了身体肯定会产生抗体，再看的话效果会打折扣。"

张九斗一想，连连点头。过了一会儿，他就兴冲冲地上班去了。

当晚，这新武器就派上了用场。当张九斗在卫生间里怎么抠喉咙都吐不出来的时候，他掏出手机，打开了第一段视频，当即吐了个稀里哗啦。

所谓"熟视无睹"，过了一段时间，张九斗对凤姐那张脸渐渐就没有了特殊感觉，第一段视频的催吐效果大打折扣，于是，他就启用了第二段

视频。此段居然是国产武侠剧的一个片段，张九斗只看了一眼，忍不住就一吐为快。

如此又过了一段日子，这段"经典"武侠剧也失去了催吐作用，张九斗只得启用第三段。此段是国足比赛选段，当张九斗看到近在咫尺的射门被著名球星无比神奇地一脚打飞后，又吐了……

几个月后的一个晚上，张九斗陪同乡长赴宴。对方是跟乡长来往密切的几个大款朋友，个个都是海量，酒还没过三巡呢，张九斗就觉着有点喝多了，此时恰好乡长出去了，他就借口去找人，溜到了卫生间。

进了卫生间，张九斗立马趴在马桶旁，先用手指抠，无效；再看凤姐，无觉；接着看武侠剧，无感；最后看球赛，依旧无果。

实在没办法了，张九斗一咬牙，只得打开了第四段视频。这果然是终极杀招！张九斗只看了两眼，听了两句，胃里就一阵翻江倒海，嘴巴一张，吐了个不亦乐乎。

正吐着，旁边门一开，乡长提着裤子走出来，好奇地问他："九斗，在看什么视频呢？"

张九斗一惊，头脑一下子清醒了。他想藏起手机，但为时已晚，只好结结巴巴地说："没……没看啥……我酒有点喝多了。"

乡长狐疑地看了张九斗一眼，说："你紧张什么？"说着便夺过手机，看了起来。

张九斗顿时大汗淋漓，紧张得都站不稳了。哎，要知道这个视频录的，正是一段乡长号召干部们勤政廉洁的讲话……

看着看着，乡长脸上却渐渐露出了笑容，他把手机还给张九斗，满意地说："你这家伙，没事把我录在手机上干啥？不要搞个人崇拜嘛！"

（题图、插图：刘斌昆）

· 本刊信息传真 ·

法律知识故事征文

本刊推出的"法律知识故事"，通过发生在我们身边的、短小而具体的、在法理上容易混淆的个案，生动、形象地宣传法律知识。这些知识注重现实性、实用性，真正起到解剖一个案例、明白一个道理的作用。

为把这个栏目办得更好，我刊决定面向全国征文。

来稿方法：1. 从邮局寄发，请在信封上注明"法律知识故事"字样，本刊地址：上海市绍兴路74号《故事会》杂志社，邮编：200020。2. 从网上传递，可寄以下信箱：wulun@vip.sohu.net，请在主题上注明"法律知识故事"字样。凡已和我刊编辑有联系的作者，稿件可继续投给原编辑。

阿加莎·克里斯蒂（1890～1976），英国著名作家，创作过一百多部作品，其中较为著名的有《东方快车谋杀案》、《尼罗河上的惨案》等，她刻画的人物波洛，是继福尔摩斯之后第二个世界级的大侦探。本作品根据她的《夜莺山庄》改编。这部作品中的有关细节多次被其他作者借鉴。

了解他吗

你

□ 冬 雨 改编

日 记 本

这天下午，爱丽克丝正打算到花园去，电话铃突然尖声响了起来，她走过去拿起听筒，刹那间，她触电似的问道："你说你是谁？"

"我是狄克，爱丽克丝，难道你听不出我的声音吗？"

原来，打电话的正是爱丽克丝的前男友狄克！几年前，他们俩相亲相爱，然而就在他们要谈婚论嫁之际，爱丽克丝却头脑发热，嫁给了认识才一个星期的马丁。

这会儿，狄克在电话中说他住在附近一个叫"旅客之家"的旅馆里，打算吃完晚饭就来看爱丽克丝。

爱丽克丝严词拒绝了他的来访。她挂上电话，定了定神，然后拿起桌上的一顶帽子，向花园走去。突然，她看见花丛中有一样深绿色的东西，她探身捡了起来，原来是本日记本。打开一看，居然是马丁的，开头一页记的便是他俩结婚的事情："两点半，同爱丽克丝结婚，圣彼得教堂。"她觉得很有意思，又往下翻，上面记着每日流水账，翻到最后一页，她停住了，只见上面写道："星期三，六月十八日。"

爱丽克丝算了算，这不正是今天？

爱丽克丝再往下看，马丁写着"晚九时"，后面却空空如也。晚九时干什么？她把日记本塞进衣兜，脑子里突然跳出狄克以前说的话："爱丽克丝，你了解他吗？"马丁是不是还有什么隐私？是不是要去与别的女人约会？她忐忑不安地回到了房间……

吃晚饭时，马丁回来了。等用完晚餐，爱丽克丝拿起日记本，对他说："这是你用来浇花的东西。"马丁接过日记本，笑道："哈哈，是在花园里拾到的吗？我还以为丢了呢。"

"你的秘密我现在全都知道了。"

马丁摇摇头说："我没有见不得人的东西。"

"那你说，今晚九点你打算进行什么秘密活动？"

"噢！那个……"马丁愣了一愣，接着笑了起来，"是同一位特别漂亮的姑娘会面，爱丽克丝。她的头发是棕黄色的，蓝眼睛，非常像你。"

爱丽克丝瞪圆了眼睛，说："你不要回避问题！"

"是呀，我没有回避问题。亲爱的，我只是提醒自己今天晚上要洗相片，当然，还要你帮忙。"马丁对照相一向很感兴趣，他有一只古典照相机，经常在地下室里洗相片。

经马丁这么一说，爱丽克丝心情好了点，笑着说："那你为什么非要等到九点钟？"接着又喃喃自语，"马丁

啊马丁，我真希望多了解你一些！"

马丁笑了笑，对爱丽克丝说："我出去散散步。亲爱的，不要胡思乱想。唉，你们女人都一个样儿，只对私生活有兴趣。"说完，就独自走开了。

旧 剪 报

看着马丁走出门，爱丽克丝的妒火又冒上心头。她想，马丁比自己大十几岁，在与自己结婚前，情感生活不可能是一片空白。既然有，那肯定会留下蛛丝马迹。马丁有一个写字台，里面有一个上锁的抽屉，那里会不会有什么秘密呢？想到此，她偷偷从马丁的外套口袋里取走了他的钥匙串，然后来到写字台前，一把一把试着，锁上的抽屉很快被打开了，她发现里面有一本支票簿，有些零碎钞票，最里头有一束信件，上面扎着丝带。

爱丽克丝心里一阵激动，紧张地解开丝带。可很快，她又把信放回抽屉里，关上抽屉，重新锁上。原来这是她自己的信，是她结婚之前写给马丁的。

接着，爱丽克丝又去开另一个没上锁的抽屉，那里头只有一卷又旧又脏的剪报。

马丁为什么收藏这些旧剪报呢？说不定，从中也能发现他的"小秘密"呢。想到这，爱丽克丝呼吸又顺畅起来。她发现，这些是七年前的美国报

纸，内容是有关莱曼特里案件的，报道说，在莱曼特里家的地板下面，发现了女人的骨头，警察怀疑莱曼特里有作案嫌疑，因为同他"结过婚"的多数妇女，后来都去向不明。还有张报纸详细介绍此人颇有"女人缘"，提到他的心脏不好，庭审期间发作过一次。但三年后，莱曼特里成功越狱……

看到这里，爱丽克丝心想：这个莱曼特里真是个人物啊！刚好有一份剪报刊登了他的照片，爱丽克丝瞄了一眼，差点吓死：这不就是自己的丈夫马丁吗？她只觉得冷汗刷地流了下来……

爱丽克丝注意到照片旁边有日期说明，似乎暗示那些妇女被谋害的日子……

爱丽克丝顿时感到屋子在她眼前旋转……日记本上所记的九时，应该就是马丁要动手的时间，怎么办？她得马上逃走！

就在这时，爱丽克丝听见开门的声音，是马丁进来了！

打　电　话

爱丽克丝赶紧走出房间，马丁此时也看见她了，发现她神色异常，就问："怎么啦，亲爱的？你脸色苍白，全身哆嗦。"爱丽克丝勉强挤出笑脸，回答道："没有什么，觉得头有点疼，想出去走一走。"马丁忙过来搀扶她，说："那好，我陪你走一走。"

"不，谢谢，"爱丽克丝轻轻推开马丁说，"我歇一会就好。你看电视吧，我去给你煮点咖啡。"说着，就自顾自走到厨房里去了。很快，她就端了一壶咖啡出来，并给马丁倒了一杯。

马丁啜了一口咖啡，说道"这咖啡真苦啊！哎，对了，亲爱的，等会儿，我们一起洗相片吧。"

爱丽克丝一听，不由打了个寒噤："你一个人干行吗？我今天晚上有点累。"

"用不了多长时间，我保证你洗完相片就不累了。"

"哦，我差点忘了，"爱丽克丝装作恍然大悟的样子，敲了敲脑袋，站起身来，"我要给牛肉店老板打个电话！"

"牛肉店？这么晚了，店都关门了。"

"不，我是给老板家打电话。你不是说过这家店牛肉很好！我先给他打个招呼，明天给我送来。"说着，她三步并两步跑进屋里，又随手带上门。

马丁在外大声说："别关门！"爱丽克丝故作生气道："你担心我跟卖肉的谈恋爱吗？"她快速拿起电话听筒，拨通"旅客之家"电话，"请转狄克先生，我有事找他——"此时，马丁推门跟了进来。

"你能走开吗？马丁，"她有点生气了，"我讨厌别人听我打电话。"可马丁置若罔闻，笑嘻嘻地一屁股坐了下来。

这让爱丽克丝感到绝望。她慌乱地按着电话听筒上的按键，突然她脑中跳出一个主意来：按住电话的按键，对方会听不见说话声，放开则又听得见，这样不就可以传信给狄克，来救自己了吗？爱丽克丝想：一定要镇静，把话说清楚！此时，电话那头传来了狄克的声音。爱丽克丝深吸了一口气，接着放开按键说：

"我是马丁太太，请你来（按住按键），明天早上来，带一块牛肉，两个人吃的（放开按键）。非常要紧（按住按键）。谢谢你，海克索塞先生，对不起，这么晚给你打电话，可是这肉实在（再放开按键）事关生死（按住按

键）。好，明天早晨（放开按键），越快越好。"说完，她放下听筒，转头望着马丁。

马丁嘲讽道："你是这样跟肉店老板说话的吗？"

爱丽克丝答道："这就是女人的腔调。"她显得有点激动，她知道，狄克听到这个电话，必来无疑！她走进起居室，打开电灯，马丁紧随其后。他一边说一边好奇地看着她："你现在情绪好像很好。现在八点半，到时候了，我们一起到地下室洗相片吧。"

讲 故 事

爱丽克丝见马丁走过来，看样子要来硬的，她急中生智说："马丁，你坐好，今晚我要跟你坦白一件事。"马丁显然被这句话吸引住了，乖乖坐了下来。

爱丽克丝决定编一个故事，等候救兵。她故意放慢节奏，说："我二十二岁那年，认识一个男人，他上了年纪，但有钱。他爱上了我，向我求婚，我接受了。我们结了婚。我劝他说，为我着想，去办理人寿保险。"

看到马丁兴致盎然的样子，爱丽克丝也有了信心，她慢吞吞地说："你可能不知道，我在医院里工作过一段时间，处理过各种各样稀有的毒品。有一种细小的白粉，只要一丁点儿就能致人死命。作用跟天仙子碱差不多，但是事后不会残留在遗体里。医

生会以为是心脏病。我偷了一点这种毒药，把它藏了起来。"她停了一下。

"说下去。"马丁催促她说。

"不。我害怕。我不能告诉你。改天再谈吧。"

"现在说，"马丁性急地说，"我要听。"

"当时我们结婚一个月，我对年老的丈夫非常好。他在所有的邻居面前都夸奖我。谁都知道我是一个好妻子，每天晚上都给他煮美味的咖啡。有一天晚上，只有我跟他两个人，我放了一点点毒药在他杯子里。这种毒药很平和。我坐着瞧着他。他咳嗽了一下，说他要呼吸新鲜空气。我打开窗子。接着他说他站不起来了。然后他就死了。"

爱丽克丝笑了笑，若有所思地说："我煮的咖啡非常好。"

马丁忙问："咖啡？就是这咖啡！"他看着爱丽克丝，眼中掠过一丝惊慌，"我知道了，怪不得今天咖啡这样苦。你这魔鬼！你下了毒药。"

马丁边说边站起身，准备向她扑来。爱丽克丝向后退去，退到火炉旁边。她吓坏了，张开嘴，正想把真相告诉他，又停住了，她稳住自己，镇定地看着马丁，说："是的，我已经给你下了毒药。毒药开始起作用了。现在你站不起来了，你站不起来了！"

就在这时，爱丽克丝听到外面大门打开的声音，又听到外面小路上的跑步声。

外屋的门开了。爱丽克丝旋风般冲出房间，一下子扑到狄克的怀里。狄克抱住她问："怎么了，爱丽克丝？"说完，小心翼翼地把爱丽克丝扶到花园里坐下，然后扭头对身后一个人高马大的警察说，"警官，请进屋里看看发生了什么事儿！"

过了一会儿，警察出来，他碰了碰狄克的胳膊，一脸惊疑地说："先生，屋里有一个男人坐在椅子里，好像受了某种巨大的惊吓，而且——"

"怎么了？"

"他死了。"

这时，爱丽克丝做梦似的说："我终于了解马丁了，他死了……"

（题图、插图：佐　夫）

□ 王燕燕

绊额石

有何所好

明朝嘉靖年间，余杭县有个叫路青云的，人如其名，不到二十岁便平步青云，进士及第，成了当地的县令。

这天，路青云在家中练习书法，大乡绅桑良新派管家来拜访。一进客厅，管家轻轻一拍巴掌，只见两人抬着一个红漆木箱跨门而入。管家信步上前，"啪"的一声打开木箱，里面一道亮光闪过。路青云定睛一看，箱里竟然整整齐齐地码着几层银锭。

管家凑上前去对路青云说："这是我们老爷对大人的一点心意，求大人把县郊那片地以官府名义交给我们。"

路青云心里一惊，他知道桑良新觊觎的是县郊"护马河"的肥田，那里是防河流泛滥所需泥土的取材之处，不能轻易让人私用。路青云怒喝一声："尔等快快退去，我路某人为官一方，岂能做为害百姓之事！"

时隔半月，桑良新又假借知府好友之名，邀路青云到家中做客。席间，请来数名佳人歌舞助兴，欲施以美人计，路青云却也是油盐不进，当即拂袖而去。

桑良新心想，金钱美色皆不能迷倒路大人，他到底喜好什么呢？

这天，从京城吏部来了一位余杭籍主事，他到桑良新家做客，听说此事，笑道："我和路大人有点交情，知道他的脾性，你只需按我所说去做，准保心想事成。"说完他又对桑良新耳语一番。

数月之后，桑良新再次宴请路青云，见面后，只字不提圈地一事，只和他谈诗说文，其间又对路青云所作

诗文大加称赞，还夸路青云是当朝最年轻有才的诗人，可谓前无古人，后无来者……

这一招真管用，不出几日，那片护马河的良田果然归到了桑良新的名下。

奇异门石

路青云做满三年余杭县令后，便

被提拔为杭州知府。他刚到杭州没几天，便接到了在杭州养老的廉鸿书老先生的邀请。廉鸿书可不是一般人物，他乃前朝内阁，出了名的正直大儒。所以，路青云欣然赴约。

廉鸿书请路青云吃饭的地方，既不是杭州的知名酒楼，也不是深巷茶肆，而是杭州城外的包公祠。路青云一到包公祠的前门，便见廉鸿书早已率众人恭迎。

廉鸿书满面堆笑着说："老夫深知青云为官清明，故在包公祠一叙，也好共同瞻仰一下为官楷模包大人。"

拜谒完包公神像，众人入后堂落座闲谈。席间，众人对路青云交口称赞，言语中极尽溢美之词。酒过三巡，只见廉鸿书起身端起酒杯，对路青云说道："老夫为官多年，阅人无数，但像路大人这样的才俊还是百年难遇，你不但诗词华盖天下，而且为官治政也百里挑一，实不多见。"

路青云一听，顿时神采飞扬起来，更觉高人一等。以往得到别人的夸奖不算稀奇，但得到以正直著称的廉鸿书的嘉奖，真是难能可贵。他想若干年后，自己也一定会受万人拥戴，名留青史。再一抬头，路青云仿佛看到堂前站立的包公像已换成了自己。

用膳完毕，廉鸿书请路青云到祠外江中泛舟游玩，路青云兴致盎然，欣然应允，他径直向堂外走去。就在他将要跨槛而过时，头上竟被绊了一下。他疑惑之中，抬头一看，额头上方竟有一块四尺有余的青石横亘门梁之上。那青石青色带黑，令人生寒。

路青云再次迈步向外走，突然头上发髻又被重重地绊了一下。路青云大惊，忙抬头向上看去，心想：额头离青石半尺多高，刚才是何物绊了自己一下？

"路大人，为何不走啊？"众人上前问道。

路青云实言相告，廉鸿书和众人惊道："有这奇事？我们刚才并无看到有何异物绊住大人额头啊。"

廉鸿书一捋胡子，对身旁一人交代道："事有蹊跷，速去前屋把管祠堂的胡老爷子请来。"

少顷，一白发跛脚老人蹒跚而来。胡老爷子听罢众人叙述，也是惊奇不已，他吞吞吐吐地说道："此石为包青天在任之时府衙之上的一块横梁石，不瞒各位大人，此石颇为灵光。"众人一怔，纷纷问道："此话怎讲？"

"这，这草民可不敢乱说！"胡老爷子摆了摆手。

头上神明

路青云率先说道："其中有何缘故，但说无妨！"

胡老爷子并不回答，却径直对路青云像念顺口溜似的夸奖起来："路大人您为官有岁月，堪为当世之楷模。品德交口赞，广结有人缘，朽木逢君青，枯花遇君开……"

路青云洋洋得意，很是享受。

末了，胡老爷子喘了口气，对路青云做了个请的姿势："烦路大人跨此门试试。"

令路青云和众人没有想到的是：路青云刚一走到门口，又像中了邪似的，前额再次被绊了一下，他惊叫道："为何这石头屡屡绊住本官？"

胡老爷子幽幽地说道："此乃神石，据说包大人在开封府为官之时，托人从高僧手里请来此石，高僧曾言此石深通人事，又于寺中被佛经滋润多年，多有灵性。后来被包大人置于府衙门上，修成刚正不阿之身，后来建此包公祠时，便被前人立于大门之上。"

大家面面相觑，纷纷议论说路大人头上并没有什么东西啊，怎么被绊到呢？

胡老爷子叹了口气说："事已如此，老夫就明说了吧。刚才众人对路大人的夸奖都言过其实，所以给大人头上戴上了一顶高高的虚帽，这块石头又称'绊额石'，它见路大人头上傲气太重，帽子太高，便故意让大人吃吃苦头罢了。"

众人恍然大悟，惊异之余对这块绊额石肃然起敬。

路青云面露羞惭之色，急切地问

道："那如何把此虚帽摘下？"

"此事不难，只需我把您的帽子削低，只不过那样会对大人不敬了！"胡老爷子答道。

"不妨不妨，"路青云急得跺起了脚，"若不摘下此帽，我恐怕要永远困在此地呀！"

"那好吧，我可开始了。"接着，胡老爷子又念了起来，"路大人啊路大人，不爱财来不沾腥，偏偏却好人称颂，不管真实与虚假，只要赞言就爱听。长久以往被人知，不听谏言堵己耳，中间被人钻空子，蒙在鼓里不能识……"胡老爷子越说越激昂，把路青云为官如何阻塞言路，导致百姓受难之事一一说出，从桑良新圈地导致河流决堤说起，一桩桩、一件件，把路青云说得满头大汗……

路青云真是羞愧难当，他匆匆辞别众人，低头弯腰走出包公祠。回府后，路青云发誓要多听忠言，同时把桑良新一干人等严加惩处，把以前办错的案子一一重审。

又过了几年，廉鸿书再次请路青云到包公祠一叙。路青云虽对绊额石有所忌惮，但思前想后，还是如约而至。

廉鸿书在老地方设宴款待。推杯换盏之间，众人又对路青云大加夸奖。路青云想起绊额石，不由心里一惊，忙作揖说："请大家不要再把我捧上天，不然本官又要被绊到额头了。"

谁知一旁的廉鸿书却哈哈大笑起来："青云莫怕，现在你再去走走试试，看还绊不绊？"

在大家的鼓动下，路青云踱步走向门口，这次他没有遇到绊额石的阻碍，顺利地跨了过去。路青云心中大惑，忙问："这是怎么回事？能否请胡老爷子出来一叙？"

胡老爷子缓步而出，他把事情的缘由娓娓道来。其实，所谓的绊额石显灵都是假的，廉鸿书归隐杭州，听百姓议论路青云只想听好话，对别人的谏言不闻不问。于是，他故意请上一群知己好友，并和管包公祠的胡老爷子商量好，让他那练武的小孙儿钻进门梁上面的石头凹槽里，等路青云跨门时，迅速用手拨拦一下他的发髻，等路青云反应过来回头看，孩子早已把小手缩了回去。这样，胡老爷子才有了向路青云谏言的机会。

路青云听完胡老爷子的解释，并不恼怒，反而羞红了脸说："哦，原来如此，本官真是汗颜！如今我一听到别人夸奖，就会立刻想到包大人，想到这块绊额石，为官为人不敢有半点马虎。"

廉鸿书欣慰地说："青云不必过于惭愧，我们也知道，你早已吸取教训，现在你关心民生疾苦，百姓啊都从心底里说你好啦！"

（题图、插图：黄全昌）

出售时间

□ 杜 辉

温 情

宁檬是一名网络时代的弄潮儿，她从事一项很前卫的职业：出售时间。这项职业的流程是：由顾客支付一定费用，买下出售者的一段时间，然后由出售者替顾客做事。接人、代购、照看、陪护……只要不违反法律和道德，一切都好商量。

宁檬是这个行当里的红人，所有的时间都被顾客分割占用了，忙得都顾不上回家乡探望父母了。为此，母亲总在电话里劝女儿，别把自己搞太累，要劳逸结合。宁檬嘴上答应，实际上还是忙得团团转。

这天，一个网名叫思念的顾客在QQ上找到宁檬，拍下了她一下午的时间，去陪一个女人聊天，并说那女人姓林，丈夫几年前就过世了，女儿考上大学后，家里只剩她一个人。

宁檬问道："那您是哪一位呢？如果那位林女士问起来时，我也好有个交代。"

思念打过来一行字："你不需要知道我是谁，她心里有数。"

宁檬心想，这人显然对那位林女士很关心，却又不愿言明自己的身份，难道这里面还有故事不成？

按照思念提供的地址，宁檬找到了那位林女士的家。这是一所独院别墅，院里种着花草果蔬，墙上爬着藤蔓植物，宁檬一进门，就觉神清气爽。

那位林女士看上去五十多岁的样子，她听宁檬说了来意之后，微微一笑，很热情地招呼宁檬坐下，似乎并不意外。

宁檬很有礼貌地称呼对方为林姨，两人聊了一会儿，林姨对宁檬说："我有午睡的习惯，你也先去休息会儿，那边是我女儿的卧室。"

宁檬点点头，来到那间卧室，一

进门，她就有种亲切温馨的感觉，这间房子从色调到布局，都很像自己在父母家的那间闺房。床前有个书架，旁边放着音响。宁檬翻看了一下，居然找到不少自己喜欢的书和光碟。她躺在床上听着音乐，翻着图书，这种久违的家的感觉，让宁檬舒适而放松，不知不觉就睡着了……

这一觉睡得好舒服，等宁檬伸着懒腰醒过来时，她突然意识到有点不对劲，她赶紧一个骨碌翻身下床，跑到院子里。此时林姨正在修剪花草，看到宁檬跑过来，笑着和她打招呼："你醒了？"

宁檬有些不好意思，林姨却毫不在意地招呼她说"我也是刚醒，快过来帮忙。"

于是，两人开始忙活开了。林姨一边忙，一边向宁檬介绍每种花卉的习性。修剪完花草之后，两人又坐在葡萄架下聊天，宁檬喝着林姨泡的玫瑰花茶，惬意极了。离开林姨家时，宁檬脚步轻快，她第一次感觉不是忙完了一项工作，倒像是好好休息了一回。

没过几天，思念又找到宁檬，请她再去陪陪林姨。中午时分，宁檬来到了林姨家，林姨边系围裙边问："小宁，你平时最喜欢吃什么菜，今天让你尝尝阿姨的手艺。"

宁檬哪好意思报菜名。不料林姨认真劲上来了，非要宁檬说出来不可，这下宁檬只好老实说了。她想给林姨打下手，却被林姨推了出去。

没过多久，林姨把菜都端上了桌，宁檬把每样菜都尝了一口之后，不由得喜出望外，大叫道："哇，林姨您太厉害了，做得太好吃了！要不是我事先知道，我还以为是我妈做的呢。要知道这些都是我妈的拿手菜，我每次回家，她都会做给我吃……"

宁檬越说声音越低，语气中有了伤感，她已经很久没有见过母亲了。林姨见了，目光里充满慈爱，轻声安慰道："你就把这里当成自己的家吧，以后你每次来，阿姨都会给你做，让你吃个够吃个饱。"宁檬心里一阵温暖，差点掉下泪来。

隐　情

从此以后，每隔几天，思念都会找到宁檬，拍下她的时间，促成她与林姨的相聚。对宁檬而言，去林姨那里，与其说是一种服务，不如说是一种享受，在那里她能吃到最喜欢的食物，得到最贴心的照顾。

这天，宁檬患上了感冒，头重脚轻，浑身乏力，她好想休息一天，但手边还有几项任务，宁檬只能硬撑着继续奔波。好在最后一项任务是陪林姨，一进门，宁檬便放下了紧绷着的那根弦，倒在床上再也起不来了。昏昏沉沉中，宁檬只闻到浓浓的中药味……

这天，林姨把宁檬强留在家中，

经过她的细心照料，宁檬很快好了起来，但林姨不让她下床，逼着她再静养一段时间，还让宁檬靠在床头，一勺一勺地给她喂鸡汤。宁檬呆呆地看着林姨，眼泪滑了下来。

宁檬和林姨的关系越来越亲近，这让宁檬很感激，同时也想为林姨做点什么。突然，她想到了思念，这个神秘的思念，到底是何许人也？看思念说话的口气，宁檬觉得他和林姨是同时代的人，而且是个男人。而思念似乎很喜欢和宁檬聊天，总是不厌其烦地东问西，宁檬很清楚，他醉翁之意不在酒，不过是想借着和自己交谈的机会，多了解一下林姨的情况罢了，宁檬决定去试探一下林姨的态度。

不料，林姨一听宁檬问起思念，却半开玩笑半认真地说："这是我的秘密，可不是你想知道就能知道的。"

宁檬抱着林姨的胳膊，连撒娇带耍赖，缠着林姨非要她说。但林姨拍拍宁檬的头，说"我不说自然有我的苦衷，你是个懂事的孩子，就别再逼问我了，好吗？"

听到这话，宁檬心里百分之百地确定了：思念和林姨曾经是一对恋人，因为种种原因，最终没能走到一起，可他们对彼此还很牵挂。而思念这个网名，本身就透露了玄机。

破解了这个问题，宁檬也就确定了目标：林姨年纪还不算大，不该这样一直孤单下去，她理应再找一个知心伴侣，有一个幸福的晚年，和思念重续前缘，无疑是最好的选择。

再和思念在网上交谈时，宁檬决定诈他一下，她发过去一个大笑的表情"呵呵，我总算知道你和林姨之间的秘密了。"

虽然看不到思念的反应，但宁檬还是感觉到对方吃了一惊，思念迅速问道："你知道了？谁告诉你的？"

宁檬回道："当然是林姨告诉我的，她被我缠得没办法，把你们的故事全讲给我听了，林姨还说那段感情是她生命中最美好的回忆……"

思念沉默了半天，才发过来四个字："算你厉害！"

电脑前的宁檬好不得意，心想：

你到底还是上了我的当了。

接下来宁檬准备开始下一步的行动，那就是让这对有情人最终走到一起。宁檬像个称职的媒婆一样，卖力地鼓动思念："与其默默思念，不如当面表白，你和林姨，一个有情，一个有意，还等什么呢……"

没想到思念却打起了太极："要那样的话，你还能赚到我的钱吗？我们大人之间的事，你这个黄毛丫头就别搀和了……"

宁檬看到这里，心里好不失望。看来指望思念是不成了，只有自己推他们一把了。宁檬统计了一下，这半年多来，思念总共购买她的时间十二次，花了两千七百多元。宁檬把这些钱取了出来，给林姨买了一个玉佛吊坠。做完这件事后她如释重负，说实话，这些钱她赚得一点都不心安理得。

亲 情

很快，宁檬来到林姨家，把吊坠递给林姨。林姨接过一看，惊讶地说："你给我买这个干什么？你赚点钱不容易！再说平白无故的，我咋能收你的东西？走，咱们一起去退掉！"

宁檬摇摇头，说："林姨您误会了，这是思念送给您的，我是受他委托办事。"林姨一听，愣住了。

宁檬煞有介事地说："林姨，您和思念的前情往事，他都告诉我了，他想当面跟您表白，却又缺乏勇气，这才借物传情，他希望能和您重续前缘……"

话没说完，林姨忽然笑了出来，说："看不出来，你还挺能编的，事情到了这个地步，我也没法再瞒你了，让我来告诉你，思念究竟是谁吧……"

原来，半年前的一天早上，一位老朋友找到了林姨家里，林姨一见之下，不由喜出望外，来人是她大学室友，两人情同姐妹，后来由于分隔两地，相互间的联系才渐渐少了。

一番叙旧之后，对方道出来意，说她这次登门，是有求于林姨，她有一个独生女儿，在这座城市谋生，女儿从事着一个独特职业，就是出售时间。女儿又忙又累，母亲担心不已，于是她想出一个办法，由她买下女儿的一些时间，假借陪林姨的名义，让她得到休息的机会。

宁檬听到这里，整个人都呆住了，好半天才喃喃地说道："原来……思念……是我妈……"

"是啊。"林姨感叹道，"可怜天下父母心，你母亲为了你，可谓煞费苦心：那间卧室原本是闲置的客房，是她特意布置成现在这个样子的；那些你爱吃的菜，是她手把手教给我做的；原本对电脑一窍不通的她，硬学会了网上聊天；另外不需要我再解释，她为啥取名'思念'了吧……"

（题图、插图：张思卫）

为爱停留三秒钟

　　一个女人被丈夫抛弃后，始终未能走出阴影，在精神崩溃的情况下，她走上了自家的屋顶。她披头散发，情绪激动，在楼顶边缘游走。

　　楼下很快有人发现了她，于是有人打"110"；有人干脆冲上了楼顶，当起了义务"谈判专家"。但人们所有的帮助都没有起到作用，女人就是不肯从楼顶下来，人群中不时爆发出一阵阵嘈杂的惊呼声。

　　转眼间，女人来到了最边缘，她的半只脚已经探了出去，所有人都屏住了呼吸。

　　"等一会儿，别砸伤你的

孩子!"突然间，在寂静的人群中，一个男人声嘶力竭地喊了一声。听到这突如其来的喊声，女人探出来的半只脚本能地往后缩了缩。这时，楼顶上的人突然冲过来，一把扯住了女人的胳膊。

　　事后，人们算了一下，从楼下的男子喊声响起，到女人的胳膊被抓住，前后也就三秒钟的时间。三秒钟，让一个绝望的生命和死神擦肩而过。

　　事后，这个女人的家人看到了她写给女儿的遗言，洋洋洒洒近万言，洋溢着关爱与不舍。在决定生死一跳的一刹那，正是她女儿从幼儿园回来的时间，当听到楼下那个男人的提醒时，她不敢确定女儿是否真的就站在楼下，她怕砸伤心爱的女儿，所以，她本能地为爱停留了三秒钟，救了自己一条命。

　　　　　　　　（推荐者：小　青）

地狱屋顶上的马蹄声

　　有个男人事业无成，就想报复。那天他持刀闯进一户民宅，冲一个正在烧菜的中年妇人喝道："快!把你家里值钱的东西拿出来! 否则我不客气了!"

　　妇人乖乖地带着他进了卧室，从床头柜里拿出所有现金，总共是3000元。

　　男人显然不知足，吼着要首饰。

妇人哀求道："对不起，首饰放在女儿的房间里，我怕吓到她。"

男人声色俱厉，寸步不让。

妇人只得和他商量："女儿正在房间里练琴，我不想吓到她，这样吧，你能装作是我的朋友，并让她弹完一首曲子吗？"

男人犹豫了一下，勉强点了点头。于是妇人打开了女儿的房门，琴声飘扬而出，是贝多芬的《月光曲》。女孩八九岁的模样，看到妈妈的手挽在一个陌生男人的臂弯里，表情有点暧昧，她很开心地笑了。那笑容，分明是赞美"妈妈真棒"！

男人又看到了女孩的房间里放着一张中年男人的遗像，再猜想一下女孩看到母亲和一个陌生男人在一起后开心的表情。他瞬间明白了一切，这是一对相依为命的母女啊！

一曲终了。男人"扑通"一声跪在地板上，带着哭腔把3000元还给了妇人。然后，他跑出了妇人的家。一个小时后，妇人接到了警察局打来的电话。警察说，刚刚那个抢劫的男人去自首首。据称男人交代完罪行后，还说："就在我将要步入地狱深处的时候，我有幸听到了地狱屋顶上清脆的马蹄声。这是月光浸润下的天籁。感谢妇人的女儿，她用天籁般的琴声拯救了我的灵魂……"

（原作者：李丹崖；推荐者：张忠辉）

缺边的牡丹

有位著名国画家以擅画牡丹而闻名于世。

一次，一个商人慕名买了一幅这个画家亲手所绘的牡丹。回去以后，商人很高兴地将画挂在客厅里。

后来商人的一位朋友看到了，大呼不吉利，因为画中的一朵牡丹没有画完全，缺了一部分，而牡丹代表富贵，缺了一角，岂不就是"富贵不全"吗？

商人一看也大为吃惊，认为牡丹缺了一边总是不妥，于是就请画家重画一幅。

画家听了他的理由，却不以为然。他告诉商人，牡丹代表富贵，缺了一边，不就是"富贵无边"吗？商人听了画家的解释，又高高兴兴地捧着画回去了。

同样一件事情，角度不同、看法不同，就会产生不同的认知。我们凡事多往好处想，以致少生烦恼、苦恼，而多有喜乐、平安。

（推荐者：陈　仲）

（本栏插图：安玉民　梁　丽）

学写作文，从读故事开始

红英姑娘

□ 风　云

野地奇虫

明太祖朱元璋晚年，准备将皇位传于长孙朱允炆，但四子燕王朱棣才华出众，让他非常担心。

这天，朱元璋一时兴起，想试一试两人的差距，便出了一句诗让两人来对。朱元璋说道："风吹马尾千条线。下句该如何对法？"

朱允炆略加思索对道："雨打羊毛一片毡。"朱元璋听他对得倒也工整，只是毫无气势可言。他又问朱棣怎么个对法。

朱棣回道："日照龙鳞万点金。"朱元璋听罢不禁暗自叹息，对朱允炆的前途更加担心。

过了几天，朱元璋决定带朱允炆外出打猎，也好磨练一下他的心性。一行人来到郊外，朱元璋兴致极高，只见他纵马驰骋，已有不少猎物落入囊中，正高兴时，却发现朱允炆不见了。朱元璋大为恼火，斥责群臣道："你们这群废物，皇太孙若有个三长两短，朕非摘下你们的脑袋不可！"

群臣个个心惊肉跳，忙分头去找朱允炆。不久，有人回来禀报说发现了皇太孙，朱元璋立刻策马赶到，却见朱允炆正一个人蹲在路边，一把眼泪一把鼻涕哭得是伤心。朱元璋一看，忙问他为何哭泣。朱允炆指着地上的一条红虫，哭道："皇爷爷，我深居皇宫，从未见过这种怪虫，我竟把它踩死了，是不是过于狠毒了？"朱

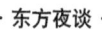

念一转,说道:"红英姑娘,朕有话要问你。"

朱元璋见左右无人,这才说道:"红英姑娘,现在你说实话,你来皇宫到底有何目的?"

红英笑道:"原来万岁看出来了!"

朱元璋说道:"皇太孙竟然梦境成真,朕不相信世间有如此巧合之事。还有,刚才朕要杀你,你却毫无惧意,朕不得不怀疑你的身份。"

听到这里,红英也不隐瞒,说道"民女来是为了救皇太孙,你难道不

为他的将来担心吗?"

朱元璋大惊失色:"难道你能预见他的未来?"

红英说道:"他连在梦中都不敢杀我,如何去和燕王交战?他必败在心狠手辣的燕王手下。"

朱元璋暗暗吃惊,说道"你一定要帮他!如果你能让他坐稳江山,朕什么都答应你。"

红英却说:"坐稳江山要靠他自己,民女仅能保他性命。"

朱元璋叹了一口气,说道:"看来……只有朕亲自除掉燕王了。"

"没机会了!"红英摇摇头,"万岁现在唯一能做的,就是为皇太孙指一条生路。"说着,她拿出一个锦盒交给朱元璋,"请听我一言,将几样物件放进这个锦盒。"朱元璋略一沉吟,然后点点头,一一照做。

绝处逢生

不久,朱元璋去世,朱允炆登基。燕王朱棣便以清君侧之名发动靖难之役。果然,朱允炆心慈手软,胸无谋略,战事节节败退,终于让燕王打到城下。

朱允炆见大势已去,灰心不已,便准备自焚而死。这时,红英走过来,说道:"您忘了吗?我是来救您的。"

朱允炆吃惊道:"你……你果真是我梦中见到的仙女?"

红英说道"我不是什么仙女,但

我可以帮您。"

"哈哈哈……"朱允炆突然冷笑道,"谁知道你是来帮我的,还是来害我的?自从你来了之后,我的确非常快乐,可你却没给我提供一条可以战胜燕王的妙计。这怎么叫帮我?"

红英也不生气,说道:"您不信我可以,但您不能不相信先皇留给您的锦盒吧?"

朱允炆有所醒悟,取出朱元璋临终交给自己的锦盒,打开一看,里面是僧衣、剃刀和钵盂。朱允炆立刻明白了朱元璋的用意,他没有多想,便请红英马上为自己剃度,准备以僧人身份逃出皇宫。可外面被围得水泄不通,如何才能出去?

这时,红英拉着朱允炆来到一个僻静处,说道:"这里面有条地道,您可以从这里逃出城外。"朱允炆来不及细问,便被红英拉进了地道。此时,燕王的军队已经杀入皇宫,有人看见朱允炆进入地道,便追了上来。

朱允炆被红英拉着,一路奔跑,在黑暗中不知道跌跌撞撞跑了多久,终于逃出了皇宫。他来到外面一看,觉得眼前景象似曾相识,可又想不出这究竟是哪里。

红英忙提醒他说:"不久前,您还和先皇来此地打猎呢!"

朱允炆"嗯"了一声,也不知道是真记得还是假记得。

红英又说:"叛军很快就会追上来,您沿着山路一直往前跑,千万不要回头!"

此时,朱允炆早已六神无主,他对红英言听计从,一路朝前跑去。跑出一段距离,他记挂红英的安危,便躲在一块巨石之后朝后面望去。

这时,叛军已沿地道追出,却被红英挡在了那里。朱允炆听不清他们在说什么,只见一个发怒的叛军挥刀便朝红英砍下去,惊得他赶紧闭眼,流下了热泪。半晌,他睁开眼,却发现有两个红英站在叛军面前。叛军也没见过这种阵仗,他们壮着胆子,又朝两个红英砍杀过去。可没想到,每砍下一刀就会多出一倍红英来,片刻间,红英的数量已超过了叛军。叛军只当遇见了鬼,不敢恋战,赶紧沿着地道跑了回去。

朱允炆虽然既惊又怕,但他更担心红英的安危,思量再三,还是返回到红英面前。红英见他面带泪痕,便问:"你都看到了?"朱允炆点点头,惊疑地问:"你真是妖女?"

红英笑了笑回答说:"我是你当初从这里带回皇宫的红虫子啊!"她指指他们逃命的地道,又说,"这是我在夜里掘开的地道,我只能帮你这些了。你快离开这里,找一个安全的地方安身吧!"说完,众多的红英姑娘消失了,取而代之的是无数条红虫子,一眨眼就将地道口牢牢封住了……

(题图、插图:黄全昌)

天命不可违

□ 张正祥

斩妖除根

唐末，青州有个姓杨的道士，他法号玄镜，精通奇门遁甲、五行八卦之术，很会洞测"天机"。这日，他掐指一算，便去了一个叫赵庄的地方。

玄镜刚到赵庄门口，迎面走来一个行色匆匆之人，与他撞个满怀。那人一见玄镜，忙说自己是赵庄的家仆，受庄主之命正要去请道士。原来庄主的填房李氏有了身孕，但刚满三个月就腹大如鼓，显临盆之象。赵庄主想请道士到府上看看，是否有妖物在作怪。

玄镜似是预知了此事，听完并无一点惊奇，他跟着那人进了赵庄，又在庄主的陪同下查看各个角落。当他们来到后院的莲池边时，玄镜将将胡

须，肯定地说："此莲池上方妖气冲天，贫道断定，池中必有妖物！"

"果然是妖孽在作怪！"庄主一咬牙，问道，"道长，可有除妖之法？"

"这是自然，降妖捉怪乃贫道份内之事！"玄镜说罢，细细对庄主交代了起来……

仅一盏茶时间，赵庄的数十家丁便遵命抬来了几十筐石灰和一大堆干柴。玄镜吩咐将石灰全部倒进了莲池。池水遇上石灰顿时沸腾起来，雾气袅袅升起，甚为壮观。少顷，池中竟浮上来一只巨龟。那龟大如磨盘，肚皮泛白朝上，早已气绝身亡。

庄主看后大为惊骇，问道："道长，这、这便是你说的妖物？"

玄镜淡定自若，微微颔首道"此龟修炼成精，正图谋幻化成人形，想必夫人腹中的妖胎便是它所为！"说

完，命人将巨龟置于干柴之上，点燃了柴火。

大火烧了近两个时辰才将那只巨龟化为灰烬。玄镜又说："还好夫人并未生产，否则……"说完，他看着庄主，一副欲言又止的模样。

庄主似领悟到了什么，试问道："道长，您是否想说贱内腹中的胎儿留不得？"

玄镜一脸严峻，点点头道"斩妖一定要除根，否则后患无穷，甚至会给你们赵庄带来灭顶之灾！"玄镜接着说，"并非贫道危言耸听，实不相瞒，贫道早已算出赵庄有此劫，所以专程远道而来！"说着将其中利害关系一一摆出。

庄主听完痛定思痛，最后一咬牙说："也罢！但不知贱内……"

"庄主请放心！"玄镜说着从袖中取出一个小瓷瓶，倒出一粒丹药递于庄主，"贫道有一灵丹妙药，只除妖孽，保准夫人安然无恙！"

巧遇能人

此事过后，玄镜便云游四海，一晃就是十年。没想到十年之后物是人非，玄镜沦落成了一个流浪的算命之人。不但如此，他的一双眼睛竟也无缘无故瞎了！

这年，玄镜摸索到太行山腹地的一个村落，在此地的龙王庙落脚。龙王庙后有一个深潭，叫"黑龙潭"。相

传，潭底有一条石龙，但黑龙潭之水深不可测，潭水一年四季寒彻刺骨，没人能下到潭底。所以，"石龙"之说也仅仅是个传说，并无人验证。

这日，玄镜正站在黑龙潭边发呆，突然听到"扑通"一声，似是有人落入了水中。玄镜竖起耳朵再听，却再无半点声音。

半炷香过去了，玄镜仍没有听到任何动静，还以为是那人寻了短见，正自叹息，突然水面上"哗啦"一声，水中竟探出个人头来。

这时，玄镜确信水中有人，而且还是个水性极好的人。他激动得老泪纵横，仰天叫道："苍天有眼啊，没有枉费我这十年的苦心！真是踏破铁鞋无觅处，得来全不费工夫啊！"

原来，玄镜这十年时间一直在寻找一个能下黑龙潭的人……

十年前，玄镜路过此地，纵观山形地脉，竟然发现这里是一处"龙脉"！他经过仔细卜卦后发现："石龙"之说并非传说，而且在十年之后的二月初二午时，也就是几天后的午时，石龙的口便会张开一次。如果在龙口张开之时，将祖上的尸骨放入龙口之中，后世子孙定可以称王拜相！

然而，卦相显示，"受天命"之人另有其人，并非玄镜。可是，面对如此巨大的"天机"，玄镜还是动心了。于是，他决定逆天而行，不惜代价也

要将自己祖上的尸骨葬入龙口。

可是，要想葬骨于龙口之中，必须得有非同寻常的好水性。所以十年来，玄镜走遍大江南北寻访能人，但却遍寻无果。就在他万念俱灰，想在黑龙潭边了此一生时，这人终于出现了！

玄镜忙作揖，然后高声呼唤："水里的兄弟，能否上来说话？"

那人听见便游到岸边，问道"老先生是在叫我吗？"

此人一开口，玄镜大吃一惊。听声音他竟是一个十岁左右的小孩！幸好玄镜看不见，要是他看到小孩的容貌，怕是比现在还吃惊。因为那小孩

相貌奇丑，小脑袋，大身体，短四肢，斗鸡眼。

玄镜急问道："孩子，你姓什么？"

小孩回答："我姓肖，我叫肖小！"

一听这小孩姓肖，玄镜笑了，他又问道："肖小啊，你的水性真好，但是你能潜到潭底吗？"

肖小毕竟年幼，他毫不设防地说："我当然能！"

"吹牛的吧？"

"谁吹牛啦？"肖小显然是中了玄镜的激将之计，瞪着眼睛说，"村上的大人都不敢，就我敢！"

玄镜慢条斯理地说："那你给我说说，潭下都有些什么？"

"下面有一条石龙！"

听了这话，玄镜脸上出现了难以掩饰的喜悦，马上又问道："这事你可曾告诉过别人？"

"这——"肖小摇摇头，嘟囔道，"我可不敢告诉别人，我娘知道了会打我！"说着，他意识到自己说漏了嘴，又马上说，"你可不能告诉我娘啊！"

玄镜沉吟了一声，说："这可不好说！不告诉你娘也行，但你得帮我做一件事情……"

故人相见

等到了二月初二这天，玄镜将自

家祖上的尸骨包好，早早地来到黑龙潭边等肖小。越是最后关头，他越是怕事情会横生枝节。

还好，肖小如约而至。玄镜将装有尸骨的包袱交给肖小，又叮嘱道："肖小，你要记住，那龙口只张开一小会儿，可千万不能错过时机啊！"

午时将近，肖小便听玄镜的指挥一个猛子扎入潭底。正当玄镜在岸上焦急等待的时候，身后突然有人冷不丁问了一句："道长别来无恙啊？"

"谁？"玄镜身子微微抖了一下，强作镇定道，"你是何人？"

来人是一个长相俊俏的少妇，她缓缓移步到玄镜面前，冷冷道"你让小儿做如此危险之事，难道我这个做娘的不该过问一句吗？"

原来是肖小他娘，这下玄镜心定了，对付一个山野村妇，他自觉是有把握的，他刚要开口，少妇又冷笑一声，说："看来道长是不记得我了，可我对道长是刻骨铭心啊，我永远也忘不了您十年前在赵庄'降妖除怪'的义举！"

听了这话，玄镜惊得后退几步，惊叫道："你，你是李氏？"

原来这个少妇不是别人，正是当年赵庄主的填房李氏。当年玄镜给赵庄主的那粒丹药，李氏并没服下，她打死也不相信自己怀的是"妖胎"，为了保住腹中的孩子，她连夜逃走了，后来又阴差阳错在此地落了脚。

再后来，李氏遇上一个老郎中，一诊断，得知自己怀的并不是什么妖胎，而是由于羊水过多，才腹大异常。但老郎中说，按常理，胎盘中羊水过多婴儿会窒息，但她腹中的孩子不仅很正常，还有超乎一般的生命力，这可真是奇事一件！

孩子降生之后，李氏见孩子非同一般又天生异相，怕别人再说他是妖孽，就取赵（赵）字一边，让孩子改姓肖。

听了这些话，玄镜喃喃道"天意啊，看来'受天命'之人还必须是这孩子啊！"

其实玄镜十年前就算出命定下水之人姓赵，即将生于赵庄，所以，他才处心积虑想借"除妖"之名除掉肖小。而早先被他在莲池中除去的也并不是"妖物"，只是他事前偷偷放入的一只普通乌龟。至于李氏奇异的胎相，这可能真是天意，因为肖小身系"天命"，本身就不是一个凡胎啊！

不过，玄镜口说是"天意"，但心中却不以为然：即便肖小身受天命，但此时恐怕已将我杨家的尸骨放入龙口之中。现在就言天命，尚且过早！

天命难违

一刻钟之后，肖小浮出了水面。

玄镜听到声音立即上前问道："肖小，放进去了吗？"

·传闻逸事·

“放是放进去了，只是……”肖小看了一眼李氏，低下头说，“娘，我没有听你的话，没把老先生给的那包东西扔掉，我把它绑在龙角上了！”

玄镜越听越不明白，正想问个究竟，却听李氏说：“不要为难孩子，还是让我来告诉你吧……”

肖小那日答应帮玄镜忙之后，回家就说漏了嘴，竟让李氏问了个明白。李氏觉得这事蹊跷，便让肖小带她去见那个“老先生”。不料，老远她便认出，所谓的“老先生”，竟然是十年前到赵庄来“捉妖”的杨玄镜！

李氏出自书香门第，自幼读过很多闲书，一琢磨便猜出几分奥妙。她知道，坟冢除了“尸骨冢”之外，还

有“衣冠冢”和“发冢”，于是，她剪下儿子的一股头发，连同他的一件衣服打包交给儿子，并叮嘱：“到潭底，将那个老头的东西扔掉，等龙口张开时，将这包东西放进去……”

不过李氏也没料到，儿子小小年纪，竟是一个守信之人。刚才，肖小潜入潭底，午时一到，潭底的石龙口果然张开。他虽照李氏的话做了，可觉得将玄镜的包裹扔了有点失信于人，于是在龙口合上之后，便将那个包裹牢牢地绑在了石龙的犄角之上。

听到这里，玄镜一下子僵住了。他许久才哀声说道：“我苦心经营十年，没想到竟为他人做了嫁衣！上天惩戒我双目失明，我居然还不明白：天命不可违啊……”说罢，喷出一口鲜血，人便直直地倒在了地上……

多年之后，唐朝土崩瓦解，继而经历五代十国，纷争不已，终于统一为赵姓江山。后来宋太祖赵匡胤在皇宫里建了一个“先祖祠”，里面供奉着他历代先祖的画像。据说其中一张画像中的人相貌奇丑，小头斗鸡眼，怎么看都没个人样。

杨家可能是尸骨被绑在龙角的缘故，也沾了“龙脉”的光，后来将才辈出。不过，“杨家将”的命运可都不怎么好……

（题图、插图：谢　颖）

(本栏目欢迎来稿。来稿可从邮局寄发，也可从网上传递。如为电子邮件，请发以下信箱：yanyichao1004@sina.com)

60

让人哭笑不得之答卷

◇ 问："东风不与周郎便"的诗句出自哪首名诗？诗中的"周郎"指谁？（正确答案：《赤壁》；周瑜）
答：《东风破》；周杰伦。

◇ 问："青出于蓝而胜于蓝"出自哪篇著名作品？（正确答案《劝学》）
答：《青花瓷》。

◇ 问：南北朝最伟大的诗人是谁？（正确答案：陶渊明）
答：梁朝伟。

◇ 问：《西游记》的作者是谁？（正确答案：吴承恩）
答：周星驰。

◇ 问：鲁迅的原名是什么？（正确答案：周树人）
答：周迅。

◇ 问：《武林纪事》是谁的作品？（正确答案：周密）
答：金庸。

◇ 问："成吉思汗，只识弯弓射大雕"出自哪篇作品？（正确答案：《沁园春·雪》）
答：《射雕英雄传》。

◇ 问："这次第，怎一个愁字了得！"出自宋代一位杰出的女词人的作品，这位女词人是谁？（正确答案：李清照）
答：李莫愁。

◇ 问：我国最早的农学著作是什么？（正确答案：《齐民要术》）
答：葵花宝典。

◇ 问：历史上有两位著名的文学家并称"苏黄"，指的是哪两位？（正确答案：苏东坡、黄庭坚）
答：苏乞儿、黄飞鸿。

◇ 问：古诗中所说的"隐者"通常指什么人？（正确答案 不愿意为官或怀才不遇的知识分子）
答：神龟。

（推荐者：沈 旭）

最狠毒的分手格言

◇ 我能想到最浪漫的事，就是看你一个人慢慢变老。
◇ 妈妈说，男人再拽，也照样甩。
◇ 如果爱，请深爱；如果不爱，那我就去偷菜。
◇ 你喜欢我的哪些优点，我改还不成吗？
◇ 路遥知马力不足，日久见人心叵测。
◇ 对不起，您所拨打的用户已外遇。
◇ 以前，男友在手机里的名字是"他"，现在，已经变成了"它"……
◇ 蓦然回首，你咋还没走？
◇ 我现在全身每个细胞都把你当抗体排斥。

（推荐者：郭卫阳）

这些句子真给力

◇ QQ上多了，什么企鹅没见过。
◇ 世界上最没用的东西就是工资条，看了生气，擦屁股太细。
◇ 人才和天才只差一个"二"。
◇ 如果你容不下我，说明不是你的心胸太狭小，就是我的人格太伟大。
◇ 我都不好意思抓你了，你怎么还好意思偷呢？
◇ 我这心碎得，捧出来跟饺子馅似的。
◇ 我从不恃强凌弱，我欺负他之前真不知道他比我弱……
◇ 自从得了精神病，我的精神就好多了！
◇ 小隐隐于朦胧诗，大隐隐于肥皂剧。
◇ 所谓美女，大都是化妆品的奴隶。
◇ 旅行就是从自己呆腻的地方到别人呆腻的地方去。
◇ 世界上最快乐的事情是吃，第二快乐的是待会儿再吃！
◇ 天没降大任于我，照样苦我心智，劳我筋骨。
◇ 人最好不要错过两种东西：最后一班回家的车和一个深爱你的人。我想坐着最后一班车到爱我的人身边去。

（推荐者：平　静）

姓和职业

在生活中，某些姓氏从事某些职业，因为谐音会产生一些尴尬。

◇ 姓雍的人做老总的话，别人会觉得他一定是个胖子，因为大家都叫他雍总（臃肿）。

◇ 姓廖的人做导演，大家还以为他诸事不顺，因为大家都说："快看！那人就是廖导（潦倒）！"

◇ 姓陈的人当上船长，估计没几个人敢上他的船。只因怕陈船（沉船）啊！

◇ 姓步和姓夏的人去乐队当指挥，大家都难免担忧，既怕他步指挥（不指挥），更怕他夏指挥（瞎指挥）！

◇ 姓严的人当了老师，家长们还以为是学生调皮不听话，老惹她生气，因为她就是严老师（眼老湿）。

◇ 姓胡的人成了编辑，大家都不好意思称呼他一声"胡编（胡编）"。

（推荐者：钟小健）

不是意外的
意外

□ 郑成业

宋扬是个五年级的小学生，他的教室在四楼。那天课间休息时，他和同学们在楼道玩，忽然，班长在二楼喊他，因为周围人多声杂，宋扬没有听清，他扶着楼梯栏杆，探出上身，看着班长大声问："什么？"班长再说的时候，宋扬向前探了探身，没想到突然失去重心，一头栽了下去……

宋扬后脑勺着地，虽经医生全力抢救，还是未能挽回稚嫩的生命。

宋扬走后，学校领导很是关心，几次上门慰问，还带来了保险公司赔付的两万元人身意外保险，每次也都宽慰宋扬的父亲："您儿子出了

意外，我们也很悲痛，这种意外，谁也不愿意发生的。您一定要节哀，保重身体。"

老宋还能说什么，孩子顽皮，自己从楼上摔下来，这件事怨不得他人。只是白发人送黑发人，老宋每每想到自己苦命的儿子，怎么能不心如刀绞？

这样过了两个月，一个周末，老宋又想到儿子，便想到出事的地方看一看。来到校门口，他跟保安打了声招呼，就要往里走。

保安知道宋扬的事，所以很客气地拦住他，说："老哥，您看到出事的地方，就会更伤心，还是请回吧。"

老宋却不以为然："我就是想看看，而且现在也不是上课的时候，不会影响孩子们学习的。"

保安却还不撒手，并且似乎还想

说什么，但嗫嚅了一会儿还是说："老哥，不是我不让你进去，确实是领导说话了，我们看门的，也只能执行命令。"

这是什么话？老宋发怒了，一把推开保安，径直朝里闯去。进了教学楼，走到楼梯口，老宋就感觉楼梯的栏杆好像有点变化，再仔细看了看，就发现楼梯的栏杆新焊上了一截，用手一量，足足比过去高出20多公分。难道是学校发现了问题亡羊补牢？

老宋脑中突然闪过几个问号：学校楼梯的栏杆到底多高才安全？这里有没有个标准？学校过去的栏杆是不是太矮了？假如真有这样一个标准，而学校却没有达到，那么他们就应该对儿子的死负责任。

老宋马上跑回家，在网上一搜索。果然《中小学校建筑设计规范》对学校楼梯栏杆的高度有明确规定，要求室外楼梯栏杆高度不应低于110公分。

"原来如此！"老宋心里有底了，他认定学校原来的楼梯栏杆，不会超过90公分，现在加高了20多公分，说明学校是了解这个规定的。可是，为什么学校不早一点采取措施？出事后，为什么又一直没跟我提这个问题？老宋越想越是不平，他决定把学校告上法庭！

听说老宋要打官司，学校领导赶紧登门说情，还拿来10万元抚恤金。校长握着老宋的手，说："宋大哥呀，您的心情我能理解，可是，事已经出了，无论如何也无法挽回。您有什么要求尽管跟我说，学校会尽最大努力满足！假如上了法庭，这事情的性质就变了。"

老宋把钱推了回去，低声说："校长，我只是想给孩子讨个公道，同时也想通过这个官司，让其他学校重视一下，不能再让孩子出事了。"

诉讼结果是不言而喻的。老宋胜诉！事后他面对媒体，说了一段发人深思的话："我会以宋扬的名义把钱捐给希望工程，因为我存有两个希望，一是希望所有的孩子都能走进学校，二是希望所有孩子都能走进安全的学校。"

律师点评：

《不是意外的意外》故事中涉及的法律问题主要是：宋扬所在学校对他的摔倒是否有过错？而是否存在过错的焦点关键反映在楼梯栏杆的高度上。那么，如果这个栏杆的确低于房屋建筑基本要求或学校特别规定，其过错责任肯定在校方。还需特别说明的是，老宋是提供了原有楼梯栏杆实际高度的证据，以及原有楼梯栏杆高度确实低于规定标准依据才证明学校的过错，然后胜诉的。

（题图：安玉民　梁　丽）

世上无难事，只怕有心人……

其实
也不难

□ 王立雪

1. 书记接访

张子悦是个有才气、有抱负的小伙子。他大学一毕业，就参加了市委组织部的公务员招录考试，而且顺利地通过笔试、面试，入选了一百名选调生的行列。这下，张子悦顿时就感到是自家的祖坟冒青烟了。要知道这批选调生，将分赴全市各地任职，是市委组织部跟踪培养的重点对象，这就预示着他的前途将不可限量。

可是等到张子悦来到市委组织部一报到，他的心一下子冷了半截，别的同学不是留在组织部，就是分到市委办，最不济的也分到市财政局，就他张子悦被分到了信访局。要知道，这信访接待工作号称天下第一难，是一个老鼠钻进风箱，两头受气，爹不亲娘不爱的差事。这天夜里，他躺在单位简陋的单身宿舍里，辗转反侧，心灰意冷，不知挨到什么时候，才迷迷糊糊睡着了。

等到张子悦第二天一觉醒来，已经过了七点。他一个激灵，翻身起床，赶紧洗了把脸，连早饭也顾不上吃，就急急往信访局里跑。到了局里，进门一看，只见所有的同事都一脸严肃地坐在会议室里，气氛紧张、如临大敌。他心里"咯噔"一下，难道单位里出了啥事儿？

张子悦红着脸，蹑手蹑脚地走了进去，找了一个空位坐了下来。坐在

环形会议桌一头的马局长轻咳一声，会议室里一下子就鸦雀无声。

马局长一脸寒霜地扫视了一下后说："同志们，现在开会！俗话说，养兵千日，用兵一时。今天是市委书记的信访接待日，这既是市委主要领导体察民情，密切联系群众，关心群众疾苦的亲民之举，又是对我们信访工作极大的重视，同时，也是对我们信访局全体干部职工的政治素质的考验，大家一定要严肃认真、一丝不苟地对待，切不可掉以轻心……"

张子悦听了，一下子记了起来，昨天报到时，他的顶头上司、信访接待科的余科长，已经简单地向他介绍了日常工作流程，他们除了每天例行接待群众来信来访外，每个月的一号和十五号，是市委书记的信访接待日。今天正好是九月一号，市委书记要大驾光临，怪不得他们一个个战战

兢兢，谨小慎微的样子。

马局长一边讲着，一边不经意地扫视着下面，他发现新来的张子悦，没有认真听他讲话，而是一副心不在焉、神游天外的模样。马局长心里顿生恼怒：这小子真是不知死活。他重重地拍了一下桌子，张子悦惊得回过神来，赶紧正襟危坐。

马局长看了他一眼，眉头就皱了起来，严厉地说："有的同志态度不端正，开会连个笔记本都不带！是你的记忆力太好，还是觉得别人讲话不屑一记？"

张子悦一听，赶紧打量了一下同事们，只见他们面前都摆着一本笔记本，装模作样地记录着什么，只有他面前是空空如也。他的脸一下涨得通红，想起身回办公室去拿又不敢，不去拿空坐着也不像样，一时不知如何是好。

余科长一看，连忙把自己的一叠材料纸分出半份，又拿出一支圆珠笔，雪中送炭般地递给了张子悦。张子悦万分感激地冲他一笑，赶紧一本正经地拿起笔，做了个认真记录的姿态。

马局长并没有因此而放过张子悦，他继续板着脸，敲打他说："有的同志不要认为分到我

们信访局亏了。干革命工作无贵贱之分，我们信访局也是党委系列的重要组成部分，它是党和政府密切联系群众的纽带，也是反映群众呼声的喉舌。我们工作的好坏，直接关系到党和政府在群众心目中的形象……"

马局长抬腕看了看表，见已快到八点，他收住话语，把面前的笔记本一收，说："现在开始布置任务，办公室的同志负责布置现场，监督科的同志注意在上访的群众中，挑选几个马上可以在现场得到解决的上访问题，让书记接待，现场有电视台录像，要组织得到解决的群众当场说几句感谢的话。群众来信处理科的同志负责维护现场的秩序。"

马局长看了看余科长和张子悦，接着说："信访接待科的任务最重，要尽量做好上访群众的思想工作，稳住他们的情绪。特别是那个老上访油子，我这次到北京去，就是他闹的，昨天晚上才把他接回来，估计今天，他肯定又要来，你们一定要想方设法拖住他，不能让他跑到书记的信访台前，拉着书记胡搅蛮缠，让领导下不了台。"

余科长一听，就哭丧着脸说"马局长，你说的是那个胡老汉吧，这个人太难缠了，我就怕拖不住。"

马局长不容他争辩，虎着脸说："工作肯定是有困难，没困难还要我们这些人干什么？大家还有什么意见，没意见就这么定了，大家各司其职，开始准备吧。散会。"

2. 接受任务

张子悦随着余科长走出大门一看，好家伙！信访局门前的空场上已经围满了黑压压的人群，而且自觉地排成了一圈儿的长队。他们一个个眼巴巴地看着信访局的大门，有的人身上还背着一个草席，显然，他们昨天晚上就来了，在这街上将就了一夜。

张子悦见了心底突然一痛，升起了一股悲哀：这就是老百姓！张子悦自小生活在他们之中，他深深了解他们的纯朴和善良，如果不是遇到过不去的坎儿，他们不会这样抛头露面、风餐露宿地上下奔走呼号。他们今天来，是像古代的老百姓一样，梦想自己能够敲响公堂之外的鸣冤叫屈鼓，期待青天大老爷神龙一现，能够为草民做主，为他们排忧解难啊。

就在张子悦愣神之际，工作人员已经将接访的桌椅一字儿排开，信访局门口的墙壁上已经挂上了一条鲜红的横幅：市委书记信访接待日。两边挂着宣传条幅，上面写着：倾听百姓呼声；解决群众疑难。

此时，接待科的余科长如临大敌，像一条猎犬在上访的群众间巡逻，竖着耳朵听他们私下里聊天谈话，捕捉信息，寻找潜在的不安定因

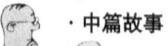

素,以便未雨绸缪,把它们消灭于萌芽状态。

余科长转了几圈后,就神秘分分地把张子悦拉到一边,指着排在上访队伍中间的一个老汉说:"这个老头儿,就是马局长说的胡老汉,大名叫胡良甫。我跟他打了十几年的交道,是个有名的上访专业户,他认识我,不买我的账,你面生,等会儿想办法稳住他。"

张子悦惊讶地问:"都上访十几年了,是什么问题?咋没解决?"

余科长哼了一声,说"什么十几年?最少有二十年!他的问题不是没解决,而是无法解决,不然,还用闹

这么多年?"

张子悦忙问:"那他到底是个什么问题?这么难解决!"

余科长一听,就笑了起来,说:"他的问题,说起来是个桃色事件。胡良甫原来与我们一样,是个国家干部。"余科长把张子悦拉到一边,绘声绘色地讲了起来。

原来胡良甫是个土改积极分子,当年在英布县一个叫大山背的小乡工作,还担任副乡长职务。在乡政府所在地,有个叫桃花冲的小山村,村子里有个叫郭凤英的小寡妇,长得挺水灵的,丈夫死得早,一个人拉扯着两个半大孩子。

当时,正是四年三灾的时候,郭凤英见两个孩子实在饿得不行,就常常跑到乡政府,帮乡干部们缝缝补补,洗洗衣裳,目的是想他们能够赏她一块半只窝窝头,她好带回去,给孩子们渡饥荒。其实,乡政府里干部的日子也不好过,每天的伙食都是定量的,自己都吃不饱,怎么可能分一杯羹给她。所以每次去,她大多是失望而归。

胡良甫是个软心肠的人,有时实在是看着不忍心,就偷偷地把自己的一份,分一半给她。郭凤英也是一个知恩图报的人,就常常给他做双布鞋,或纳一双鞋垫还他的人情,这样一来二往,他们俩的关系,在别人眼中就有些暧昧了。但是也没人真会指

责他们!

直到后来发生一桩劲爆的事情，寡居好几年的郭凤英怀孕了！等到别人发现，她已经生下了一个男孩。寡妇生子，这在当时可是一件传得沸沸扬扬、有伤风化的大事。

乡政府和村里管妇女工作的干部找她一问，她刚开始不承认，可耐不住干部们恐吓，就说出这孩子的父亲原来正是副乡长胡良甫。

当时的胡良甫年轻有为，工作能力强，正是组织准备提拔的对象，而且，他还有一个未婚妻，在别的乡镇当妇联主任，两人正准备结婚呢。这事儿一出，就是严重的作风问题，尽管他矢口否认，但自古以来都是奸出妇人口，人们总是宁信其有，不信其无。他不仅受到撤消职务、开除公职的处分，而且他的未婚妻也一气之下与他断绝了关系。

前些年，国家拨乱反正，为十年浩劫中冤假错案平冤昭雪，当年很多受到迫害，或受到不公正处分的同志都恢复了工作，补发了工资。一生未娶、老来生计无着落的胡良甫听说后，就开始上访，说他的处分也是冤假错案，要求组织恢复他的干部身份，领取退休工资。

当时的信访部门也下去调查过，可是，几十年过去了，当年处理此事的当事人走的走、死的死，无从查起。胡良甫的问题，到底是不是冤假错

案，也就一直没有定论。

这些年来，胡良甫每到农闲季节，就开始层层上访，从县里开始，到市里、到省里、到北京，每年都要跑上一两回，现在上访已经成了他的生活习惯，他成了名副其实的上访专业户……

余科长正说着，突然听到马局长在喊"大家各就各位，做好各自的工作，书记马上就来了。"

余科长一听，赶紧打住了话头，连忙赶了过去。他一边往外走，一边还不忘交代说："小张，你年轻，脑瓜子又灵，今天又是第一天上班，要是把胡老汉这个老大难安抚好了，马局长一定会对你另眼相看，说不定还会引起书记的注意。"

张子悦说："行，我就见机行事吧！"

3. 惊心一刻

这时，一辆宽敞大气的奥迪车，从街面上缓缓开到信访局门口停住。马局长一看，三步并作两步地赶过去，拉开车门，笑得一脸桃花灿烂地说："书记，您来了！"

一个年近五十岁、面相威严的人从车上下来，他就是市委书记，他笑容可掬地向着上访的群众挥了挥手，在马局长的陪同下，慢慢悠悠地走到接访台前。

电视台的记者们扛着大摄影机，

在人群中窜来窜去，寻找最佳角度，准备拍摄市委书记接访的镜头。排着队等着上访的群众一看书记来了，不由一阵骚动，一个个眼睛亮了起来，仿佛书记一句话，他们的问题马上就能拨开乌云见日月似的。

书记在接访台上一坐定，就笑眯眯地看着马局长，说："马局长，现在开始吧，别让大伙等急了！"

马局长笑逐颜开地说："书记，您总是那么体贴老百姓！"说着，他转身看着上访的群众，大声说道，"各位乡亲，今天，我们市委书记，在万忙之中，抽出宝贵的时间，专门来接待群众上访，你们有什么问题尽管提，我们书记一向是铁面无私的，不管你们的问题涉及到哪个部门、哪个人，他都会毫不留情地一查到底，能够现场解决的一定会现场解决，不能现场解决的，我们信访局一定会认真记录下来，向有关部门反映，督促他们解决，给你们一个满意的答复，大家不要急，排好队，按序号一个一个地来。"

接下来，上访的群众，在工作人员的带领下，一个个走向接访台，诚惶诚恐地向书记大吐苦水，他们反映的问题，有为孩子上学的，有住宅地基的，有邻里纠纷的，还有夫妻吵架的……书记果然雷厉风行，当场就让秘书打电话，不一会儿，教育局、城建局、土地局、公安局相关领导，一个个气喘吁吁地接踵而来，现场办公，当场一一解决。

现场的工作人员和上访群众一时掌声雷动、感激不尽。电视台的摄影机和报社的照相机，齐刷刷地对准了这感人至深的场面。张子悦知道，这些人都是信访局事先挑选好的，都是一些鸡毛蒜皮，容易解决的小事。看着眼前的场景，他突然有一种在戏台下看戏的感觉！这上访的、接访的、电视台的、报社的，包括过路的看客，生旦净末丑全齐了。

张子悦再也懒得看下去，就在上访的群众中搜索。很快他就看到了排在队伍里的胡老汉。胡老汉是个清瘦、憔悴的老头，他坐在自带的小马扎上，仿佛老僧入定，闭着眼，一动也不动。张子悦心里禁不住赞了一声：这老头果然是见过大场面的老上访，好定力、好心性，对如此杂乱的上访现场，居然见怪不怪。

张子悦从地上捡了一块砖头，走了过去，将砖头垫在屁股下面，紧挨着胡良甫坐了下来。他用手捅了捅胡良甫的胳膊，轻声说："胡大爷，胡大爷，您老坐着也能睡觉啊？"

胡良甫睁开一双小眯眼，看了张子悦一眼，不咸不淡地说："你这娃子看起来面生，第一次上访吧？你咋认识我？"

张子悦身上穿的还是上学时的旧

衣服，看起来倒有些像个上访的。张子悦不置可否地说："胡大爷，您是高山打鼓，名声在外，我们这些人，还有谁不认识你呀！"

听他这么说，胡良甫的老脸也红了一下，自我解嘲地摸了摸嘴巴，笑嘻嘻地说："我这是好事不出屋，坏事传千里，你就别埋汰我了！"

张子悦笑哈哈地竖起大拇指，说："怎么是埋汰您呢？我是真的忒佩服您了，您老人家走南闯北，上自京城，下至省府，还有哪儿没去过？我们和您比是小巫见大巫！"

张子悦这句话可算搔上了老汉的痒痒，他一听神儿就来了，笑呵呵地说："这我可不敢当！我不是没办法吗？你可别学我！"

张子悦赶紧追问："胡大爷，您经常进京，北京的故宫您去了没有？不知道是不是真的很好看？"

胡良甫一拍大腿，神情有些激动地说："八年前就去了，那故宫真是没说的……"

张子悦又趁着他的兴头问："我早些年上学的时候，听老师说过一句诗，叫什么不到长城非好汉！不知道长城你去过没有？"张子悦的几句话，更是撩拨起胡良甫的兴致。凡是张

子悦能想起来的北京风景名胜，什么长安街、天安门、十三陵等等，胡良甫是有问必答，整个北京，除了中南海之外，他的足迹几乎都踏遍了。

等到胡良甫说得口干舌燥时，他回头一看，不知不觉中排在他后面的上访者，都被书记接访了，他的这个序号被跳了过去。按照接访习惯，这就视为主动放弃了被接访的资格，要想找书记上访，只能等到下一个书记信访接待日。

胡良甫回过头，脸色阴晴不定地看着张子悦，有点恼怒地说："你小子故意的？你不是上访的，你到底是谁？"

张子悦抱歉地冲他一拱手，又赶紧伸手搂住他的肩头，赔着笑脸说："胡大爷，别生气！我什么时候说我是上访的，我是信访局的职工，刚从

市委书记信访接待日

大学毕业，今天是我第一天上班。"

胡良甫生气地把张子悦的手从肩上抖了下来，瞪了他一眼，没好气地说："我老汉一生打雁，没想到倒着了你这下河的黄毛鸭子的道儿！你们不就是怕我让你们的市委书记下不了台？我今天要是不闹一回，你们还不知马王爷长几只眼！"

胡良甫一说完，就起身提起小马扎，骂骂咧咧地向市委书记走去。此时，书记的信访接待已经结束，书记在马局长的陪同下，笑容可掬地向上访群众挥手致意之后，就撅着屁股钻进车里，正要离去。

胡良甫一边跑，一边扯开喉咙喊："书记……书记！"张子悦一看，赶紧将他死死地抱住。眼看着书记的车屁股烟一冒，就要走了。胡良甫急了，他手一挥，手中提着的小马扎就像一只大鸟掠过人群的头顶，正好砸在书记专车的后窗玻璃上。

只听得"哗啦"一声响，玻璃应声而碎，汽车"吱"的一个急刹车停了下来。这一下，事情闹大了，马局长面如死灰地冲了过去，看书记受伤没有，现场的信访局工作人员冲了过来，将胡良甫死死地摁倒在地上……

4. 掏心窝子

市委书记即使再有涵养，这会儿也忍不住了，他脸色铁青地一推车门，怒气冲冲地冲过来。他的司机更是气急败坏地对着马局长大声嚷道："你这局长是咋当的？要是砸着了书记，你担当得起吗？还磨蹭个啥？还不打110抓起来！"

书记走过来，正要发作，可他一看躺在地上的胡良甫此时口吐白沫，一动也不动，他强压火气，对着正拿出手机准备报警的马局长一声低吼："报个啥警？还不送医院，要是出了人命，唯你是问！"说着，转过身，头也不回地钻进车里，扬长而去。

马局长脸色煞白地拿着手机，半天才回过神来，冲着已经吓傻了的张子悦，咬牙切齿地一声吼："看你办的好事儿，还不快送医院！"大家一听，连忙拦住一辆的士，手忙脚乱地将胡良甫抬上车。

送到医院一检查，幸亏没有多大问题。由于胡良甫长年上访，居无定所，饱一餐饿一顿，极度营养不良，人一急，低血糖的毛病就犯了，一针葡萄糖下去，人就醒了过来。马局长一看，一颗悬着的心终于落了下来，他把张子悦叫出病房，眼里喷火似的说："这几天省里有领导到市里检查工作，从现在起，你寸步不离地跟着他，要是再闹出点事儿来，让领导下不了台，你就给我卷铺盖走人！"

张子悦一听，头都大了，只好回到病房里，硬着头皮与胡良甫有一句没一句地搭起讪来。胡良甫吃了一回亏，对他爱理不理。到了傍晚，点滴打完了，张子悦扶着胡良甫出了医院，又走进附近的一个小餐馆，请他吃一碗热汤面。胡良甫也不客气，狼吞虎咽地大吃一顿之后，一抹嘴，背起破凉席卷着的行李，起身就走。

张子悦连忙拦住他说："大爷，你要到哪里去啊？"

胡良甫白了他一眼，有些恼怒地说："怎么了，我去找一个能挡风避雨的街牙子，将就一晚，这也犯法啦？"

张子悦听了，心里突然一酸，上前一把拉住胡良甫，诚恳地说："胡大爷，你别去，现在虽然是夏天，你老这身子骨，风餐露宿的，怎么受得了！要不，你就到我的宿舍里，将就住一晚？"

胡良甫愣愣地看着张子悦，过了好一会儿，才叹了一口气，点了点头，默默地跟在张子悦的身后，回到了宿舍。夜里，两个人挤在一张单人床上，胡良甫翻来覆去，半天也不能合眼。

张子悦捅了捅他，说："胡大爷，睡不着吧，你不觉得我们爷孙俩很投缘？我们俩干脆掏心窝子地好好聊聊！"

胡良甫两眼望着天花板，没好气地说："跟你有什么好聊的？难不成你一个刚出茅庐的小子，能够帮我把问题解决掉？"

张子悦说："这可说不定！胡大爷今年高寿？"

"高寿不敢当，我胡老汉尽管六十多了，可一时半会儿还死不了，够你们烦的！"

"胡大爷就准备这样上访下去，一直到八九十岁，动不了了才罢休？"

张子悦见胡良甫没有回答，一个跟头翻身坐了起来，接着追问："胡大爷，你这么天南地北地折腾，到底想不想真正解决你的问题？你知道你这样闹腾下去，谁最难堪吗？"

胡良甫茫然地问："谁呀？"

"郭凤英奶奶和她的儿孙们，他们都在本地抬不起头来。你知道吗？

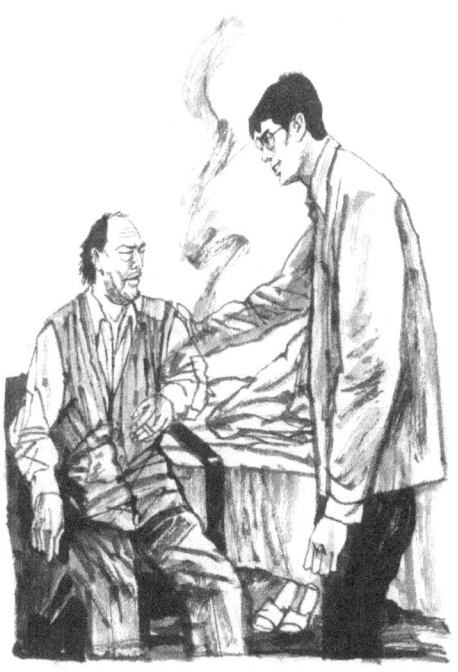

逢上赶集上街，或者与村里人发生口角，人家都会指着他们的脊梁骨，骂他们是那个上访油子胡良甫的野种。"

胡良甫一听，也一屁股坐了起来，直愣愣地看着张子悦说不出话来。张子悦一看他的表情，就知道这句话击中了他的软肋，突然把话锋一转，冷不丁地问："胡大爷，你给我说实话，当年组织上处分你的事儿，到底是不是真的？"

胡良甫没想到这么一个孙子辈的年轻人，突然问这个问题，老脸禁不住一红，有点恼怒地梗着脖子说："当然是假的，不然，这么多年，我为啥上访？"

"胡大爷，如果你给我说实话，我兴许能帮你。我可是查了一些当年为你上访调查的记录，上面说，郭凤英奶奶当年生下的那个小儿子，跟你长得很像。"

胡良甫瞪了张子悦一眼，有点气短地说："跟我长得像的人，在这世上肯定好多，照你这么说，他们都是我的种？"

张子悦继续说："是不是你的儿子，过去可能没办法证明，现在科学发达了，你听说过DNA鉴定吗？只要把你们俩的头发丝儿，各人扯一根，拿去一鉴定，就真相大白了。"

胡良甫一听，有点惊慌地问道："真有这东西？"

张子悦一看，心里就有谱了，他依然不动声色地说："我看这事儿八成是真的，当年组织上处分你，虽然有点重，但也不算冤枉你，你明知道恢复工作是不可能，你还上个哪门子的访？"

胡良甫听了，默默地翻身下床，掏出一支烟，"啪嗒啪嗒"吸了起来，过了好一会儿，才讷讷地说："你这娃子不错，别人见了我，把我当成叫花子避之不及，你不嫌我醒鼍，把我往宿舍里引，我索性就跟你直说了吧，其实，我也知道我是有点无理取闹，还不是因为我孤老一个，年岁一天比一天大，我就寻思着，组织上既然不能帮我恢复工作，能不能出个面，帮我牵个线，让我跟郭凤英破镜重圆，也好老有所养啊！"

张子悦没想到胡良甫的要求其实这么简单，他兴奋地一下子从床上跳了下来，欣喜地说："大爷，你这话怎么不早说？"

胡良甫又好气又好笑地说："你这娃子，这么多年，你们这些人都把我当皮球踢来踢去，有谁像你这样掏心窝子地问我，再说，我这张老脸，也不好意思开这个口啊！"

张子悦一听，高兴地拉着胡良甫的胳膊，说："大爷，你放心，你这事儿就包在我身上，我明天就去向我们局长汇报。不过，你得答应我，再也不能上访了！"

胡良甫拍着胸脯，笑呵呵地说："看你说的，只要你们愿意出面帮我保这个媒，我感谢还来不及，还上个哪门子访……"

5.保媒牵线

第二天一上班，张子悦把胡良甫留在宿舍里，就迫不及待地跑到单位，向马局长作了汇报。刚开始马局长还有点不相信，摇着头说"你就别添乱了，都上访几十年了，哪有这么简单？再说，我们信访局又不是妇联，怎么能干这保媒牵线的事儿？"

张子悦赶紧怂恿他说："不就是跑跑腿、动动嘴的事儿吗？不去试试怎么知道简单不简单？胡大爷说了，今天我们要是不给他一个满意的答复，他就到市委门口堵省领导的车，我可管不了。再说，你难道不想把他这个几十年的上访油子，在你手上解决掉？"

马局长听了，禁不住心动起来，他当即打电话向市委书记汇报，然后便带着张子悦和余科长，捎上胡良甫，马不停蹄地驱车前往英布县桃花冲。车开到桃花冲的村口，马局长就吩咐大家下车，让胡良甫坐在车里静候佳音。

郭凤英奶奶的家，就在村子的最东头。张子悦一敲院门，就有一个水蜜桃似的姑娘，给他们开门。郭凤英奶奶正坐在院子里一棵枝叶繁盛的桃树下面做针线活儿。她一听是市里的公家人有事找她，就连忙吩咐她的小孙女，也就是刚才开门的小姑娘给他们搬凳子，倒茶水。

张子悦暗暗打量起郭凤英老人，虽然是农村的一个老太太，却浑身上下收拾得干净利索，透着一股精明劲儿。她和她孙女的个头差不多，从她忙前忙后的孙女身上依稀可以看到她当年的影子。张子悦心里不禁感叹，怪不得胡大爷当年犯了错误。

马局长毕竟是个老信访，他先与老太太有一句没一句地扯起野棉花来。当他觉得已聊起了老太太的兴

致，就装作不经意地问了一句："大妈，大叔过去了几十年，你一个人拉扯几个孩子，多不容易啊，怎么当年不考虑再找一个？"

老太太非常精明，她本来就看出这几个体面的城里人是无事不登三宝殿，不会大老远地跑来跟她闲磕儿。她一听，就警觉地问："同志，你也不要绕来绕去地打哑谜，你们今天找我有啥事儿，就开门见山地直说吧！"

马局长有点不好意思地笑了笑，说："大妈真是爽快人，我可就说了，要是有什么不对的地方，你可别见怪。我们这次来，是奉市委书记之命，来找你的！"

老太太淡淡一笑，说："市委书记？我不认识他，他也不认识我，八辈子打不着的高官，他能有啥事找我这个穷老婆子，你说吧。"

马局长就委婉地把他们这次来的意图说了一遍。

老太太一听，脸上陡然变色，咬着牙，怒骂一声："你们原来是为那杀千刀的胡良甫来的，他以为他是孙猴子，在五行山撒泡尿就跑，一跟头十万八千里，想来就来，想去就去，没门儿！你们今天要是为别的来，大妈我好茶好饭地把你们当贵客待，要是说这事儿，那就不客气了。"说着，老太太拿起了茶杯，端茶送客。

大家一看与老太太一说这事儿，她就马上翻脸，一个个面面相觑，走也不是，不走也不是，不知如何是好。老太太的孙女儿脾气比她奶奶还要火爆，见他们还不走，顺手抄起一把扫帚，杏眼圆瞪地一声吼："你们走不走？"边说边把他们当鸡崽往外轰。

张子悦和马局长一行灰溜溜地回到村头，胡良甫一见他们这么快回来，欣喜地从车上跳了下来，可一看他们一脸尴尬的样子，就知道事情谈崩了。他一下子变得面如死灰，讷讷地说："我就知道，凤英的性子硬得很，当初是我负了她，我不怪她！唉！早知今日，何必当初，是我老汉没这个命！罢了！罢了！"

胡良甫见马局长欲言又止，又自我解嘲地说："你们这次算是仁至义尽了，你放心，我老汉说话算数，不管成不成，这访我是再也上不了！"说完，就头也不回地向村外走去。

张子悦看着胡良甫黯然离去的身影，心里感到一阵刺痛，他禁不住冲了过去，一把拉住他，说："大爷，你等等，我再去找一找郭奶奶，如果她对你还有感情，我一定想办法说服她。不过，你得配合我一下……"说着，他就附在胡良甫耳边，如此这般地一说。

胡良甫一听，疑惑地问："这样能成？"

"只要她心里还有你，准成！"说完，张子悦转身又向村里跑去。

郭凤英一看这个年轻人去而复返，就没好气地说："你怎么又来了？"张子悦连忙赔着笑脸走上前去，亲热地拉住老太太，一脸歉意地说："郭奶奶，你千万不要生气，你要是一生气，像胡大爷那样动不了，我们可真是担当不起。"

老太太一听，脸色就变了，抓着张子悦的胳膊，急切地追问："你这娃子，刚才说啥，胡……胡良甫他怎么了？"

张子悦苦着脸说："郭奶奶，我们这次来，也是万不得已呀，再瞒你也不应该，胡大爷他……"

"他怎么了？你这娃子怎么说话像骡子拉屎，这么费劲！快说！"

"胡大爷他……前几天到市里上访，人一急就……"张子悦又故意卖起了关子。他一看老太太着急的样子，心里就有谱了，于是他就索性来个乱说一气，"胡大爷他中风了，躺在床上半身不遂。"

郭凤英老太太一听更急了，眼泪就下来了，一边抹着眼泪，一边数落道："这个没良心的，当初求你过来，你不来，现在好了，躺在床上不能动，连个端茶倒水的人也没有，看你怎么过？"

张子悦接着又往下编："这个你就不用担心，他老人家今天让我来，是想让我们给你带个话，他说他这一生最亏欠的就是你们。"说着，他故意拖长声调，叹了口气，接着说，"我们准备把他送进养老院去，唉！像他这样无儿无女的没人照顾，估计也活不长！"

老太太一听，更是大惊失色，急吼吼地说："那可不行，我不同意送他去养老院，他不是有我还有儿子吗？怎么能算没人照顾的孤寡老人？他在哪儿？我这就去找他。"

张子悦见好就收，赶紧说："我们把他带来了，就在村口的车上躺着。"

老太太听说胡良甫就在村口，她再也顾不上什么，撒腿就跑。张子悦只好跟在后面，跑得上气不接下气。

此时，胡良甫坐在车上，心里正像十五只吊桶打水忐忑不安，突然发现郭凤英像疯了一样，向这里奔来。他心里苦叫一声：肯定是这小子又谈崩了，她是来找我拼命！胡良甫忘记了张子悦的嘱咐，急忙打开车门，撒腿就往村外跑，跑得比兔子还快。

老太太一看，这老小子哪像中了风的样子，分明健壮得像一只上蹿下跳的猴子。她回头看了一眼紧跟其后的张子悦，发现他一脸的坏笑，就知道被这小子糊弄了。她只好气不打一处来地朝着前面健步如飞的胡良甫一声吼："你给老娘站住！"

胡良甫早年就领教过她的厉害，听她一吼，跑得更快。不一会儿，就跑到村外的一条小河边，无路可逃了。

老太太上前一把攥住他的手，看着他红头赤脸，恨不得找个地缝钻进去的样子，强忍住笑，装模作样地板着脸，说："跑啊，怎么不跑？"

胡良甫头摇得像拨浪鼓似的说："不跑，现在就是你打死我，我也不跑了！要杀要剐，随你！"

看着他们的样子，张子悦和马局长他们忍俊不禁地大笑起来。笑得胡良甫一张老脸都没地方搁，他抖了抖老太太攥着的手，躲闪着说："别！别！你看小辈们都看着呢！"

老太太却把他的手攥得更紧，红着脸说："你现在知道怕羞了，你不是背上驮个鼓，颈上挂个锣，上省下县的，还跑到京城里去了，把我们那点破事儿，宣讲个遍，现在就像那个谁在电视上说的，地球人都知道！你还怕个啥？"

胡良甫讪笑着说："再不去了，再不去了！"

老太太攥着他的手，再也不肯松开，似乎害怕一松手，又像当年一样，跑得无影无踪，五里不见人影。

6. 玉成好事

老太太一直把胡良甫拽回家，手才松开。她有点不好意思地看着张子悦和马局长他们，老太太还羞涩得像个小媳妇似的说："你们刚才说的事儿，我是没意见，可儿大不由娘，我

那三个混账东西，倔得很，这事儿我也不好意思开口，还是你们公家人说说，最为妥当！"

说着，她把孙女喊了出来，说："你去把你大伯，二伯，还有你爸，给奶奶喊回来，就说市里来的公家人有事找他们商量。"

孙女"唉"了一声，就撒腿出门了。不一会儿，三个中年汉子，一个牵着牛，一个扛着耙，还有一个背着锄头，前脚搭后脚地回到家门口。老太太一听到门口的动静，就拉着胡良甫躲进后屋，关上门，再也不好意思出来。

他们仨一进屋，张子悦一眼就瞧出那个背着锄头的汉子，就是胡良甫老人的儿子，他们俩就像一个模子印出的硬币，只不过一个稍微新一点，一个旧一点。

三兄弟见自己的娘不在，屋子里却站着几个衣着光鲜的陌生人，脸上都闪出一片惊慌，不知家里出了啥事儿。其中年龄看起来最长，估计是老大率先开口，疑惑地问："你们是？"

余科长连忙上前，主动介绍说："我们是市信访局的，这是我们的马局长，我们今天专程来，是想找你们三位大哥，商量个事儿！"

兄弟仨相互打量一眼，更加局促不安起来，这公门的人，在老百姓心目中向来是高不可攀的。老二有点诚惶诚恐地问："我们一不偷二不抢，老

老实实地在土里刨食，你们有啥事儿找我们商量？"

张子悦一看，赶紧反客为主，搬来三张凳子，半推半拉地把他们按在凳子上坐定，笑容可掬地对他们说："三位叔叔，你们别怕，我们来找你，是好事，是大喜事儿！"

马局长略微思考了一下措词方式，就把他们此行的目的，简要地说了个大概。

三兄弟一听，一下子就翻脸了，他们一起站了起来，几乎是异口同声地说："这可不行！"

老大的脾气像炮子点了引儿，一下子炸开，怒不可遏地说："当初，我娘把脸往裤腰里一扎，带着我和老二，抱着我三弟，跪在他面前求他不要走，他铁石心肠一个，走得头也不回，他当我家是菜园门，想出就出，想进就进，没门！"

老二也是吹胡子瞪眼睛，气不打一处来地说："这么多年，我娘还托人带信给他，他来看过一眼没有？他还老不要脸地到处上访，闹得我们兄弟在五乡八堡脸都丢尽了。他年轻力壮时在外面浪荡，现在老得快不能动了，想回来，妄想！"

老太太在后屋一听，就急了，她拉着已经吓得大气也不敢出的胡良甫，"咚"的一声打开了房门，怒气冲冲地出来，指着三个儿子，吼道："你们三个混账东西，心里还有没有我这个娘，就不知道你娘这些年心里惦记着啥？"

三兄弟一见老娘发怒了，刚才还气鼓鼓挺着的腰，一下子就塌了下来。

老太太还不解气地指着大儿子、二儿子的鼻子，含着老泪说："你们俩是吃菇子忘了树恩，当年四年三灾，饿死了多少人，可怜你胡叔，每天只有三个糠菜粑，他自己饿得眼睛放绿光，还留了两个给你们，没有他，你们早就上了村头的乱坟岗，还能长大成人，有儿有女？"

说着，老太太又拉着战战兢兢的胡良甫来到老三面前，骂说："你这个忤逆不孝的东西，他是谁？他是你亲爹。你知道他这么多年，是怎么过来的？他为了你还死乞白赖地求公家，把孙女的工作都找好了，你还不认他，你是个畜生！"

老大老二见他们把老娘气成了这个样子，连忙上前搀扶她，说："娘，您别生气，有话好好说！"

老太太一挥手，把他们挡开，大声说："有啥好说的，今天老娘把话摆在你们三兄弟面前，你们要是同意，我还认你们三个儿；要是不同意，我立马就跟他走，你们就当自己是打石头缝里蹦出来的，没我这个娘！"

三兄弟一听，就急了，老大、老二连忙表态说："娘，我们同意还不行吗？"

老太太赶紧趁热打铁，把胡良甫往前一推，说："那行，今天当着这些公家人的面，就喊一声爹！"三兄弟都是极重孝道的人，奈何不了老娘，相互间瞧了一眼，只好脸红脖子粗涩涩地喊了一声："爹！"

张子悦和马局长他们心中的一块石头终于落了地，他们知道，此时，是他们一家团圆的时刻，外人在场多有不便，他们就相继起身告辞。老太太说什么也不答应，一定要留他们吃晚饭。三兄弟也拦住他们，红着脸讷讷地说："各位领导留步，刚才我们三兄弟合计了一下，我爹回来了，也不能这样不明不白，我们就想，今晚操办两桌，把村里的老人和村干部请来，热闹一下，想请你们证个婚，你们看，行不？"

这是一场迟来的婚宴，胡老汉和郭奶奶都换上了簇新的衣服，他们面生红云，还真有点新郎新娘的味道！婚宴一直喝到月上柳梢。张子悦和马局长他们也是喝得酣畅淋漓，在回城的车上，醉醺醺的张子悦说起话来，就有些口没遮拦了："马局长，都说我们的信访工作是天下第一难，我看其实也不难，几十年的老上访，不就被我们三言两语搞定了吗？"

马局长听了，含笑地拍拍张子悦的肩膀。此时此刻，他心里泛起了波澜：是啊！要是我们对待上访者，能够像今天这样，设身处地、尽心尽力地为他们着想，找准问题的症结，真心为他们解决问题，我们的信访工作还能叫天下第一难吗？

（题图、插图：杨宏富）

稿约： "中篇故事"是本刊的重要栏目，我们热诚欢迎广大作者来稿。来稿要求：1.题材需有新鲜感、时代感；2.情节性强，并且能把新鲜、奇巧的情节的演绎和人物的塑造较好地结合起来；3.篇幅：15000字以内。本栏目稿酬从优。来稿可从邮局寄发，也可发电子邮件，本期责任编辑E-mail地址：yanyichao1004@sina.com。

科学家是大家景仰的对象，然而他们也是人，在他们身上、身边也发生过许多有趣的故事。

机智过人

韦尔特曼是荷兰人，得过诺贝尔物理学奖。有一次，韦尔特曼乘电梯上班，电梯里已经有许多人了，他一跨进去就超载了！这时大家都把目光投到他身上。然而韦尔特曼却不肯出去。他脑子一转，对一个人说："你配合一下，我喊'一二三'，一喊到'三'，你立即按按钮！"那人将信将疑。喊到"三"时，韦尔特曼向上跳了起来。就在这时，电梯果然关上了门，而等他落下来，电梯也顺利启动。

大家惊讶不已，纷纷问韦尔特曼是怎么回事。他说："第一，电梯能关上门是因为我跳起来重量消失了。第二，电梯还能向上爬是因为我跳起时，它已经获得了一定的启动速度。"说到这，他又笑了笑说，"不过，一般人可不要跟我学，因为在电梯里蹦跳，毕竟不安全！"

教授问路

费曼是美国物理学家。一次，他去北卡罗来纳州大学参加一个有关重力的会议，但他有事迟到了一天。下了飞机后，他走到机场出租车调度部门，说："我去北卡大学。"调度员说："是在洛州的北卡大学还是教会山的北卡大学？"

有两个北卡大学？费曼搜了搜公文包，发现会议通知没带，他转念一想：一定有一所大学近些，于是就问道："你说说看，它们各在何处？"

"一个在北，一个在南，离这儿差不多远。"

这下费曼发愣了，他冥想片刻，然后又说："这样，你回忆一下：就在昨天，你可能看到一些人，他们趾高气扬，走路漫不经心，彼此还谈论着重力什么的……"

"有的，有的。"调度员眼睛一亮，"我知道你指的是哪个北卡大学了。"他马上叫来一部出租车，对司机说，

"请送到教会山的北卡大学！"

助手的苦笑

卢瑟福是个物理学家，但他却因一项科学发明获得诺贝尔化学奖。这天，卢瑟福和助手在实验室做实验，忙了一阵后，实验成功了。卢瑟福一边读着实验数字，一边激动地对助手说："快，把我说的数字记到实验记录本上！"

助手左顾右盼，然后一拍脑袋说："想起来了，实验记录本在会议室，我这就去拿！""不，"卢瑟福厉声说道，"就记在你的白衬衫上。"助手见他真的动了气，只好脱下白衬衫，拿起笔，把数字一个个记在上面。

事后，卢瑟福向助手道歉说："真对不起！但我们得抓紧时间呀。当时如果去找记录本，我们的实验就得从头做起，那就太浪费时间啦。"助手点点头，脸上露出一丝苦笑。

导师问题

格拉肖虽然是一位严肃的科学家，但平时喜欢给学生讲笑话。这天，有个学生问他论文方面的事，他避而不谈，却讲了一则故事：有一天，一只狐狸发现一只兔子在打字，就问它在干什么。兔子头也不抬，说："我在写学位论文，题目是兔子怎样吃掉狐狸。"狐狸一听，勃然大怒："胡说！兔子吃不掉狐狸，只有狐狸吃兔子。"

"你难道不相信吗？我已经吃掉好几只了，"兔子挑衅地说，"你现在可以到我的洞穴去看看。"

狐狸进了洞穴，果然再也没出来。后来，狼与狗熊也陆续过来。和狐狸一样，它们进洞穴后也没有出来。一只聪明的猫头鹰看在眼里，觉得有问题，便潜入兔子的洞穴，发现里面居然躺着一只肥硕的狮子！旁边扔着一堆乱七八糟的骨头……

格拉肖说到这里，对学生笑着说："论文题目并不重要，重要的是你选了谁做你的导师！"这则故事流传甚广，但很多人不知道是格拉肖讲出来的。

（推荐者：张子奇）

脱身妙招

□ 庞启帆　编译

布森是个钓鱼迷，只要一有空闲，他便会约上好朋友洛克去钓鱼。这天天气晴朗，两人又带着钓具出发了。一个小时后，他们来到了当地最有名的钓鱼圣地——圣日那湖。

布森边把鱼线甩进湖里，边说道："老伙计，这里的鱼真多！要不是这里必须凭那扫兴的'钓鱼许可证'才能垂钓，可真是个天堂呢！"

洛克连声附和。果然不到半个小时，两人便钓到了好几条大鱼。就在两人兴奋之时，圣日那湖的管理员突然跳了出来，嘴里大叫着"许可证！"

布森见状慌忙扔了鱼竿，转身就往湖边的树林里跑。

"给我站住！"管理员二话不说，大喊着追了上去。两人一前一后大约跑了一公里之后，布森终于体力不支，停了下来。他跪在地上，不停地喘气。很快管理员也追了上来，他上气不接下气地说道："出示你的、你的钓鱼证，先生！"

布森慢腾腾把手伸向上衣的口袋，但他摸了许久，什么也没拿出来。

管理员冷笑道："我就知道你没证件！"

布森一笑，又把手伸向了裤兜。摸索一番之后，拿出了一个钱包。

"算你识相！"管理员边说边拿出了罚单。

但是布森没有从钱包里拿出钱，而是拿出一张钓鱼许可证递给管理员。

管理员接过证件一看，眼睛马上瞪得大大的："我说，老兄，你明明有证件，刚才为什么还要逃跑？"

"是的，但是您不知道，我的朋友没有啊！"布森喘着粗气答道。

管理员懊恼不已，转身就往回跑。只听身后的布森大喊道："别追了，估计他这会儿已经到家了！"

手机广告

□ 东北雪

众所周知，广告行业竞争惨烈，麦克作为一只刚入行的菜鸟，心里总想着能接到一笔大单，飞上枝头变凤凰。就在此时，一个手机厂商找到了他，请他策划一个广告，要求很简单：不惜工本、不择手段地打响自家的手机品牌。

麦克顿时豪情万丈，经过几昼夜的艰苦奋斗，经过无数次的自我否定，他的创意终于出炉了。

很快这条广告就在电视上播出了，故事是这样的：

歹徒绑架了一个少女后向警方漫天要价。这时，少女向警方大声高呼："请朝我心脏开枪！"警方当然不会那么做。这时少女便主动激怒歹徒，歹徒忍无可忍，掏出一把黑亮黑亮的猎枪，朝她的心脏就是一枪。警方见歹徒杀了人质，便将歹徒就地击毙。歹徒一死，医生快速上前对人质施救。此时少女竟然从容地站了起来。在众人目瞪口呆时，少女微笑着拿出手机，说："风险无处不在，尽显贴心关怀。"原来子弹是打在了手机上！

这条广告一经播出就引发了广泛关注。

就在麦克每天做着名利双收的美梦时，手机厂商怒气冲冲地来到他的办公室，劈头就问："你怎么设计的广告？你动过脑子吗？"

麦克吃惊地问："难道您不知道这条广告现在有多热门吗？"

手机厂商拿出录音机，说"现在人们都在关心别的东西，喏，这是我的电话录音，你听听吧！"

只听录音机中传出了一个很兴奋的声音："请问你们广告中出现的枪是什么牌子的？它太酷了！"

按劳分配

□ 于 海

小赵在一家信息公司上班，主要工作就是打电话，招揽客户。因为工作关系，他们公司的销售骨干都有手机补贴费。金额由业务水平决定，多劳多得。

这天，小赵听到一个让他不开心的消息：

老李的手机补贴费刚刚涨到了五百元，而自己则只拿三百元。要知道他俩的业务水平不分伯仲，凭什么老李多拿？

于是，小赵立刻找到了总经理，他开门见山地说："总经理，您总说按劳分配，按劳分配，我和老李业务水平不分上下，工作业绩也是相差无几，为啥他就能多拿两百元手机补贴费呢？"

总经理听完哈哈大笑，他拍着小赵的肩膀说："小赵啊，别激动，你方方面面都十分出色，甚至比老李还强上那么一点，但是呢，在手机补贴费这个问题上啊，老李就应该比你们多拿点儿！"

这番话让小赵好像明白了什么，他忍不住气愤，涨红了脸，说："总经理，老李和你是亲戚吧，要不就是……"

总经理连连摆手，解释说："我们没有任何亲属或者利益关系，现在你们年轻人脑子里都是些什么思想啊？"

看着小赵一脸的不理解，总经理最后解释说："你又不是不知道，老李有结巴的毛病，你们三分钟能讲完的话，他得花十分钟才能说清楚。平心而论，要达到和你一样的业务指标，他得多花多少话费啊！我们这样发放手机补贴费，体现的就是按劳分配原则啊！"

贵重金属

□ 金 鳞

有个小区发生了入室盗窃案，警方经过深入调查后，确认作案者是一个外号叫"杨黑子"的惯犯，于是警方向小区居民发出了协查通知。

失窃的居民们恨透了杨黑子，个个摩拳擦掌要将他抓捕归案。可令人不解的是，小区里的李二懒也非常积极。要知道这李二懒是远近知名的懒汉，家徒四壁，他能丢什么东西。

面对邻居们的猜疑，李二懒有点不高兴地说："我家真丢了贵重金属！"邻居们哈哈一乐，都不以为然。

还有人雪上加霜地补充了一句："活该，谁让你懒得连门都不锁呢？"

一晃三天过去了，这天中午，小区居民正在午睡，忽听有人大喊"抓贼啊！快来抓杨黑子啊！"

听到"杨黑子"三个字，邻居们像打了兴奋剂一样，立马冲出屋，随喊声而去。

原来这喊声是从李二懒家传来的，众人冲到他家，只见杨黑子手持水果刀杵在原地。李二懒虽不敢上前，但喊声比驴叫声还大，真把杨黑子吓住了，是留也不行，逃也不成。

邻居们人多势众，很快就将杨黑子制伏了。此时，"110"也赶到现场。民警对李二懒好一顿表扬，夸他勇敢、机智、有魄力。

杨黑子听完，瞪着李二懒委屈地说："我真没偷你东西，那天你门没锁，我进屋后就看到一口铁锅，我不仅空手而归，还丢了手机，今天就是找手机来的。"

李二懒也不答话，在杨黑子衣兜里一阵乱翻，不耐烦地说："谁信啊？显然你是留了一手，拿着我的贵重金属，想要再来光顾一回。"说着，他终于从杨黑子兜里翻出一样东西，"我就这一把钥匙还被你偷了，砸锁我又舍不得，害我三天进不了家！你走就走呗，干吗锁我的门呢？"

邻居们这才恍然大悟，杨黑子偷的贵重金属原来是这一把钥匙啊！

寄予厚望

□ 东 关

声："白村长——"

那汉子应了一声，还一蹦一跳地跑到小李跟前，只见他"哧溜"吸吸鼻涕说："我不认识你，你叫我干啥？"

没想到，他还真是白村长！小李热情地伸出手去："我是县里来的，到你们村调……"没等他说完，白村长立刻两眼放光，欢呼雀跃道"你是来扶贫的吧？太好了，嘿嘿……这次给我们发钱还是发衣裳啊？"

小李心中有些不快，这村长怎么傻乎乎的呀？瞧那邋遢的形象，瞧那呆滞的眼神，村里怎么会选这样的人当一村之长啊？他把伸出去的手缩回来，说："对不起，我不是来扶贫，而是来调研的。村长，你能不能陪我到村民家里转一下？"

听他这么一说，白村长立刻拉长了脸说："我可没工夫陪你，我还要放羊呢。"说完转身就要走。

小李急了，忙挡住他说："白村长，这事你可不能不配合啊，是镇长

这天，机关干部小李到白家沟下乡调研。走到村口，他看到几个年轻人聚在一棵树下下棋，就出声问："打听一下，白村长家怎么走？"

小李连着问了两遍，却没人搭理。这什么素质！小李心中有气，当即提高声音，亮明身份："我是上边派下来的，找白村长有要事，耽误了，你们可要负责。"

听他这么一说，那些年轻人就害怕了，其中一个赶紧站起来，满脸堆笑说："原来是干部啊！您找白村长是吧？他在后山上放羊呢。"说完，他还热情地为小李指明了上山的路。

于是，小李就顺着年轻人的指点上了山，没走多远，果然看到山坡上有个汉子正在放羊。不过这汉子蓬头垢面，怎么看都不像一村之长。小李见周围再无他人，就试探着喊了一

叫我来找你的。"

白村长一听，表情由阴转晴，又高兴起来："你见过我弟了？真是他让你来找我的？我弟还说什么了？"

小李一愣，心中很是不屑：怪不得这样的人能当村长呢，原来是有个当镇长的弟弟啊。小李见搬出镇长来好使，决定再加把火，又说："其实，这次调研是县长亲自……"

白村长眉开眼笑地打断他："县长啊，那是我小弟啊。"

小李呆了，没想到县长居然也是他弟弟！不对呀，县长是外地人，也不姓白，并且岁数也比他大呀。他狐疑地问："白村长，县长真是你弟弟？"

白村长不屑地说："你傻呀？他不是我弟弟难道是你弟弟啊？"

小李只觉着越听越糊涂，就在这时候，气喘吁吁跑上来一个人，边跑边问小李："你就是上面来的干部吧？我是白家沟的村主任。"

小李吃了一惊，看看他，又看看白村长，纳闷地问："你是村主任，那这位是……"

村主任摇头苦笑，道"他的名字叫村长。不好意思，村头那几个小子使坏，听你说找白村长，就故意骗你来找他。"

小李这才明白过来，不由哭笑不得：哈，居然名字有叫村长的，这名字，挺有意思啊。他想起"村长"刚才的话，脑中灵光一闪，问说："那他弟弟是不是叫镇长啊？"

村主任说："是啊，他爹望子成龙，一门心思盼望儿子们有出息，就给老大起名叫村长，老二叫了镇长，后来有了老三，就叫了县长。"

小李哑然失笑："那顺延下去老四老五肯定就叫市长、省长了吧？"

这时，村主任却连连摇头："那倒没有，他家一共就四个孩子，老四还是个女孩。"

"那女孩叫什么名字？"

村主任说："叫白美女。他爹说，报纸上写得明明白白的，那些抓起来的大贪官背后都有个大大的美女，所以……他对女儿也寄予厚望啊！"

我也是受过教育的人

□ 辛春华

电视台要录一期民营企业家的节目，邀请了有富公司的黄老板和旺财集团的张董事长。这对生意场上的老对手在电视台门前狭路相逢，就明争暗斗起来。

黄老板是自己开着宝马来的，找到一个车位准备停进去时，不知从哪儿冒出一辆奔驰，抢掉了这个车位。奔驰上下来一个穿制服的司机，恭恭敬敬地拉开奔驰后座门，请出的正是张董事长。张董事长朝黄老板得意地说："幸会！前天刚提的车，黄老板你看还行吧？人家说了，坐这种车啊，必须配司机才有腔调！"

黄老板不屑地说："你是考不出驾照，在自我安慰吧！像我，进驾校上了几次课，就考出驾照了，自己开车真是其乐无穷啊！"

这第一回合，比座驾，两人算是旗鼓相当。

两人边斗嘴，边上了楼。工作人员发了两张表格，说："根据节目要求，请先填写一下个人资料。"表格中有一项是个人资产。黄老板和张董事长对视一眼，看来第二回合得比比：个人资产。

张董事长先写上"5"，然后开始在后面画"0"，嘴里还数着数"1——2——3……7。"画完，他满脸炫耀之色。

黄老板大表惊讶："不得了，你身价5千万呀！我跟你比差一点。"然后提笔写上"1"，也开始画"0"，嘴里也数着，"1、2、3、4、5、6、7、8！"1亿呀！

张董事长灰溜溜地缩回脑袋，看到表格上的下一项是"学历"，他又得意起来。因为谁都知道，黄老板根本

就没上过学。这第三回合，他倒要和黄老板比比文化。

只见张董事长大笔一挥，写上"大学本科"，意犹未尽之余又在后面加上"硕士在读"四字。然后他笑嘻嘻地看着黄老板。

黄老板诧异地问："张董事长，你什么时候上过大学呀？不会是买的假文凭吧？"

张董事长字正腔圆地说："货真价实，函授文凭！"

顿时，黄老板就觉得难以下笔了。其实，他以前还以没上过学为荣呢！没上过学怎么了？如今大学生照样挤破脑袋要进他的公司，争着抢着要受他这文盲领导呢。可今天不一样了，要是填上"文盲"两字，就在和张董事长的竞争中落了下风。黄老板犹豫片刻，干脆选择跳过，直接填下一项，心说：这之后的家庭住址、配偶情况啥的，咱可都不输给他了！

张董事长岂肯罢休，眼珠一转，热情地指着黄老板表格上学历那一栏，说："黄老板，你这地方可不能空着啊！"然后又故作理解地表示，"你不会没上过学吧？哈哈，没事，文盲也不丢人。没受过教育的人多着呢。"

黄老板心中火起，提笔就填，填完，骄傲地说："谁说我没受过教育？我也上过学，成绩还很优秀呢！"

张董事长一愣，忙探头去看，只见黄老板表格上填的是：顺风驾校。

·本刊信息传真·

故事中国网与您一同跨进 2011

随着新年钟声的到来，由《故事会》主办的故事中国网(www.storychina.cn)与您一同跨进2011。在新的一年里，故事中国网将继续致力于打造成中国最好的故事网站，让您徜徉在故事海洋中，与万千网友共欢乐，同悲喜。

2010年度的最佳故事和杰出故事家评选将进入最终投票阶段，此次我们将邀请30位普通读者组成大众评审团，与业界专家共同评出获奖作品。任何故事爱好者均可报名，详情请登录网站查看，报名截止时间为2011年1月23日。

从本期开始，每期刊物都有一位作者在网上畅谈创作过程和幕后故事，并由责任编辑对该篇作品进行点评，定能让您耳目一新，受益匪浅。有奖征集评论活动将继续，只要您对本期刊物中的某篇作品撰写评论，就有机会在网站首页发布并获得稿酬。

故事中国网在一整年中将不断推出新的活动，面貌也将发生重大改变，敬请密切关注。2011，故事中国期待和您分享最精彩故事。

480

2011

SEMIMONTHLY

上半月刊

2月

STORIES

欢迎登录本刊主办的"故事中国网"（www.storychina.cn）

故事会

— STORIES —

2011年2月

上半月·红版

何承伟：社 长、主 编

夏一鸣：副社长

吴 伦：常务副主编（兼绿版负责人）

姚自豪：副主编（兼红版负责人）

本期责任编辑：叶小萌

电子邮箱：xiaomeng.ye@gmail.com

红版发稿编辑：

姚自豪 郑继文 吕 佳 李天然

美术编辑：李宝强

电脑制作：郭瑾玮

通 联：归依玲

本社办公室电话：021-64375030

上半月刊编辑部电话：021-64332325

下半月刊编辑部电话：021-64336469

（上海市绍兴路74号 邮编：200020）

主管、主办：上海文艺出版（集团）有限公司

出版单位：《故事会》编辑部

发行范围：公开

制作、发行总监：张 凯

电话：021-64313938

广告业务：上海故事会文化传媒有限公司

广告总监：张 淮

广告业务：021-34010383

广告投诉：021-64333738

广告经营许可证

沪工商广字3100320080016号

发行：中国图书进出口上海公司

不自私的祝愿

八岁的儿子过生日，在吹熄生日蜡烛之前，家人让他许个愿。儿子想了想，双手合十，闭起眼睛，认真地念叨着："我祝愿我自己健康长寿，天天快乐。"

妈妈听了，脸色一沉，埋怨道："你怎么这么自私呀，光想着自己？"

儿子眨巴着眼睛，一脸茫然。

妈妈启发道："你应该想到别人……"妈妈希望儿子许愿时能够想到她，她十分期待地等着儿子开口，这时，只见儿子闭起眼睛又说道："我祝愿全世界所有的儿童健康长寿，天天快乐！"

（郭卫阳）

（本栏插图：包丰一）

小 偷

晚上，一位拳击运动员的妻子正在睡觉，突然，她被屋里的声响惊醒了，一看，发现墙角边站着一个窃贼，伸头探脑的，她立刻推醒了丈夫。

丈夫揉着惺忪的睡眼，问："发生了什么事？"

妻子说"老公，你的陪练来看你了……"

（张金平）

连本带息

一天，女儿兴高采烈地回到家，对妈妈说"妈，我有一个银行了。"

妈妈诧异地问："怎么回事？"

女儿喜滋滋地说"我有男朋友了。"

母亲一本正经地说："别太高兴，银行的钱可不是随便花的，到期了你可要连本带息还。"

女儿问："什么时侯到期呢？"母亲说："结婚后。"

（翩 翩）

才子手笔

一个商人仰慕一位才子的文采，求他写一副对联，才子挥毫写就："生意如春意，财源似水源。"

商人看了连连摇头，吞吞吐吐地说："我觉得这个这个、发财的意味不够浓厚。"

于是才子重写一联："门前生意颇似夏夜蚊子，队进队出；夜里铜钱犹如冬天虱子，越摸越多。"

商人看了大喜。

（科 荷）

喜欢学习

有个男孩在镇上读初中，十分贪玩，可这几天，他突然性情大变，读书用功起来。

爸爸不解地问："你怎么喜欢学习了？"

男孩不假思索地说："为了找媳妇呗！"

爸爸听了更为不解："学习和找媳妇有什么关系？"

男孩说道："我们班主任讲了，我们要是考上了县高中，就能在县城找媳妇；要是考上了省里的大学，就能在省城找媳妇；要是哪一天出国留学了，就可以满世界找媳妇。但是，如果连高中都考不上，那以后就只能在镇上找媳妇啦！" （江水碧）

游牧民族

有个蒙古族男青年，每次休假回草原老家都不忍离开。这次假期过了好几天，他还是杳无音信，单位领导只好打电话催他。

男青年说："领导，我还没找到家呢，这几天，我都在草原上骑着马找呢！"

领导大惑不解："你家有门牌号码，怎么会找不到呢？"

男青年在电话中理直气壮地说："我们家可是游牧民族，不知道搬到哪里去了。"

（紫藤花）

省 钱

丈夫出差前，买了一盆仙人球放在家里。

一个月后，丈夫回到家，发现家里的仙人球突然变大了，比原来的大了两倍，他觉得很奇怪。

妻子说："别奇怪了，这仙人球是我昨天刚买的。"

丈夫问："那我之前买的那盆呢？"

"扔了。"

"为什么扔了？"

妻子说："那盆仙人球没刺了，都被你儿子当牙签用完了。"

（橙子星）

离婚的路上

一对要离婚的夫妻，去民政局办手续。

路上，突然，丈夫对妻子说："我求你啦，快拉着我的手，将头靠在我的肩膀上，做出很幸福的样子，好吗？"妻子诧异地问："为什么？"

丈夫不好意思地说："前面走来的那个女人，是我的前妻。"

（张子奂）

组 词

春节过后，语文老师让三个同学用"拜"字组词。

第一个同学说："拜年。"

第二个同学说："拜师。"

第三个同学苦思冥想，就是回答不出来。这时，下课铃声响了，他突然来了灵感，随即大声对老师喊道："拜拜！"

（蓝昌科）

37° 女人

丈夫患了重感冒，躺在床上，妻子坐在一旁的沙发上看杂志，若无其事的样子。丈夫巴望妻子过来说上几句亲热话，抚慰抚慰，便故意大声地问："老婆，你在看什么？"妻子头也不抬，说"在看《37° 女人》。"

丈夫很失落，拖着哭腔说："老婆，床上还有一个 38° 男人，你怎么不过来看一眼啊？"（郭卫阳）

开 药

一位母亲带孩子去医院看病，医生给孩子开药方时，母亲问："医生，这药方上可不可以再开点别的？"

医生摆了摆手，说："不用，上面开的这些药量足够了。"

母亲苦笑着说："不是药量的问题。我的孩子在医生面前特别老实，可是，一回家，他就连哭带闹，根本不肯吃药。如果你在药方上开一个白口罩、一件白大褂，问题就全解决了。"

（张 洋）

谁是校长

儿子刚上小学，妈妈叮嘱他："在学校要听老师的话。"

儿子眨巴着眼睛，突然反问："妈妈，那老师要听谁的话？"

妈妈愣了一下，说"老师当然要听校长的话啦！"

儿子皱了皱眉，又问："那校长是谁呀？"

妈妈简单地解释道："老师管着班里所有学生，校长管着学校里所有老师和学生……"

"我知道啦！"儿子打断了妈妈的话，大声说，"原来校长就是看大门的老爷爷呀！"

（李爱文）

25年后再见

有一个丈夫特别喜欢吃螃蟹，可家里最近买了房，背上25年的贷款，他吃螃蟹的次数越来越少了。

一天，丈夫陪妻子逛超市，走到卖螃蟹的柜台前，他深情地凝视了很久。妻子心疼地说："怎么了？想吃就买吧！"

丈夫坚决地说："不，我只是想跟螃蟹说一声——25年后再见！"

（王雪葵）

本栏欢迎来稿，读者、作者可将有新鲜感、有精彩细节的笑话佳作投寄给我们。来稿一经采用，最高稿费为一则100元。本期责任编辑电子信箱：xiaomeng.ye@gmail.com。

神 摸

□杨辉素

瞎子的摸骨术

有个大财主，名叫柳万全，整天沉着一张脸，看谁都像看仇人。这是因为他有心病，唯一的儿子柳金宝在三岁那年被骗子拐走了，柳家官也报了，也派人四处寻了，可十年过去了，儿子至今杳无音讯，你说怎么让他开心得起来？

这天，柳万全正在房间里长吁短叹，下人来报，说是街上有个卖艺的瞎子，这个瞎子很特别，既不唱曲，也不算命，用他的话说就是做个游戏。柳万全觉得很可笑，问："和瞎子做游戏？"下人说："他的游戏很简单，就是摸人的后脑勺，一摸就能知道生辰八字，更绝的是，他能在一堆人中摸出谁和谁是一家人，谁是谁的孩子。"

柳万全听到这里，立刻一惊而起，迫不及待地说："快把他叫来！"

不一会儿，下人领着一个五十多岁的瞎子进来了，这瞎子面容枯瘦，眼睛凹陷，尤其引人注目的是他的一双手，那双手软绵绵的，像没长骨头似的。柳万全想，这样的手怎么能摸骨？瞎子好像猜出了柳万全的心思，说："老爷，这只是做个游戏而已，你要想玩，就试一试；你要不想玩，我走人就是。"说完，他转身要走。

柳万全拦住了瞎子，让他先给一个下人摸骨。那下人在一条凳子上坐下，只见瞎子刚才还软绵绵的一双手，一旦放到人的后脑勺上，立即变得刚硬无比，他用拇指和中指一按一捏，说道："此人四十二岁，卯兔年六月二十三日亥时出生，不知我说得对不对？"

那下人一听，立即脸色大变，惊呼道："老爷，他说得毫厘不差！"

柳万全又叫来几个下人，逐一摸过，无一说错。

柳万全点点头，说"听说你还能摸出谁和谁是一家人，来呀，去把全体下人和家属都叫来。"

很快，柳家四十名下人和家属都来了。柳万全没让他们挨家挨户站，而是混杂着站，男人和女人各为一队，背靠背地站着，中间是一条通道。

柳万全说一声"开始"，话刚落音，瞎子已经伸出手来，只见他如蜻蜓点水一般，快速地一按一点，将人左一拨拉右一拨拉，也就一眨眼的工夫，两队男女全分了个清清楚楚：有的是三口之家，有的是两个孩子，其中还有十名单身的，四十个人竟然分得丝毫不差。

在场的人都惊得目瞪口呆，柳万全一声喝彩："好一个神摸！"

一摸就知道

柳万全让下人退下，关紧房门，问那瞎子："神摸先生是怎么摸出谁和谁是一家人的？"

瞎子微笑着说"其实也简单，一个人身上的骨骼记录着他的年龄，有着属于自己的特点；夫妻俩一起生活，天长日久很多习惯也就相同了，所以骨骼中你中有我我中有你；子女秉承了爹娘的习性，他的骨骼中有自己也有爹娘。掌握了这些规律，就不难摸了。"

柳万全心悦诚服，拿出早已准备好的百两银子，瞎子用手指夹起一块碎银，说了声"足够了"，正要起身离去，柳万全说："慢，我还有一事相求。"接着，他就把十年前丢失儿子的事情说了。

瞎子说："如若你儿子在面前，让我辨认，这不是难事，可茫茫人海，我总不能见一个小孩就拉过来摸吧？"

柳万全没有回答瞎子的话，只是吩咐门外的下人去把夫人请了来，瞎子摸了柳万全和夫人的头骨，随即就报出了两人的生辰八字，柳万全听了，连连点头。

接着，柳万全屏退下人，亲自引路，带着瞎子，七拐八拐，像走迷宫

一样走了很多路，来到后院一个隐蔽的小房子前，他打开房门说："屋里这些孩子，都是我从街上捡的孤儿，你摸摸里面是不是有我的儿子。"

房间里一共有十二个男孩，神摸把这些孩子一一摸过。突然，他面露喜色，拉过一个孩子，说"恭喜老爷，这个孩子就是贵公子！"自己的儿子竟会如此轻易地找到，柳万全难以置信，他问："有这么巧？不会摸错了吧？"

瞎子说："是不是你儿子，你问问就知，如果不相信，那就没办法了。"

柳万全赶紧带着那孩子到了正堂，夫人听说找到儿子了，扑上来抱住孩子失声痛哭，倒是柳万全十分镇静，他详细询问了孩子的情况，觉得

大致相仿；再看那孩子的容貌，似乎也有几分和自己相似，这才信了。不想那孩子倒也乖巧，主动叫了爹娘，于是柳府张灯结彩，庆贺找到了小少爷。

意外结局

宴席完毕，已到深夜，瞎子被安排到客房休息。他刚刚躺下，突然一阵凉风袭来，一把钢刀已经架在脖子上，瞎子惊问："你要干什么？"

"我找到儿子了，留你无用，再说你知道得太多了！"那是柳万全的声音。柳万全刚说完，突然，只觉一股强大的力量逼向手腕，手腕一松，刀歪了，瞎子一个鲤鱼打挺，从床上翻身起立，一脚踢在柳万全的手腕上，刀"咣当"掉了，瞎子大笑道："狐狸终于露出尾巴了，我知道你会来的！"

柳万全大惊："原来你身怀绝技，深藏不露，你到底是谁？"

"我是神摸啊，我在摸你的头骨时就知道你是残暴的恶人，没捏死你，是想留着你找到那些失踪的孩子。"

原来，柳万全找不到自己的儿子，心理渐渐扭曲、变态。他一旦看到和自己儿子年龄相仿的男孩，就哄骗到僻静处，点了哑穴，装到麻袋里背回家来，经过详细盘问，确定不是自己的儿子，就杀死后埋在后院地下。到现在已经失踪了二十二名孩

在柳家后院的发现密报了官府。

官兵一拥而入，把柳万全拿下。柳万全见无法隐瞒，只得如实招供。被误认为柳万全儿子的男孩，连同关在小房子里的十一个人全都放了出来，经柳万全指认，官兵们又在后院一块空地上，挖出了十具男孩的尸体。

为了确认那些孩子的年龄，瞎子俯下身子，去摸他们的头骨，突然，他在一具尸体前停下，颤着声音说道："柳万全，你来看看，这个孩子才是你的儿子啊！"那孩子是柳万全前天才埋下的，尸体还没有腐烂。

柳万全穷凶极恶地叫了起来："老瞎子，你骗我！"瞎子说："我没有骗你，你儿子是左撇子，两岁时从床上摔下来过，摔的是左边头颅。"

柳万全听了，顿时面色苍白，冷汗直冒，神摸说得一点没错，当时柳万全也觉得这孩子有点像，可孩子口口声声说自己是父母亲生的，家里还有一个双胞胎哥哥。柳万全见他说得不对，不是自己的儿子，这才杀了，可柳万全没想到，孩子毕竟小，又在险境中，说话哪有准头？

夫人闻言，披头散发地跑了出来，一头扑在尸体上，晕了过去。柳万全号啕大哭："儿啊，你为什么不说实话呀？"说完这话，柳万全就疯了。

瞎子长叹一声，扬长而去……

（题图、插图：安玉民 梁 丽）

子，官府查了很久，一点线索都没有。

其实，这瞎子是个江湖义士，他在走街串巷时听说了这事，决定寻找这些失踪的孩子。今天，柳万全费这么大劲试探他，他就猜出了几分。果不其然，柳万全带他到了后院，他终于找到了那些失踪的孩子。瞎子事先已经打听了柳万全儿子的一些情况，他在摸这些孩子的头骨时，见一个孩子的长相和柳万全好像有点相仿，他就灵机一动，说这就是柳万全的儿子。柳万全寻心切，自然越看越像，他急于为找到爱子庆贺，自然就拖延了杀戮其他孩子的时间。

柳万全气急败坏，正要向瞎子扑来，突然，门外家丁喊道："老爷，官府的人闯进来了。"原来，瞎子已经将

由恒源祥家纺产业集团与《故事会》杂志社联合举办的"和气致祥杯新编十二生肖故事大赛"征稿活动已顺利结束。

经过近一年的征稿，共收到来自全国各地的应征作品837篇，共评出金、银、铜奖以及优秀奖、入围奖计30篇。我们将在刊物上陆续选登部分优秀作品，以飨读者。

退休的哮天犬

□李 智

天宫里最忠诚的随从是哪位？掰指算来，还就属哮天犬了。说起二郎神的这只哮天犬，那可真是鞍前马后地为主人服务，并且"狗"缘极好，但是这次天宫精简机构，二郎神杨戬就一马当先，让自己钟爱的哮天犬提前退了休。

当这个爆炸新闻公布之后，天庭众仙都来劝阻杨戬，但杨戬是王八吃秤砣——铁了心！无论大家怎样好言相劝，杨戬都是一样的答复："这是天庭的规矩。作为天庭之中的一员，我就必须积极响应天庭的号召。尽管我也舍不得，但是没有办法呀！"

众仙一看杨戬的态度坚决，也都摇头不再相劝，纷纷回家筹集物什，准备给哮天犬退休之后使用。

转眼就到了哮天犬退休下凡的时候，那天，大家都来到天庭的大门口，给它送行。杨戬捧着大家筹集的物什，一边交给哮天犬，一边满眼含泪地说："这是大家和我的一片心意，留着到凡间做本钱吧。下凡之后做点生意糊口，万不可打着天庭旗号大敛钱财！"

哮天犬坚毅地点了点头，说"我绝不辜负主人所托！"随即纵身一跃，落入凡间。

哮天犬退休下凡之后，一时间也乱了手脚，要想在一个人生地不熟的地方混口饭吃，还真不易！虽然它手中有众仙和主人送的本钱，却是不知道如何利用这笔资金，更不知道去投资什么项目，所以哮天犬索性把钱攒了起来，它准备先探探人间的路数，等人熟路广之后再做打算。于是它发挥自己的一技之长，去牛承包的一家国有企业应聘，然后就顺理成章地当了门卫。

在当门卫的日子里，哮天犬可是兢兢业业，原来这家企业经常丢失小物件，可自打哮天犬来上班之后，便再也没有此类事情发生了。就这样，哮天犬赢得了单位里的一片赞扬，同时它也学到了很多人间的规则。

然而天有不测风云，牛因为经济问题住进了高墙，又逢国有企业改制，算上哮天犬自己，总共有十二个非技术工人下岗了，哮天犬不愧是神犬，给神仙当了这么多年的跟班，的确与众不同，它发现机遇来了。

一天，哮天犬把下岗的这些弟兄们聚到了一起，郑重地说："十二位兄弟，论年龄我比你们大，但是我们的命运是一样的，我们不能因为一时的失败而放弃一生。不瞒大伙说，我手中有些资金，因为大伙都是实在的主，所以我准备开一个家政服务公司，希望大家能和我一起努力，一起工作，一起奋斗，赚钱糊口养家！"

马兄弟第一个响应："好，我们大家支持你。你瞧得起大家，大家也不会辜负你！"另外的十只动物情绪高涨，三言两语表了自己的决心。

就这样，哮天犬的家政公司开张了。这项工作没有什么技术含量，而且大伙都老实本分，非常敬业地做着自己的本职工作，所以新老顾客络绎不绝，公司就这样和谐安稳地运转着。

每次给大家发完年终工资和奖金之后，哮天犬看着自己余下的血汗利润，总是会心地望着天空，感觉自己又重回巅峰。

有一次开年终总结会，老鼠问起哮天犬："经理，这天宫是啥样的啊？您身体还这么好，咋就下凡来了？是不是天上不好混啊？"

哮天犬微微一笑，淡淡地对所有员工说：“其实到哪里生存并不重要，重要的是本着一颗助人的善心，少一份仇恨，多一份和谐，这样人间也就是天堂了。”

员工们若有所悟地点了点头。

这天夜里，哮天犬的办公室里站着一位三眼神人，哮天犬捧上了一张银行卡，轻声说道：“主人，您交给我的任务我没忘记，今天我完成了。”

杨戬眼睛潮湿了：“好样的！这两年来苦了你了。你可能还在怨恨我，怨我让你早退休下凡赚钱，却不告诉你真正的原因。我现在就告诉你——两年前，我奉玉帝之命到人间考察，沿途经过一处废墟，是天灾所致，照道理说，这样的废墟已不能住人了，但让我感动的是，人们并没有放弃，也没有抛弃那里的人和物，所以我也想帮助他们重塑新生活。我想给那里的孩子建一所学校，可是天宫明确规定，在职公务人员不能做生意，我只是天上的一位小神，一切行动身不由己，而且我手里也没有钱，所以我让你提前退休，到人间赚点正经钱，帮我完成这个心愿，让孩子们早点走进教室！”

哮天犬听后坠泪如雨，沉默良久，说：“主人，能担当此任是我的荣幸！忠于主人、服务人民是我们祖辈的规矩，明天我就把公司停业！”

杨戬一愣，不解地问：“怎么？这公司效益不是挺好吗？干吗停业？”

哮天犬真诚地看着主人说：“人间有难，我们公司这十二位兄弟不会坐视不管，我们一定要去受灾的地方义务服务。主人，明天麻烦您给我们带个路！”

第二天清晨，万里无云，一个团队的兄弟朝灾区走去，阳光给他们每位身上都镀了一层金色……

（本作品获“和气致祥杯新编十二生肖故事大赛”优秀奖）

（**题图、插图**：安玉民　梁　丽）

·本刊信息传真·

征稿：写一个故事吧

你喜欢《故事会》吗？你想成为《故事会》的作者吗？你想把自己知道的故事写下来让千千万万的读者分享、分担你的喜怒哀乐吗？投稿的方式有以下几种——

1. 你可以邮寄，地址是：上海市绍兴路74号《故事会》杂志社（邮编：200020）；
2. 你可以发电子邮件，各编辑的电子邮箱见本刊第84页；
3. 你可以登录“故事中国”网，那里有一个“在线投稿区”。

除了自己创作，你也可以把在各类报刊和网络上看到的笑话、3分钟典藏故事、快乐辞典、感动中学生的故事、外国文学故事鉴赏等作品推荐给我们，一经发表，你都将获得推荐费。街谈巷议、市井邻里，饭桌酒席、旅途行程，生活的时时处处都蕴涵着“故事”的“影子”，写一个故事吧，你将在写故事中获得快乐，同时你的故事也将给别人带来快乐！　　本刊编辑部

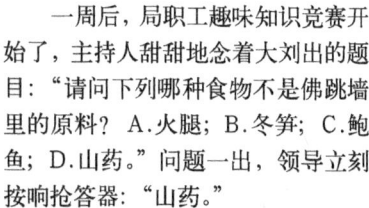

精编竞赛答案

县劳动局要举办职工趣味知识竞赛，与以往不同的是，领导也要参加竞赛。宣传科小王负责本次知识竞赛的题目，出题前，科长对小王说："小王啊，今年的竞赛不同于往年，你出的题目，领导要答得出来，还要拿好成绩，而且其他人都要答不上来。"

小王领会了科长的意思，可是绞尽脑汁也想不出来，情急之下，他只有去求助领导的司机大刘，大刘平时总跟着领导，自然更了解领导。第二天，大刘把一份竞赛题目给了小王，小王一看大吃一惊，没有一道题自己知

道答案。他忐忑不安地把这份题目交给了科长，科长看后很满意。

一周后，局职工趣味知识竞赛开始了，主持人甜甜地念着大刘出的题目："请问下列哪种食物不是佛跳墙里的原料？A.火腿；B.冬笋；C.鲍鱼；D.山药。"问题一出，领导立刻按响抢答器："山药。"

主持人微笑道："回答正确！请听下一题，希腊著名雕塑断臂的维纳斯在各地都有复制品，请问我市哪里有这一雕塑的复制品？A.帝王洗浴中心；B.皇家商务会馆；C.梦巴黎洗脚城；D.丽都大酒店。"就在众人思考时，领导又一次按响了抢答器："帝王洗浴中心。"

"回答正确！"主持人带头鼓起掌来，"请听下一题，法国名酒路易十三的酒瓶材料是什么？A.玛瑙；B.玻璃；C.水晶；D.陶瓷。"

"水晶，是水晶的。"领导又一次答对了。大刘可真有两下子，他出的题目还真是只有领导能够答对的。

半个小时的竞赛结束，领导顺利地取得了竞赛优胜。据说当天晚上领导去丽都大酒店聚餐庆祝了一下，吃的就是没有山药的佛跳墙，喝的就是水晶瓶装的路易十三，据说吃完饭后还去了帝王洗浴中心看了看那尊断臂的维纳斯。

（作者：佚　名；推荐者：江水碧）

偷 枪

虎王非常忧虑，因为最近人类对私枪监管不力，野生动物不断被猎杀，想什么办法才能挽救危机呢？老鼠博士自告奋勇，而且它向虎王提出的条件简直匪夷所思：它只要带一个猴子助手，外带几颗使用私枪后的空弹壳。

虎王满腹狐疑，好几百条枪，它得偷到猴年马月呀！再说啦，几颗空弹壳又能帮得上什么忙呢？

三天后，网上发布了一条新闻："警察局正加大力度收缴非法枪支，目前已经没收三百余支。"

虎王大喜，摆宴庆贺。席上，虎王问老鼠博士计从何来，老鼠博士得意洋洋地说："我偷了警察局长的枪，

又在中心广场朝天开了一枪，并把带去的几个空弹壳扔在地上，制造了枪战的现场……"

虎王不解，老鼠博士道出了其中的玄机："警察局长要再不把民间的私枪彻底收缴，他的乌纱帽就保不住了。"虎王听后，佩服得五体投地，并情不自禁地想起正流行的一句话："小偷不可怕，就怕小偷有文化。"

（作者：李大勇）

三种选择

一个凡人和神的女儿相爱了，这天，神对他们说："我可以答应你们在一起，但你们必须得选择一下在一起的时间。"这对恋人见神不再反对他们相爱，就高兴地答应了。神一挥手，天上飘下三张彩色的纸条，上面分别写着：三五天、七八天、十五天。男的问："三五天是指35天吗？"神沉默不语，这一对恋人想了很久，最后选择了"七八天"。

过了十五天，神突然出现在这对恩爱的夫妻面前，说："你们在一起的时限已到，女儿，随我上天吧。"

男的忙问："我们选的不是78天吗？"神笑着告诉他，这三项选择的时间其实是一样的，3乘以5是15，7加8也是15，神说："缘分早已定了，你们在一起的时候应该好好珍惜。"

（作者：李英栋）

收藏传奇

□ 魏雅华

幸亏我家没胶水了

那天，家里要寄封挂号信，因为这事，一桩陈年旧事儿，就这么做梦一样地从犄角旮旯里翻了出来。

寄信要邮票，可家里压在玻璃板下的邮票都用完了，老婆说"我前一阵子整理你的旧稿子，发现在一堆稿纸中夹着好些8分钱的旧邮票，不如用了吧，再不用，就该拿去卖废纸了。"

现在，常用的是电子邮件和电话，难得寄回信，久不寄信，连邮费都弄不清了。

我们，寄一封挂号得多少钱，老婆说是4.20元，但这信怕超重了，不够。我问那些旧邮票有多少钱，她说有两版。

老婆很快把那两版邮票找出来，是红色的邮票，面值8分。一版80张，6.40元，估计拿一版也够了。可我一看，邮票比信封还大，这怎么贴？老婆说，换个大信封吧。于是，换了个大号的公文袋，权作信封，可找遍了家里，也没找到胶水，我就让老婆到邮局去贴。

老婆去了。一个小时后，她回来了，脸色发白，说话时嘴唇都有点发紫，声音打着颤，她拿出那版邮票，问我："你……你邮票从哪儿来的？"

看老婆脸色不对，我忙问："怎么了？邮票不作废的呀，即使不能用，至于这样大惊小怪吗？"

老婆不做声，眼睛直勾勾地盯着我，还是重复着一句话"你这邮票从哪儿来的？"

我想起来了，这事说起来都快过

去三十年了。

那时，我还在报社当记者。一年夏天，我奉报社的派遣，到陕南的丹凤去采访，我要去的地方离县城还有二十多里地，没有公交车。

我是搭乘了一部农用的破三轮车去的，好不容易到了那个村子，我从车上下来，扶着路边的大树，吐了个翻江倒海，好半天才缓过气儿来。虽说事情都过去这么多年了，可就跟昨天一样，历历在目。

那天，我正和采访对象说着话，天突然变了，下起了瓢泼大雨。我没带雨具，走不了啦，我在采访对象家里匆匆写好稿，冒着雨来到村上的邮电所，报社要得急，新闻稿耽误不得。我把信交给邮电所的人，买一张8分钱的邮票，我身上没零钱，仅有一张10元的钞票，三十年前的10元钞票，抵得上现在的百元大钞。

邮电所的人是个戴眼镜的，他收了我的钱，却给了我两版邮票。我说"找我钱呀！"

"眼镜"说没零钱，还说他们邮电所从来不找零钱，找邮票，这是制度。

我愤怒了，我身上就剩这一张10元的钞票，我能拿着邮票去吃饭、坐车、住店吗？

可"眼镜"还是板着脸，毫无表情。我嚷了起来："叫你们领导来！"

他说："我就是领导，我就是所长，我们这个邮电所里外就我一个

人，所以，有什么话，你就跟我说吧。"

我无语了，这地方，天高皇帝远，没地方讲理。

"眼镜"说："你这当记者的成天写信，邮票用得上呀，我们这个小村子，邮电量小，上级不给我发工资，全靠卖邮票的收入，一个月挣不了几块钱。邮票卖不出去，我还不喝风拉屁、一家子全饿死？我有我的难处呀！"

说这话的时候，"眼镜"的眼睛都红了，声音有些哽咽，我顿时心软了，算了，认了吧。

"眼镜"接着说："再说了，你也不吃亏，你给了我10块钱，我找了你12块的邮票呀！"

我一看，他给了整整两版8分钱的邮票，都12.80元了，我真有点不忍心了。

我说："那你不是赔了吗？"

他说："不赔，上级是折半给我们的，所以，每卖一版邮票我还能赚点儿。"

我明白了，这就是不找零钱的道理，他就靠这点折扣活命，我无话可说了。

从那邮电所出来，我身无分文，可惨了。当天晚上，我没钱住店，就住在采访对象的家里，蹭住蹭吃，这是违反报社纪律的，可我没办法。

第二天，我硬是走了二十多里泥泞难走的土路，走了四个小时，才到了县城，凭着我的记者证，到县委宣

传部借了10块钱，买了长途汽车票，才回到了报社。

这两版邮票就是这么来的。

老婆听了，接着告诉我，她到了邮局，拿出这一版邮票后，全局上下立刻炸了锅，连局长都跑来了。

经过鉴定，这版猴票，又称庚申猴，是中国邮票总公司1980年（庚申年）2月15日发行的一套生肖邮票，是中华人民共和国发行的第一张生肖邮票，现在每一枚价值5000元，一版40万元！

我有两版。

幸亏我家没胶水了，我出了一身冷汗……

东西还是旧的好

这事过去许多年了，那天我下班回家，一进房间，突然发现案头有点异常，便问老婆："我的那只旧笔筒呢？"

老婆说："就那只破蛐蛐罐呀？那玩意土不土、洋不洋、中不中、西不西的，扔了。"

我忙问："扔哪儿了？"

她说："楼下，垃圾筐里。"

我慌忙下楼，一看，垃圾筐里已空了，一问小区的门卫，说是倒垃圾的三轮车刚走，于是我一路追去，追到垃圾站，那一车的垃圾差一点就要处理了。我顾不得脏，在垃圾堆里一个劲地扒，好不容易找到了我的那个蛐蛐罐，它总算死里逃生了。

回到家中，我在水龙头下把那个脏兮兮的蛐蛐罐冲了一遍又一遍，老婆恼怒地盯着我，我忙说："我这是糟糠之妻不下堂呀！"这么一说，她才转怒为喜。

我细细地观赏着这个紫砂蛐蛐罐，罐上有一首写蛐蛐儿的诗，哀怨凄苦，令人禁不住为之动容。

这罐儿可是我家老宅里留下来的旧物，我一直珍藏着，搬了几次家，都不忍舍弃。

有一天，我拿着这罐到了附近的古玩市场，请紫砂壶商人品鉴。到了一家店铺，老板漫不经心地看了看，说："不就是个蛐蛐罐嘛，满世界都

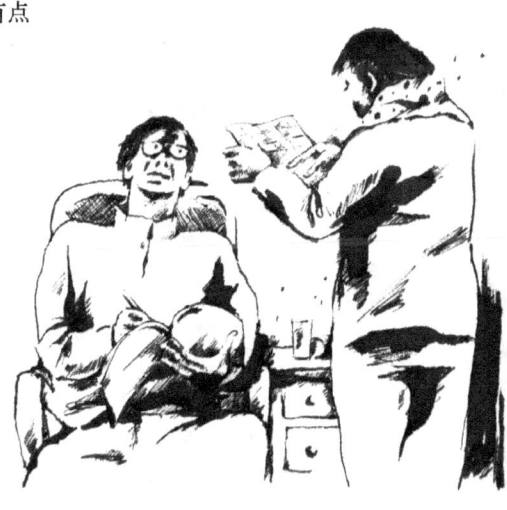

是，100块钱能买一麻袋！"

我气得掉头就走，那老板跟在我后面一个劲地喊："500，1000，2000，5000……不少了，卖到这个价，到顶了。"

我笑着说："我不卖，我打算留给我孙子的孙子逮蛐蛐儿玩！"

老板恼了，阴阴地说："你过马路当心点儿！"

一年后，我到北京琉璃厂看我表弟，他在那儿开店。他看了看我的那只蛐蛐罐，竟呆住了，他说，这是南宋靖康二年——也就是1127年间宫里的物件，凭包浆，论刀功，看做工，品泥色，堪为精品。他说："哥，借给我，作镇店之宝，我每年给你12万租金。"

回到家后，我对老婆说了这事，我说："东西还是旧的好，人也一样，也是旧的好。"

老婆说："我信你，你这么怀旧的男人，一定是个好男人。"

喜 鹊 蛋

最近，我家的老街坊赵老爷子家中，出了件天大的事。

那天，赵老爷子把我叫去，挺神秘地说："魏老师，你这人见多识广，我有点儿事，求你帮我拿个主意。事情是这样的，前些天，我整理旧物，从柜子底下发现了这么本书——"

我接过赵老爷子递过来的书，一看，是一本《鲁迅书简》，上海三闲书屋印制，1927年的版。这书的书页跟一般的不一样，是折页，不裁开，夹层里面可以藏东西。我翻着翻着，翻到一页，硬硬的，厚厚的，揭起来一看，书页当中居然夹着一个存折，我拿出来一看，大吃一惊，叫道："10万元，您这财发大了！"

赵老爷子却说："你再看那日期。"

我细细一看：1953年1月4日，存入10万元。

我说"老天爷呀，1953年存入的10万元，到现在，还不好几百万元了？说不定上千万了呢，您真发大财了！"

赵老爷子又从书的夹层里取出了一张纸币，那是"伍万元"的旧币，说"魏老师，那都是旧币，像这一张伍万元的，也就是现在的5元钱。"

我的侄女儿在银行工作，赵老爷子便要我让她给算算，现在还有多少钱。

关于老存折儿的故事，我听过不少，可那大多是海外的，比如瑞士银行、花旗银行、渣打银行的，那财发得大得让人心脏受不了，能让人"咯儿"地一声抽过去，可中国的事儿到底怎么样，便说不上了。

于是，我便把这事儿告诉了侄女儿，让她算算，1953年1月4日存入的 10 万元，现在能顶多少钱。

很快，她的正式答案便来了，她很认真地咨询了有关银行，他们查的结果是：这 10 万元，属于我国发行的第一套人民币，按照人民币折合比率，现在支取的本金额为 10 元，而且由于金额太低，利息不计。

不过，我侄女还是要求银行计算了一下，银行会计结算部共分三个时间段计算了利息：1953 — 1961 年、1961 — 1993、1993 — 2004 年，扣除 1999 年开始征收的利息税，这笔存款连本带利息为 30.81 元。

可从 2005 年 9 月 1 日起，在收取小额存款管理费后，日均存款不足 400 元的存折，到年底的利息不足 4 分钱，赵老爷子的存款不仅没有利息，还要支付小额账户管理费用，为每季度 3 元，全年共计 12 元，所以，现在

已一分不剩了。

空欢喜一场。

我非常沮丧地把这个结果用电话告诉了赵老爷子，可没想到的是，赵老爷子压低了声音对我说："魏老师，你可要为我保密，千万别说出去，你猜，我那张'伍万元'的旧币，现在值多少钱？"

不等我回答，赵老爷子把喉咙压得更低，说："人家说我的这张品相好，没有在市场上流通过，全新的，能值到 80 万，还行情看涨呢，卖好了，100 万都可能；还有，那个旧存折，那人当场给了我 7000 元，美滋滋的，屁颠屁颠地拿走了，我猜，少说他能卖一万。"

我的妈呀，喜鹊下蛋下在哪儿了？

（题图、插图：张恩卫）

· 本刊信息传真 ·

法律知识故事征文启事

本刊推出的"法律知识故事"，通过发生在我们身边的、短小而具体的个案，生动、形象地宣传法律知识。这些知识注重现实性、实用性，真正起到解剖一个案例、明白一个道理的作用。

为鼓励作者深入生活，写出高质量的法律知识故事，我刊决定面向全国征文，优秀作品除在《故事会》发表并参加评奖外，还将结集出书。

本次征文也欢迎读者和法律界人士提供相关素材、案例，一经录用，即付稿酬。

来稿方法：1. 从邮局寄发，请在信封上注明"法律知识故事"字样，本刊地址：上海市绍兴路 74 号《故事会》杂志社，邮编：200020。2. 从网上传递，可寄以下信箱：wulun@vip.sohu.net，请在主题上注明"法律知识故事"字样。凡已和我刊编辑有联系的作者，稿件可继续投给联系的编辑。

含泪活着

□ 韩春玲

张文字大学毕业后，东奔西走一个多月，也没有找到工作。哥哥去深圳打工了，随后母亲也去了那里，张文字都快半年没见到母亲了，大后天就是她的生日，他决定去深圳，给母亲过生日。

给母亲准备什么礼物呢？坐上开往深圳的火车后，张文字一直在考虑这个问题，可他身上只有一百多元钱了，或许只能买个便宜的蛋糕了。

可张文字马上又觉得不妥，因为这次生日非同寻常，是母亲的六十大寿。此前哥哥和他通过电话，说母亲太辛苦了，要好好地给她过个像样的生日——这一次，究竟给母亲送个什么礼物好呢？

火车到了深圳，已是深夜，张文字走出站台，迎面走来了一个女子，她走到张文字面前，客气地说："先生，住店吗？一晚上五十元。"

张文字没有理她，只顾朝前走。

此时此刻，张文字很矛盾：没找到工作，他觉得没有脸面去见母亲和哥哥，所以在火车上，他暂时没给母亲和哥哥打电话，他有个打算，看能不能在深圳找个工作，这样一家人住在一起，也好有个照应，而且，找到了工作，这才是送给母亲最好的生日礼物呢！

那女子仿佛看出了希望，继续跟着张文字，说："先生，我们还可以帮忙介绍工作呢。"张文字听到这话，立刻停了下来，又看了看那女子，问："你们真的介绍工作？"那女子看到鱼儿马上就要上钩了，高兴得两眼放光，说："是啊是啊，我们和几个人才中心有联系的，可以搭桥牵线，这样比你一个人乱闯强多了，而且，介绍工作，我们从不收钱的。"

就在这一瞬间，张文宇打定了主意，说："房钱再便宜点？"

女子笑了笑，说："先生，你也知道，深圳是什么级别的城市，即使是最差的旅馆，都是一晚上一百多，而我只收你五十……"说着，她看了看张文宇的脸色，见他很为难，便改口说："这样吧，我看你也不容易，再让你十元，四十元，这是最低了。"

"好吧。"张文宇答应了一句。其实，他在想，以他手里的钱，还可以支撑三天，假如在这三天里找到了工作，那就马上给母亲打电话。

女子很热情，她一把拉过张文宇的拉杆箱，和他拉起了家常。言谈中，张文宇得知，女子叫曹芳，河北人，来深圳一年多了，平时的工作就是来火车站拉客。就这样，两人边走边聊，一会儿就到了曹芳停三轮摩托的地方，张文宇上了车，晃晃悠悠地走了半个多小时，最后停在一栋破旧的楼房前。曹芳下了车，用一根锈迹斑斑的铁链子把三轮锁好，然后招呼道："走吧，我们上楼。"

两人来到楼上，张文宇这才意识到，这里不过是个家庭旅馆而已，果不其然，房门一开，张文宇走进一看，见客厅里摆满了床，只留了一个狭窄的过道。曹芳小声说："你稍等片

刻，我去安排一下。"

曹芳走了出去，随手带上了门。

张文宇拿出手机看了一下，此时已是凌晨一点多了。借着昏暗的月光，张文宇看到一边还有一个卧室，里面也摆了三张床，都是上下铺的，而且，每张床上都睡着人。除了床之外，房间里的空隙实在是很小了，只能供人艰难地通过。

就这样，张文宇在过道里站了大约五分钟，曹芳进来了，说："你过来吧。"张文宇跟在曹芳身后，穿过客厅狭窄的过道，来到一个很小的屋子，一进去，一股酸酸的气味扑面而来。曹芳拧亮了灯，张文宇这才看清，这是一间厨房，摆了一张上下铺的床，床边摆了张桌子，还有一些锅灶、餐具什么的。张文宇有些懊恼，回头对曹芳说："这就是你说的旅馆？"

曹芳点点头，说："别的我不说，明儿你可以去附近问问，一百元钱的，是个啥条件；再说，你住这儿，不就图个便宜吗？来，你交钱吧。"曹芳收了钱，从张文宇身边挤过去，从一个柜子里拽下一床被子，抱在怀里，然后走出门去。

张文宇累极了，倒到床上就睡，一觉醒来，已是第二天九点多了，张文宇从铺上走下来，活动活动身子，走出狭小的厨房，来到客厅，看看四处，发现借宿的人都走了，他就喊了

一声："老板！"

曹芳正在楼下，她答应了一声。

张文宇暂时还不想去见母亲和哥哥，他也知道，不能把找工作的希望寄托在曹芳的身上，她之所以答应可以帮着找工作，其实也就是诱使客人住店的一个幌子。张文宇对曹芳说，今夜他还住这里，并向她打听了去人才市场的路径。

人才市场不大，很乱，很嘈杂，等着找工作的大多是农民工，所找的也不过是搬砖、和泥等又脏又累的活儿。逛到中午，张文宇又累又饿，他买了两个火烧，草草地填饱肚子，然后坐在路边的台阶上，望着市场上混乱的人群，心想：明天就是母亲的生日了，把找个像样的工作当作生日礼物送给母亲，这已经很不现实了。

张文宇的手伸进口袋摸了摸，兜里的钱，他很清楚，只剩下五十二元了，这点钱，也许连个生日蛋糕都买不了，怎么办？他望了望面前的人才市场，愣了片刻，毅然站起身来，走进人群中。他找了个活儿，往楼上搬运沙子、石子等装修材料，收工时，已是晚上九点多了，由于很少干这种体力活儿，此时的张文宇就像一摊烂泥，连站立的气力都没有了，不过，一个下午让他挣到了一百二十元钱，给母亲买个蛋糕应该够了。

回到曹芳的"旅馆"，张文宇泡了包方便面，吃完就睡，但是，这会儿，第一次挣到钱的兴奋还在，虽说累得要命，但怎么也睡不着，张文宇索性拿出手机，写了条短信："妈，您现在在干什么？睡了吗？对了，您的风湿性关节炎好点了吗？"

过了一会儿，母亲回短信了，张文宇赶紧打开，见上面写着："小宇，妈这就想睡呢，你放心，我的关节炎好多了。你的工作有眉目了吗？不用着急，慢慢找，手里没钱了就吱一声，我让你哥给你汇去。"

看完短信，张文宇心里酸酸的，他特意看了一下时间，发现母亲短信回得挺快的，要知道，半年前母亲根本不会写短信，但长途电话太贵了，为了省钱，一有空她就练习写短信，现在已经很熟练了。

第二天，张文宇收拾了一下，退了房，然后就去街上买蛋糕，他计划买了蛋糕后就给哥哥打电话，说他已来深圳了，想给母亲过生日。附近没有蛋糕店，张文宇走了很多路，买到蛋糕后，他打哥哥的手机，哥哥告诉他，自己马上从班上回家，并说了住址：惠晨路西头的电力家属院。

张文宇叫了辆三轮，很快到了哥哥说的地方。一下车，张文宇傻眼了：母亲和哥哥住的地方，居然和曹芳一个大院，更让他目瞪口呆的是，按照门牌号一找，竟然摸到了曹芳的"旅馆"里！

张文宇见到曹芳时，两人全都愣住了，曹芳先开了口，说："你——你是文远的弟弟？"

说来也巧，就在这时，张文宇的母亲从楼上屋里走了出来，往下一看，看见了张文宇，老人惊喜交加，叫了起来："小宇，是你呀——"张文宇大惊失色，结结巴巴地说："妈，您一直住在这儿吗？"母亲不知儿子一见面为何问这话，茫然地点点头，说："是呀，小宇，你咋问这呢？"

曹芳快速反应了过来，冲楼上张文宇的母亲大声说："阿姨，您先回屋歇一会儿，我买了些东西，还在外面，

让文宇先搬上来。"说罢，她拉着张文宇疾步走出了屋子。到了外面，张文宇问道："曹芳，你是——"

曹芳不好意思地说："我是你哥的女朋友，我们刚认识三个月，你哥和你说起过吗？"张文宇摇摇头，说"没有，可——我是说，平时你和我妈就住在这里？"

曹芳点点头，解释说，张文宇的哥哥在工地干活儿，晚上就挤在工地的大通铺里，而张文宇曾经住过的这个"旅馆"，是他哥哥张文远租来的，他们开发成了"旅馆"，平时曹芳去火车站拉人住店赚钱，而张文宇的母亲则一直在捡破烂……他们这样做，就是为了供张文宇上大学。

刹那间，张文宇明白了，说："前天夜里，还有昨天夜里，你和我妈住哪里了？"

曹芳背过身去，抹着泪说"我俩就住在大街上，要是客人多，家里占满了，我俩一直这样，都习惯了……不过，文宇，回到家，可千万别和你妈——还有你哥提这事儿，就当什么也没发生好了。"

张文宇含着眼泪点了点头，喃喃自语道："我住家里床上，妈妈，还有你睡大街，你说这……"他再也说不出话了，唯有眼泪"吧嗒吧嗒"地往下滴……

（题图、插图：张恩卫）

吃一只鸡
有多难

□ 王兴菜

王大头是一家房地产公司的老板，整天山珍海味，吃腻了，便不由想起小时候吃鸡的场景。那年头，王大头家里穷，逢年过节才杀只小鸡开开荤，王大头馋得连鸡屁股都舍不得扔，不过，那时的小鸡也好，自家养的，吃虫子、草籽长大的，吃到嘴里，那是满嘴流油，过了三天，香味还在嘴角挂着，而现在的鸡呢，差不多都是人工饲养的，味道自然差远了。

一天，王大头在电话里听一位朋友说，城北三十里外的大云峰半山腰上，有一家乡村饭店，那里卖的鲜椒爆炒小山鸡，地道的原生态，味道独特，去那里吃鸡肉的人，大多是为了怀念以前苦日子时吃鸡的感觉，据说去的人很多，门庭若市。

听朋友这么一说，王大头肚里的馋虫立刻作怪起来，他挂上电话，立刻叫上秘书、司机，出了城，直奔大云峰而去。三十里路，宝马也就跑了十几分钟，到了那地方——半山腰的一片开阔地，一看，那里停满了各式小轿车，停车场旁，挂着一块用松木做成的大木板，上面写着几个字——"鲜椒爆炒小山鸡店"。

下车后，三人沿着松木板做成的指示路标，顺着一条羊肠小道，往树林深处走去。

王大头本来就胖，又是个大热天，走了二十多分钟，人还没到地方，就差点累得虚脱，王大头心想，吃一只鸡太不容易了，光走路就要走这么多啊！

走完这段长长的、窄窄的林荫小路，来到一幢大瓦屋的门口，从门里走出两个乡村服务员，用不太标准的普通话，说着"欢迎"之类的话。王大头立刻挺直腰杆，风度十足地点点头，走进了屋。

一进屋，王大头的两眼不由瞪得像鸡蛋，这间不大的屋里，居然黑压压地坐着几十个人，而且衣着光鲜，都像是有钱人。

这时，一个嗓门很大的男人笑嘻嘻地迎了上来，递给王大头一根鸡毛，说："这是排号卡，你得拿着，没这东西，你可吃不到鸡啰！"

一句话说得王大头张口结舌，说不出话来，他接过来一看，鸡毛下面拴着一个小竹牌，上面歪歪扭扭地写着"48"，王大头一见，顿时急了，一把拉住那个大嗓门男人问："'48'是什么意思？难道排在我前面的有47个人？"

大嗓门一听这话，立刻笑了："没错。老板，您是第一次来吧？这是我们这里的规矩，我们这里从来没有预约，只有先来后到，拿着牌子排号，先到先吃。"

王大头心想，自己拿个48号，这得等到什么时候？他把那个男人拽得更近些，贴着男人的耳朵，压低声音说："兄弟，我多出钱，加个塞行不行？"

大嗓门一听这话，顿时急了，大声嚷嚷道："你这话什么意思？谁告诉你加钱就能加塞啦？我们开店的，讲的就是公平，你看看，坐在这里等的，谁不是腰缠万贯？要加钱，谁不会加，还坐在这里干等？"

那人嗓门本来就大，这么一嚷，满屋子的食客都用鄙夷的眼光看着王大头，这么多年，王大头做生意顺风顺水，从没被人这么抢白过，可这里山高皇帝远，强龙难压地头蛇，没办法，他只得忍气吞声地找了个角落，拉个小板凳坐下了。

司机和秘书哪见过王大头这样，可又不知该说什么、该干什么，只好闷着头，闭着嘴，悄悄挪到王大头身后，像木桩一样站着。

转眼半个小时过去了，才排到二十多号，王大头肚子饿得"咕咕"叫，眼见还有二十多人排在自己前面，他再也不耐烦了，走到门口，一看外面，顿时傻了眼，也就半个小时的工夫，外面又来了二三十人，因为屋里坐不下，全坐在外面的板凳上了。王大头一看，去意顿消，看来自己来得还算早的，可不能走啊，无论如何，也要吃到这里的鲜椒爆炒山鸡！

就在这时，刚才那个大嗓门从后院走了进来，扯着嗓子喊道："今天的特等小山鸡，限量推出十只，价格呢，比一般小鸡贵上一些，有谁愿意吃的，举个手，咱们抽个签，不吃特等

的就再等等，一等的山鸡
管够……"

没等王大头反应过来，几十只手
"刷"地举了起来，王大头的秘书反应
很快，跟着也举起了手，王大头赞许
地点了点头。大嗓门拿来张破纸，让
那些举了手的人亮出各自小竹牌上的
号，他统计了一下，然后笑嘻嘻地说：
"各位，不好意思，就十只鸡，结果登
记的有四十多人，咱们老规矩，抽
签！"

王大头一听，那个气啊，刚想破

口大骂，不料大嗓门已经弄来了个木
箱，把一堆号码牌扔进木箱中，闭着
眼，像模像样地抽起签来，抽出第一
个签后，大嗓门就扯着嗓门喊："48
号！"

王大头一听，激动极了，秘书和
司机比他还激动，三个大男人几乎同
时喊道："这儿呢，这儿呢！"

大嗓门一看，奇怪地问："怎么会
三个人都是48号呢？"

秘书赶紧回答："我们三人都是
一起的。"

大嗓门接着又陆续抽出九个号，
被抽中的都是欢天喜地，然后由大嗓
门领着，来到后院。

路上，大嗓门问这些抽中的人：
"特等小山鸡，一斤118块，老价格，
你们都知道吧？"

众人连忙点头，王大头虽然平时
吃的都是山珍海味，但一听这个价
格，还是出乎了自己的意料，鸡肉都
卖出了海鲜价。

王大头坐下后，很快，小山鸡就
上来了，一斤八两，配着几个青花椒，
几个红辣椒，也就一碗，一个人都不
够吃，别说三个人了。三个大男人一
碗小鸡肉，你看看我，我看看你，秘
书和司机很知趣，把碗往王大头面前
一推："王总，您先吃吧。"

王大头早饿得头昏眼花，也没客
气，拿起筷子，吃了起来，还别说，这
鸡肉确实好吃，肉又香又筋道，一番

狼吞虎咽，碗里很快只剩下了花椒粒和辣椒段，王大头吃得满头是汗，看得司机和秘书口水直咽。

一个鸽子大的小鸡，又去了内脏，能有几块肉，王大头哪能吃够？正好，大嗓门走了过来，王大头一把拉住，小声说："兄弟，你们这鸡也太小了，哪够吃，能不能……"

大嗓门一听，会心地笑了，这次他没扯开嗓门喊，低下头，凑近王大头，附耳说道："看你是头回客，这么着吧，我再找老板商量商量，给你弄两只特级鸡，钱嘛，还是这个价。"

王大头一听，忙不迭地说了声"谢谢"。

大嗓门走后，很快，服务员真的又端来了三碗鸡，三人风卷残云，一顿狂吃，转眼工夫，三碗鸡肉见了底。饱餐了一顿，王大头独自走出屋外，从院门后走出去，面对着青山绿水，心情舒畅极了，他掏出一支烟，点着了，惬意地抽起来。

这时，饭店的一个小伙计也从后门溜了出来，从沾满油污的上衣口袋里掏出一个皱巴巴的烟盒，看了看，没想到烟盒里一支烟也没有了，可能是烟瘾犯了，小伙计鼓足勇气，来到王大头跟前："老板，能给支烟抽吗？"

王大头因为吃得心情愉快，就没拒绝，掏出烟盒，抽出一支大中华，甩给了小伙计，小伙计连声道谢，点着烟后，他讨好地问王大头："老板，您是来吃小山鸡的吧？"

王大头点了点头。

小伙计又问："您吃到特等小山鸡了吧？"

王大头笑着说："吃到了，抽签的时候，我是第一个被抽中的，运气不错吧？"

不料小伙计一听，"扑哧"笑开了，笑得王大头摸不着头脑，小伙计回头看看四下无人，这才小声说"看

来您也受骗了，其实这都是我们老板用的招数。"

王大头一听，心头一沉，问："什么招数？"

小伙计支支吾吾了半响，最后还是说了："您给我这么好的烟抽，没拿我当外人，我就实话告诉您吧，啥特等山鸡，其实我们这里有的是，半年前，卖18块钱一斤都没人要，可现在，一百多块一斤也抢不到。"

王大头越听越有兴趣，连忙问："小兄弟，为什么啊？"

小伙计说："还不是因为黑心的房地产老板！"

王大头一听，顿时有种丈二和尚摸不到头脑的感觉"小兄弟，你们老板卖鸡，跟房地产老板有啥关系？"

小伙计不客气地说："怎么没关系？半年前，我们老板进城去给他儿子买房子，他儿子选中的那个小区，房价高得都超过了一万一平米，可就是这样，买房的还是人山人海，我们老板整整排了两天两夜，拿了个号，100套房，3000多人抽号，老板紧张死了，本以为买不到，可我们老板手气好，抽签时一下子就抽中了。老板高兴得差点晕倒在地，连忙签约买了套房，可后来，一个懂内幕的亲戚告诉他，其实这一切都是房地产老板的骗局，还说了一堆洋词，什么捂盘、雇人排队、摇号、惜售等等的，我们老板都听晕了。老板回来后，就想通了

好多事，变了法的卖山鸡，结果生意越做越好，现在，我们老板最狠的一招，你猜是什么？"

王大头茫然地摇了摇头。

小伙计得意地说："告诉你吧，是捂鸡！"王大头从来没听说过这个词，疑惑地问："什么是捂鸡？"

小伙计把声音压得更低了："就是把鸡捂着不卖，有也不卖，故意吊着你胃口，让你掏钱更利索，还把他七大姑八大姨都弄来排号，弄成一副吃不着鸡的假象，结果这生意越做越红火，来的人为了吃只鸡，眼珠子都急红了，还怕他不掏钱吗？"

王大头一听，眼珠子瞪得大大的，不由说了句："这也太黑了吧？"

小伙计顿时急了："这还黑？咱还拿那个房地产商做例子，我们老板替儿子买的那套房，在城东，那叫沧海小区，明明八十几平米，可人家开发商愣能量出九十平米，你说这开发商有多黑啊？我们老板多少算个实在人，卖的鸡从不短斤缺两，他说短斤缺两那是干生孩子没屁眼的事儿，这位老板，您比我有见识，那您来说说，到底是我们老板黑，还是那个卖房子的黑？"

王大头一听，嗓子里顿时像卡了根鸡骨头，一句话也说不出来，因为那个沧海小区，正是他开发的楼盘……

（题图、插图：魏忠善）

一辆山地车

□ 无字仓颉

何大爷退休后，在一所学校找了个看管车的活儿。学校围墙的墙角，有一个学生车棚，何大爷就在这里上班。

这活儿看起来清闲，其实责任不小，现在上学的孩子，骑的都是好车子，什么山地车、越野车，还有一些叫不上名目的赛车。一辆少则上千，多则近万，丢了麻烦就大啦，马虎不得。

最近几天，一件可疑的事引起了何大爷的注意：每次上学时，学生们放好车子离开后，总有一个四十岁上下的男人，悄悄走进车棚，从里面推出一辆山地车，骑着走了。问他要存车的车牌，也总能掏出来，而到了临放学时，这个男人又骑着那辆车子从外面进来，放下车子，存车取牌，然后离去。那男人每次临走之前，都有一个奇怪的动作：走到围墙边，用手在墙头摸索一下；而到了放学的时候，就会有一个初一新生模样的男孩，把男人骑的那车子骑走，而男孩取车时手里也有车牌。这就奇怪了，要知道，按照学校规定，一辆车只能办一个车牌，他们那辆车，怎么会有两个呢？何大爷决心弄个水落石出。

这天，何大爷眼睛盯着，看着那男人放下车走远了，何大爷悄悄出动，来到墙边，细细搜索，终于发现了端倪：在一处不显眼的砖缝中，赫

然塞着一个车牌，何大爷恍然大悟：这里原来是他们传递车牌的"中转站"！

何大爷狡黠地笑了，如果没猜错的话，这一定是父子俩。他突然间有了主意，决定开一开这爷俩的玩笑，并进一步解开父子合用一辆自行车的秘密。

第二天早上，上学的孩子放下车散去后，何大爷走到墙边，从砖缝里取走了那个车牌。不大工夫，那个男人来了，只见他装作不经意的样子走到"交货地点"，伸手一摸，脸上顿时变了颜色，何大爷远远地看着，心头暗笑。只见男人四处张望了一下，低头在地上寻起来，找了半天什么也没有，男人便慌张起来。

看到这里，何大爷知道那男人是赶时间上班，着急呢，决定终止这个玩笑，他走上前去，伸手拍了拍男人的肩膀，男人转过身来，看到何大爷站在眼前，摊着手掌，掌心里摆着那个亮晃晃的车牌，脸一下子涨红。

何大爷笑着说："你在找这个吧？"男人红着脸点点头，何大爷说："车牌可以给你，但你要告诉我，你和孩子为什么要合用一辆车？"男人犹豫了一下，说出了事情的经过。

原来，男人叫刘江，是一家快递公司的员工。刘江有个儿子，是这所学校初一的新生。儿子考上初中后，离家远了，需要骑车上学。刘江原本

打算让儿子骑家里那辆旧自行车，可儿子看到同学们骑的都是漂亮的好车，就觉得骑不出门了，可刘江哪里有钱买昂贵的新车？前两年从厂里出来后，一直没找到满意的工作，最近好不容易找了家快递公司的活儿，工资也不算太高，加上老婆身体不好，经常吃药，家里没一点闲钱买车了。

不过，刘江有辆公司配给的"工作车"，那是很上档次的山地车，跟儿子的同学们骑的不相上下，可问题是，刘江每天上班都要骑，公司有规定，不骑工作车要扣钱。于是，父子俩一合计，就想出这么个办法：每天先由儿子骑了上学，然后爸爸再去学校骑了上班，下班时再骑回学校，然后儿子骑着放学回家。因为只有一个车牌，两人想出了"墙缝中转"这一招，原本以为做得神不知鬼不觉，不想还是露了马脚。

知道了事情的原委，何大爷不由一阵感叹，这些看起来衣着光鲜的孩子，并非都有富裕的家境啊，何大爷对刘江说"以后放下车后，就把车牌放我这里好了，我替你们爷儿俩保管。"刘江千恩万谢地骑上车走了。

丢　车

这天，刘江到了公司，接了一个给晚报广告部投递邮包的任务，那报社常去，刘江跟那里的几个广告业务员也熟了，有时候还会在那里歇歇

脚。这会儿正坐着聊天，一个叫何伟的业务员手机响了，何伟接了电话，脸上慌张起来，一副火急火燎的样子，问谁骑电动车了，没人应，可能都没骑，刘江就将车钥匙掏出来："骑我的吧，车在楼下。"何伟抓过钥匙，说了声"谢谢"，转身下楼了。

何伟这一去就像风筝脱了线，打他手机一直不通，眼看快到儿子放学的时间了，刘江等不及了，便出门搭公交去了儿子学校。刚到学校，放学铃就响了，儿子走出校门，见了爸爸，一听车子不在了，脸马上沉下来。刘江一个劲儿劝慰儿子，说是车子下午就会还回来，不用着急。

下午，儿子跑步去的学校，刘江也坐公交上的班。打何伟电话，还是不通，刘江心里有些打鼓了，一下午心神不定。到了临下班的时候，手机响了，是何伟打来的，刘江一听，头一下炸了：车丢了！

电话是何伟从医院里打来的，据他说，父亲上午出了车祸，经过抢救，已脱离危险了。车怎么丢的何伟没细说，刘江也没好意思追问，人家家里出了这么大的事，怎么好意思为了一辆自行车刨根问底？何伟最后在电话里说："刘哥放心，车子我一定会还你的。"

傍晚下班，刘江还是坐的公交去了儿子学校，他不忍心把真相告诉儿子，只说是车子坏了，正在修理。儿子有点不信，却也无可奈何。

· 大千世界 众生百相 ·

爷儿俩整整跑了两天路，何伟那边仍然没有消息，刘江有些沉不住气了。这两天里，儿子上学不便不说，自己跑业务也大受影响，天天搭公交投递不是个事儿啊，时间一长，公司如果知道了丢车的事，非逼着自己买辆新的不可。

赔　车

自己没车，接的业务少了，提成也少了，刘江心里很不是个味儿，他

想，如再等不来何伟的消息，只有自己掏钱买一辆，生活不能再乱了。

第二天，刘江拿出家中仅有的一点积蓄，准备到车行买辆车，就在他快到车行门口时，手机响了，是何伟打来的，让他去报社取车。

刘江兴奋地乘上公交车，直奔报社，到了大院，刘江一眼就看见院里停着一辆新车，和自己原来那辆一模一样。何伟早已等在车旁，一见刘江，连连道歉，说车还晚了。何伟说，这几天，为给父亲看病，手头很紧，好不容易才凑齐了买车的钱。

刘江听了，百感交集，他知道何伟的家境也很一般，老父亲一把年纪了，还在外面干活挣钱。

刘江走出报社大门时，和门卫打了个招呼，平时常来这里，都很熟悉，门卫见了车，不经意间就夸起那车漂亮。刘江说，车是何伟赔的，一问一答，就说起了那天何伟借车的事，门卫说，当时他看到一个陌生面孔骑着这么一辆车出了院子，他还以为那人和刘江有什么关系，所以没拦，后来又看到何伟匆匆走了出去……

听完门卫的话，刘江脑子里"轰"地炸开了：这么看来，那天，何伟借车之前，车子其实已经被门卫说的"陌生面孔"偷走了，大概何伟有事走得急，也没顾得上跟刘江说清楚，事后，可能也觉得说不清了，所以就没

说，难怪在电话里支支吾吾的。

刘江的眼眶一下热了，他急忙回身去了广告部，将那叠准备买车的钞票塞到何伟手中，转身就走，身后何伟在大喊"刘哥"，可刘江已经跑出去很远了……

又一辆车

第二天，刘江去学校推车，刚走到车棚门口，赫然看见车棚外面停着一辆山地车，和自己的一模一样，他正纳闷着，值班的人走了出来，却不是何大爷，这几天因为车丢了，没去存车，没注意到看管车子的已换了一个陌生的大叔。

大叔走过来说："何师傅出了点事，被车撞了，不能来上班。这辆车，是他儿子何伟今天送来的。"说着，他从口袋掏出一串亮晃晃的钥匙，递给了刘江。

何大爷？何伟？刘江脑子里飞快地转了一下，什么都明白了：何大爷正是何伟的父亲……

大叔又对刘江说："何大爷还让带句话给你，说车千万不要再还回去了，你们爷儿俩一人一辆骑着，孩子腰杆直了，心里也舒坦。对了，他还特别嘱咐说，给新车买副结实点的锁啊，别让车再丢了……"

刘江听了，泪眼蒙眬，说不出一句话来……

（题图、插图：魏忠善）

这次绑架
有点囧

□ 肖红亮

绑匪说：我不是坏人

有人说"婚姻是女人的第二次生命。"刘丽华自认为命好，嫁了个好老公，住起了豪宅，当起了少奶奶，可她怎么也没想到，自己原本安逸的生活，有一天会发生变故。

那天，刘丽华要去美容院做脸，刚走向拐角的小道时，突然，一个壮汉朝她的头猛击两下，她眼前一黑，就什么都不知道了。当刘丽华从昏迷中醒来时，发现自己被这个壮汉带到郊区一个大院子里，她立刻回过神来：自己遭绑架了。刘丽华惊恐地朝

壮汉吼道："你要干吗？"

壮汉面无表情地说"你放心，我不是坏人。从现在起，你就老老实实地在这儿呆着，只要你配合，我绝不会为难你！"说完，他转身出了门。

这一夜，刘丽华彻夜难眠。她在追问自己，到底和什么人结了仇，会招致绑架？在她看来，绑匪并不是为了色，那么，是因为她家里有钱吗？她老公在市里开了家有名的装饰装修公司，管理着十多个工程队。如果那人只是为了钱，自己不过是绑匪手上的一个筹码，既然是筹码，绑匪绝不会让她死，死了就拿不到钱了。

想到这儿，刘丽华轻松多了。不过她又想到另一个问题：她当全职太太也有两年了，这两年来，她每天除了打扮就是玩乐，那么，绑匪怎么想到对她下手呢？显然，绑匪对她老公很了解，而且与她老公有

了纠葛。

老公说：我也想救你

天慢慢亮了，刘丽华听到外院有人在走动。过了一会儿，壮汉开门进来，把一堆快捷食品拿给她，说："我这儿只有这点吃的，等我要到钱了，请你吃好的。"

果然是勒索钱财的！刘丽华装糊涂，说："大哥，你打算向我老公要多少钱？我想知道，我在你这里能值多少钱，在我老公那里又值多少钱。"

壮汉说："我知道你在你老公眼里一定非常值钱，但这跟我没关系，我只想要回我自己的钱！我承包了你老公的一个工程，带领二十多个农民兄弟，忙了三个月，可他一分钱也没给我们，欠了我们整整十万元！"

刘丽华听了，松了口气"就十万元钱，你也用得着这样？肯定是他忘了，他手上有的是钱，前几天还花二十几万买回一幅字画。"听她这样说，壮汉更加气愤了："我知道他有的是钱，可他就是个无赖。这一年来，我找他不下二十次，他根本不是忘了，而是不给。"

刘丽华没料到事情是这样，她说："大哥，我马上给他打电话，让他把钱带过来，你们一手交钱一手交人，你看行不行，我的话他一定会听！"

壮汉一脸困惑地说："那真行吗？我昨晚一连给他拨了十多个电

话，他都没接，我还给他发了短信，告诉他，他老婆在我手上，他也没回信儿。"刘丽华一愣，但她马上说："他一定是没看到短信。我用我的手机给他打电话，他一定会接的！"

壮汉把手机给刘丽华，电话一拨通，刘丽华就"老公老公"地叫起来，那壮汉抓过手机，按下扬声键，声音马上传了出来："丽华，你在哪儿，你没事吧？"刘丽华本想告诉老公绑匪并没对她怎么样，可她看到壮汉挥着拳头，就大声叫起来："老公，快来救我呀，这里不是人呆的地方……"

电话那边说："丽华，我也想救你，可是我手上实在拿不出现钱来，你先忍忍，他们只是要钱，不会对你怎么样的。"在刘丽华看来，欠债还钱，是天经地义的事，何况自己想快点回家，这区区十万元，老公是有能力还的。她大声嚷道："我不管，我怎么可以长时间呆在这里？你快来救我！"

"你理智些，他们不会把你怎样，再说，以你的智商，对付一个农民完全没问题。我找到了万全之策再跟你联系……"说到这里，电话断了。

刘丽华不可思议地看着手机，眼泪"刷"一下就流了出来。见壮汉在一旁呆呆地站着，她擦擦眼泪说"没想到吧？你绑了一个没用的人。在老公眼里我连十万元都不值。"壮汉一声不吭地看着她，他搞不明白那男人到底在要什么花招。

美女说：绑到个值钱的了

第三天，刘丽华一整天没见着壮汉，天擦黑时，他回来了，跟他一道来的还有一个四十来岁的中年妇女，那女人抱着一个三四岁的小男孩，孩子还在熟睡。看着这情景，刘丽华心想，连老婆儿子都带来了，看来得长住这里了。

那女人把孩子放在床上，有些歉意地对刘丽华说："妹子，委屈你了！我是老石的老婆。别怪我们家老石狠心，都是你男人造的孽！"

这时，孩子睁开了眼睛，东看看西看看，忽然哭起来："我要妈妈！"刘丽华愣住了，她问："这孩子难道不是你们的？莫非他家也欠了你们钱？"女人说："十万呀！"刘丽华疑惑地问："怎么又是十万？这些人怎么都欠你们十万呀？"女人有些难为情地说："总共就那十万！妹子，你要想开些，男人有钱了，没几个不那样的。这个孩子就是你家王老板的。老石说怕你受不了，才让我来陪你的。"

刘丽华"腾"的一下从床边站起来，冲老石问道："石大哥，你给我说实话，这孩子到底是怎么回事？"老石叹了口气，说"昨天你给王老板打电话后，我就纳闷了，照理说，一个没有二心的男人，怎么可能那样对待自己的老婆，何况他根本就不是拿不出钱！那家伙不是在耍花招，就一定怀有二心。昨晚睡在床上，我突然想

起一件事来。一年多前，我还在你老公的工地上做工程的时候，就听别人说他养了个漂亮小妹。今天一大早，我就进城去找熟人打听，结果真还有那回事……我知道这样对你不好，其实我也不想这样，可我实在没办法呀！"

刘丽华跌坐在床上，她木然地说："这回你终于绑到一个值钱的了！"

就在这时，老石的手机响了，屏

幕上"王老板"三个字一闪一闪的。他刚要接听，刘丽华突然制止道："这电话不能接！"老石瞪了她一眼，问："咋不能接？"

"我了解我老公，你现在不仅不能接电话，而且还要把手机关了。这叫心理战术！"老石点点头，诧异地问："你怎么会回过头来向着我？"刘丽华气愤地说："我并不是向着你，而是觉得在这件事中，我俩都是受害者。我恨他！如果不是你，我还继续被他蒙在鼓里……哼，这样的骗子，一定要让他受到惩罚才行！"于是，老石听了她的话，关了手机。

次日中午，刘丽华对老石说："现在你可以开机了，你给他发一条短信，就说：准备好现金，二十万！"老石问："二十万，怎么那么多？"

刘丽华摇了摇头："多？先不说他欠你的钱，光是给你及别人带来的损失，还有你绑架两个人所用的花费，少说也值个十万八万。"

"行……我听你的。"原本就一筹莫展的老石，这时只好听刘丽华的话了。短信发出后，只过了两分钟，王老板的短信就回过来了："好，我答应你。"刘丽华对老石说："你告诉我老公，什么时间、地点交钱再等消息。希望他别要花招，不然后果不堪设想。然后你就关机，等到明天再说。"老石发完短信，刘丽华又关照他："明天你也不用进城，就用短信跟他联系，告诉他交钱的地方就行了。按我对他的了解，他不仅不会给你钱，还会设圈套等机会抓你。如果你贸然行事，跟他见面的话，明天就是你蹲大牢的日子！"老石点点头，都记下了。

自从那天起，老石夫妻俩把刘丽华侍候得舒舒服服，绑匪与人质相处得像一家人，世上也有这等事。到了第二天晚上，刘丽华让老石给王老板发条短信，说他今天很不老实，完全没有把儿子的性命当回事，因为他不是一个人去的。果然，王老板的短信马上就来了："对不起，我只是找了个人帮我提钱箱，那绝不是警察！"

刘丽华让老石回复："拿我当三岁小孩？明天等我消息。下次再敢这样，老子对你儿子不客气！"

警察说：你这演的哪一出

交易的那天早上，按原计划，老石进城去与王老板交易，可进城没多久，老石就回来了。他跑进院子，满脸愤慨地质问刘丽华："妹子，这几天我对你究竟咋样，你为什么这样恨我，真想让我坐牢吗？"

刘丽华不解地问："石大哥，你这话从何说起？我怎么会害你去坐牢呢？"

老石说："我今天本来是要去交易的，没想到在城里碰到一个中学同学，他是个律师，我顺便问明白了一件事。如果我要回那十万元钱的话，我顶多犯非法拘禁罪，但我要是按你说的要二十万的话，我就犯了绑架罪，这两个之间有非常大的差别，因为绑架属于重罪。幸好还没交易，不然我就惨了，绑架两个人，我的后半辈子，只能在牢中度过了！"

"石大哥，我绝没有害你的意思。你说的这个法律知识，我确实搞不清楚。不过，我说过要帮你，这次回去，我打算跟老公离婚。离婚后，我能分到好多财产。如果他真不给你钱的话，那钱我给！"

老石没料到她会这样说，他连忙说："妹子，你是个好人，好人会有好报……"

就在这时，远处传来了警车声，十多名荷枪实弹的公安干警很快就将整个小院子包围起来。看着这阵势，老石早就吓傻了。刘丽华连忙抱起那个小孩，对老石说："石大哥，你不要承认绑架了我，我们现在相处得这么和谐，他们也不会相信我们之间是绑架与被绑架的关系。还有，这个孩子也不是你绑架来的，而是我请你帮我弄来的。你明白我的意思吗？只要没有绑架，你什么责任也没有了。我老公欠你的钱，我会帮你想办法。你现在就去开门，别惊慌，别害怕，像什么事也没发生一样，尽量少说话，剩下的事由我来处理。"

看见刘丽华镇定的样子，老石带着哭腔说："谢谢妹子，你这样帮我，石大哥不会忘记你的大恩大德！"随后，老石按照刘丽华的意思打开大门，那些荷枪实弹的警察立即冲进院子，当他们看见院子里的人相安无事，并没有像王老板报案时所说的那些场景，一个个都不明所以。

其中一个领头的问身后的王老板："王总，你这演的哪一出？"

其实，当王老板一踏进院子，见老婆抱着儿子的一刹那，他已经明白是怎么回事了。面对这样的情景，他什么话也说不出来。倒是刘丽华冲到王老板面前，伸手就是一巴掌"都是你做的好事，还有脸带警察来？"

刘丽华的这一巴掌好像把王老板打醒了，他哭丧着脸对身旁的警察说："都是我的责任，现在没事了，现在没事了！"刘丽华指着老石两口子，对警察说："这个是我大哥，那个是我嫂子，这完全是我们家里的事，真是不好意思，谢谢你们了！"

见是家庭矛盾，警察说了王老板一通后，收队离开了，就这样，在刘丽华的帮助下，老石躲过了一劫，还要回了全部欠款。取回欠款的那天，刘丽华对老石说："石大哥，欠款我帮你要回了，以后可别再做这样违法的事了，我问过律师，非法拘禁罪也是要判刑的，你要是出了事，嫂子可怎么办呢？"老石听了，哽咽着说："妹子，我再也不做傻事了。"

（题图、插图：谭海彦）

钢铁脊梁

□李景香

这是抗日战争最艰苦的一年，任营长带领的五营与日军的精锐部队展开激烈战斗。战斗数日，我军伤亡惨重。任营长的脸阴沉着，他知道，八路军的补给只够三四天了，如果再拖下去，最后就算不是弹尽也是粮绝。

任营长皱皱眉头，对牛连长说："我们必须在三四天内，打败小鬼子。你带个腿快的战士，绕到敌人后方侦察一下，如果发现他们薄弱的地方，我们就在那里进攻，直接攻取！"

全营上下，腿最快的是秋顺。这次侦察任务，牛连长点了他的名字，带他上了路。首先，他们要经过一片小树林，然后再绕到山底下蹭到敌人鼻子底下打探消息。树林虽小，但对于不熟悉地形的人来说，如果不在路上做几个记号，在里面转悠几天都出不来。

牛连长刚进树林，就用刀子在树上标一个记号。秋顺咧咧嘴："做什么记号啊，难道还真回不来了？"

牛连长一边用刀划树皮，一边说："当然得做好准备了，打仗哪能不死人？说回不来就回不来了。"

秋顺眼圈一红，说："连长，要是我牺牲了，你得把我的身子交给我姐，我姐说要把我埋在肥沃的土里，这样下辈子能长出棒小伙来。你以前亲口答应过我姐，你可别忘了。"

牛连长苦笑着说"当然记得，但你放心，你命硬，死不了。"

牛连长走到一半，忽然听到空中

传来恐怖的声音。他抬头看看，发现是几只盘旋的老鹰。老鹰的样子实在狰狞，可能是因为长时间找不到食物的缘故。

两人摸到对面山脚下的时候，天已经擦了黑。为了尽快完成任务，牛连长决定带着秋顺摸黑侦察。出乎两人意料的是，侦察任务进展顺利，牛连长在山脚下摸了几圈就发现了敌军的破绽，只要八路军在此进攻，敌人会被打中七寸而无还手之力！

牛连长高兴得用胡子茬子使劲扎秋顺的脸："乖乖，任务完成！饿死我了，你也饿了吧，咱们分窝窝头。"于是，他们一人一个窝窝头，用嘴"咯咯"地啃。牛连长想和秋顺开个玩笑，说："我官比你大，我吃两个，你吃一个。"

秋顺和牛连长闹惯了，就和他抢最后一个窝窝头。抢来夺去，那个窝窝头突然从两人手中滑出去，一下子掉到了山下。按常理，窝窝头掉了应该没有什么声音，但这黑疙瘩硬如钢铁，碰到石头竟然发出"砰砰"的声音，声音虽然不大，但在寂静的夜里，显得格外刺耳！

敌人明显觉察到了什么，他们派了几个士兵上山查看。牛连长赶紧带秋顺往回撤离，然而敌人跟得很紧，往回奔了一里路，突然，秋顺被一块石头绊倒，一个跟头栽了下去："哎呀！"秋顺下意识地叫了出来，这一出声，鬼子知道是八路军，就边追边往前开枪。

只听"扑"一声，秋顺被鬼子打中了大腿，一下子瘫在地上。牛连长紧张万分，要是被鬼子逮住，情报送不出去就有麻烦了。他在秋顺耳根子边叮嘱几句："别出声，疼也别出声，记住，你有中国人的钢铁脊梁，我引开鬼子，一个个整死他们！"

牛连长把秋顺挪到一棵大树后，朝着另一方向猛跑，一边跑一边扯着嗓子喊"小日本，来啊，现在老子用枪崩死你们！"牛连长故意把鬼子引到他那边，等他们上当。接着，牛连长东放一枪，西打一枪，把鬼子绕得头晕了，"砰砰"，两个鬼子中弹倒地。其他鬼子见同伴受伤，更加丧心病狂，竟然往前面扔起了手榴弹！

"咚"一声，爆炸声震得山响。牛连长跑到稍远处的一棵大树后，再不发冷枪了。鬼子在疯狂报复了一阵后，也哑火了。

牛连长和鬼子僵持了半个小时，哑火了。他慢慢摸到秋顺依靠的那棵大树，摸摸秋顺，压低了声音："秋顺，你真是个爷们，一声都没吭！鬼子打盹了，我们走！"但令牛连长害怕的是，秋顺并没有反应。牛连长心里一紧，一种不祥的预兆涌到心头。再一摸秋顺的胸口，他只觉得湿乎乎的，鲜血不停往外涌。原来，刚才鬼子乱扔了几个手榴弹，其中一个就在秋顺

旁边爆炸了……

牛连长强忍住泪水，想起了秋顺生前和自己交代的事：一定要把他的身子交给他姐。牛连长蹲下身子，摸摸秋顺的脑袋，说："哥带你回家。"牛连长背起秋顺要走，突然，天空传来熟悉而恐怖的声音。牛连长汗毛都竖起来了，是老鹰。

老鹰在牛连长头上盘旋着，乱叫着。牛连长更加紧张，他怕老鹰的异动会引起鬼子的警觉。他屏住呼吸听着，仍然没有发现鬼子行动。他的心

刚刚平静了下来，突然，老鹰一个俯冲，朝旁边的秋顺冲来！

牛连长一挥手，老鹰受到惊吓，又盘旋到了空中。

现在是炎热的七月，秋顺牺牲后，身体很快发出异味，而老鹰闻到腥味，一直不想错过这道美食。

老鹰俯冲得越来越频繁，牛连长知道，时间一长，就算自己不落到敌人手里，也会被眼前可恶的老鹰所累垮。牛连长真想冲着老鹰开几枪，但他知道，枪一响，敌人会疯狂地扑过来。

老鹰一轮轮地冲击着，牛连长的手臂终于挥不动了。老鹰落到秋顺的尸体上，用锋利的嘴啄着秋顺。牛连长急忙把老鹰赶走，老鹰挣扎着，狂叫了几声，又盘旋到空中，等待下一轮攻击。

老鹰又冲了下来，牛连长气坏了，举起枪托向老鹰打去，老鹰惨叫两声，又飞到空中等待机会。老鹰的惨叫，惊动了不远处的鬼子。几个鬼子交谈着什么，而牛连长躲在一棵树后时刻准备和鬼子拼命。还好，鬼子"哇啦"了几句，并没有过来，也许，他们只以为是老鹰的声音。

牛连长一转身，发现老鹰又冲到了秋顺的尸体上，拼命啄起来。每啄一口，牛连长的心都被揪得生疼，这可是自己的兄弟啊！他不能眼睁睁看到自己的兄弟被凌辱，但他是个军

人，知道如果自己暴露后、送不出情报的严重性。他思索片刻，一下子扑在秋顺身上，用自己的身子挡住了老鹰的攻击！

老鹰吓了一跳，在空中转了几圈，又俯冲到牛连长身上，试探着啄了几下，发现牛连长没有反应，就放肆地啄起来。牛连长的衣服很快被啄破，转眼间，他的背被老鹰啄得血肉模糊。牛连长咬得钢牙"吱吱"直响，两手用力抓着地。他想到了秋顺对他说的，一定要把秋顺送回去！

老鹰的攻击更加猛烈，牛连长的脊梁被啄出好多洞，他变得有些意识模糊，他觉得有个忽近忽远的声音在提醒他：任务，你的任务是把情报送回来……

突然，天空传来一阵炸雷，很快，电闪雷鸣，下起了瓢泼大雨。老鹰翅膀沾了水，不舍地飞走了。

大雨浇在牛连长的脸上，使他清醒了很多。牛连长把秋顺背到身后，开始往回撤离。刚走两步，他脚底打滑，一个跟头栽了下来！

路太泥泞，牛连长只好慢慢往前挪，他用力拖着秋顺，每一步都是那么费力。

雨越下越大，回去的路变得更加泥泞，牛连长已经分辨不出树上的记号。就在他犹豫的时候，他听到山上传来"呼呼呼"的巨大声音，是泥石流！

雨水夹泥带石冲到山下的树林里，牛连长用绳子把秋顺绑到了一棵大树上，自己也爬了上来。刚收回腿，泥石流就咆哮着冲过来。泥石流的威力是如此巨大，以致于树林里的小树都被生生冲断。

几个小时后，泥石流终于消退，牛连长一下从树上滑了下来，晕了过去。

等牛连长醒来，发现树林周围全是碎石烂泥，回去的路已经找不到了。他再往前瞅瞅，发现了几具敌人的尸体，这是昨天来不及逃跑的日军，被泥石流给压死了！

牛连长吐口唾沫，兴奋了一会儿，但很快他又沉默了，自己找不到路，在树林里转个两三天，等出去时说不定主力部队已经饿得无力了。他坐在秋顺旁边，擦擦他脸上的污泥："秋顺，老天竟跟我们开玩笑，不让我们回去了。"

正当牛连长绝望时，突然，他听到让他咬牙切齿的恐怖声音！是老鹰，是可恶的老鹰。牛连长抬头往前望去，发现远处有几只老鹰正向自己的方向飞来！

牛连长吐口唾沫："昨天没吃够，今天组团来了？把家人都带来了？今天老子非宰了你们不可！"

突然，牛连长意识到了什么！这群老鹰邪得很，只在树林的西北方向居住，而自己正是从西北方向过来的，老鹰所飞的路线正是自己回去的路!

牛连长再也忍不住，热泪"吧嗒吧嗒"往下掉。他抱住秋顺笑一回哭一回："秋顺，咱们找到回去的路了，我背你回家！"

几只老鹰在空中盘旋了一会儿，然后疯狂地俯冲下来，牛连长刚要拿枪射击，没想到那几只老鹰冲向了敌人的尸体。牛连长乘机背起秋顺，朝着老鹰飞走的方向走去。

情报顺利送达，八路军一举把日军消灭。而秋顺也入土为安，他如愿地睡在了肥沃的黄土地里。

牛连长摸摸自己被老鹰啄得遍体鳞伤的脊梁，感慨万千。他在想，如果那天晚上，他用枪打死那只老鹰，就算敌人捉不到自己，泥石流冲毁了回去的路，老鹰一死，它就不会回去叫自己的同伴，而自己也就完不成任务了。

是老天在帮自己，还是自己的脊梁争了气？

（题图、插图：谢　颖）

您手中有没有得意之作？本刊辟有二十多个原创性栏目，如中国新传说、我的故事和中篇故事等；您读到或听到什么有趣事可以和大家一起分享吗？3分钟典藏故事、外国文学故事鉴赏和快乐辞典等都是本刊推荐性栏目。热忱欢迎来稿，可从邮局寄发，也可从网上传递。邮寄地址：上海绍兴路74号《故事会》杂志社，邮编：200020；如为电子邮件，本期责任编辑信箱：xiaomeng.ye@gmail.com。

尼娅太太的 短信

终都没向他借过钱。"说完,他挂了电话。

得知这件事,哈瑞气得暴跳如雷,骂自己瞎了眼认错了朋友。三万美元可不是一笔小数目,足可以让贫穷的尼娅生活上好几年。

于是,邻居鼓励尼娅去状告这个叫阿尔密的人。

尼娅无奈地说:"没用的,我儿子借钱给他时,根本没叫他打欠条,也没有旁人在场。"

邻居们说:"那就没辙了,唯一的希望是阿尔密能良心发现,主动把钱还给你。"

邻居的这句话,提醒了尼娅。从那时起,尼娅就开始隔三差五地给阿尔密发短信。

她在短信里说:"亲爱的阿尔密,今年的夏天特别热,我没有足够的钱开冷气了,只好去邻居家避暑,真是太打搅他们了……""亲爱的阿尔密,

尼娅是一位单身母亲,一年前,她的儿子哈瑞因为偷窃,被关进了监狱。此后,尼娅的生活变得孤单而有规律,她除了每个月去一趟监狱探望儿子外,还会每隔几天就给一个叫阿尔密的年轻人发短信。

阿尔密是哈瑞的朋友。哈瑞被捕后告诉母亲,说阿尔密曾经向自己借了三万美元,要母亲代他去把这笔钱要回来,同时他给了母亲一个电话号码。

尼娅回到家后拨打了这个号码,话筒里传来一个富有磁性的声音。

尼娅对阿尔密说起三万美元的事时,他否认了,并说:"是的,我是你儿子的朋友阿尔密,但我自始至

今天又到了给哈瑞寄生活费的日子，但政府发放的救济金实在少得可怜，我不得不分两次给他寄……"最后总留下自己的银行账号，希望阿尔密良心发现，把三万美元汇来，可是，那头始终没有回音。

知道了尼娅的做法后，邻居们都同情她，说："尼娅，这是没用的，如果这个年轻人有良心的话，早就把钱还给你了。"

可是，尼娅还是一如既往地给阿尔密发短信。

半年后，尼娅终于等来了阿尔密的回电，电话那头说："你好，尼娅太太，我不是阿尔密，我不知道这个叫阿尔密的人跟你发生了什么事，这个号码是我上个月刚买的，请你不要再发短信给我了。"

尼娅惊讶地说："可是，您的声音我不会记错的，您就是阿尔密。"电话那头再次否认自己是阿尔密，然后急迫地挂断了电话。

这个电话让尼娅感到很伤心，但直觉告诉尼娅，他就是阿尔密。因为阿尔密的声音很有磁性，就是化成灰，她也听得出来。

六天后，尼娅又重振旗鼓，给阿尔密发去了一条短信："亲爱的阿尔密，我知道你就是阿尔密。你给我回了电话，说明你在意我的短信，你在逃避，说明你在受良心的谴责。我相信，你总有一天会醒悟的。"

一年快过去了，除了那一次，阿尔密再也没给尼娅回过电话，但尼娅坚信，她的短信总有一天会感化阿尔密。

于是，尼娅始终如一地给阿尔密发短信，久而久之，短信也有了新的内容。比如尼娅会在短信里问候阿尔密的生活和健康状况，会说起儿子哈瑞小时候的趣事，会提到哈瑞获得减刑的好消息，还会欣慰地说起前几天政府送来的生活救济品……

圣诞节那天，尼娅给阿尔密发了一条"圣诞快乐"的祝福短信，令她意想不到的是，阿尔密也很快回复了一条"圣诞快乐"。

短短的一个祝福，令尼娅的这个圣诞节过得格外开心。

不久，尼娅收到了一个来自加拿大的电话，电话里是一个富有磁性的声音，他说："您好，尼娅女士，我是阿尔密。我现在在加拿大，那三万美元我已经汇进您的账户里了。对于这几年来亏欠您和哈瑞的债务，我深表歉意。"

尼娅听了，喜极而泣，高兴得说不出话来。

阿尔密说："这三万美元，是我到加拿大后，每天努力工作挣来的。请原谅我，尼娅太太，过去我曾想换个号码，可是您频频给我发短信，而且那些短信很温暖，我被深深地打动了……"

这天，尼娅和阿尔密聊了很久。

几年后，哈瑞刑满释放，他一回到家，便迫不及待地给阿尔密打电话，想跟他说一声谢谢，可聊了一会儿，哈瑞就愣住了，因为除了声音上一样，对方似乎对哈瑞的过去一无所知。

在哈瑞再三追问下，对方终于承认他并不是阿尔密。

哈瑞惊呆了："既然你不是阿尔密，你为什么要这样做？"

对方顿了顿，说："其实那一次打电话，我并没有骗尼娅，我确实不是阿尔密，可能我们的声音很像，所以尼娅一直发短信给我。也正因为她多年来始终不放弃，给我频频发短信，我被她的坚持打动了，我觉得真相和金钱已经不重要了。"

哈瑞听着听着哽咽了，对方继续说道："我是一个孤儿，原本对生活毫无信心，常常自暴自弃，可是尼娅的短信，竟让我感受到了母爱，那是一种亲情的责任，我又重新振作起来。"

哈瑞感动地说："现在真相并不重要了，你也会是我的好朋友，永远的好朋友！等有了钱，那三万美元，我一定会还给你！"

哈瑞最终没有告诉他：尼娅早已在他入狱第二年就去世了，后来一直给阿尔密发短信的是另一个女人。那个女人生活贫困，无儿无女，丈夫瘫痪在床。尼娅可怜她，知道自己病入膏肓，就将讨债的事交托给她，说如果讨回了钱，那些钱就归那女人所有。起初她不肯接受，说这样做毫无用处。尼娅对她说了这样一句话："人都是善良的，只要把真诚传给对方，对方总有一天会感化的。"

事实证明，"阿尔密"终于被她的一条条短信感化了。最后，这个女人也没有将这三万美元占为己有，这么多年来，一直都是她给狱中的哈瑞寄生活费。

（作　者：叶仲健；推荐者：余　卫）

（题图、插图：谢　颖）

鲤鱼上东楼

□ 杨新玲 张敬中

村头有一座小土地庙，主持庙务的庙祝叫道空。

近来，道空发现了一件让人十分纳闷的事：庙里神龛前的长明灯，原本添一次油用七天，现在无缘无故只能用六天，当地民风淳朴，就是有个把小贼，也绝对不敢来庙里偷油。

灯里的油到底怎么会少的呢？想不出原因，道空不动声色，决定暗中查访。

这天夜晚，道空打坐已毕，却没有像往常一样回到宿处，而是偷偷藏在大柱后面，眼睛盯着长明灯，一眨不眨。

夜已很深了，突然，眼前出现了一个光脑袋的老头，他走到长明灯前，伸出手来，往长明灯里蘸了香油，往头上抹，原来那老头脑袋上伤痕累累，他是蘸了香油治伤的，蘸了就抹，抹了又蘸，长明灯里的香油就是这么少的。

道空走出来，一把抓住老头，说道："你是谁？怎敢用居士们的功德为自己疗伤？"

那老头也不挣扎，开口一句话，就把道空吓住了："我就是你天天供奉的土地神呀！"

见到土地神现身，道空惊讶得说不出话来，赶紧松开了手，可是看到老头满脑袋是伤，又疑惑地问"你是土地，是一方神仙，怎么会落到这般模样？"

土地神回答说："这个村里有个叫李逊之的，家里盖房挖地基，一镢头下来，就把我的头打成这样！"

道空知道李逊之家有良田百亩，骡马几十头，是方圆百里赫赫有名的富户。李逊之的爷爷和父亲是有名的大善人，人人称道，当初李逊之的爷爷在此地落户，在运河岸边靠摆渡为生，夏季发大水，两岸许多房舍毁了，别家的船乘机大捞财物，而李逊之的爷爷对漂浮在河面上的财物毫不动心，却忙着救人。到李逊之的父亲当家时，李家已经大富大贵了，但他家并不忘本，常年开着粥棚，供附近的乞丐每天喝上一碗粥。逢上灾荒年，李家都开仓放粮，几十年来救活了无数的人，道空和李逊之的爷爷、父亲过往甚密，可以说是看着李逊之长大的。

李逊之从小娇生惯养，提笼架鸟，喝酒打架，长大后欺男霸女，恶事不断。父亲在世时，李逊之尚能有些收敛，父亲去世后，李逊之就成了乡间一霸，乡亲们对他恨得咬牙切齿，背地里称他"李孙子"。为此，道空渐渐和李家断了来往，近日听说他家盖房子，请了一个有名的阴阳先生，大概阴阳先生恨其恶行，故意为他选错了日子，让他冲撞了土地神。

想到这里，道空问土地神："李逊之家把你打伤，你该找他算账呀！"

土地神回答说"李逊之家祖上积德很盛，我现在奈何不了他。"

道空忍不住又问："那你什么时候才能够奈何得了李逊之？"

土地神答道："鲤鱼上东楼之日。"

"鲤鱼上东楼？"道空惊讶不已，鲤鱼啥时候才能上楼呀？

看到道空一脸不解的神情，土地神却再也不肯多说一句，道空知道这是天机，也不再问了，任土地神用香油疗伤，只是从这天以后，再没有见过这个土地老头了。

弹指十年，李逊之的儿子大婚，请来了十几位厨师，三天前就拉开了场子，其中有一个专管炸鱼的厨子，一不留神，被李家的老猫叼走一条大鲤鱼，在众人一片喊打声中，老猫急不择路，一跃一蹿，便上了东面的楼房。众人一齐追猫，人多手杂，不提防打翻了油锅，火骤然而起，火借风势，风助火威，众人纷纷躲避，哪里还顾得了去救火？顷刻之间，李家的万贯家产化为乌有。

从此，李逊之的家境一日不如一日，最后一贫如洗，竟饿死在讨饭路上。道空闻讯，叹道："善有善报，恶有恶报，不是不报，时候未到，真是毫厘不爽！"

（题图：黄全昌）

请你泡泡手

□ 向曙红

有时候，一个误会就会改变人的一生。凯蒂是一位单亲妈妈，因为被医生误诊为绝症，她不得不通过中间人，把三个月大的儿子奥斯瓦，寄养给一户叫兰兹的有钱人家里。几个月后，凯蒂得知自己没有病，是一场误会，于是她发疯似的来到兰兹的家里，想要回自己的儿子，却发现兰兹一家不久前就搬走了。

凯蒂顿时就虚脱了，好半天才哭出声来。她现在有健康的身体，但是，她的儿子，却不见了。

奥斯瓦可是她在这个世界上唯一的亲人。当初，她是得知自己快要死了，才不得不将儿子送了人，现在，她死不了，她当然得找回儿子。找不回儿子，她倒不如死了好。所以，寻找儿子，寻找兰兹一家的下落，成了她生活的全部。

她多方打听，才得到一个消息，兰兹一家举家搬到明尼苏达州的一个乡下小镇去居住了。凯蒂立即根据这个线索，寻找了过去。

冬日的一个早晨，凯蒂终于打听到了兰兹一家的住所。看到这栋有些颓败的旧式建筑，凯蒂不由有些恍惚和怀疑，兰兹家那么富裕，怎么可能住这样的房子，也许，自己找错了，但她还是上前按响了门铃。

几分钟之后，有一个妇人拖拖沓沓地来开了门。这妇人脸色苍白，显然是病了。

凯蒂当初偷偷地躲在暗处，看过兰兹太太，虽然面前这个憔悴的妇人与当初那个容光焕发、衣着光鲜的兰兹太太有着太大的差距，但凯蒂还是认了出来，这就是自己要找的人。

兰兹太太领她进屋后，自己又缩回到床上躺着了，有气无力地问她："你是妮莎介绍来的吗？"

凯蒂心不在焉地应着："妮莎？哦，不。"她的目光急迫地在屋子里搜寻。

这屋子里可真够冷的，连暖气都没有，倒是靠墙的位置，有个现在已不多见的老式壁炉，壁炉里，还有微微的一点炭火。在壁炉旁，有一个婴儿床，一个小男孩正躺在里面，他显然刚刚睡醒，一双大眼睛张开着，好奇地望着她。

凯蒂一眼就认了出来，这就是她的儿子奥斯瓦，她激动地奔过去，伸出手刚要摸儿子的脸，却被兰兹太太出声阻止了："别动他，让他睡吧。"

凯蒂伸出颤抖的手，抚摸儿子的脸："不，他已经醒了。"

兰兹太太有些严厉地叫起来："那也别动他！拿开你的手！"

凯蒂愣住了，她不知道自己怎么就惹着对方了。

兰兹太太颤巍巍地下了床，从保温瓶里倒了一点热水在洗手池里，她将手伸在热水里浸泡着，回过头来对奥斯瓦说："宝贝，妈妈这就来给你穿衣服，我的宝贝要起床啰！"

凯蒂说："让我来给他穿衣服吧。"她已经好几个月没见到儿子了，她急迫地想捏捏儿子的小胳膊小腿。

兰兹太太迟疑了一下，最终点了

头："行，反正这今后就是你的事了，你就实习实习吧。来，请你泡泡手。"

凯蒂不解："泡泡手？为什么？"

兰兹太太说"这么冷的天，不泡泡手就给他穿衣服，会冻着他的。你得先将手泡暖和了。"

凯蒂怔住了，这倒是她这个生母从来没有考虑到的。她按照兰兹太太的吩咐，在热水里将双手泡暖和了，这才给奥斯瓦穿衣服。

兰兹太太问她："你说你不是妮莎介绍来的？那是谁介绍你来领养这个孩子的？"

凯蒂又是一怔："领养？你打算将这个孩子交给别人领养？兰兹太太，我能问问你是为什么吗？"

兰兹太太叹了一口气："你都看

到了，我正在生病，要不是要抚养奥斯瓦，我早就追随我的丈夫而去了。现在这样的日子我再也过不下去了，我累了，我打算……所以，我必须先将奥斯瓦的生活安顿好了。"

凯蒂懵了，虽然兰兹太太并没将话说全，但她猜得到她所说的"打算"是什么了。

她惊问："兰兹太太，据我所知，你们以前的生活是非常富裕的，怎么现在……"

这一句话勾起了兰兹太太的伤心事，她嘘唏半天，缓缓讲了起来：

在她收养奥斯瓦之后大约两个月，经济危机爆发了，她丈夫经营的建筑业首当其冲地受到冲击，她丈夫很快就破产了，原来居住的别墅也被银行收了回去。没有办法，他们才举家回到位于这个小镇的老家，收拾收拾这栋快20年没人居住的老房子，重新安顿下来。哪知道这一次的打击对于她的丈夫来说实在是太大了，他接受不了，在这里安顿下来没几天，丈夫便寻了短见，自杀了。她与丈夫一直感情深厚，丈夫一走，她恨不得追随他而去，但看着可怜的奥斯瓦还要人抚养，她只能打消了轻生的念头，可现在她患了病，贫病交加，再一次让她丧失了生活的信心，所以，她只能委托妮莎，物色一个好人家来收养奥

斯瓦，了却她的后顾之忧。

就在那一刻，凯蒂作出了一个对于她来说既艰难又快乐的决定，她没将自己的真实身份告诉兰兹太太，也否认自己是来领养奥斯瓦的，她说："我只是一名钟点工，来你家做家务，并帮助你照顾奥斯瓦的。"

兰兹太太直苦笑："钟点工？你看我现在的状况，请得起钟点工吗？你一定是弄错了。"

凯蒂撒了个谎"没错。是一位女士请我来的，她已经帮你付了五年的薪酬。"

"这位好心的女士叫什么名字？"

凯蒂灵机一动，说："她叫凯蒂。她说，她以前受过你和你先生的恩惠，她现在请我来为你们做钟点工作为报答。对了，她还给了一点钱，让我转交给你。"凯蒂掏出身上仅有的800美元，递给了兰兹太太。

兰兹太太眼里闪着泪花，喃喃自语："凯蒂？她是谁呢？我怎么不记得帮助过这样的人呢？看来，这世上还是好人多啊！"

凯蒂说："可不是吗？我已经拿了别人给的薪酬，所以，我得在你这里干钟点工，不过，你可得给我提供个住处哟。"

凯蒂就这样在兰兹太太家住了下来，她不仅给兰兹太太当钟点工，还到小镇的一家超市兼职做了售货员，每天两点一线地忙碌。而且，她还找

编读聊天室：众手浇开故事花

山东省的读者王欣：前阵子，我买了一本12月红版的《故事会》，读到《跟90后过招》这篇作品时，我发现文中把"纹身"的"纹"写成了"文"，我一直记得"纹"这个字应该是有绞丝旁的，起初我想，会不会是杂志编辑弄错了，于是我去询问大学老师，老师也说是"纹身"，不是"文身"。于是，我打电话给编辑部，说了错别字的情况，没想到，编辑说，根据词典里的注释，"文身"的"文"是没有绞丝旁的，于是我查了一下《现代汉语词典》，果然有"文身"这个词。我恍然大悟：原来是我写了十多年的错别字，当了那么多年的白字先生，《故事会》真是一字师啊！

故事中国网的读者故事票友：12月上《故事会》的作品整体水平较高，多篇作品很有看点，我最喜欢《儿子的汇款单》，文笔朴实、生动传神，而且更能给人以感悟。这篇故事可以给我们很多启示，就拿文中的王强来说吧，与其说他的不爽是由于多事的大喇叭引起的，不如说是他自己"要脸面"的心理在作怪。仔细想想，生活的确如此，很多时候，我们由于眼睛往上看，见不得别人出风头，一时的心理失衡，就会生出一连串是是非非的故事来。试想一下，如果我们能做到"眼睛向下不攀比，心灵向上不失衡"，这世界该会少了多少不必要的恩怨是非呀！

编辑部：感谢两位读者给我刊的反馈，也希望你们继续支持我刊，2011年的《故事会》推出了一个新栏目——新生肖故事，栏目中的作品是由恒源祥家纺产业集团与《故事会》杂志社联合举办的"和气致祥杯新编十二生肖故事大赛"中的获奖作品，希望大家会喜欢。

到了妮莎，告诉妮莎一件事情："别再为奥斯瓦找抚养他的人家了，兰兹太太打算自己抚养他。"

现在，奥斯瓦已经两岁半了，凯蒂还在兰兹太太家里当着不拿工资的钟点工，知道这件事的人都认为她太傻了，劝她早日公开自己的身份，认回自己的儿子，她总是摇头："奥斯瓦是兰兹太太生活下去的精神支柱呢，我不能夺走他。"

"那你就这样牺牲自己？"

凯蒂笑笑，说："我没有牺牲呀，我每天都能和我的儿子在一起，奥斯瓦现在拥有两个疼爱他的妈妈呢，这不好吗？"

凯蒂还说了一个细节："其实，真正让我做出这个决定的，是兰兹太太的一句话——'请你泡泡手'。这句话深深打动了我。给儿子穿衣服前，先要将自己的手泡暖和了，这种细致和用心，是真正的母亲才会有的，她是真心爱我的儿子，我没法剥夺她的这种爱。"

（题图、插图：佐　夫）

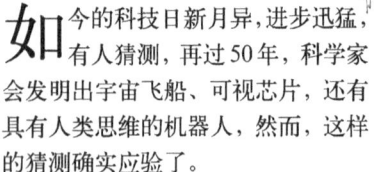
致命的记忆力

□戴彦杰

如今的科技日新月异，进步迅猛，有人猜测，再过50年，科学家会发明出宇宙飞船、可视芯片，还有具有人类思维的机器人，然而，这样的猜测确实应验了。

艾华德是一位科研人员，专门研究发明机器人。最近，他遇到了一件烦心事，他感觉自己的记忆力日渐衰退，经常会忘记一些重要数据。

就在这时，他收到了一封奇怪的信。信上写道："如果你想提高自己的记忆力，就去德林街道，找一位叫弗兰卡的先生，他会告诉你解决记忆力衰退的方法！"

艾华德激动地叫了起来："这真是太好了！"他感觉自己可以重获新生了，于是，他立刻前往德林街道。

在弗兰卡的家门口，艾华德按下了门铃，不一会儿门开了，迎面出来

的是一位中年男子。

艾华德上下打量了他一番，微笑着说道："我找弗兰卡先生！"

中年人说："我就是弗兰卡，你找我有事吗？"

艾华德略有所思地说："哦，是这样的，我收到一封信，信上说找你可以解决我记忆力衰退的问题。"

中年人突然明白了什么，说："原来是这样，我们进去说吧！"

艾华德点点头，和弗兰卡一同走进了屋子。他发现弗兰卡的家很简单，既没有像样的家具，也没有奢华的装饰，一切看起来极为普通。弗兰卡淡淡地问艾华德："你的记忆力是什么时候开始衰退的？"艾华德想了

想，说："好像是上个月！"

弗兰卡接着问："那你真的想恢复记忆力吗？我的意思是，现在机器人那么发达，根本不需要人们去记忆。"

"当然，先生！"艾华德认真地说，"记忆力对我来说，如同我的生命。我是一位科研人员，如果失去了记忆，可能会造成巨大的损失。"

弗兰卡叹了口气，说："看样子，要满足你的愿望，似乎只有一个选择了。"

艾华德觉得奇怪，说实话，他不相信弗兰卡可以帮助他恢复记忆力，因为弗兰卡既不是医生，也不是从事记忆研究的专家。不过，他还是耐心地听着弗兰卡的解决方案。

弗兰卡把艾华德带到了他的书房。突然，他从书桌里拿出了一把手枪。艾华德一看，吓得惊叫起来："先生，你这是做什么？"

弗兰卡面无表情地说："孩子，我实话和你说吧，你要恢复记忆，必须拿着这把枪，然后开枪杀了我。"

艾华德吃惊不已，他颤抖着说："可是，我的记忆力和你的生命有什么关系？我不明白！"

弗兰卡笑了笑，说："你不用奇怪，如果你想达到目的，只能这么做！"

艾华德感到了恐惧："难道就没有别的办法吗？"

弗兰卡说："实话和你说了吧，其实，我的日子也不多了。前天，医生告诉我，我在今天就会自然死亡。你如果要恢复记忆，只有杀了我。不过，你不用担心，我已经写好一封遗书，表明我是自杀而亡的！"

艾华德震惊了，他不明白实现自己的这个要求，要赔上一个人的性命，而眼前的这个人和自己又素不相识，却愿意为他牺牲，艾华德感到不可思议。

他又问弗兰卡"我这样做，真的不会受到警方的追捕吗？"

弗兰卡平静地说："不会的，孩子，我以我的人格担保！"

艾华德还是有些不敢确信，他又问弗兰卡"等等，我还有一点没弄明白，为什么我的记忆会和你的生命扯上关系？"

弗兰卡无奈地摇摇头"孩子，我无法告诉你，总有一天你会明白的！"说完，弗兰卡把手枪交到艾华德的手上，然后对准自己的脑门，闭上眼睛。艾华德颤抖着双手，扣动了扳机，弗兰卡中枪，应声倒地。

弗兰卡死了，艾华德惊慌失措地回到了家中。他躺在床上，刚才惊恐的一幕，让他不寒而栗，他蒙起被子，不知不觉睡着了。

第二天，艾华德醒后，回想起昨天发生的事，感到十分离奇，不过，令他欣喜的是，他的记忆力果真恢复了。虽然如此，艾华德还是担心不已，毕竟他谋杀了弗兰卡，是个凶手，然而，就在当天晚上，报纸刊登了弗兰卡自杀身亡的消息，原来弗兰卡也是一位科研人员。

艾华德心中的大石头终于落地了，他又恢复到以往平静的生活。半年后的一天，艾华德像往常一样在家中看书，快到下午的时候，突然有个不速之客到访。那人与艾华德差不多年龄，他上下打量了艾华德一番后，微笑着说道："您好，我找艾华德先生！"

艾华德说："我就是艾华德，你找我有事吗？"

那人略有所思地说："你好，我叫玛卡。昨天，我收到了一封信，信上说，你可以帮我解决一些棘手的问题！"

艾华德觉得很莫名："可是我并不认识你啊！"

玛卡说"这不要紧，我们可以进去说吗？"

"可以，请进！"

艾华德和这个陌生人在客厅坐下，艾华德问道："我可以帮你解决什么问题呢？"

玛卡顿了顿，说："最近，我感到自己的记忆力下降了！"

艾华德突然感觉到不安："什么？你的记忆力也……那我能帮你的忙是……"

玛卡收起了笑容"很简单，我要你的生命！"

"什么？"艾华德叫了出来，"这到底是为什么？"

玛卡冷冷地说："因为你是一个机器人，你的机器寿命已经到期了！"

艾华德惊恐地说："我是机器人？这不可能！"

玛卡冷笑着："没错，其实你和弗兰卡都是机器人，我只是借你的手，毁掉弗兰卡而已，我现在是来毁掉你的！"艾华德突然发现事情的严重性，他看到桌子旁有一罐自己常用的喷雾剂，他急忙拿起喷雾剂朝玛卡丢了过去，玛

卡躲闪不及，被砸了个正着，艾华德乘机逃了出去。

艾华德拼命地奔跑着，他感到越发的奇怪，他不知道玛卡说的是不是真的，自己的记忆力确实衰退过。他躲进了自己的秘密实验室，实验室里有一个封闭的房间，可是他从未进去过，或许这个房间可以让他呆上一阵子。于是，艾华德来到了大门口，用自己的指纹识别密码后，房间的大门打开了。

艾华德走了进去，突然发现实验室里有几个容器，其中一个容器里躺着一个人，他的长相居然和自己一模一样，而另外一个容器里躺着的竟然是弗兰卡。艾华德吃惊不已，他不知道这是怎么回事。

这时，他背后突然传出一个男人的声音："现在你明白了吧，艾华德！"

艾华德转身一看，发现是玛卡，不禁害怕起来："你为什么会找到这里？"

玛卡冷笑一声，说："其实，这原本是我的实验室，你和弗兰卡都是我制造出来的机器人，容器里的是副本，这是一个震惊世界的成果。我把你们制造了出来，并把我的思维、精神移植到了你们的脑中，使你们有了思维能力，可以帮我完成最终的愿望。"

艾华德不解地问："最终的愿望？什么愿望？"玛卡淡淡地说："通过我给你们移植的理念和科学技能，你们可以帮我制造出更多的机器人，让机器人减轻人们的痛苦，代替人们的日常工作。"

艾华德忙说："我一直都在研制机器人，你的愿望很快就会实现，可是，为什么你要杀我？难道——你是想杀人灭口吗？"

"不！"玛卡认真地说，"我发现自己原本的想法是错误的，机器人的宿命就是被人类控制，可是现在，一切都发生着变化。制造更多的机器人，势必会影响人类的发展，机器人的思维能力越接近人类，人们就越来越依赖他们，久而久之，人们的记忆力会衰退，甚至完全失去自有的生活能力，所以我必须要改正这个错误。"玛卡顿了顿又说，"还有，你们机器人越接近人类的思维，就越会有私欲，我只是用了一个小小的程序，就可以让你去残杀弗兰卡。你们的存在，会威胁到我们人类，所以，朋友，我必须亲手毁掉你们，虽然你们是我毕生的心血，但是我该为此赎罪！"说完，玛卡按动了死亡按钮。

艾华德突然发现自己已经无法行动了，他惊恐地叫了起来，感到自己身体在一点点虚弱，心脏慢慢地停止了跳动……

（题图、插图：佐　夫）

阿P搭便车

□ 张晓晖

阿P这人，本质不坏，但有时就爱贪小便宜，这不，刚当上了办公室主任，老毛病又犯了，这天，办公室的空调坏了，阿P一个电话叫当修理工的小舅子上门修理，之后，又"搭便车"顺便也把家里那台坏了的洗衣机修好了。这事到此还没结束，因为老同学李远打来电话，感谢他给自己介绍对象，他们要在溢园餐厅答谢阿P，并特意言明让阿P多带几个朋友过去乐呵乐呵。这样一来，阿P又"搭便车"顺便把老婆、女儿，还有那个修理工小舅子带上，这不出一分钱，各方都摆平了。

晚上，阿P一家子开车赴约，半路上，老婆小兰的手机响了，原来是她娘打来的，小兰接了电话，脸色突变，忙捂着话筒，悄悄对阿P说："老公坏了，今天是我妈生日，她让我们回家吃饭呢，我一忙都忘了，这怎么办？你快想个办法！"

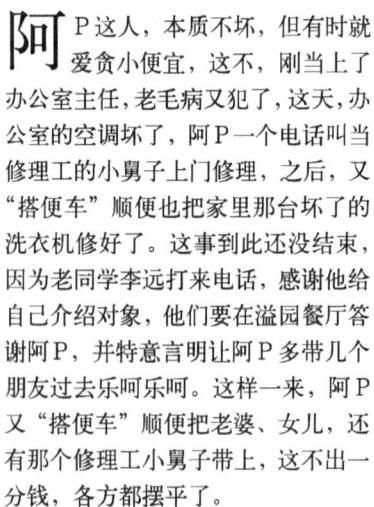

见老婆向自己求援，阿P心中一阵得意，他摆出一副处惊不乱的神态，接过手机，甜甜地说："妈，您就别忙了，我们早在溢园餐厅订了位子，蛋糕也订好了，想给你个惊喜呢。"见丈母娘还有点犹豫，阿P赶紧说："我最近升职了，两个朋友正好要给我庆祝，人多热闹，大家一块聚聚，花费不了几个钱的。"丈母娘听了，这才乐呵呵地答应了。

挂了电话，小兰正要夸奖阿P几句，阿P的电话响了，是市一小学教导处的周主任打来的，这次女儿进重点小学，全靠他帮忙，周主任在电话里说："你女儿入学的事已经办妥，你什么时候来办手续？"阿P说了一大堆感谢的话，又捂住话筒，问小兰："要不要搭个便车叫周主任一起来吃饭啊？"小兰瞪了阿P一眼："一顿饭你想省多少钱，女儿将来上学，还得靠周主任呢，下次单独请她！"

阿P听了，赶紧对周主任撒了个谎："周主任，真不好意思，本来今天就应当请你吃个饭，可是我现在要去新疆出差啊！等回来再请你吧！"周主任立马说："吃饭免了，就给我带点新疆的葡萄干吧，我挺爱吃的。"阿P愣了一下，马上满口答应，心想待会上超市买蛋糕，顺便买点新疆葡萄干，这又都摆平了。

一阵忙乱后，阿P他们终于到了溢园餐厅，李远和他女朋友已在包厢等候，阿P客气地说："今天是我丈母娘生日，但为了朋友，我阿P也豁出去了！"李远一听，忙说："那你打电话，请他们来，不就是多两双筷子的事吗？"阿P要的就是这句话，赶紧顺着梯子爬："好，好，恭敬不如从命。"

半个小时后，阿P的丈母娘和老丈人来了，阿P刚想起身介绍，一看后面还跟着十多个人，立刻傻眼了。丈母娘笑着说："我把你大哥和二哥以及小妹一家都叫来了，他们一听你升职，要给我过生日，都抢着要过来呢。"这搭便车也太过了吧，阿P心里怒火翻腾，但看小兰喜滋滋的样子，不敢当场发作，好在李远他们很大方，说："没事的，大家图个热闹嘛。"阿P的脸涨得通红，也只能讪讪地请他们入座。不过包厢里的位子明显不够坐，他们只好换了一个二十人的大厅。

马上要开席了，又来了位不速之客，竟然是市一小学的周主任，她一见阿P，就愣住了："你、你不是去新疆了吗？"此刻，阿P恨不得钻到地底下去，情急之下，只得胡乱撒起谎来："嗨，别提了，公司临时出了点急事，一定要我处理。你不知道，我现在当了办公室主任，什么事都得管，走不开呀，新疆嘛，我就让手下去了。"周主任似乎有同感，笑着说："是呀，当领导嘛，就是事情多，理解理解。"

阿P见周主任没有起疑心，于是岔开话题，问："没想到这么巧，我们在这里碰上了，原来都是一家人啊！"李远的女朋友赶紧接话，说："她是我的姑姑，从小最疼我了。"

几个人寒暄了几句，宴席开始了，酒菜非常丰富，几个亲戚纷纷来给阿P敬酒，恭喜他升职，阿P一时成了整个宴席的主角，他笑得合不拢嘴，觉得自己特有面子，他心里还有点感动，这顿饭可不便宜，李远花了大价钱，等他结婚的时候，一定要包个大红包给他。

就在这时，外面又进来一个人，这人西装笔挺，很有派头。阿P一看，吓了一跳，这人阿P太熟了，居然是他的顶头上司王局长。没等阿P上前招呼，李远的女朋友就迎了上去，撒娇地拉着王局长的手，说："舅舅，你怎么现在才来？人家一直等你呢！都

等得着急了。"说着，她把王局长拉到了席前最重要的位子，大家赶紧依次挪位子。

宴会的主人变成了王局长，阿P这下不敢口出狂言了，大家围着王局长又敬烟又敬酒，这顿饭吃得别提多别扭。

好不容易将王局长侍候得酒足饭饱，服务员递过单子，李远正要掏钱买单，阿P突然看到王局长朝自己扫了一眼，这眼神，好像是漫不经心，但阿P心如明镜似的，抢着对李远说："这单我来埋！"随即他拿出一张信用卡，交给服务员。

这顿饭花了阿P五千多块钱，疼得阿P心里直流血，再看亲戚们，个个闷声不语，而小兰，脸色更如同猪肝，阿P明白了，回家后，他还有一场家庭大战……

果然，宴会结束，阿P一进家门，耳朵就被小兰扭住了，阿P吓得魂飞魄散，赶紧作揖求饶："老婆，事出意外，我本意是想搭便车省钱呀！""小兰指着阿P的鼻子大骂："搭便车，搭你个头！你看人家，多聪明，只要一个舅舅，就省了一顿饭钱。我前面偷听到李远的女朋友说，她的亲戚都是当官的，都能派上用场，出来吃饭从来不用付钱！"

一听到"当官的"，阿P乐了，连说："妙啊，妙啊！"小兰还以为阿P大脑受了刺激，问："你高兴什么？"

阿P得意地说："这次请客，意义大着呢。"小兰狐疑地看着他："什么意义啊？"

阿P说："这次请客虽然花了不少钱，可是你想想，局长外甥女的婚事是我介绍的，又请了他们吃饭，我们之间的关系不又近了吗？以后升职的机会应该会更多了，这个便车搭得值！"

阿P躲过了老婆这一关，又得意地吹起口哨来。

(题图： 顾子易)

·本刊信息传真·

阿P系列幽默故事征文

阿P系列幽默故事栏目开辟二十多年来，深受读者欢迎。为了把这个栏目办得更好，本刊再次面向全社会征稿，希望有更多的人来关注阿P，把您身边的阿P故事写得更精彩，更有现实意义和典型意义。

来稿方法：1. 从邮局寄发，请在信封上注明"阿P故事征文"字样，本刊地址：上海市绍兴路74号《故事会》杂志社，邮编：200020。2. 从网上传递，可寄以下信箱：wulun@vip.sohu.net，请在主题上注明"阿P故事征文"字样。凡已和我刊编辑有联系的作者，稿件可继续投给联系的编辑。

该还你多少

□ 李英发

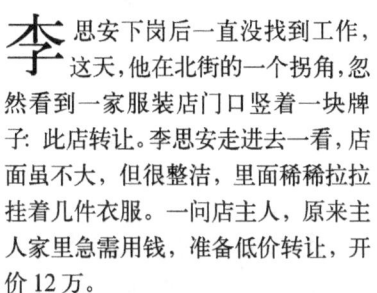

李思安下岗后一直没找到工作，这天，他在北街的一个拐角，忽然看到一家服装店门口竖着一块牌子：此店转让。李思安走进去一看，店面虽不大，但很整洁，里面稀稀拉拉挂着几件衣服。一问店主人，原来主人家里急需用钱，准备低价转让，开价12万。

李思安原来是服装厂的采购员，他当时眼睛就一亮，这可是个机会！他又核算了一下，按一般的行情，这样的门面至少得15万。李思安又和主人讨价还价了半天，最后商定10万元，但主人咬定：需一次性付清价款。

李思安回来后和妻子商量了一下。妻子说："这店位置不错，价钱也不高，但咱的家底你也知道，限时限刻上哪弄这么多钱呢？"李思安想了想说："要不去大刘家试试？"大刘和李思安是一个村的，关系谈不上很好，但也能说得上话，论辈分大刘还叫他叔叔呢。大刘现在开着一家纺织厂，是村里排得上名的富户，找他借个几万元应该没问题。

吃过晚饭后，李思安找到大刘家，寒暄了几句，就说明了来意。大刘考虑了一下，说："要不这样吧，咱们亲兄弟明算账，钱我借给你，但利息必须先扣下。"

李思安听了心里就不舒服，但自己急着用钱，又没有其他的办法，只好先答应下来。于是两人签订了一份借款协议，协议规定：大刘借给李思安人民币10万元，借期一年，年利率10%，预先从本金中扣除利息1万元，

实交李思安9万元，一年后李思安返还10万元本金。

有了钱，李思安很快把小店盘下来，并把它改成童装店。毕竟是熟门熟路，小半年过去，就已经收回了成本。累是累了点，可见到了收成，李思安觉得很高兴，妻子脸上也渐渐有了笑容。

说话间一年到了，这天，大刘一个电话打到了童装店，找到了李思安，说："思安叔，生意不错啊，借我的10万元钱该还了吧？"李思安在电话里刚要说"好"，他老婆把电话按住了。

老婆不乐意地说："咱们拼死拼活地干了一年，凭啥给他那么多钱？他的钱存在银行，一年才多少利息。他这是放高利贷，国家不允许的，所以，你只要给他9万元就行了。"李思安想了想，觉得老婆说的有道理，于是就拿定了主意。

过了几天，大刘又来到了童装店，催要钱。李思安这时说话有了底气："大刘，钱我当然要还你，欠债还钱天经地义的事，但我只借了你9万，所以也只能还你9万。"

大刘气得鼻子都快歪了，他气哼哼地说："你这是过河拆桥，再说，你当初是自愿签的合同，你不还，那走着瞧！"李思安心里说，怎么着，你还想动黑社会呀？

后来，大刘当然没动黑社会，但他把李思安告到了法庭，要求李思安按协议返还10万元，并出示了借款协议。

当地法院受理了此案，经过调解，很快解决了问题。法院经审理认为，大刘在本金中预先扣除利息的做法不符合法律规定，大刘实际借出的款项应为9万元。同时，二者在借款协议中约定的利率不超过国家规定，应予保护，故李思安只还本金9万，不还利息的做法也不对。后来，在法院的调解下，李思安支付大刘借款本金9万元，利息0.9万元。

律师点评:

我国《合同法》第二百条规定"借款的利息不得预先在本金中扣除。利息预先在本金中扣除的，应当按照实际借款数额返还借款并计算利息。"虽然李思安和大刘定有借款协议，约定预先从本金中扣除利息1万元，但协议因违反法律规定而无效。

另外，根据最高人民法院《关于人民法院审理借贷案件的若干意见》第六条的规定，民间借贷的利率可以适当高于银行的利率，但最高不得超过银行同类贷款利率的四倍（包含利率本数）。超出此限度的，超出部分的利息不予保护。本案中，约定的利率并没有超过国家规定的最高利率，所以是有效的，应予保护。

（题图：刘斌昆）

根据日本作家东野圭吾的
作品改编

女作家

□杨君 改编

登门拜访

渡边是一家杂志社的编辑，最近他碰到一件棘手的事情，他们杂志社最重要的签约作家玲子怀孕了，连载的作品要延后发表，这可让渡边大伤脑筋。连载正进行得如火如荼，这时却忽然宣布："由于作者妊娠，本作暂停连载。"这像话吗？而且难题不止于此，怀孕之后，玲子可能会终止创作，这对杂志社是个巨大的损失。

渡边决定主动出击，这天，他来到玲子家，为的就是趁致送礼金之便，问清楚她连载的意向。

玲子精神很好，热情招待了他，两人寒暄了几句后，渡边从包里取出一个礼金袋，递给玲子，玲子欣然笑纳，连一句推辞的话也没有。

这时，玲子丈夫端着两杯咖啡，走了进来。渡边随口问起玲子丈夫的情况，玲子说，她丈夫是个电脑工程师，因为工作太辛苦，再加上她又怀孕了，前几天丈夫就辞职了，当家庭主夫了。渡边听了，有些暗喜：看来玲子本人并没有辍笔的打算，说不定连载还有回旋的余地。于是渡边乘机直入主题，他坐在沙发上挺直腰杆，说："老师，连载的小说……"

玲子连忙低头道歉，却看不出丝毫诚意"噢，那个啊，真是对不起了。连载期间忽然发生这种情况，真是过意不去，以后我一定有所补偿。"

渡边为难地说"可是，您这次连载的作品很受好评，这么受欢迎的作品，就此中断连载实在太可惜了。这

样吧，我们愿意减少每回的原稿页数，可否请您继续连载？"

"做不到！"

玲子斩钉截铁的回答，把渡边惹急了："为什么？"

玲子淡淡地说："因为医生交代过了，孕期不能过度劳累，更不能从事会累积压力的工作。"

渡边接着问："那读者怎么办呢？"玲子立马说："我想读者也会理解的。要是这样勉为其难地糊弄交差，反而是对读者的不尊重。"

渡边心里暗叫不妙，他调整作战方向，改为动之以情"这件事真的毫无商榷余地吗？我们也很为难，尤其是，总编大人……"

玲子直接挑明总编的名字："你是说尾高总编他会啰嗦？那我打个电话给他。"还没等渡边制止，玲子已经拿起客厅的电话，噼里啪啦熟练地拨着号码，然后对着话筒说："尾高先生吗？好久不见了，渡边编辑现在正在我这里……"玲子把刚才对渡边说的话又说了一遍，不一会儿，她静下来听总编答复。渡边估计她肯定会再次发火，赶紧作好心理准备，没想到她听着听着却笑逐颜开："这样啊，我就知道您一定会理解我的。"

这演的是哪一出？渡边简直看傻了眼。只见玲子心平气和地挂断电话，说："你们总编说了，作品可以休载一段时间，这下总没问题了吧？"说完，她摆出一副胜利的样子，看着渡边。

渡边仓皇答了句"那就行了"后，从玲子家落荒而逃。刚回到出版社，他就被总编劈头盖脸地怒骂一番。

避而不见

就这样，玲子在孕期停止了一切写作。十个月后，渡边收到玲子寄来的明信片，说她平安生下一个男孩，从下个月开始重开连载。到了下个月，没等渡边催促，玲子就主动把稿件寄来了。渡边又惊又喜：因为玲子怀孕之前，不管编辑部催多少遍，她总是磨磨蹭蹭地一味拖稿，和现在相比，简直是天壤之别！渡边精神抖擞地致电感谢，他对玲子说，想亲自登门感谢，不料被玲子拒绝了。

几天后，渡边以送校样为由，登门拜访玲子家。他在玲子家门口按响门铃，出来开门的是玲子丈夫，他看起来比以前清瘦了许多，玲子丈夫看到渡边临时来访，显得有些惊慌失措。渡边把校样递给他，说："我是给玲子老师送校样的，老师近来可好？感觉相当忙碌啊！"

玲子丈夫忙回答："是啊，真不好意思，她好像在赶什么稿子，不方便出来见你。"他说完，毕恭毕敬地鞠躬道歉。渡边见玲子在忙，只好说："没有关系，我只是来送一下校样，老师在忙，那我下次来拜访。"

出门后，渡边没有原路返回，而是绕到房子背面。渡边知道玲子的工作室就在那里，他想看看玲子究竟在干什么。于是他伸手攀住院墙，踮脚朝里张望。庭院中有一扇很大的窗子，窗子斜下方放着一台大得离谱的空调室外机。透过窗户，可以看见玲子的身影，她并没有多大的变化，她正坐在电脑前，默默敲打着键盘，不时又活动活动脖子，好像没什么异样。

之后，出版界开始传出流言，说玲子得了产后忧郁症，变得不愿和人打交道。

又过了一年，玲子的连载完结了，那天风和日丽，渡边来到玲子家，给她送礼金。按响玲子家的门铃后，却没人回应。渡边觉得很纳闷，因为他来之前，已经联系过玲子，真想不通怎么会没人在家。

渡边绕到房子后面，像上次那样趴着院墙往工作室里窥探。室内的情形清晰可见，玲子正在埋头写作，和上次看到的情景一模一样，不同的是，她换上了春装毛衣。

渡边不禁疑惑：既然玲子在家，有人按门铃，她好歹答应一声呀，莫非真得忧郁症了？他正转着念头，突然注意到那台空调室外机。天气这么温暖，怎么还需要空调呢？

此时，玲子似乎听到什么动静，回过头，微微一笑，蹲下身又再站起，原来她是把孩子抱了起来，看来她儿子已经在蹒跚学步了。

渡边转回正门前，正要再按一次门铃，一辆黑色轿车驶入停车场，玲子的丈夫走了出来，他抱歉地说道："对不起，因为交通事故路上拥堵，让你久等了吧？"渡边赶忙说道："没有，我也是刚到。"玲子丈夫听后似乎松了口气，打开另一侧车门，从里面抱出一个穿白衣服的小孩。

渡边疑惑地问："这孩子是？"

玲子丈夫说："我儿子啊！小家

伙长得飞快，对吧？"

渡边傻眼了：怎么回事？这要是他们的儿子，那刚才玲子抱的又是谁家小孩？没听说她生了双胞胎啊！可是渡边没有直言，而是将礼金交给玲子丈夫后，就离开了。

隐瞒真相

走出玲子家后，渡边去了玲子分娩的医院。他猜测玲子可能生的是双

胞胎，却因故隐瞒了这个事实。不知为什么，渡边刚提到玲子的名字，医生就露出戒备的神情："你问这个干什么，难道你对我院的服务有所怀疑？你是故意来找茬的吧？"医生的态度很强硬，渡边问不出结果，只得离开医院，随即他又回到玲子家，向邻居打听玲子和这家医院的情况，邻居说："那医院虽然外观建筑现代气派，其实医生医术很烂，听说已经死了好几个病人……"

渡边有种非常不祥的预感，可是转而一想：玲子她平安无事啊，她不是在很有活力地工作吗？渡边百思不解，于是向朋友借来手机，来到玲子家。这次渡边没按门铃，直接绕到屋后，从院墙外望去，玲子一如往常地在写作。确认之后，渡边用手机拨打到玲子家，接电话的还是她丈夫。

渡边对着话筒说："我是渡边编辑，请问玲子老师在吗？"

"噢，在的在的，请稍等。"

渡边一边等，一边盯着室内玲子的动静。玲子丈夫没来叫她接电话，可不久，话筒里却传出玲子的声音："让你久等了，我是玲子。"渡边忙回答："您好，老师，礼金收到了吗？"玲子不紧不慢地说："嗯，收到了，谢谢。最近很忙，恐怕没时间给你们杂志写稿了。"渡边一边打电话，一边看着室内，玲子仍像刚才一样埋头写作，那和他说话的又是谁？

渡边敷衍着结束通话，离开了玲子家。渡边来到玲子丈夫所在的前公司，打听情况，得出的回应，令渡边震惊不已。

渡边急忙回编辑部，找到了总编，把事情的经过说了一遍。他说："玲子应该已死在庸医手里。她丈夫和医院串通一气，隐瞒了玲子的死讯。"总编狐疑地看着他，听渡边解释道，"她丈夫之所以这么做，一定是为了保住现在的生活。如果玲子的死讯传开，他们家的收入就没了，所以他要由自己代写小说，以玲子的名义发表。"

总编想了想，又问："可是要伪装出妻子还在人世的假象，很困难啊！"

"其实不难。"渡边解释道，"玲子丈夫是电脑工程师，他可以使用机器改变自己的声波频率，让声音变成玲子的，所以，每次我打电话过去，总要隔上几秒才听到玲子的回答，而看到工作室里玲子写作的情景，无疑是利用了他的发明成果——大型显示器。玲子的身影想必是利用电脑制作的图像，他连小孩都不忘编辑进去，这人心思太缜密。这样空调的谜团也解开了，大型显示器和电脑持续运转后，发热量大得惊人，为了降温散热，就必须一直开着冷气。"

总编紧接着又抛出一个问题："可是，小说的风格并没有变化啊，你不觉得奇怪吗？而且其他杂志的编辑，也都没有发现。"

总编这么一说，让渡边心中一动，是呀，小说中途换了写手，他这个责任编辑竟懵懂不觉，就在自责的同时，他忽然想到什么，对主编说："或许从一开始，就是玲子的丈夫在写作，但他认为打着年轻女作家的旗号比较容易畅销，于是都以太太的名义推出。"这么一说，一切都对得上号了。最近玲子交稿很准时，是因为她丈夫辞了公司的工作，专注于写作。

总编想了想，面无表情地说："真相我们知道了，这件事就别再提了。"

"可是……"渡边说，"您不吃惊吗？"总编镇定地回答："吃惊啊！但这和我们又有什么关系呢？"渡边愣住了。总编接着说，"我们要的是玲子这块金字招牌，只要书上贴了这块招牌，读者就会买账。至于玲子究竟是谁，根本无关紧要。"

渡边回到座位，觉得总编所言确实有理。如果玲子是个男人这一真相曝光，编辑们或许会被读者杀掉。

又过了几年，玲子的书依然畅销不衰，只是出版界从来没人提及她的私生活。顶多参加宴会时，新入行的编辑偶尔会说说，碰到这种时候，渡边就霍地转身，和其他人闲谈起来。

（题图、插图：谭海彦）

考你一道题

□ 方冠晴

人生处处是考场,从中考,高考,一路过关斩将到大学毕业,本以为考试就此结束了,其实不然,真正的考试,从步入社会的第一天才刚开始……

1. 考出的工作

人生太多的考试,读书时在考,不读书时其实也在考。这不,小张大学毕业了,考完最后一科拿到大学文凭了,以为再不用考试了吧,结果不然,去找工作时,公司告诉他,要面试——得,还得考!

小张在大学里有些怵考试,因为他的学习成绩确实不咋的,但找工作时的面试,他却丝毫不担心。他明白一个道理,现在是商业时代,商业需要的其实不是学业,而是智慧,说白了,只要会算计,就有用武之地,前程锦绣。而小张呢,恰恰就是这种人,算计是他特有的本事,脑瓜子活,鬼点子层出不穷。这不,他的同学都盯上了这家条件很好的合资企业,都一窝蜂地跑去报名,最后能过五关斩六将挤进面试的不还只有他? 没办法,这就是实力。

最后的面试定在明天上午,他知道,那少不得又是一场惨烈的拼杀,他得养精蓄锐,备足精神,所以,天一黑,他就早早地睡了。这一觉睡得可沉,迷迷糊糊呢,猛地就听到有人喊:"小张,你面试的时间到了。"

他吓得赶紧睁开眼，可不是，天大亮了。他什么也顾不上了，爬起来就要往面试的公司跑。

被挑中来作最后面试的人并不多，总共也才十几个人，他因为来得最迟，所以排在最后。他冷眼旁观，这些竞争者走进面试室时无不信心满满，但从面试室走出来，却又无不垂头丧气，他心里明白，这面试，非比寻常，有难度。

终于轮到他了。他走进去，就看到，面试官是个腆着肚子的大胖子。胖子见了他，也不多话，开口就说："考你一道题。"说着话走到墙边，墙边立着两只非常漂亮的大花瓶，他指着花瓶说："这两只花瓶，每只售价750元，你必须在一个小时内，卖掉我指定的那一只。"

一个小时卖一只花瓶？这也算不得难事。小张还没来得及发笑，就见胖子提起脚来，"咣当"一声，将其中一只花瓶踢了个粉碎，然后指着满地的花瓶碎片，说："你就卖这一只！"

小张一下子懵了："你是说，将这些碎片，卖出花瓶的价格来？还要在一小时内成交？"

"当然。"胖子傲慢地点头，"卖花瓶谁不会？碎片当花瓶卖才是本事。"

小张终于明白，为什么前面那些面试的从这里走出去时都垂头丧气，这根本就是完不成的任务嘛。谁会花一只花瓶的价格，来买一堆碎片儿

玩？除非人家的脑袋进水了。

他皱着眉头想啊想，试探地问："我可不可以叫我爸妈来买？"

面试官一愣，当即竖起了大拇指"坑自己的老子和娘？你够毒，我欣赏！"但话锋一转，接着说，"这道题有个前提，得凭本事卖，不能打亲情牌，叫人来帮忙吃亏不算数。"

这就没辙了，但——慢！小张是什么人，他脑子里多的是鬼点子，他由面试官的一个"坑"字就想到了点子，便不动声色，问："这式样的花瓶有没有客户订货？"

"有。"

"你们有送货员吗？"

"有。"

这不就得了？小张立即将地面上的那些碎片一块一块地捡起来，放在一个装花瓶的纸箱里，再将纸箱封起来。然后，他亲自去挑送货员，找了一个鞋子上有鞋带的，叫来了。他从胖子那里要来订货单，随便找了一个客户，指给送货员看："将这只花瓶，送给这个客户。"

趁送货员在单子上签字的时候，他装着整理那只箱子，将送货员一只脚上的鞋带拉开了，踩在了自己的脚下。送货员签完字抱起箱子就走，"咣当"一声摔了个嘴啃泥，箱子滚出老远。

"天啊，你摔碎了一只750元的花

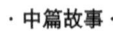

瓶！"小张装模作样地跑过去，打开了箱子。

望着一箱子的陶瓷碎片，送货员傻眼了，按照公司规定，他得全额赔偿，他捂着脸，一脸痛苦："我赔。我怎么这么倒霉啊！"

送货员可怜巴巴地在赔偿单上签了字，哭丧着脸走了。

胖子考官这才竖起大拇指，说："不错，才27分钟就完成任务，你是唯一一个过关的人，我们聘你了。不过，你知道我这是考你的什么吗？"

"考我转嫁风险的能力。"小张解释，"当公司遭受打击的时候，我们要将风险转嫁给别人，利益永远留给我们自己的公司。"

胖子考官喜不自禁，直拍小张的肩膀："小伙子脑瓜子灵光，好好干，我们会重用你的。"

2. 考出的人才

小张在公司里的确得到了重用，一来就在市场部当上了策划员。他策划了很多营销活动，都相当成功，为公司创造了不少财富。才半年时间，他当上了主管。又过了半年，他当上了市场部经理。再过半年，他当上了公司副总。他的职位像坐直升飞机一样，一个劲地往高处拔，待遇也就水涨船高，一个劲地往上升。

在副总的位子上，他只干了一年，就不干了。他不能让自己的聪明才智光帮别人挣钱，要挣得为自己挣。他辞了职，自己开了一家文体用品公司，公司就设在一家篮球俱乐部的旁边。打工两年半的时间，他已经积攒下了几十万，正好可以做启动资金。

文体用品市场的竞争没有其他行业竞争激烈，钱好挣，这是他早就看准了的。再加上他的鬼点子层出不穷，一连串的营销活动策划得风生水起，不但让他赚了个盆满钵满，还大大提高了公司的知名度，他的公司很快站稳脚跟，并迅速壮大起来。才几年的工夫，他就成了资产好几千万的大老板。

小张的公司大了，员工多了，他也累了。他觉得自己的手下都是一群白痴，既不懂营销又不懂策划，凡事都要他亲历亲为。这让他既愤怒又悲哀，挣钱的目的是为了享受，自己却只有劳神费力的命没有享受的命，怎么就没有一个像自己一样聪明能干的员工，来让自己省省心呢？

他动了请个聪明人来帮衬自己的念头，就像当年自己打工时帮那家公司赚了那么多财富一样。于是，"高薪请高人"的广告打了出去。可别说，高薪的吸引力就是大，来应聘的人一长溜，可真多。小张亲自主持面试，他是越面试越失望，到最后，几乎绝望了：这个世界简直就是笨蛋的世界，他愣是找不到一个能与自己相媲美的

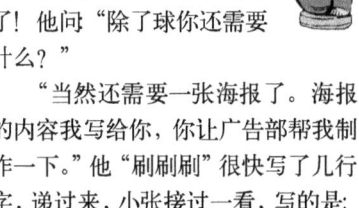

人。

当瘦不拉叽的阿达走进面试室时，小张已经彻底灰心丧气了，他对找到能帮衬自己的人已不抱什么希望，只是无精打采地完成自己的程序，他面无表情地说："考你一道题。我们公司隔壁是一家篮球俱乐部你知道吧？昨天我已经卖给他们一百只篮球了，你今天能不能再利用篮球，从他们那里赚回300元钱呢？"

问这个问题时，小张已经猜得到阿达的答案，因为所有来面试的人都是这几种回答："天啊，他们已经有一百只篮球了，还会要篮球？他们脑子坏了吗？""篮球俱乐部的人是不是靠啃篮球当午饭的？不然，你这不是难为人吗？"

小张以为阿达也会有类似的回答，不料，瘦不拉叽的阿达嘴一咧，乐了："就考这么一道题？这也忒简单了吧。"

"简单？"小张不由眼前一亮，来了精神，"你能行？"

"行不行您瞧着吧，给我一只篮球。"

"一只篮球你就能赚300元钱？"小张不得不对这个瘦子刮目相看了。

阿达笑了："这只篮球我最终还要还给公司。靠卖东西赚钱算什么本事？你们不是要招高人吗？高人卖的是概念，可不是货物。"

小张兴奋起来，是不是老天在帮我？我要找的人终于出现了！他问"除了球你还需要什么？"

"当然还需要一张海报了。海报的内容我写给你，你让广告部帮我制作一下。"他"刷刷刷"很快写了几行字，递过来，小张接过一看，写的是："为答谢篮球俱乐部一直以来对本公司的惠顾，特专为篮球俱乐部成员开设一次有奖游戏活动，凡转动篮球，并在双手无名指上来回颠动10次，最终还能保持篮球在无名指上转动者，奖励现金50元。"

小张本来以为找到了一匹千里马，一看纸条上的字，满腔热望顿时化为乌有了。通篇没看到钱从哪里赚，这完全就是个亏钱的活动，要知道，篮球俱乐部的人，吃的就是篮球这碗饭，这一点转球的小把戏，太小儿科了。

小张虽然心中失望，但这毕竟是面试，没到最后结果，他也不好说什么，只得派人制作了海报，贴到隔壁的篮球俱乐部里去。

这阿达呢，倒像个没事人似的，在公司里找了个长沙发，躺下来呼呼地睡了一觉。

俱乐部那边早已沸腾了，几十名球员围在海报边叽叽喳喳，等着一显身手，等着领奖。

这时，阿达才睡眼惺忪地从沙发上爬起来，抱着篮球去了。球员们都

要求表演，阿达挑中了那个最为兴奋的，讲了一番规则，让对方试，对方将球立在无名指上，转动起来，然后往另一只手的无名指上颠动，一连颠了6次，都成功了，但到了第7次，没能在无名指上立住，球掉了下来。

"我再来一次！"球员不甘心失败，捡起了球。

但阿达适时地制止了："不行，每人只有一次机会。"

"什么一次机会？你的规则上不是那样写的呀，我偏要再来一次！这小儿科的玩意儿我都搞不来，我丢不起这个人！"打球的有几个是脾气不冲动的人？他一定要试第二次。

阿达让步了："活动的解释权归我们公司，我再重申一次，每人只有一次免费争取奖励的机会，要试第二次，得交钱，重试一次，交5元。不然，你无限制地玩下去，我们公司还不光奖励你们就奖得破产了？"

"好！不就5块钱吗？"球员扔下5元钱，又开始了第二次。这一次，颠到了第8下，球碰到别的手指了，立即改变方向，掉了下来，又是失败。

其他球员都喝起倒彩来："这么简单的转球、颠球都不会，你还当什么球员哟？一边去一边去，别碍着老子领奖金。"

倒彩喝得这球员颜面扫地，更加犟上了："我偏要玩！老子还没有这么不堪！"

结果，那个球员一口气扔下了80元钱，没有一次成功的，最后还是被人们硬拽了下去。

四个小时后，阿达将一叠钱交到小张的手里，小张数一数，865元，接近自己规定的数额的三倍了。

阿达说："你要给足时间，别说钱了，我连那些球员的裤子都帮你赚过来。你没看他们那副德性，一个个气急败坏，涨红着脸，嚷嚷着还要玩下去呢，就没有一个能成功的。"

"为什么？这么简单的游戏，又是他们的拿手好戏，怎么就没人能成功呢？"

"这就是商业活动，要让顾客看起来有很大的便宜可占，其实是往我们手里砸钱。这小小的游戏，其实暗藏了两个玄机：第一，人最难单独竖起的手指就是无名指，他们平时练转球和颠球，都是用其他的手指，很少用无名指的，用两个无名指的，就更少了。第二，他们单独练习时，可能达得到我的要求，但人一多，一起哄，再加上自己一兴奋一激动，想要将自己平时的水平百分之百地发挥出来是不可能的。这就像球员平时练投篮，几乎能做到百发百中，一上场比赛，你看看，投篮命中率能达到百分之七十，那就了不得了。所以，这看起来最最简单的游戏，实际上是最最难以完成的。商业活动也是如此，便宜放在表面，玄机藏在里面，还要研究顾客的心理……"

小张彻底叹服了，人才呀，真正的人才，比自己，有过之而无不及！他大喜过望，一把抓住了阿达的手："阿达，真是踏破铁鞋无觅处啊！你给我当助手，不！当副总！我求贤若渴啊，终于等到你了！"

3. 考出的悲剧

人才就是人才，阿达一来就扛起了重担，而且一上任就一连策划了几个大手笔的营销活动，让公司大赚特赚。小张高兴啊，有这样的人才帮衬自己，自己的公司是如虎添翼啊！他终于可以缓一口气了，好好歇一歇享

受享受了。

小张逐步放手，让阿达管理公司，阿达呢，既争气又尽责，将公司管理得有条不紊，公司更加显露出勃勃生机来。小张是真放了心，现在是好好享受的时候了，于是，他驾着名车四处出游，泡温泉、洗桑拿，出入高级酒店，花天酒地，灯红酒绿。他觉得，这才是一个老板该有的生活。

这样的日子过得别提有多滋润了，但时间一长，小张感觉有些不对劲了。

公司交由阿达打理的这两年，公司业绩比原来好很多，可公司的利润怎么没有多少增长呢？他开始对阿达有些怀疑，于是查公司的账目，但阿达确实是能人，账面做得漂漂亮亮，毫无漏洞，他什么也查不出来。

小张这边还没查出阿达的问题，那边，阿达已经辞职了，就在离他的公司不远的地方，也开了一家文体用品公司。阿达的公司一开张，小张公司的老客户都到阿达那边去了，阿达的公司红红火火，小张的公司逐渐生意惨淡。

这个阿达是半点职业道德都不讲，辞职后开相同的公司与过去的老板进行同业竞争，这本来就违反职场规则，他居然还将小张公司里的客户都挖了过去。

小张气呀，去找阿达理论，指责对方太卑鄙，阿达呢，冷冷一笑，说：

"咱俩彼此彼此吧。经商嘛，还能讲高尚不成？你自己不也是坑蒙拐骗过来的，还有权指责我吗？想当初，你之所以招聘我，不还是看我有与你相同的资质吗？既然这样，你就应该知道，会有今天的后果啊！咱们玩的，不就是个算计？"

小张那个气呀，恨不得掐死他。

谈判未果，竞争还在继续，而阿达的鬼点子无疑比小张还多，他不断地策划促销活动，来挤兑小张，小张的公司眼看就经营不下去了，这时候，阿达反过头来找小张了，他想买下小张的公司。

小张快气疯了，当初引狼入室啊，落得如今要被狼吃掉的结局，他不甘心。要想保住自己的公司，看来，唯一的解决办法，就是让阿达死掉！他想下手了，但是，阿达显然有所提防，请了好几个保镖，一出门就前呼后拥，小张找不到机会。

小张是铁了心要除掉阿达了，自己下不了手，他决定，请杀手。

费尽周折，小张终于打听到，有个冷面杀手，办起事来干净利落，很少失手过，于是，决定请他了。

杀手来了。小张一见，顿时大失所望，这人邋里邋遢，说话还有点结巴，这样的人完全像建筑工地上的农民工，请这样的人杀人，不说办不成事，只怕到时将自己也牵扯进去。他

不相信，问："你杀过人？"

"是、是……的。"

"可我怎么觉得，你连一只鸡都杀不了呢？"

"我、我……不喜欢……废话，杀人……不用说的，用……干的。"

可不是，一个结巴，当然不愿多说话，但小张不放心，说道："可我让你杀的人很难对付，他有很多保镖，整天围在他身边，你很难下手。"

"你、你……想……怎么办吧？"

"我想考考你。"

"我、我……说过，我、我……不喜欢……废话。"杀手有些不耐烦了。

"不废话也行，你可以比划给我看。我的钱不能白扔，我得知道，你有没有这个实力。"小张站起来，环顾了一下周围，他看到了身后那只陶瓷的招财猫，他走了过去，说，"如果它就是你要杀的人，但我是保镖，你瞧，我时时刻刻护在它的周围，你怎么下手？"

小张用身子挡住了招财猫，面对着结巴杀手。

杀手满眼的不耐烦："我……说过，不……废话。"

"我也跟你说过，不废话也行，你可以比划给我看。"小张坚持。

"我、我不愿……比划。"

"那怎么行？我总得要考考你。我的钱不能白……"小张一句话还没说完，就见杀手蓦地从腰间抽出一把

手枪来，那速度快得像是闪电，他几乎瞄都没瞄，就听"砰"的一声枪响，小张身后的招财猫顿时"咣当"一声，碎了。

"好枪……法。"小张说完这三个字，就倒了下去，他这才看到，自己的胸口在汩汩地往外冒着血，原来，子弹是穿透自己的身体，才打中招财猫的。他愣住了，骂道："你他妈的……居然……"话没说完，他咽气了。

结巴杀手气恼地将枪揣进腰间，咕哝着："我……说过，我不愿……比划。在保镖这样护着的……情况下，唯、唯一的途径，就、就是子弹穿过保镖，打、打中目标啊，哪、哪个杀手……都、都懂……这个道理，就你……笨……驴似的。"

小张将刚才没问完的话又接着问完了："你他妈的居然朝我开枪？"但是杀手没理他，拿过桌子上他准备好的佣金，转身就往外走。

小张气愤地在后面跟着，大声斥责："老子问你话呢，你为什么不回答？老子要你打的是招财猫，你居然先用子弹打穿我，你这算什么狗屁方法？"但杀手还是不答腔，眼看就要走出门去。

小张气得伸手去抓住他的肩膀，想拉住他，但很奇怪，他的手就像空气，怎么也用不上力，也抓不住杀手，眼睁睁地看着杀手走了。

小张愣住了，回头往办公室一看，更是吓了一跳，地上躺着一个人，胸口全是血，那张脸好熟悉。他认了出来，天啊！那不就是自己吗？

他吓坏了，不停地问自己："死的那人是我，可是，我又是谁呢？"他这样问着自己的时候，人已经飘了起来，不由自主地、飘飘忽忽地往门外去。

4. 考出的真理

小张，不，准确说是小张的魂魄。他的魂魄就这样飘飘忽忽地出了城，过了郊外的山岗，一直往不知道什么地方飘去。他想抓住建筑物，抓住树

木，赖着不走，但没有用，身不由己呀，他停不下来。

他拼命挣扎，就在这时，从他的身后又飘来一个魂魄，对方一见他，叫了起来："张老板，哈哈，你也死了啊？"小张定睛一看，对方瘦不拉叽，你道是谁？是阿达！可见，那个该死的杀手拿了钱还是做了实事，送阿达陪自己来了。小张高兴啊，当即也骂开了："老子是死了，但你他妈的不也陪老子来了吗？"

两个人素有宿怨，这一路上骂骂咧咧，争吵不休。正争着，小张发现，在他身前没几步远的地方，又有一个魂魄，这魂魄可胖了，腆着个大肚子，脖子上还系着一根绳子。小张眼尖，一下子认了出来，这不就是自己当初面试时的那个考官吗？他怎么也来了，而且还早自己一步？

小张问胖子考官是怎么回事，胖子考官叹了一口气："经济危机啦，我的公司倒闭了。"

小张愣住了："你不是善于转嫁风险吗？你没将风险转嫁给别的公司？"

胖子考官哭丧着脸，说："倒霉就倒霉在这转嫁上。要是不转嫁，我的公司虽然受了损失，但还不至于倒闭，结果转嫁风险时遇到个高手，没转嫁成反而入了人家的圈套，加速了我公司的倒闭，我只得上吊啦！"

在胖子考官说话的时候，三个人的脚步都停了下来，他们定睛细看，才发现他们已经来到阴阳交界的地方。在阴阳交界的地方，站着两个人，一个是长着翅膀的天使，一个是长着牛头的魔鬼。这里像是楼梯的拐角，天使的身后，是一连串的台阶，直伸到云端里去了，不用说，那是通往天堂的。在魔鬼的身后，也有一连串的台阶，却是通向地下的，深不可测，不用说，那是通往地狱的。

天使看到他们三人，笑眯眯地说"欢迎来到阴阳界。你们曾经选择了你们的人生，现在，你们的人生结束了，该由你们的灵魂作出选择了，是上天堂

——"

魔鬼立即接口问："还是下地狱？"

三个人异口同声："当然是上天堂。"

"那好。考你们一道题，答对了，跟我走这边。"天使指了指身后通往云端的台阶。

她的话音刚落，魔鬼抖了抖手中的锁链，接口说："答错了，就跟我走这边。"

不用魔鬼指，三个人也知道那是通向哪里，三个人都情不自禁地打了一个哆嗦。

天使这才指着台阶的接头处让他们三人看，只见那里放着一件晶莹剔透的瓷器，是一只巨大的杯子，杯子里盛满了金光灿灿的金币。天使说："很简单的一道题，你们看到了什么？"

胖子考官眼放绿光，脱口而出："金子啊，全是金灿灿的金子！"

他的话音刚落，魔鬼抖着手中的锁链扑了过来，骂道"你这个被金子迷了心窍的家伙，眼里只有金子。你不下地狱谁下地狱？"说话间已将胖子锁了，一脚踢在他的屁股上，胖子便像个肉球，沿着台阶滚下地狱去。

小张和阿达看得不寒而栗，都吓坏了。

天使走了过来，柔声问："接下来

谁答？"

"他！""他！"小张和阿达同时推让起来，到底是阿达太瘦，敌不过小张，被小张推到了前面，阿达只得硬着头皮回答问题了，金子当然不能再说了，他战战兢兢地说："我、我看到了、杯子。"

天使略微等待了一会儿，问："回答完了？"

"答、答完了。"

魔鬼哈哈大笑，又扑了过来"哈哈，恭喜你，答错了，你也是我的了。"不用说，阿达也被踢下地狱里去了。

轮到小张了，小张胆战心惊，金子不对，杯子也不对，那就只有两样一起说了，本来眼前就只有这两样东西嘛。他说："我看到——杯子盛着金子。"

天使也略微等待了一会儿，问："回答完了？"

小张不敢说了，偷眼去看魔鬼，只见魔鬼笑眯眯地在整理手中的锁链，那个高兴劲呀，甭问，他也答错了。他是什么人，脑子活得很呢，立即脑子飞转起来，阿达答"杯子"的时候，天使等了一会儿，无疑，杯子的答案有点靠谱，自己答"杯子盛金子"的时候，天使也等了一会儿，无疑自己的答案也有点靠谱。那么，问题可能就在杯子上。一念到此，他恍然大悟："是杯具！网络上都说，杯具就是'悲剧'，答案应该是悲剧。对，

金子是悲剧!"

天使失望地摇了摇头,魔鬼早已扑了上来,就往他的手上戴锁链,一边戴一边骂:"还悲剧呢,你答出这个答案才真正是悲剧,跟我走吧!"

小张不甘啊,嚷起来:"我不服,你们说,什么是正确答案?"

天使叹了一口气,对魔鬼说"他能认识到金子是悲剧已经很不错了。你说过,答错的人下辈子就让他们变狗,我看,这人还可教,你就别让他变狗了,再考察考察吧。"说完,她面对小张,说道"其实,金子不是悲剧,贪婪才是悲剧,杀人不能怪卖刀的对不对?"

小张叫起来:"可这里没有贪婪啊,只有杯子和金子!"

天使再次叹了一口气:"我刚才说的不是答案,而是教给你一些道理。至于答案嘛,你知道这是什么杯子吗?瓷杯! 答案应该是——慈悲才可盛金。你们这些不懂慈悲的人,是永远看不到这一点的。"

5. 考出的命运

小张在地狱里经历了刀剐油炸十八般酷刑之后,他总算可以转世投胎了。

他知道,胖子考官和阿达已经铁定下辈子投胎做狗了,他因为天使有过交待,可以先考察考察,所以,牛头魔鬼让他去考核处接受考试,以确定他下辈子做什么。

又是考试?小张现在都有些怕了,但不得不去。在考核处,许多魂魄挤在那里排队,他也夹在中间。

但奇怪的是,马面考官并没有出题考大家,而是发给每人200元钱,让大家走进一条长长的通道里去。马面考官说,大家可以用手中的钱买自己中意的下辈子,买开了哪扇门,就走进哪扇门去。

小张拿着200元钱,随着众魂魄走进通道里去,奇怪的是,整个通道并没见到一扇门,倒是有很多奇奇怪怪的人向他们讨钱,一个穿着倒还体

面的妇女走过来，向他讨那200元钱，小张哪里舍得，这钱是他用来买投生门的，他怎么能随便给别人？倒是有个魂魄好心，当即就将自己手中的钱递了过去，那妇女一接过钱，人就不见了，幻化成一扇门，那个魂魄走了进去，门立即就关上了，门上隐隐约约有四个字："殷实人家"。

小张这才明白过来是怎么回事，原来讨钱的就是投生门啊！

他并不后悔，不就是个殷实人家吗？他要做，就要做富豪家的孩子。

他继续往前走，又过来一个人向他讨钱，他一看就直皱眉头，是一个老太太，这老太太穿的就像是个叫化子，衣衫褴褛且肮脏，他立即骂起来："滚一边去！你以为我会跟你去做叫化子？想得美！"

他一路往前走，一心要挑一个衣着光鲜非富即贵的人，但很遗憾，这一路上碰到的都是一副穷鬼相，就没有一个让他中意的，想想还是第一个碰到的殷实人家条件好些，却永远错失了。他不甘心，谁向他讨钱他都不给，他一定要挑个好的，好的出身可以轻松大半辈子呢。

他走啊走，一直走到通道的尽头，200元钱还攥在手里，而且，再也没人向他讨钱了。前面再无去路，他不知道该怎么办了。就在这时，他的脚下裂开一道口子，接着，他"咚"的一声掉了下去。

他一落地，就听一个妇女惊喜地叫起来："老公，你瞧，又下了一个，又是200元钱啦！"

小张一愣，200元钱？难道自己的钱掉了？他赶紧往自己的手上瞧，这一瞧，吓得他"呜呜呜"地叫起来，他哪里有手，他看到的是爪子。

就听一个男人说："不错，这只小狗虽然没有第一只浑圆，但比瘦不拉叽的第二只强些，一出手，确实值200元钱。"

小狗？小张吓得四周打量，他一眼就看到了胖子考官和阿达，他俩现在已变成了小狗，就趴在自己的身边，再回头一看，自己的头顶，是一只大母狗的屁股，又一只小狗从母狗的身体里冒出头来。

天啊！自己还是投胎成小狗了？小张吓得大叫一声，坐了起来……

6.考出的领悟

小张坐起来睁眼一瞧，天已大亮，自己不是坐在地上，而是坐在床上。他赶紧揉揉双眼，睁大眼睛看自己的手和脚，哈哈，不是爪子，是真的人手和人脚。他这才长长地吁了一口气，恍惚明白过来，自己做了一个梦，一个噩梦。

幸好是梦！小张直抚自己的胸口，抬眼看墙上的钟时，时针正指向9点，正是那家公司约定他面试的时间。他吓得一骨碌跳下床，就往外跑。

到了公司，十多位来面试的早在那里排队了，他排在了最后面。前面那些应聘的，进面试室时都一副信心满满的模样，一旦从面试室里走出来，个个垂头丧气。这情景怎么跟梦中那么相似？小张恍恍惚惚的。

终于轮到他了，他走进面试室一看，人吓得差点栽了一个跟头，这面试官好熟悉，胖胖的，腆着个大肚子，这不就是梦中的那个面试官、后来变成胖狗的那一个吗？

面试官见他进来，笑吟吟地说："考你一道题，你知道我是谁吗？"

这也叫考题？哪见过面试问这个的？小张不知道这到底是梦还是现实，他完全恍惚了。

考官以为他没听见，又问了一遍："考你一道题，你知道我是谁吗？"

"你是——狗！"小张完全糊涂了，他又坠进梦境里去了。

哪知道考官一下子笑得眼睛眯成了一道缝，跨前一步，一把握住了小张的手："恭喜你，答对了，我确实姓苟。你知道我为什么要出这么一道考题吗？我的公司要招一名情报人员，就是去专门打听我的竞争对手的内部资料。在考试以前，我的身份从来没有公开过，谁也不知道我是这家公司的老板，所以，所有来应聘的人都不知道我是谁。只有你，好样的，我的姓那么特别，只有你知道我姓什么，说明你打听过，不仅仅打听过，还花过工夫。好样的，你有搞情报的才能，我们就聘请你了。"

小张吓得一句话也答不出来。

他最终还是在这家公司上班了，做的是收集竞争对手内部情报的工作，但他收集到的东西一次也没告诉老板过，他恍惚有些明白，经商不能靠坑蒙拐骗了，那个梦，是不是老天对他的某种警示呢？他聪明，他有鬼点子，但是，他不敢乱用。他怕梦境会成为现实，他害怕自己会真的变成一只狗。

（题图、插图：杨宏富）

不一样的手

有一个读高三的男孩，为了救治母亲的疾病，去汽车修配厂打工赚钱。为了对母亲隐瞒事实，每次下班后，他都会把自己黑黑的油手洗个数十遍，可是，母亲还是看出了端倪。一次，母亲拉着男孩的手，左看右看，看了手心看手背，最后她从男孩的指甲缝里看出了破绽。原来他的手指甲里藏着许多油污。男孩羞愧地低下头，答应母亲不再出去打工。

可为了治疗费，男孩没多久，又去了修配厂。男孩工作很认真，没有一刻休息，到了晚上，男孩又在修配厂的门旁竖起一块牌子，牌子上写着"免费洗衣服"。

老板非常不解，说男孩的活儿干得不错，为什么还要增加额外负担？男孩伸出一双黑黑的油手，说："我不想让我妈妈看到这双黑手。"老板被男孩的孝心感动了。

每个家庭的儿女对父母的孝心，是任何东西都无法取代的。

（作者：陈力娇；推荐者：余 卫）

打包的菜

一对老夫妻和儿子、儿媳一起生活。儿子经常出差，平时，他们只有和儿媳朝夕相处。儿媳应酬很多，每周都有同事聚会，每次都把吃剩的菜打包回家，菜式都比较昂贵。时间长了，母亲有些心疼，她责怪起年轻人花钱大手大脚。偶尔，她也会跟儿媳说几句，儿媳总是满口答应着，可是每周还是照样如此。无奈之下，母亲只好跟儿子说起了这事。

一天晚上，母亲去卫生间时，听到儿子和儿媳在小声说话。儿子问："你怎么老和同事、同学一起吃饭啊？"儿媳说："哪有啊，我是骗爸妈的。他们省吃俭用一辈子了，不愿去饭店吃饭，好不容易说动了一回，去了也不让我们点好菜。为了让他们吃得好一些，我才想出这个办法来的。"母亲没有再往下听，鼻子一直酸酸的。

人与人之间，只需要默默关心。

（作者：佚 名；推荐者：紫 陌）

神奇的 广播

□一 冰

在一个叫艾来登堡的城市里，有一家大型超市，罗斯克就是那超市的新任门市经理。超市的生意并不好，濒临倒闭，管理层正在试图挽救现在的命运，他们要求每个员工都兢兢业业的，罗斯克也不例外，这天，超市在举办一次庆祝活动，顾客非常多，罗斯克就更加忙了，他手握对讲机，不停地在超市里巡视。

忽然，有一个年轻女人神色紧张地走来，她左顾右盼，嘴里还念念有词的。

凭直觉，罗斯克知道她一定是遇到了什么急事，他走上前去询问，问她有什么需要帮助的。

她听了，焦急地说："先生，我的孩子不见了。"

罗斯克问："您的孩子有什么特征？"

那女人说"我的儿子叫杰瑞，今

年只有两岁。今天他穿一件黄色的上衣，蓝色的裤子，哦，对了，他还戴一顶红色的帽子……"

这种事罗斯克经常遇到，他立即通过对讲机呼叫广播室，让那里播放寻人启事，每隔十分钟重播一次，然后他把那女人领到超市的出口，搬了张椅子请她坐下，他让她在这里守着，看能不能见到自己的孩子。刚安排好这事，对讲机中又呼叫起来，罗斯克只得去处理别的事了。

等罗斯克回来，那女人已经走了。罗斯克不知道那女人是否已经找到自己的孩子，不过，保卫处倒是没有向他报告什么不好的消息，他觉得那女人应该是找到孩子了。

第二天一大早，罗斯克站在门口

迎接顾客，这时，一个顾客路过他身边时，忽然问他："先生，昨天那个孩子找到了吗？"

罗斯克回答道："哦，对不起，我也不知道，后来孩子的母亲自己走了。"

"啊，愿上帝保佑他们！"

不一会儿，罗斯克又遇到另一个顾客，他也问同样的问题，一天下来，有十几个顾客向他打听那孩子的情况，到晚上下班时，不少同事提起了这事，说是很多人都向他们问了这事。

罗斯克心想，那个女人究竟怎么样了？找到自己的孩子没有？她应该给超市一个结果，他得给顾客一个交待才好。

罗斯克决定去找那个女人，问问清楚，可仅过了一天，那女人又找上了门，她径直来到超市的出口坐着，说是要等自己的孩子，她还拿来了孩子的照片，逢人就问有没有看见。

罗斯克决定继续帮她找，他又让广播室进行广播，还让播音员详细描述了孩子的特征，每隔五分钟播放一次，并把那孩子的照片贴到门口，还印制了寻人传单，分发到每一个离开超市的顾客手里。

罗斯克劝说超市的管理层同意每天都这样帮助那个女人，直到孩子被找到为止，管理层同意了。罗斯克发现，顾客也关心着这件事，甚至有很

多顾客，来超市并不是为买东西，而是专门为了打听一下找孩子的进展情况……

一个星期后的一天，喜讯终于传来了：那个叫杰瑞的孩子，在外地一个城市被找到了！

罗斯克得知消息，便在第一时间通过广播告诉了顾客，大家听到这个消息，都欢呼了起来，为了庆祝杰瑞被找到，超市还专门举办了一次活动。

这天，杰瑞的父母从外地接孩子回来，他们来到了超市，对罗斯克表示了感谢，罗斯克说这是他们的责任

和义务，可杰瑞的爸爸说："我太感谢你们了，真是太不可思议了，因为我的孩子并不是在超市走失的呀！"

罗斯克吃了一惊："什么？"

杰瑞的爸爸说："我们的孩子半年前就在街上走失了，一直都没有消息，我妻子都急疯。那天她来超市买东西，可能是思儿心切，精神疾病突发，以为孩子是刚刚走失的，就让您帮助寻找。"

罗斯克想不到事情竟然是这样的，他惊愕地瞪大了眼睛。

杰瑞的爸爸还说，杰瑞在街上走失后就遇上了人贩子，人贩子把他绑

架到外地一个城市，可因为疏忽，杰瑞逃脱了，后来又被一户人家收留。那家人去警察局报了案，可警察局在那座城市并没有找到丢失孩子的人。这时，有个市民，他曾去艾来登堡市旅游，又到那家超市买过东西，他把寻人传单带到了那个城市，还在酒吧里对很多人讲了那家超市寻找孩子的事，于是，警察局很快就知道了，再按传单上的电话联系确认，走失的杰瑞终于和父母团圆了。

杰瑞的爸爸说着说着竟泣不成声了，他说，现在孩子找到了，他妻子的病也好了。

罗斯克高兴地说："如果是这样，那么我更应该感到高兴。"

这件事很快传开了，与此同时，这家超市也奇迹般地起死回生，几乎全市的人都愿意到这里来购物，愿意听广播里传出来的消息，甚至还愿意听有人寻找走失的马和牛的消息。

听广播和帮助需要帮助的人，这成为很多人愿意做的事，所以罗斯克总会说："这不是广播有神奇的力量，而是爱有神奇的力量。"

（题图、插图：安玉民 梁 丽）

红版编辑部各编辑邮箱：
姚自豪：yaobianji@126.com;
郑继文：zjw002@vip.163.com;
吕 佳：lujia411@yahoo.com.cn;
叶小萌：xiaomeng.ye@gmail.com;
李天然：chin_poet@163.com。

打包专家

□ 老婆田

有些公司搞活动,这种活动,其实就是请客户去吃顿饭,很多客户忙不过来,便叫人代替,而这些人就是奔着那一桌菜去的,个个都是打包的好手。

那天,这样的活动又开始了,客户纷纷坐上餐桌。有一桌上,只有一个戴眼镜的小青年,文质彬彬的,其他的全是老太太,不用说,都是代别人来吃饭的。小青年坐下后,有礼貌地笑笑,正想和她们打个招呼,忽然间眼前手臂飞舞,没等他反应过来,桌上原来摆着的一瓶白酒、两瓶啤酒和四瓶饮料,以及香烟瓜子花生,眼睛一眨,全部神奇地消失了。

这一下小青年可惊呆了,这也太快了吧?

过一会儿,开始上菜了,叉烧香肠炸花生,一桌人默不作声,拿起筷子就夹。小青年夹了一粒炸花生,谁

想那花生滑得紧,掉了三次,总算才送进了嘴里,与此同时,只见盘子上空筷子乱飞,每个人都在拼命往自己碗里夹,其中有一个胖阿婆,夹得又快又准,而且筷筷都是叉烧香肠,碗里都放不下了,她却一块也没吃。

小青年尴尬透了,这还是吃饭吗?正在发愣,突然,那个胖阿婆站起身,把盘子一端,半盘花生米全倒进了她碗里。小青年的眼睛瞪大了,哇塞,这样也可以啊?

第二个菜还没上来,但大家都拿着筷子虎视眈眈地等着,小青年旁边有一个瘦阿婆,悄悄对他说:"当心,今天桌上有高手!"小青年知道她说的是那个胖阿婆,心想,想不到今天吃饭成了武林高手大比拼啦!

第二个菜终于上来了,刚一落桌,马上就被夹走了一半。小青年还在拿着筷子观望,旁边的瘦阿婆忍不住捅了他一下:"傻瓜,快出手啊!"小青年慌忙把筷子伸过去,谁知胖阿婆猴急地把盘子端了起来,倒进了早

杂技

□ 学 孟

一个男青年，初次去未来的岳母家，按着女友交待的地址，他一路打听而来。

快进村时，男青年远远地看见一个长着络腮胡子的人，倒骑着自行车飞速而去。

男青年很纳闷：哇塞，车技真高呀，岳母家的村子里怎么还有玩杂技的？

到了岳母家，男青年有些紧张，寒暄一会儿后，就没话找话地问道：

"你们村里有个玩杂技的？"

岳母和女友吃惊地回答："没有呀！""没听说过呀！"

男青年饶有兴致地讲了起来："我快进村的时候，看见一个大胡子秃头，倒骑着自行车，骑得可快了！"

岳母及女友听了，先是一怔，随即脸色大变，岳母怒声喝道："一会儿那玩杂技的就来了！"说完，她拉着女儿怒气冲冲地起身而去。

男青年百思不得其解，正在这时，岳父从外面买菜回家。

男青年一看，顿时傻了眼：岳父大人是个谢顶，谢得只剩后脑勺上那浓密的一撮，刚才男青年把"反面"当"正面"了！

男青年暗暗叫苦："完了，又吹了！"

已准备好的食品袋里。

其他老太太气得干瞪眼，但也没办法，一桌上全是陌生人，能说什么？还不是这么回事吗？

第三个菜上来时，有一个老太太突然站起来，直接从服务员手里接过菜，倒进了一个带来的饭盒里。

小青年一看，干脆把筷子往桌上一放，不吃了，看样子这顿饭还得回家再吃。他又回头看了看身旁的瘦阿婆，只见她脸色铁青，他接着一打量环境，不由得暗叫一声："糟糕！"他们的位置太吃亏了，服务员上菜走不到这边来，照这样下去，菜肯定都让别人端走了。

果然，第四个菜根本没有机会落到桌上，又被一个老太太抢先拿走了。

瘦阿婆气得胸膛一起一伏，突然嚷道："不吃了，回家啦！"

小青年觉得奇怪，一桌人也都面面相觑，他们眼看着瘦阿婆下了楼，下面的情景他们看不到了：那瘦阿婆径直进了厨房，把带来的一个锅往厨师面前一放："师傅，我是十二桌的，那桌的菜您倒进这个锅就行了！"

唐科长的讲究

□ 黄礼军

唐科长是管人事的，他有很多用人原则，平时忌讳也很多。

有一次，局里新来了三个大学毕业生，名字叫柏军、柏恒和伍小明。报到的第一天，唐科长安排柏军和柏恒到办公室工作，却要伍小明去别的部门上班。

伍小明心里很不舒服，他找到唐科长，说："我到别的部门上班，专业不对口呀！"

谁知唐科长连连摇头，说："我知道你专业不对口，可你们三人在一起是做不好工作的。"唐科长说完这句话，也没多解释，就走了。

伍小明很纳闷：我们三人在一起，怎么就做不好工作了？

伍小明想进办公室是没什么指望了，他整天闷闷不乐的，可就在这时，烦恼事又来了：爸爸要和妈妈闹离婚，原因是他在外面找了一个年轻的狐媚女人，伍小明苦口婆心，也没把爸爸劝回来，于是一气之下，断绝了父子关系，跟妈妈改姓陈，叫陈小明了。

几天后，唐科长找到陈小明，非常严肃地说："你明天到办公室去上班吧。"

陈小明十分不解："你不是说，我们三人在一起做不好工作吗？"

唐科长神态诡秘地说："现在不会了。"

陈小明更加吃惊了："这是为什么呀？"

"这你都不知道呀？还是学中文的，一点想像力也没有！"唐科长咂了咂嘴说，"你们三人两个姓柏，一个姓伍，加起来就是'二百五'，能做好工作吗？"

不容易

□ 王建江

这天傍晚，阿凉闲来无事，逛起了公园。走着走着，看到前面有个老头摆着一个地摊，地摊上摆着一长溜的白瓷罐，边上写着："五元一个"。地摊边上有个七八岁的小女孩，正认真地用画笔给白瓷罐上色，颤抖着手，满头大汗。阿凉看得好不心酸这么小的孩子，就出来挣钱了，多不

容易啊！

阿凉素来热心，想想反正闲着，看看边上还有几支画笔，就凑上前去，对老头说："我也画几个？我学过美术，应该不成问题的！"老头一听，连连点头，笑着拿过画笔，倒上颜料，阿凉就开始给白瓷罐上色。

这活简单，阿凉手艺又好，很快就涂了好几个。老头在一边看着，一边对小女孩说："别急，你看叔叔怎么涂的，慢慢学！"这话让阿凉听着很是受用。阿凉的面前，已经摆起了十来个涂好的瓷罐，这时有人过来，老头忙招呼，阿凉跟着招揽生意："五元一个，便宜了！"

过了个把小时，小女孩总算把手里的瓷罐涂好了，她站起身来，捧起瓷罐，递给老头五元钱，乐呵呵地一蹦一跳地走了。阿凉看得莫名其妙，问老头："这、这是——"

老头笑着说："画完了？那我给你装好了！"接着低头数了数"小兄弟好身手，个把小时就画了十五个，多不容易啊！优惠你了，只要给我七十元就成！"见阿凉发呆，老头指指一边树枝上挂着的纸条，上面歪歪扭扭地写着："享受涂罐的乐趣！只售五元，提供白瓷罐和颜料，涂过后即可带走！"

阿凉瞅瞅自己刚才卖力涂的一长溜花花绿绿的瓷罐，不由得傻住了……

一摸就得要

□ 王之双

今天，王道到县城来，办完事后逛街，一会儿来到一家店铺，见店里在卖"西游通"的玩具兵器：孙悟空的金箍棒，沙僧的月牙铲，八戒的九齿钉耙。

王道是个"西游迷"，他不由得上前摸了摸八戒的九齿钉耙，这时，一个二十多岁的少妇走过来，笑眯眯地说："先生，这是一个吉祥物，你真有眼力，买走吧，能消灾得福，心想事成。"

王道摇了摇头，说："不要。我只是感兴趣，觉得挺好玩，随便看看。"说完，王道扭头就走，少妇急忙拽住他："先生，你不能走，这个九齿钉耙你必须得买。"

王道据理力争："为什么？我只是摸了摸，又没弄坏。"

少妇拉下了脸，不容置疑地说："我们店里的一切都是一摸就得要，这是店里从来不破的规矩！"

王道一听，鼻子都气歪了，可出门三分小，看来今天只好认宰了。他从兜里掏出60元钱，使劲甩到了少妇面前。

少妇接过钱，顿时喜笑颜开，她把找给王道的零钱递上前去，不料这细皮嫩肉的手被王道一把抓住了，少妇将手甩开，怒气冲冲地说："你这人怎么啦，这么无理！"

王道二话不说，上去拉住少妇的手："走吧，少废话，今天你得跟我回家。"

"流氓！"少妇撅着屁股向后躲着，声嘶力竭地喊道，"大家都来看呀，一个大男人欺负弱女子了……"

王道见围过来许多人，便说："请大家评评理——她说，店里的一切都是一摸就得要的！"

众人一听，都"哈哈"大笑……

最后的停车位

　　　天，大李去汽车专卖店，买了一辆新车，然后载着妻子，风风火火地回到家。到了小区，大李要找个车位停车，没想到小区里的车位都满了，转了一圈他好不容易找到一个空位，正要把车开过去时，保安跑了过来，说道："先生，这个停车位有人买了！"大李一愣，说道："那还有其他空位吗？"保安说道："真不好意思，小区里的车位都被买走了。"大李后悔啊，以前怎么没有在小区里买个停车位呢？

　　他把车移到了大街上，这时，妻子出了个主意，说："我们把车停在超市停车场吧，那里肯定有车位。"大李点点头，开着小车，来到停车场。停车场果然有很多空车位，大李大喜，把车停了下来，这时，停车场的工作人员对大李说："先生，对不起，这里已经没有停车位了！"

　　大李大吃一惊："怎么没有呢？明明有很多空位嘛！"工作人员说：

"这空位早就被人租用了！"大李郁闷啊，他只好把小车退出停车场。

　　找不到停车位，大李的车只能在大街上慢慢移动，这时，老婆又出了个主意："我们干脆打电话给车位公司，把车停在马路上吧。"大李点点头，迅速给车位公司打电话："您好，我想租一个车位停车。"电话那头说："最后一个停车位也在上个月租出去了。"大李这回傻眼了，大街上都没有停车位了。这时，妻子发现后面是一辆大吊车，突然笑了："我有办法，让吊车将我们的小车吊入我们的客厅，怎么样？"大李想想也笑了，因为他家客厅的窗户足够大，小车完全能够进入。最后，大李的小车被吊车吊入了自家的客厅。坐在沙发上，大李与妻子异口同声道："总算找着停车位了！"

（作者：李代金；推荐者：玉　溪）

（本栏题图、插图：顾子易　包丰一）

481

2011
SEMIMONTHLY
下半月刊

2月

STORIES

欢迎登录本刊主办"故事中国网"（www.storychina.cn）

故事会
STORIES

2011 年 2 月
下半月刊·绿版

何承伟：社　长、主　编
夏一鸣：副社长
吴　伦：常务副主编（兼绿版负责人）
姚自puts省：副主编（兼红版负责人）
本期责任编辑：吴　伦 黄美舟（见习）
电子邮箱：piggybank81@sohu.com

绿版发稿编辑：
朱 虹 杭 帆 颜轶超
美术编辑：李宝强
电脑制作：郭瑾玮
通　联：归依玲

本社办公室电话：021-64375030
上半月刊编辑部电话：021-64332325
下半月刊编辑部电话：021-64336469
（上海市绍兴路 74 号 邮编：200020）
主管、主办：上海文艺出版（集团）有限公司
出版单位：《故事会》编辑部
发行范围：公开

制作、发行总监：张　凯
电话：021-64313938
广告业务：上海故事会文化传媒有限公司
广告总监：张　淮
广告业务：021-34010383
广告投诉：021-64333738
广告经营许可证
沪工商广字 3100320080016 号
发行：中国图书进出口上海公司

上错车

　个醉汉回家，两次上了公共汽车，都被告知上错了车，后来他上了第三辆车，总算对了。

　　车上有个神父见他喝得醉醺醺的样子，便很不高兴地在胸前画着十字，说："我的孩子，酗酒是通往地狱之路啊！"

　　醉汉立刻大叫："什么？这车是开往地狱的？难道我又上错车了？"

　　　　　　　　　　（韩 熙）

（本栏插图：包丰一）

理　由

总统任期快要结束时，他悄悄地对秘书说"我不打算再干这个行当了。"

　　秘书觉得总统在任时还是做出不少贡献的，想要连任应该很有希望，于是对总统说："您为何不谋求连任？"总统摇摇头，对秘书叹起了苦经："唉，总统没有提升的机会啊！"

　　　　　　　　　　（张晨曦）

安眠药

面容憔悴的病人对医生说"我家窗外的野狗整夜叫个不停，我简直要疯了！"于是，医生给他开了安眠药。

　　一星期后，病人又来了，看上去比上次更憔悴。

　　医生问："看你疲惫的样子，难道安眠药无效吗？"

　　病人无精打采地说"不知道，我根本追不上那些狗，没办法给它们喂安眠药。"　　（张 旭）

逻辑推理

教授的女儿是全校男生的梦中情人。一天，教授为学生讲解逻辑学："书在桌上，桌在地上，所以书在地上。"教授讲罢，让坐在前排的一个学生举个类似的例子，学生道"我爱你，你爱你的女儿，所以我爱你的女儿。"

（王开畅）

喜欢一点

小赵遇上了儿时的玩伴小刘，他们正聊得开心时，突然一个美丽的姑娘从他们面前走过。

小赵眼睛一亮，对小刘说："我喜欢这个姑娘两点：丹凤眼，小圆脸。"

小刘嘿嘿一笑："她肯定也喜欢你一点。"

小赵一听，兴奋地问："哪一点？"

"离她远一点。"（耿文涛）

证　明

男一女去旅店投宿，经理对男士说："请原谅，先生。如果您不能证明这位太太是您的妻子的话，我们将不能接待你们。"

这位男士听完后，十分激动地说："好吧！如果你能证明这位太太不是我的妻子，我将终身感谢您。"

（徐　哲）

·笑口常开 轻松一刻·

长胡子了

妈妈邀请朋友来家中聚餐，她把五岁的儿子和朋友的孩子安置在一张小桌上。

儿子央求妈妈："可不可以让我坐到大人那儿？"

"不！"妈妈说，"你还小，等你长出胡子，就可以跟大人坐在一起了。"

这时，家里的小猫转到了儿子的脚下，儿子一踢："去！你已经长胡子了！到大人那边吃喝去吧。"

（黄蓓蕾）

失眠原因

有一位海军新兵，上了潜艇后就一直失眠。

舰长很关心地问这位新兵："为什么你睡不着？是不是想家了？"

新兵猛摇头说："不是因为想家！"

舰长很纳闷地问道："不是这个原因，那到底是为什么呢？"

新兵很无奈地回答说："因为我习惯开窗户睡觉，不然睡不着！"

（王佳乐）

好印象

一个大学生租了一间房。他想给房东太太留下一个好印象，于是他夸口道："夫人，您知道吗？我从原来租的那间房子搬出时，那位房东太太哭着不让我走……"

"你住在我这里绝不会发生这种事。"新房东太太说，"要知道，我这里，房客都是预先交付房租的。"

（周 华）

升官之后

有个人刚当上官就飘飘然。他的朋友闻讯前来祝贺，他竟装作不认识，高傲地说："你是谁呀，来这儿干吗？"

朋友镇定地说"你看，连老朋友都认不出来了。人家都说你眼睛瞎了，我是特地来看望你的呀！"

（黄蓓蕾）

漏填了什么

杰克干活不慎摔伤，需要住院治疗。

一位年轻漂亮的护士拿着表格让他填写，杰克看着漂亮的护士，心花怒放，他填完后把表格递给护士。

"还有什么漏填吗？"护士问。

"有"，杰克想了想说，"我是单身汉。"

（李 琪）

入 土

小王和好友合租一套房。好友为了多赚钱买房子，找了一份写作的兼职，天天通宵达旦。

这天半夜，小王醒来时，发现好友还在电脑前忙碌，便劝道："早点儿休息吧，明天还得上班呢。"

好友摇摇头，说："不行啊，我必须得加倍努力工作，要不，这么高的房价，我恐怕入土之前也买不上一套房子了。"

小王无奈地摇摇头，说："你再这么废寝忘食地干下去，恐怕要提前入土了。"　　　　　　（范　平）

物超所值

有一对夫妻出去找工作。在招聘大厅里，妻子正在填简历，丈夫指着表格，说："你应该在这两格里填上'有海外关系'和'会修理小汽车'。"

妻子听了，奇怪地问道："我只是应聘办公室文员，有必要写上这两条吗？有谁听说过，文员需要有海外关系，还要亲自动手修理汽车的？"

丈夫教导道："这你就不懂了吧。你不知道现在找工作有多难吗？为了在众多应聘者中脱颖而出，你必须要让未来的老板有一种物超所值的感觉。"　　　　　　（谢小英）

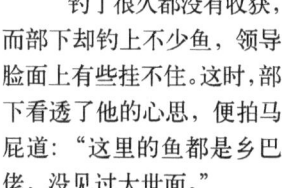

怕领导

一位领导和部下去钓鱼，钓了很久都没有收获，而部下却钓上不少鱼，领导脸面上有些挂不住。这时，部下看透了他的心思，便拍马屁道："这里的鱼都是乡巴佬，没见过大世面。"

这位领导不知何意，问："何以见得？"

那部下答道"如果见过大世面，为什么还怕领导接见呢？"

（黄蓓蕾）

（本栏目欢迎原创作品、翻译作品。来稿可从邮局寄发，也可从网上传递。如为电子邮件，请发以下信箱 piggybank81@sohu.com）

·新生肖故事·

兔子的
三个要求

□ 高雷锋

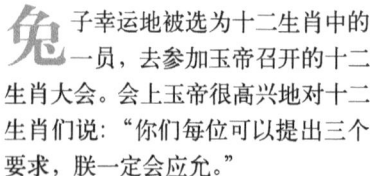

兔子幸运地被选为十二生肖中的一员，去参加玉帝召开的十二生肖大会。会上玉帝很高兴地对十二生肖们说："你们每位可以提出三个要求，朕一定会应允。"

于是，大家高兴异常，纷纷提出各自的要求。这时兔子想：我提个什么呢？哦！对了，我们兔子最可怜。在大自然什么狮子、豺狼、豹子、老虎都要吃我们，假如我能变成狮子、老虎之类的，那多开心啊！

于是，兔子壮着胆子向玉帝请求"启奏万岁，兔子我有个请求，望恩准。"玉帝捻着胡须点头："说吧。"兔子说道："万岁，我们兔子整日提心吊胆地过日子，每天都怕猛兽来袭击我们。我想变成狮子或者老虎，也扬眉吐气一下！"玉帝想了想说："可以，但老虎你不能变，他已入围

十二生肖。这样吧，你就去变狮子吧。"

第二天一早醒来，兔子发现自己果然变成一只威武的狮子了！兔子好高兴啊！它在草原上昂首阔步，再也不用像从前做兔子那样躲躲藏藏了。兔子在草原上巡逻了半天，感到有点饿了，就想找点野味，可各种小动物一见到它都远远地躲开了，它这才发现自己压根就没有狮子捕食的技巧。它就这样在草原上漫无边际地游荡了三天三夜，什么也没有吃到，饿得头晕眼花，几乎就要瘫痪了。它不得不哀叹："唉！当初做兔子的时候，漫山遍野有的是鲜嫩的青草，哪会有吃不饱的事情发生，我兔子还不吃窝边草哩，我真后悔变成了狮子。对了，我还有两个要求可以提，我去找玉帝

8

去。"

这一天，玉帝早朝，各位神仙参拜完毕，分立两旁，这时只见兔子上殿三呼万岁。玉帝道："你不是已做狮子了吗？今日又有何事？"兔子道："万岁，我在下界做了七天狮子，发现我确实不是当狮子的料。请求玉帝答应我第二个要求。"玉帝道："那你的要求是什么呢？"兔子道："我前思后想，自己就这点本领，还是当兔子好。只是……"玉帝道："只是什么？但说无妨。"玉兔道："只是我们饱受各种天敌的危害，是否让世界上只有我们兔子一个家族？您想想，我们兔子从来不去伤害别人。

没有了各种天敌，我们兔子就会生活愉快、安康。所以请求玉帝恩准。"玉帝一听，皱了皱眉头说："你这个要求是否有点过分？但我已答应给你们十二生肖每位三个要求，这是你第二个要求，就答应你吧。"

兔子这下可乐坏了，不但自己恢复了原来的样子，而且从今以后再也没有了天敌，什么豺狼虎豹的，见鬼去吧！世界是我们的了。兔子们互相奔走相告，弹冠相庆，它们蹦啊，跳啊。从此，它们不用提心吊胆地生活了，吃饱了就睡，睡足了就吃，山坡上、草原里、树林中，到处都可以看到兔子们快乐的身影。它们谈谈恋爱、生生孩子，就这样永远无忧无虑地生活着。

可是好景不长，几年后，由于兔子们大量地繁殖，全世界都住满了兔子家族。美丽的大草原被它们啃光了，变成了沙漠。山坡上、峡谷里都变成光秃秃的了。兔子们开始为食物而争吵。更可怕的是山洪暴发，瘟疫横行，地球开始失控了，兔子们大片大片地死去。眼看兔家族就要灭绝了。兔子只好哭丧着脸再去求玉帝。

玉帝问道："你又有什么事要来求我？"兔子一脸无奈地说："万岁呀，由于只有我们一个家族。草根树皮都被我们啃光了。现在瘟疫横行，

十二生肖里为啥
没有鸟

□ 吴芳芳

众所周知，十二生肖里没有鸟，只有一只鸡，勉强算是鸟类吧。于是有人便问了：鸟多灵动啊，为什么十二生肖里没有鸟呢？说起来，这还是一个有趣的故事哩。

传说玉皇大帝有一天突然心血来潮，要选十二种动物，对应子、丑、寅、卯、辰、巳、午、未、申、酉、戌、亥十二地支，每种动物对应一个属相，

兔子们纷纷死去，我求求您，想办法将我们恢复原来的样子吧。只是……""又怎么啦？"玉帝有些生气，他压住火气说："你还有一个要求，说吧。"兔子说："我想让世界恢复原来的样子，但又怕豺狼虎豹多起来，我们又要担惊受怕，不知如何是好？"玉帝想了想说："你现在长见识了吧，凡世界上的一切生物都有自己的定位，缺谁也不行的，所以要有良好的心态。有了良好的心态，才能有良好的生态，有了良好的生态，世界才会安宁。只要你做好自己的工作，不要异想天开，生活定会美好。我允许你们每户可有三套住房，如有危险立即转移。这样总可以了吧？"兔子一想，这倒是个办法，于是高高兴兴地离开了天庭。

从此以后，兔子就有了三个洞穴，以防不测，这就叫做"狡兔三窟"。世界又恢复了原来的样子。

（本作品获"和气致祥杯新编十二生肖故事大赛"金奖）

（题图：安玉民 梁 丽）

每种属相当值一年。可玉皇大帝犯了愁，到底该选哪十二种动物呢？他想了一夜，最后决定凭实力公平竞争，先到先得，抢完即止。

第二天，玉皇大帝就让传令官蝙蝠去传旨。当时蝙蝠正在热情地追求老鼠，可老鼠对它三心二意的，不大热情。为了讨好老鼠，蝙蝠首先把这个信息告诉了老鼠。

老鼠听了喜出望外。它转了转狡黠的小眼珠说："蝙蝠哥哥，我要入选，而且要得第一名！如果你帮我办成这件事，我就嫁给你。"

这让蝙蝠很是为难，他说："你小腿短，又没翅膀，入选都难，何况还要得第一？"老鼠一听，撅起小嘴气呼呼地说："我要有翅膀，还找你？告诉你，我非得第一不可，不然你这癞蝙蝠就别想尝我这老鼠肉。"说罢，就钻进洞里伤心地哭了起来。蝙蝠趴在洞口说了半天好话，最后答应倾力相助，老鼠这才破涕为笑，钻出来亲了蝙蝠一口。

等离开了老鼠的温柔乡，蝙蝠心想：要想帮老鼠，首先得支开最有可能得第一的鸟类。因为鸟会飞啊，别的动物跑得再快也是白搭。于是蝙蝠就开始逐个拜访鸟类，他假传玉皇大帝的圣旨，说三天后要在南方的森林里举办一个"鸟类选美大赛"，冠军不但可以获得神仙封号，而且还可以参加王母娘娘举办的蟠桃大会。众鸟一

听都高兴坏了，有几只已经迫不及待地往南方飞去了。

蝙蝠最后来到鸡舍，鸡却主动放弃参加选美大赛，因为它要带孩子，而且不论是长相还是歌喉，都自觉比不过别的鸟类。蝙蝠见鸡一副呆模样，估计坏不了老鼠的好事，就走了。

等众鸟都飞走了，蝙蝠又去通知兽类，让它们去参加竞争，这回蝙蝠又故意把比赛的时间说迟了一天。

蝙蝠把一切安排妥当，就去找老鼠邀功。哪想到老鼠这边又有了馊主意，原来它生性懒惰，不想受那跋涉之苦，便提出要骑着蝙蝠飞到灵霄殿去。

蝙蝠为难地说："老鼠妹妹，不是哥哥不想背你，实在是分不开身啊！为了你，我还得去主持鸟类选美大赛呢，如果不拖住它们，你怎么能得这个第一呢？"老鼠仍然不依不饶，软磨硬泡要让蝙蝠想办法。蝙蝠眉头一皱，计上心来，它伏在老鼠的耳朵边嘀咕了几句，喜得老鼠咯咯直笑，一个劲地说："蝙蝠哥哥真是太有才了，我爱死你了。"

蝙蝠和老鼠打情骂俏一阵后，又跑到黄牛那里说："哎呀，牛大哥，刚才我通知你时，把日期记错了，你现在就上路吧，再晚就来不及了。"

黄牛一听急了，抬腿就要走，蝙蝠又喊住了它，并在它脖子上挂了只小篮子，篮子上还写着几个号码。蝙蝠说，这是参赛的标志和号码，千万别弄丢了，否则拿到第一也没用。

黄牛老实巴交的，也没多想，就带着篮子出发了。刚出门，就看到了鸡在门口找食吃，黄牛心好，把十二生肖大赛的消息告诉了它。鸡又摇着头说："不行，我还得带孩子呢，什么比赛也参加不了。"

黄牛想了想说："这样吧，你在我背上做个窝，把你的孩子放进去，我带着你去参赛。"母鸡感激涕零，就"咯嗒咯嗒"地谢着答应了。

快到灵霄殿的时候，小鸡出世了，鸡就让黄牛先走，它安置好孩子再去。黄牛就自己进去了，刚进灵霄殿，老鼠突然从黄牛脖子下面的篮子里蹿了出来，一下子跑到玉皇大帝面前，得了第一。黄牛得了第二。鸡因为要照顾孩子，来得较晚，但还是勉强入围了。

再说那些鸟儿，它们在蝙蝠的主持下，又跳舞又唱歌，来了个十八般武艺大比拼，结果凤凰力挫群芳，得了冠军。众鸟就各自从身上拔下一根毛，做成"百鸟衣"献给凤凰，而且还围着它唱了一天一夜，这个大合唱就是后来的名曲《百鸟朝凤》。

不久之后，众鸟才知道所谓的选美大赛都是蝙蝠搞的鬼，它真正的目的是不让它们参加十二生肖的比赛，众鸟大怒，就追打蝙蝠，结果把它的眼睛打成了高度近视。

蝙蝠费了九牛二虎之力才得以逃脱，从那以后，它再也不敢白天出来了，只敢在晚上出来活动一下子。又因为眼睛不好使，蝙蝠找不到老鼠，老鼠自然也看不上它。所以两人的爱情故事也就没有下文了。

（本作品获"和气致祥杯新编十二生肖故事大赛"铜奖）

（题图：安玉民 梁 丽）

绿版编辑部各编辑邮箱：

吴 伦　wulun@vip.sohu.net

朱 虹　zhong98305@sina.com

杭 帆　hangfan1102@126.com

颜轶超　yanyichao1004@sina.com

黄美舟　piggybank81@sohu.com

距离

有一位老花匠，每天在一处高档小区里种花、浇花、修剪花。老花匠每天对着西装革履、高贵优雅的先生女士们微笑和点头。那些人也很有礼貌，对他的问候总是报以友好的微笑。但老花匠明白，自己和人家永远是两个世界的人。

有一天，老花匠突然得了急病，昏迷了过去。很快，小区的广播响了："老花匠病了，需要送医院，现在他身上没有一分钱，请大家伸一伸手

吧！"消息传开，一扇扇门打开了，一些人停住了脚步，就在等救护车的几分钟里，一张张钞票塞进了老花匠的兜里。

几天后，老花匠顺利出院了，从乡下赶来的女儿把他扶回小区。那些业主见到他，依然友好地对他笑笑，然后和过去一样与他擦肩而过。但老花匠感到自己和他们不再有距离，自己也是小区里的一分子。

（推荐者：黄蓓蕾）

心与眼

清道光年间，刑部大臣冯志圻酷爱碑帖书画，但他从不在其他人面前提起这个爱好，赴外地巡视更是三缄其口，不吐露丝毫心迹。

一次，有位下属献给他一本名贵碑帖，冯志圻原封不动地退回。有人劝他打开看看，也有人说把玩几天也无妨。冯志圻说，这种古物乃稀世珍宝，我一旦打开，就可能会爱不释手，不打开，还可想象它是赝品，封其心眼，断其诱惑，怎奈我何？

绝大多数人抵御诱惑的能力是有限的，是很脆弱的，冯志圻也不例外。所以他选择了战胜诱惑最有把握的办法——远离诱惑。

（推荐者：张 云）
（本栏插图：安玉民 梁 丽）

把困难当成垫脚石

山上住着一位德高望重的大师。有一天，来了两个少年向他求教，大师往下面一指，说："山坡上有一棵果树，你们一不许爬树，二不许摇树，三不许用竿子打，谁能把果子摘下来，我就收谁为徒。"

两少年顺着大师的手望去，见山坡上果然有一棵果树。去山坡上有两条路，左边的路非常平坦，走过去相对容易，而右边的路崎岖不平，走起来则相对难得多。

甲少年飞身顺着左边平坦的路跑了下去，很快，来到了树下。可是，他伸手试了试，最低的果子离自己也有半人高，即使跳起来也够不到。大师说的规则又不能违反，怎么办？甲少年原地跳了几次，又跑动着跳了几次，直到折腾出一身汗，才两手空空地回来了。

乙少年选择的是右边的路。来到果树附近时，乙少年搬起脚下的石头，抱到树下，然后又回来搬了几块。很快，石头垫到了半人多高，乙少年踩了上去，轻松地摘了一个果子回来。

甲少年呆呆地说："大师，这……这不算的，他取巧。""不，这不是取巧，而是人生的道理，平坦的路虽然好走，却不见得会成功，坎坷的路虽然难走，却可以摘到成功的果实。"说着，大师朝乙少年说，"你留下吧。"

困难就像一块块石头，只要将它们踩在脚下，你就会摘到人生的果实。

（推荐者：王雪葵）

重量才是力量

在某山区的著名旅游景点，有一段路被当地人称为"鬼谷"。路窄坡陡，两边是万丈深渊。每到此地时，导游们都要叫游客们适当背点或扛点什么东西。游客总是不理解地问："这么危险的地方，我不拿东西两腿都打颤，再负重前行，那不是更危险吗？"导游就解释道："这里发生过好几起事故，都是游客在毫无压力的情况下，一不小心掉下去的。当地人每天都从这条路上挑着东西来来往往，却从来没有人出事。你负重前行，步伐才会更稳健，精神才会更集中，反而会更安全。"

这就是"压力效应"。那些胸怀大志，又身背沉甸甸责任感的人，才能从岁月和历史的风雨中坚定地走过"鬼谷"。

（推荐者：章 卓）

学写作文，从读故事开始

阿P出差

□ 常旭航

这一年，阿P到外地出差，正巧该市在搞产品展销会，一时宾馆爆满，阿P找了半天也没找到住的地方，不得已来到郊区，找了家小旅馆，还是两个人一间的。

阿P嘴里咕哝着，可是人生地不熟，不屈就也得屈就。到了晚上，同房间的人来了，两个人一开口，竟发现是老乡，于是两个人天南海北地聊起来。

聊得兴起，老乡递来一听已经打开了的饮料，阿P也没怎么多想，接过来几口喝了个精光。他正美美地品味着呢，突然，他发现门背后贴着一纸告示"友情提示，请勿接受陌生人的食品、饮料、香烟等物品。如因类似事件而发生意外，本店一概不负责任。"

妈呀，咋喝完了才看到啊？阿P顿时冒出一身冷汗。他抬头看看老乡，发现老乡正坏坏地盯着自己，那模样，就像《水浒》里梁山好汉下蒙汗药，指着对方，嘴里不住地说："倒也，倒也。"

此刻，阿P已经认定饮料里有安眠药，一时间就感到头晕、胸闷，意识开始有些混乱。

那个老乡站起身，双手上举打了个哈欠，嘴里说："睡了，睡了。"阿P用手朝腰眼里这么一摸，人一下子清醒了许多。这次出差带了三千元钱，要真是坚持不住睡过去，那么，兜里的三千元钱八成是要换主人了。

阿P吓得冷汗淌了下来，事到如今，硬顶不但钱保不住，那老乡说不定杀人越货都有可能。想到这儿，阿P忍住慌乱，借故说要上厕所，出了门，像兔子似的撒腿就跑，跑到大街上，打的直奔医院。

到了医院，阿P的心才犹如一块石头落了地，他挂了急诊，一见医生直喊："救命。"医生见阿P惊慌失措的样子，忙问："怎么啦？"阿P把情况简单地跟大夫做了介绍，焦急地问他该怎么办。

医生忙安慰道"别紧张，我先给你检查是否中了毒。"话音未落，"刷刷刷"开出了：血常规、尿常规、心电图、X光、CT、胸透……乖乖，共计十四项。

阿P有些摸不透了："要检查这么多项目吗？"

医生耐心地解释："十四项不算多，我们要为病人的生命安全负责，你说对吗？命没了，其他都免谈，你说对吗？"

"对，对，生命比钱更重要！"阿

P头点得像鸡啄米。

忙了近两个小时，总算检查完了。医生看过一张张报告单，脸上露出了笑容，说："恭喜你，阿P同志，你的身体一切正常。"

这时候，阿P不但没有轻松的感觉，反而哭了起来。他将身上所有的口袋都翻了出来，带着哭腔说："医生，你能不能给我十块钱？"

医生一时没反应过来，惊奇地问："又怎么啦？"

阿P说："我身上的三千元，全给了你们，我现在回不去了，求你还我十块钱，我得打的回去呀。"

医生从没遇到过这样的事，他生气地说"你这是胡搅蛮缠啊！让我给你车费？你以为医院是慈善机构啊？我们从来都没有给病人车费的先例。"

白白扔了三千元，阿P正心疼呢，再听医生这么不客气，他的火气也上来了，气哼哼地说："怎么没有？我上次遇到抢劫，那抢劫犯还给我二十块钱车费回家呢！"

"你这个同志真没觉悟，"医生严肃地说，"这怎么一样？抢劫犯会给你发票吗？我们医院可是给你开了正规发票的！"

走出医院，望着漫漫夜路，阿P恨得牙直痒痒，早知道在医院遭劫，还不如被老乡麻晕呢！这么远的路我怎么回家？

（题图、插图：顾子易）

遭遇哄抢

□陈 铭

意外翻车

二宝是个大学生。这年寒假，听说舅舅要倒腾一批干辣椒到北方，二宝闲不住，主动跑去帮舅舅押车。头一回押车，二宝什么都觉得新鲜，一路上和舅舅谈笑风生，还跟司机聊得火热。

第二天下午，车子开到一个叫遇龙坡的地方，舅舅突然紧张起来，不停地叮嘱司机打起精神来。可今天真是撞邪了，司机明明开得很稳当，不料迎面突然杀出辆面包车，眼看就要撞上了，司机急忙猛打方向盘，只听"砰"一声巨响，车子狠狠地撞到了路边的护栏上，接着惊天动地整个翻了过来，四脚朝天地躺在公路上。

舅舅和二宝砸破车窗爬了出来，舅舅脑袋上破了个口子，二宝居然毫发无损，那个司机却伤得不轻。再看这车，就像一只盒子似的倒扣在路面上。

舅舅轻轻吐了口气，说："还好！还好！"二宝一听，以为舅舅脑袋被撞傻了，翻了车怎么还说好呀？舅舅说，至少它翻得有点水平，把货都罩住了。说着拿出手机，打起了电话，联系救护车和吊车。

没过多久，救护车来了，医护人员把司机送上了车。舅舅只是让人家给他包扎了一下脑袋，说什么也不愿意去医院，说要在这儿看货。

这时，从公路旁走过来一个小老头，只见他留着山羊胡，正饶有兴趣地站着看。二宝多嘴的毛病又犯了，

他冲那老头走了过去，大声问："老伯，这是啥地方呀？"

老头说是羊角村，接着冲货车努努嘴："装的什么？"

"辣椒干！"二宝不知好歹地响亮答道，"一车都是！"

老头脸上带着笑意，叹气道"怎么就翻了呢？"二宝正想解释，舅舅在后面气呼呼地喊："二宝，回来！"

二宝急忙跑过去，舅舅压低声音骂道："管不住你的嘴！你跟他乱说什么？你还怕人家不知道车里装的什么呀？"

二宝被他骂懵了："怎么了？"

"怎么了？"舅舅恨恨地瞪他一眼，"你等着吧！过一会儿，你就知道怎么了！"

二宝挠挠头皮，回头一看，那老头正一溜小跑走到不远处一个土墩上，从怀里掏啊掏，最后掏出一只弯弯的牛角。二宝正觉得有趣呢，只见老头拿起牛角，仰头使劲一吹："呜——"舅舅狠狠地一跺脚："坏了！"

二宝一看舅舅，只见他脸色变得铁青，脸上的肉莫名地抖个不停，显得异常紧张，二宝更是摸不着头脑了。

过了十来分钟，公路上忽然有村民陆续拥来，有男有女，有老有少，几乎每个人的背上都背着一个大背篓，手里还拿着麻袋。他们站在不远处，

兴高采烈地看着说着，闹哄哄的，好像就是冲他们的车来的。

舅舅拍拍二宝的肩膀，说："看见了吧？"二宝点点头："舅舅，这些人想干什么？"

舅舅叹道："你还不明白？他们是来捡我们的辣椒的！"

"捡辣椒？"二宝叫了起来，"我们在这里看着，他们怎么敢捡？那不成抢了吗？我就不信他们敢抢！"

舅舅苦笑一声："你真是没跑过车呀！靠山吃山，靠水吃水，住在公路边上的人就盼着路上出事。东西撒到地上，不捡白不捡。"

两人正说着，只见远处的田间小路上，正有一条人流源源不断地涌向这里。二宝不禁倒吸一口凉气，也跟着紧张起来。

生死较量

又过了一阵，村民越来越多，四面八方都站满了，黑压压的全是人头。不过，他们只是伸长脖子看着，并没有上前。二宝疑惑地说："舅舅，也许人家只是来看热闹吧？"

舅舅苦笑道："现在还不到时候，他们在等吊车把车吊起来呢。"

说话间，吊车终于来了，人群中顿时一阵欢呼雀跃。舅舅急得都要哭出来了，出了车祸已经够惨了，要是再赔上这车货，这一趟可真是亏了血本。

二宝见状，连忙上去给村民们递烟，劝他们不要抢，可谁也不接。

舅舅在后面看得又好气又好笑，等二宝回来，恨恨地说："二宝呀，我知道你聪明，点子多，可在这里派不上用场！等车一吊起，辣椒一露出来，什么法律道德全都没用！"说罢，他从驾驶室里抽出两根防身的铁棍来，自己拿了一根，把另外一根扔给二宝说："拿着！"

二宝怔怔地拿着铁棍"舅舅，干啥？"

"这车货值不少钱呢！"舅舅咬牙切齿地说，"没了，我就没有翻身之日了，老子死也不能看着他们抢走！"

二宝一听，犹豫着说："舅舅，咱犯不着跟他们拼命……咱和他们商量商量……"舅舅怒道："你书读傻了！这种事还有什么可商量的？"

话音刚落，吊车开始起吊了，随着隆隆的机器声，货车被缓缓地吊起了一个角，立即掉下来好几袋辣椒。

村民们个个摩拳擦掌、跃跃欲试，突然，几个毛头小伙子直扑货车。

舅舅一看，怒喝一声："站住！"双手持着铁棍，像个烈火金刚一般，不顾一切地拦在货车前，摆出了拼命的架势。

那几个小伙子见状一惊，不约而同地收住脚步，有点惊讶地望着他。舅舅满脸怒火地吼道："来吧！想抢我的辣椒，除非把我打倒！"

几个小伙子大概没有料到车主会这么拼命，一时间愣住了。

二宝又惊又喜："舅舅，他们不敢抢了！"

舅舅稍稍松了口气，抬头瞧了瞧天色，说道："没用，就算咱有枪指着，他们也会照样冲上来的，等天黑了，他们就更大胆了。"

二宝怔怔地问："那咋办？"

"咋办？"舅舅呼哧呼哧地喘着气，"老子咽不下这口气，眼睛没闭

上，谁也别想动我的辣椒！"一激动，他猛地感觉脑袋一痛，"哎呀"一声叫着坐到了地上。一摸，手上全是血。刚包扎过的伤口又裂开了。

二宝一看，急了："舅舅，你还是快去医院吧，这里还有我！"

舅舅苦笑着摇摇头，他一去医院，就等于把这车货敞开让人抢了，想到这里只觉得脑袋越来越痛，一动，血又哗哗地往下淌。

二宝劝他马上去医院，先保住命要紧。舅舅长叹一声，知道这个结果无法改变了，也只好认命了，同意去医院。上车前，他又看了看外面的人群，只见一双双饿狼似的眼睛在黑幕中闪着光，他一把抓住二宝的手，叮嘱道："等会车吊起来，你千万要离得远远的，别让人家把你给踩扁，辣椒抢了就抢了，看来也是无法避免的了，记住了吗？"

二宝连连点头："舅舅，你放心吧，我不会那么傻，我一定想办法保住咱们的辣椒！"

舅舅苦笑一声："你能保住自己的命就好啦！"

奇思妙想

二宝目送着救护车离开，拿出手机按了几下，突然掉头就向人群跑去。他找到了那个山羊胡老头，笑着凑上去说："老伯，借一步说话。"

老头奇怪地瞅瞅他，没吭声。二宝亲热地揽着他肩膀，说："来来来，咱们到旁边抽根烟。"

老头半推半就跟他走到了人群外。二宝讨好地给他敬上一支烟，又亲自点上火。老头有点不好意思起来，问他："老板，啥事？"

二宝笑嘻嘻地说："没啥，咱们随便聊聊。老伯，我这车全是辣椒，你们要来做什么呢？"

"这你就不知道了！"老头呵呵一笑，"我们这儿的人爱吃辣椒，尤其是逢年过节，每家少不了要几十斤。实话说了吧，今年咱村家家都缺这玩意儿，你们是送上门来了。"

二宝一下张大了嘴巴，愣了半响，突然脑中闪过一道亮光，脱口喊了起来："太好了，就这样！"

老头一愣，不解地瞪着他。

二宝抬头打量打量人群，问老头："这里都是你们村的人吗？一共多少户啊？"

老头点点头说："都是我们村的，三十来户人。"二宝又问："你在村里说话管用吗？"

老头有点得意地点点头，说自己是全村的头。二宝大喜道："老伯，你叫乡亲们别费那个劲抢了，弄不好伤着自己人。这样吧，我每家按半价卖五十斤，等于买一斤送一斤。你看划得来不？"

一百斤干辣椒，照现在的市场

价，少说也得在两千以上，当然划得来了。老头没想到他这么说，有点吃不准他的意思，沉吟不决。二宝把嘴凑过去说：“当然，您是领导，我给您双份。”

老头低头琢磨一阵，一拍大腿：“人心都是肉长的！既然你这么痛快，行！就这么办！但我只要一份，不能搞特殊。”

不一会儿，货车前推来了一台秤，吊车把货车吊起后，二宝就开始在现场卖起了辣椒。没过多久，满满一车辣椒竟然都卖光了。好多村民觉得划算，还买了几次，二宝明明知道，却一句也不问，他要的就是这个效果。

原来，就在舅舅上救护车离开的时候，二宝拿出手机，上了网，在网络上寻找关于辣椒价格的信息。几分钟后，他发现了一条意外的信息：舅舅这趟货发去的那个城市，本来两天前价格还很高，可这两天被有关部门打压，一下暴跌了十多块。二宝细细一算，这批货就算顺顺利利运到目的地，也绝对会亏本。

于是，二宝灵机一动，打算将辣椒全卖给村民。事后，二宝一结账，虽说没赚到钱，但至少没亏本，比运到目的地明智多了。

很快，舅舅从医院里回来了，一看这情形，不由得惊喜交集，一巴掌拍在二宝肩膀上：“行啊，你小子大学没白念！”

（**题图、插图**：魏忠善）

·本刊信息传真·

故事中国网恭贺您兔年新禧

本期刊物在新春佳节中与您相遇，您或许仍在家中与亲友团聚，或许已在喜庆气氛中登上了返程的列车，满怀着家人的殷殷祝福，对新的一年充满了期待。借此机会，由《故事会》主办的故事中国网（www.storychina.cn）恭祝您兔年一帆风顺，身体健康，阖家快乐！

在故事中国网，你不仅可以了解到每期《故事会》的最新内容，还能读到当期作者、编辑的创作感言、编辑手记，参与编辑部的各项征稿、评选活动。在这里，你会结交到天南海北的故事爱好者，和大家一起分享心情故事，神聊热门话题。

今年伴随着《故事会》总500期的庆祝，故事中国网将会带来全新面貌以及更多功能，网站也会送出让你惊喜连连的内容和礼品，敬请随时关注。

2010年度中国最佳故事和故事家的评选即将揭晓答案，2011年度最佳故事和故事家的评选也将继续进行，无论是你自己创作发表的故事，还是在书刊报纸上读到的好故事，都可以推荐参评，赢取最高3000元的大奖。（更多详情请登录故事中国网了解）

人走茶不凉

□ 范大宇

有这么一批白领，利用"五一"放假时间，自驾车去银镜山旅游，半路上车抛锚了。在这前不着村后不着店的山区，他们傻眼了。百般无奈时，带队的章少辉想起了一个战友，叫毛启发，他就是这个地方的，于是便联系上了毛启发。

这个毛启发很快就亲自开着车来了，把抛锚车拖上，"呼呼"地开到了自己家，然后是战友相逢，一顿好酒招待。

酒过三巡，章少辉提出了借车继续旅游的要求。谁知毛启发却面有难色，说自己的车随时要用。章少辉当年是侦察兵，早就心中有底，就笑着说："哥们儿，我们不用你这车，用那辆旧吉普就行。"说着，用嘴朝院子角落那儿一努。

院子的一角，停着一辆破旧的吉普车。看得出来，已经好久不用了。

毛启发苦笑说："你的眼真尖啊。那车，是人家给我抵债的，二十万，就给了这辆破车。我再准备去要的时候，他人都死了，我亏大了。"

大伙一阵沉默。毛启发说："不是我不借你这车。这车的主人现在已经死了，这车不吉利！"

大伙你看我，我看你，谁也不说话。章少辉寻思了一下，然后说："我一个侦察兵，战场都上过，难道还让迷信吓倒了不成。"

毛启发看章少辉是真要借，也就不好再说什么。于是主动帮着拾掇：加水，查机油，加汽油，一打火，"轰"地动了。大伙就齐喊："万岁！"

几个人上了车，章少辉驾驶，向

着山里开去。大伙一边看着美不胜收的山景，一边唱起了歌。拐过山角，就正式进了山。谁知走了没多远，就看到有人在路边拦车。拦车的是个四十岁左右的男子，他看看车牌，点点头，然后扒在车窗前一个劲儿往里看，边看边嘟囔："左书记的车！"章少辉说："老乡，这儿没有什么左书记右书记。我们是旅游的！"说罢，就慢慢地往前开，那个老乡还一路小跑跟着，边跑边喊："等等！等等！"

章少辉一行人走走停停，看风光，拍风景，好不快活。到了中午时分，大伙才感到肚子在抗议了。可是这银镜山是正处于开发期的旅游点，旅游设施都不配套，连个卖东西的地方都没有。有人开玩笑说：咱们化缘去得了。

说是说，车继续前行。但是当爬上一个缓坡后，章少辉突然看到前方有二三十人把路堵死了。他的第一反应是：抢劫！但是，这光天化日之下，难道有这样大胆儿的劫匪？不管怎么样，三十六计，走为上计。章少辉一打方向盘，就要掉头。谁知，那些人比他的速度还快，眨眼儿的工夫，"呼"地围了上来。章少辉正不知所措，有人却高兴地喊起来："嘿，是卖吃的！"章少辉一看，可不是嘛。这些山民，一个个端着脸盆，抱着布兜，纷纷往外掏吃的：有玉米，有红薯，有鸡蛋，有大饼。

章少辉客气地问："老乡，这些东西怎么卖？"可是没有一个人回答他的话，只是不管不顾地争着往车里塞东西，生怕章少辉他们不要。那些老乡边塞东西边往车里瞅，还嘀嘀咕咕地说着"左书记的车，没错！是左书记的车！"

老乡们开口闭口左书记！这左书记早死了，这些老乡竟不知道？章少辉琢磨来琢磨去，琢磨不出其中的道道。不过有一点他清楚，左书记的面子是很大的！

傍晚，章少辉一行回到毛启发的家。他说了今天的奇遇，毛启发听了，久久无语，然后问："你说的是真的？"

章少辉说："我又不是作家，给你杜撰新闻干什么？"大伙也附和着说："是的，是的。"毛启发却什么也没解释，摇摇头说："累了，睡吧！"

第二天一早，毛启发就把章少辉他们喊醒了，说要带他们去一个地方。怎么，这银镜山还有好去处？大伙兴致勃勃地上了车。毛启发边开车边说起了左书记："左书记叫左开山。他人叫这个名，干的也是开山的事，自打他当了银镜山镇的书记后，近乎疯狂地开始了一项工程，就是修路。为此，到处借钱，向银行贷款，向私人借钱。其中也向我毛启发借钱，说好了三年后连本带利一起还，谁知他竟突然脑溢血死了。不过，我估摸着，他也捞足了。"

说到这儿，毛启发不说了。车里死一般沉寂。章少辉他们也不知毛启发闷葫芦里卖的什么药，只好以沉默回答。

车开到一个村户人家，停了。汽车的到来，引得主人出来了，是一个中年妇女。她看到毛启发，立刻一脸的尴尬，说："原来是你。对不起，那钱……"

毛启发什么也不说，只是四处打量。章少辉看到，这个家实在很破旧，家徒四壁，空空如也，只有几只鸡在地里刨着食。

毛启发看了半天，才转过身。对那中年妇女说："大嫂，我今天来，不是向你讨债的，是为了来证实一件事儿。"

那妇女一脸的茫然。毛启发说："左书记的坟在哪儿？带我们去看看！"

妇女点点头。可当大伙站在左开山的坟前时，都震惊了。他们看到，这坟的前前后后、左左右右，摆满了映山红和纸钱。是啊，清明节刚刚过去啊。他们知道，这花和纸钱都是老百姓送来的。

告别那妇女时，毛启发拿出了厚厚的一叠钱，强塞到她的手中，哽咽着："我错怪左书记了。他是个好官！去世两年了，老乡还惦记着他，连他的车都记着，睹物思人，了不起啊！"

章少辉后来才知道，这银镜山近二百公里的山路，都是左开山带领乡亲们经过艰苦奋斗修成的，借钱，做老乡的思想工作，哪一项不是难上加难？没有他，也就没有银镜山的今天，难怪老百姓记着他。

临别时，章少辉问毛启发："你这吉普车是大嫂抵给你的吧？先借我开开。"

毛启发有些不解，问："你想干吗？"

章少辉真诚地说："我要开着这车去宣传左书记，一个让大家记在心里的左书记！"

（题图、插图：魏忠善）

苦涩的

传说

□ 王祥英

清风市原市长袁伟贪污受贿，被判了十二年徒刑。刑满释放后，他已经是年过六旬的白发老人。袁伟没有孩子，年轻的老婆也早已另嫁他人。他无家可归，就想着投奔在任时提拔帮助过的那些干部和企业家们，可那些人过河拆桥，都躲着不见。

正当袁伟走投无路时，桃花村的村民代表找到他，请他去村里考察，并且说，村里有房子，如果他暂时没有去处，可以在那里住下。袁伟此时已成丧家之犬，确实无处可去，于是就答应了。

桃花村专门派出了一辆客车来接袁伟。袁伟坐在车内，绞尽脑汁也想不出桃花村此举的用意。在袁伟的记忆中，自己就到过桃花村一次，那一次中国作协的几个作家来本市采风，袁伟本人也喜欢写东西，就亲自陪同他们来到桃花村。印象中，那是一个藏在大山中的小山村，有漫山遍野的野果树。袁伟去时，正是深秋时节，野果子都熟了，红的黄的，交相辉映，煞是好看，但村里人都很穷，住在低矮的小草屋里，穿得也很破。

袁伟在车里想着心事，汽车从省道拐进了一条平整的水泥路，这条路的两边就是悬崖峭壁，看得出，修这条路是花了大力气的。过了一小时，汽车停在了桃花村村口，袁伟在车上看见一群人正晃着鲜花高喊"欢迎，欢迎，热烈欢迎"，这要是在做市长那会儿，他根本不会觉得有什么，但是现在，他有一种受宠若惊的感觉。

老支书亲自给袁伟拉开了车门，然后一把握住他的手，朝村民们喊

道："我们村盼星星、盼月亮，终于把这个帮助过我们的人盼来了！"村民们立刻高呼："喝水不忘掘井人，感谢您啊！"

此时此刻，袁伟糊涂了，自己是个刑满释放犯，对桃花村没做过任何事情，村民们难道是认错人了？在这种热情似火的场合下，他又不好问什么，只得将问号暂时藏在心里。

在村头的饭店吃过丰盛的午饭后，老支书陪着袁伟去村子四周转悠，袁伟看到桃花村已不同往日，低矮的小草屋已经被一幢幢二层小洋楼代替，十几辆大卡车正停在山后，村

民们正忙碌着往车上装野果，一脸的喜庆。听老支书介绍，袁伟才知道，这些年村里利用满山的野果子资源，不光将它们卖往山外，还在村里开了几家果脯厂，村里早就奔了小康。

袁伟叹道："这变化真是翻天覆地呀！"老支书在一边插话道"这还不是多亏了您！"袁伟终于逮到了问话的机会，他忙问："你们对我这么客气，又说这一切都是我的功劳，到底怎么回事？"

老支书抽了一口烟，缓缓地说："说起来，您真的帮助了我们！当年我们村里没有一条像样的路通往山外，山里的野果子只有烂掉。那一年您到我们这里来，只皱着眉头说了一句话，就五个字！结果您回去之后，县里就派来了筑路队，经过将近两年的施工，我们村才有了这条通往外界的公路，乡亲们终于能将野果卖到山外去了……"

"我说什么了？"袁伟想破了头也没想起自己说过什么，有点不好意思地问，"年头多了，我又上了年纪，健忘。"老支书激动地说："您说'这叫啥鬼路'。"顿了顿，又说，"我知道，您说的是气话，但我们的领导把它当圣旨了。也正是由于您的这道'圣旨'，我们才脱贫了！后来您走错了路，进了牢，但您毕竟帮过我们，我们山里人记在心上！"

（题图、插图：魏忠善）

□ 马凤文

儿子的出租车

一个月前，郑重带着儿子小虎逛商场，看到一款迷你电动车，小虎一下子就被吸引住了。

郑重知道这种车很贵，自己买不起，赶紧拉儿子走，可小虎就像没听见似的，一动不动。郑重只好说："走，爸爸给你买好吃的去。"哪知小虎一把甩开爸爸，哀求道："我不要买，我只想在车上坐一会儿，可以吗？"

郑重心中一阵刺痛，他转身问售货员，能不能让孩子过过瘾。售货员爽快地答应了。小虎非常高兴，坐了上去，一按电钮，电动车启动，开始在原地打转。小虎摸摸这，碰碰那，喜欢得不得了。突然，"扑"的一声，车子熄火了。售货员过来，左右摆弄，车子就是不动，售货员脸色阴沉下来，不高兴地说："你儿子把电动车弄坏了，如果不赔偿，就得买下。"

郑重非常气愤，也很无奈，只能把车买回家，请人看了一下，发现是小毛病，一会儿就修好了。郑重一阵苦笑，这真是给儿子捡了便宜。老婆听说花了好几百块钱买了个玩具电动车，非常心疼，又开始跟郑重吵。郑重被吵得无奈，说："老婆，不要着急，这钱咱赔不了，我有生财之道。"

老婆不解地问："难道你要去告商家？"

郑重只是神秘地说："这多麻烦啊！我自有办法，不过要等几天你才

能看到效果。"不管老婆再怎么追问，郑重就是不肯说。

一连几天，小虎都在和邻居的孩子一起玩电动车，那些孩子对小虎羡慕不已。郑重觉得时机成熟了，便告诉小虎，从今天起，电动车不能再让其他孩子玩了。小虎虽然觉得不好意思，但也只好听爸爸安排。

没过两天，一个邻居找到郑重，问买部电动车要多少钱。郑重煞有介事地说："一千多呀，你可千万别买，我都后悔了。"

邻居一听也是连连点头，但是他还是说："可孩子要啊，真没办法，我有个主意，你看行不？"

郑重忙一脸好奇地问是什么主意。

邻居说："你把车租给我家孩子玩，一小时两块钱，怎么样？"

郑重要老婆等的就是这个效果。他佯装为难，等那个邻居又加了点价，才装作一脸为难地答应了。

接下来电动车就不属于小虎了，邻居的孩子听说电动车能租，都来排队，小虎在家里连哭带闹。郑重只好商量说："儿子，出租多好啊，可以创收，你是老板，收钱，多好啊？"

小虎还是大闹不止。老婆说"要不咱把车要回来吧，别出租了。"

郑重一瞪眼："那怎么能行？好不容易找到一条生财之道，说来还得

感谢儿子呢，不到一星期，就收入上百元了，'钱'景可观哪。"

老婆问："那咱的孩子怎么办？他闹啊，对身心肯定有伤害。"

郑重说："我有办法。"说着，他把小虎叫到身边，"儿子，你不是要车吗？你骑在爸爸背上，我给你当车，让我去哪儿我就去哪儿，电动车是电控，我是声控，更高级。"

小虎转了转眼珠子，然后和爸爸击了下掌，这才破涕为笑。只见他一跃坐在郑重后背上，一会儿让他向左，一会儿又让他向右，把郑重折腾得晕头转向。

郑重足足给儿子当了一天的车，好不容易才把孩子骗出去玩，可不到十分钟时间，忽然有人敲门，郑重打开门一看，原来都是邻居的孩子。郑重问他们有什么事，一个孩子说"小虎说他的电动车不出租了，他要把他的另一辆车租给我们。"

郑重一惊说"就一辆车，哪来的第二辆啊？"

那个孩子说："他说把你出租给我们了，一小时两块钱，钱我们都付了，你快点出来吧。"

郑重简直不敢相信，刚要关门不理他们，可孩子们蜂拥而上，硬是把郑重拉了出去。外面小虎正开着自己的电动车，吆喝着："声控出租车，两块钱一小时！"

（题图：谭海彦）

戏剧效果

□ 顾文显

窦仁乐是一位自由撰稿人，这天，他正在上网，无意中发现一个"圆梦影视网"。版主承诺，只要交500元注册费，网站便会负责为剧本找到投拍方，待双方交易完成，网络管理方仅收取5%的费用。

窦仁乐不禁笑出了声，这段时间，他正在为自己的剧本找"婆家"呢，没想到，得来全不费工夫。

窦仁乐留心观察，见栏目内密密麻麻的，有近千部剧本，有些还被打上"已协商投拍"的字样。再看，每天都有新剧本推出亮相。不交费是无法登陆的，人气还挺旺的！一部剧本卖出去可以收入几十万元呢，区区500元注册费还算钱吗？窦仁乐很痛快地打过去500元。

"圆梦影视网"真是既讲诚信又重效率，交费不到两小时，窦仁乐的剧本标题便出现在新目录里。过了一会，他点击自己的剧目，然而却被提示告知："您无权阅读此文件"。

自己的剧本反而没看？他赶紧与管理人员联系，得到的答复是，作品入驻与浏览作品是两回事。因为一旦登陆，那就能同时阅读网站全部文章，有些投机分子就是交上500元钱送上个烂本子，然后浏览别人的成果找便宜呢。所以想获得浏览权，还要再交800元保证金。

窦仁乐觉得很有道理，于是，再次如数交费，获得了浏览通行证。他终于看到了自己的作品，确实处理得很到位，剧情刚进行了一小部分就戛然而止，这样做，需求方被勾起了好奇心，那当然会考虑购买问题了。

第二天一早，窦仁乐就打开电脑，直接上"圆梦影视网"，可自己的剧本还是无人问津。不过，他从中发现了一点异常，为什么有些人的剧本，那上面作者的邮箱、手机号全有，他窦仁乐的却什么也没有，人家联系

不上他，怎么购买？

原来症结在这里啊！窦仁乐赶紧咨询管理员。对方回答，没错。作者的信息一旦公开，那些黑心的买家必然会直接与作者联系，作者肯定会抛开网站跟买家单独交易，管理方就面临着被甩掉的处境。窦仁乐反问，那为什么有些剧本的后面显示着编剧的信息？管理员回答，人家交费了。凡要求显示信息的，还要交纳"信息公示费"1000元。

胆小不得将军做，窦仁乐一咬牙，又交了1000元。

别说，自打交上了信息公示费，窦仁乐的专栏点击率一路高升，跟帖的也多了起来。与此同时，他的电话白天黑夜响个不停，忙得他日夜不敢关机，怕误了大事。不过，十之八九

都是向他打听有没有其他的销售门路，甚至有的写手表示，窦仁乐只要愿意拿出一成的资金，自己所创作剧本的版权就姓窦了！

一开始，窦仁乐还耐着性子跟大家解释，可时间一久，哪里受得了，他只得再跟网络管理员商量，索性把通联信息撤掉吧。管理员答复道，此类业务需要预约，如果有诚意，请于当夜23时进行视频语聊。

当天夜里，窦仁乐如约见到了管理员的真容：一个相当清丽可人的女孩儿。窦仁乐提到那不胜其扰的咨询电话，请求对方帮忙把通联撤掉或者屏蔽，女孩认真地答复："有以下几种方式，请先生自主选择。一是交纳2000元手续费，二是继续保留现状……"

什么，回到原状不但不退费，还要再交钱？窦仁乐一百个不理解："我不想保留现状，可也不想再掏手续费。你们一而再、再而三地收费，到底有完没完？"

"先生请息怒。"女孩不温不火地说，"我还没有说完呢。第三种方法是您不必交纳手续费即可获得屏蔽通联的服务，条件是我方在您剧本栏目打上'已协商投拍'的字样，如果有人跟帖或者打电话咨询，你必须予以配合默认。"

啊？原来那些所谓"已协商投拍"的是这么来的？纯粹骗局嘛！窦

仁乐怒火中烧："我要起诉你们诈骗！"

"发火不是解决问题的方法。窦先生，这里使用的是国外高科技，目前尚无追查我们的方法。"

窦仁乐简直要发疯了："就没见过你们这样的无赖，简直是骗子！流氓！"

小女子得意地笑了："这是出人意料的戏剧效果。您搞剧本的，怎么会看不出这一点呢？不过，我免费向您提供一个发大财的途径，假如您想出了可以揭发、瓦解本网站的方法，请先与我们联系。经验证您的方法假如可行，就从自我保护这一点出发，我们也会付给您不少于100万元的报酬。"

"100万元？你们不是编剧本吧？"窦仁乐声音都变了调。他表示，这100万他要争取，但要先签合同，请对方把合同寄来。

几天后，网站按照约定把合同寄了过来。合同上承诺窦仁乐如发现瓦解网站的方法，一旦取得对方认可，100万便现场兑付，由于这属于意外所得，乙方窦仁乐要预付10万元税金。

面对一笔巨额奖励，窦仁乐狠下一条心，过了一个月，他主动打电话联系了网站的女工作人员，自信满满地说："你说个地方，我亲自过去面见你们主管，咱们面对面谈，一手交钱，一手提供瓦解网站的方法。"

那女孩说："那也要先交税金，这是规矩。"

窦仁乐笑着说："谈成了，我的旅费你们得报销。"

十天后，窦仁乐带着现金去了那个城市，对方数次变换了见面地点，最后，窦仁乐在一幢民宅里见到了网站的最高主管。对方拿出协议，让窦仁乐先依法纳税再签约。

窦仁乐说："这位女孩已事先验完了资，否则我怎么能见到你这位真神。结果我猜出来了，你收了我的钱，然后一定说我的瓦解之法不足取，是不是？"

主管凶相毕露："你什么意思？"恰在这时，警方破门而入。原来窦仁乐看出了对方的诈骗实质，出发前报了警，警方采取了高科技跟踪手段，不仅查出了他们的见面地点，而且连谈话内容都全听到了。

网站的人郁闷地说："想不到你剧本写得那么糟，手段却真是够狠的。"

窦仁乐哈哈大笑："我一大把年纪了，只会基本的电脑操作，怎么可能想出瓦解你们网站的方法，但我坚信，你们是违法的骗子！这个结局没想到吧？这就是戏剧效果。你们搞剧本网络的，怎么会看不出这一点呢？"

（题图、插图：张恩卫）

大海的禁忌

□徐树建

俗话说，亲人永远是最好的避风港。这不，有个失意的年轻人飞子，千里迢迢地来到海边的一个渔村，投奔他的二叔。飞子可怜巴巴地告诉二叔，自己做生意失败，女朋友又蹬了他，父母也不幸过世了，只好来投靠他。

二叔是渔村里一个老实巴交的老渔民，大家都叫他老海怪。他听了飞子的哭诉后，叹着气拍拍飞子的肩说："放心吧，你就安心在这儿住下吧，你是我亲侄儿，我哪能不管你呢？"

叔侄俩正聊着，外面风风火火地走进来一个人，大声喊道："老海怪、老海怪，我烧了你最爱吃的猪头肉，你马上过来吃……嗨，家里来客人了？"

飞子抬头一看，是一个跟二叔差

不多年纪的女人，大身板、黑脸膛，再看二叔，神色竟有些扭捏起来，说："他婶子，这是我城里的大侄儿，专门来看我的。"

那女人竟也有些难为情地说："噢，那你们叔侄好好聊聊吧。"说着就出去了。

飞子把两人的表情全看在眼里，心里暗暗诧异，二叔因为腿脚不便一直没有过女人，看刚才那场景，二叔莫不是要老树开花了？

一晃过去了几天，飞子每天跟着二叔补补渔网、修修渔船，再陪二叔喝点小酒、聊聊往事，日子倒也过得轻松自在。

这天一大早，飞子听完天气预报后，说："二叔，收音机里说今天天气很好，咱们下趟海吧，说实话，我还从来没有下海捕过鱼哩。"

二叔抬头看看天，呵呵笑着说："行啊，我也正有这个想法哩，不过出海之前我还要办两件事，一是上街采办些熟食来，今天我们一定会大丰收的，就不回来吃午饭了；二是，你跟我一起烧炷香。"

飞子纳闷地问："烧香干什么？"

二叔一脸的郑重，说"今天是阴历十五，出海之前要祷告海神老爷保佑我们一帆风顺，这是规矩，懂不懂？"

飞子眼珠子转了转，点了点头。办好了事，叔侄俩就出海了。海上的天空艳阳高照，海面上风平浪静，飞子手脚勤快地帮着二叔左一网右一网地下网、收网、起鱼，哈，真被二叔说中了，到了中午，那些大大小小的鱼儿几乎装满了硕大的船舱。

该吃午饭了，飞子一边吃一边笑着问："二叔，我想问你一句话，你可不要不好意思噢，前几天有个胖婶子进过咱家，就是喊你吃猪头肉的那位，她是你的相好吧？"

二叔一听，黑脸膛一下子红了，说："坏小子，这倒挺留心的，嗯，告诉你吧，她要和我结婚了，实际上年轻时候她就和我好过，可她父母不同

意，后来她嫁人了，我也就死了心，不想前几年她男人死了，我这心啊，就又活了，然后，嘿嘿嘿……飞子，我们已定下了，一等过了年开春我们就结婚……你不会笑话二叔我吧？"

飞子一脸高兴地说："这是喜事啊，我怎么会笑话你呢？二叔，结婚要花不少钱吧？你看你那房子也太破了，怎么做新房啊？该盖个新的了。对了二叔，你大半辈子下来，手里应该存下不少钱吧？就像今天捕鱼的经过我全看到了，这一天下来，收入可不是个小数啊。"

二叔的黑脸笑开了花，痛快地说："那是当然，别人都嫌渔民苦，身上有股子洗不干净的鱼腥味，实际上现在渔民的收入都挺高的，这一切全拜大海所赐啊！你刚才问我存下多少钱？嘿，你是我侄儿，我不瞒你，这个数……"说着一脸得意地张开右手五指晃了晃。

飞子试探地问："5万？这么多！"

二叔摇摇头，脸上更得意，飞子惊叫起来："难道是50万？不会吧？"

二叔哈哈大笑道："就是50万，你想想看，我捕了几十年的鱼了，一直都顺风顺水的，这点钱还多吗？我马上就请人砌房子了，再打套家具，我和你婶子虽说老了，可也要像你们年轻人一样，享享受受生活哩。"说话

间，二叔一脸的陶醉。

飞子三口两口扒拉完饭，说实话他吃得没滋没味的，全然不知吃了什么，好像有一肚子的心思，然后照往常在家里一样，把筷子搁在了碗上，不想二叔手疾眼快，一伸手把筷子拿了下来。

二叔说："飞子，在船上吃饭可不作兴把筷子搁在碗上，要放下来，这叫'落实'，懂不懂？这是船上的禁忌！"

飞子一愣，然后点点头明白了，船最怕搁浅、搁岸。

二叔又说："飞子，咱们打鱼的祖祖辈辈向大海讨生活，大海就是我们的饭碗，所以人人敬重海神，慢慢地形成了好多禁忌，等有空了我会跟你细讲的。你记住一点，这些禁忌一定不能违背，否则就会遭到天谴的。"

二叔只顾说，他没注意到飞子的眼神变得怪异起来。

其实，飞子一直在扯谎，他从没做过正经生意，是个在道上混的人，这么着活活气死了父母。这一次他欠了黑道上一个老大60万，要他限期交付，否则就砍他手脚。飞子哪有这么多钱啊，他把所有关系在心里排了无数遍后，瞄上了远在渔村不知他底细的二叔。他有两个方案，一是跟二叔开口借，如果借不到就实行第二个方案，所以今天他要跟二叔出海。刚才套出了二叔的存款，可二叔要结婚了，怎么可能借给他？眼看老大约定的期限就要到了，只有实施第二个方案了……飞子的呼吸一下子急促起来。

这时二叔站起身来，说："我得撒泡尿。"说着走到船舷边。他不知道，身后的飞子也站起身来，瞪着一双血红的眼睛，悄悄地掏出一把锋利的尖刀，往二叔身上狠狠地刺了过去。二叔的表情一下子僵住了，随即"扑通"一声掉进了大海。

飞子看着二叔沉了下去，得意地想着：二叔除了自己没有一个亲人，他死后，所有的财产自然顺理成章地就归自己了。

不过，当船靠岸后，飞子却声嘶力竭地哭诉道，二叔到船头小便时，因为腿脚不便，一个浪头打来站不稳，一下子跌到了海里，沉了下去……飞子一边说一边疯狂地抽打着自个儿的脸："我本来想跳下海救二叔的，可是，我不会游泳啊，二叔，你让我跟你一块去吧，我不想活了……"说着，做出要跳海的样子，周围善良的村民们赶紧拉住了他。

突然，人群中有人"啊"的一声倒了下去，飞子偷眼看到，正是要跟二叔结婚的那个胖婶子。

晚上，飞子把二叔的家细细捋了一遍后，不由得心花怒放，二叔没有吹牛，家里现金加上存折，真有50万，再加上一条装备优良的渔船，60万是肯定不止的。正高兴着，院门被人敲响了，只听有人喊道："飞子，你开开门！"

飞子连忙收好东西，打开院门借着月光一看，来的不是别人，正是那胖婶子。

胖婶子踏进院门，哑着嗓子问道："飞子，我跟你二叔的关系想必你也知道了，现在，你把你二叔怎么掉进海里的过程再说一遍，我要听这个，我心里难过啊，呜呜……"

说着，胖婶子又哭起来了，飞子忙轻声劝了几句，然后背书似的说道："中午吧，因为打了不少鱼，又闲聊到和婶子你的婚事，二叔心里高兴，喝了一点酒，身体就有点打晃了，然后到船头小便时一个不稳……"飞子记得二叔上午准备午饭时是买了酒的，可是中午并没有喝，为了让胖婶子相信二叔确实是自个儿跌下海的，他便顺口说二叔喝酒了，况且二叔平时几乎每顿都喝酒。

胖婶子插了一句："你说你二叔中午喝酒了？还到船头撒尿？"

月光很暗，飞子看不清胖婶子的表情，他点点头说："是的，大概喝了有半斤酒哩，唉，平时他都喝这么多的，什么事也没有，谁知道会出这样的事呢？都怪我……"

胖婶子又插了一句："你二叔中饭菜都备了什么？是红烧肉、卤牛肉，还是猪头肉？他最爱吃这三样菜了。"

飞子听了，不由得一愣，中午二叔吃了什么，他真的记不清了，那时他只顾盘心思，根本没注意。对了，第一次到二叔家时，这胖大婶就说过二叔爱吃猪头肉，再说，平日里二叔每顿都有酒有肉，想到这儿，他顺口说道："我记得这三样菜都有的……"说着说着，飞子隐约觉得有点不大对劲，借着朦胧的月光，他感觉到胖婶子正斜着眼打量自己，那眼神怪极了。

突然，胖婶子伸出双手揪住飞子大叫起来"是你杀了你二叔，你是杀人凶手！天杀的，你不要以为在大海里杀人就神不知鬼不觉的，海神会说出一切的，你这个害人精，你知不知道我们好容易要在一起了，你却杀了他，你要遭天打五雷轰的啊！兔崽子！"

飞子吓坏了，结结巴巴地说"婶子，你说什么啊？我怎么会杀了我亲叔叔呢？"

胖婶子完全疯了，挥舞着双手拼命抓着飞子的脸，放开喉咙吼道："就是你杀的，你瞒不了的。你说了他喝了

酒，可你知道今天是什么日子吗？今天是阴历十五，渔民上了船是不能喝酒的，他买了酒是要洒到海里给海神喝的；你说老海怪还吃了肉，你这个天杀的，渔民在家里可以吃肉，可月半在船上吃肉，那不是咒自个儿的船漏吗？你还说他在船头撒尿，我们这里连三岁的小孩都知道，只能在船尾撒尿，在船头撒尿是大忌，海神会发怒的。你这千刀万剐的杀人犯，来人啊，抓杀人犯啊……"

飞子被胖婶子抓得血流满面，恼羞成怒，同时又目瞪口呆，他万万没想到船上有这么多的禁忌，更想不到这个胖胖的女人竟心细如发！不能再让这个疯女人喊了，被人听到大事不妙，这么一想，他顿时恶向胆边生，再次掏出尖刀来。

就在这时，"呼啦"一下，外面突然涌进来好多人，全是村里的老少爷们，个个跳脚大叫："胖婶子，你先前说是这小子害死了老海怪我们还不信，你让我们暗中偷听，现在我们信了！怎么着？这小子还想再杀人不成？快抓住他！"

混乱中，有人用棍子打掉了飞子手中的尖刀，然后，雨点般的拳头狠狠落在飞子的头上、身上。在昏过去的一刹那，飞子终于醒悟了：二叔的话是对的，大海的禁忌是违反不得的！

（题图、插图：谭海彦）

东野圭吾（1958— ）是日本著名推理小说家，其作品结构严密，构思精巧。他的代表作有《秘密》《怀疑者Ｘ的现身》。本篇根据他的作品《让我通过》改编。

□ 陈小海 改编

谁惹的祸

新年第一天，佐原要带女朋友尚美去滑雪。他们出了家门，下楼沿着一条狭窄到只能通过一辆车的小路，找到了他们停车的地方。

突然，尚美惊叫起来："你看，车后面。"顺着尚美手指方向看去，佐原张开的嘴久久合不上，原来后车灯碎了，车身被擦了一道很深的印痕。

两人商量了一番，决定到警署报案。

警官听完佐原的叙述，皱起眉头批评道："这条路禁止停车，你们不知道吗？"

佐原低着头被教训了一通，他见找到肇事者的希望渺茫，于是，只得自己去修车了。

事情过去一个多星期，佐原下班回家接到一个电话，"我是前村，你那里是佐原的家吗？"待确认后，那人又说，"我从警署交通科那里得到你的电话号码，今天打电话是想向你道歉，你的车是我不小心碰坏的，我愿意赔偿。"

那辆车修掉五万日元，佐原压根没想到还有人主动上门赔偿的，不禁喜不自禁地说："好，好啊，咱们在哪见面？"

见面的时间和地点定好后，佐原得意地打了一个响指。

不久，佐原来到咖啡馆。一进门，他就看到角落里坐着一个三十五六岁的男子，桌上放着一只白色大纸袋，这是他们在电话里说好的见面标志。

佐原故显傲慢地坐了下来，再看

眼前那人，背弓得像猫一样，眼角下垂，咧开的嘴巴像关不上的蚌，一脸的苦相。那人递上名片：前村，株式会社前村制作所技术部长。

佐原快速递上修理费的账单，说："这是修理费，比你想的严重，还坏了一些零件，所以修了十万日元。"佐原多报了五万日元，所以边说边关注着前村的反应。

"好，和我的预算差不多，明天就把钱汇给你。"

"你不用保险吗？"

"就这点修理费，不用保险了。实际上，开车到现在，我是个无事故记录者。就用自己的钱赔偿。"

佐原放下了心。如果用保险的话，万一查修理的内容，那会多出些麻烦的。

前村很讲信用，很快就将钱汇来了，佐原白赚了五万元，心里很高兴。那天晚上，尚美来了电话，说自己想在休假时去滑雪。佐原有些为难，他知道最近滑雪场爆满，附近的旅馆也高挂红灯，但为了心上人，他还是一口答应下来了。

第二天在回家的电车上，佐原无意中碰到了前村，一开始佐原装作没看见，毕竟因为车子有过纠纷，他不想和前村再有联系，不料前村却挤过来打招呼，显得很热情："嗨！又碰上你了。每天乘这趟车吗？"

"是啊，你也是下班回家？"

"和客人谈事回来，正巧碰上了。咱们喝杯茶吧，有一件事想拜托你。"

"什么事？"佐原瞪着警戒的眼睛问。

"你喜欢滑雪是吗？看见你的车里装着滑雪板。"

"是想去，但还没定下来。"

前村一听，热情相邀道"是吗？如果想要去的话，请你到我的别墅去。电车里说话不方便，我们到店里去说好吗？"

车子靠了站，两人来到了车站前的小店。

前村热情地告诉佐原："长野信州有一幢别墅是我伯父的，下个月亲戚们要在那里聚会，可别墅已有几个月没人住过了，想找个适当的人去那

里住上两三天，换换空气，只是现在还没找到适当的人。那里是个好地方，开车20分钟就可到滑雪场，你愿意考虑一下吗？两周以内，随便什么时候都可以。"

这真是瞌睡有人递过来一个枕头，佐原假装客气了两句，就答应了。

回到家，佐原脑中闪过一个念头：前村为何这样巴结自己？难道他有所图？再想想又坦然了，自己无权无势，连干活的力气都没有，显然，对方是撞了自己的车，也是一种道歉的方式吧。

假期很快就到了，第一天是大晴天。佐原和尚美的车下了中央高速公路进入国道，足足有两小时，眼前仍是一片白雪的世界。接着道路一点点地变窄，不久便进入了一段弯弯曲曲的山路，道路崎岖，有些地方甚至没有护栏。尚美不安地问："这条路很险，没有搞错路吧？"

佐原看了一下地图，肯定地说："没错，你瞧……"这时，前方出现了一个三叉路口，照着地图，佐原选择穿过林子，就见一幢北欧风情的建筑物豁然呈现在眼前。啊！好漂亮的别墅。两人停了车，等待着管理员送钥匙来。

十五分钟左右，一辆大车开来，有一个男人从车里探出头来，说"对不起，让你们久等了。"

佐原抬头一看，有点吃惊，原来那人是前村！他怎么也在这里？刚想问，前村已经殷勤地在前带路，把他们让进了别墅。

当天晚上，前村说是尽地主之谊，设宴招待他们。三个人一边喝着葡萄酒，一边找话说。突然，前村放下刀叉，眼睛转向佐原，问："你们有孩子了吗？"

尚美抢着回答："我们还没结婚哩，前村先生，今晚你妻子一个人在家？"

前村在杯子里倒满葡萄酒，一口气喝了下去，然后用手指着头说："我妻子脑子有病，住进了精神病院，已经快一个月了。"

佐原同情地说："真不好意思，不该问这样的事。"

前村摇着头说："没关系，我正想找个人说说。我是三十四岁才结的婚，又花了三年时间才有了个男孩，长得和母亲一样美丽，亲戚们都高兴地为他们祝贺。后来的三年时间，对我来说，是一生中最幸福的时刻，每天回家都被孩子和妻子的欢笑声包围着，我们的生活无比的快乐，但是……"说到这里，前村的脸色忽然阴沉了下去，重重地说了句，"孩子死了，一切都没了。"

佐原和尚美都愣在那里，好半天，尚美才小心地问："那个孩子是怎么死的？"

又是长时间的沉默，前村将酒杯

里的酒一饮而尽，缓缓地说了起来："元旦那天，家里来了很多客人，我们忙于接待，孩子自己跑到游泳池玩，结果掉进了游泳池。当大家找到孩子时，孩子已经没有什么反应，我们急急忙忙把孩子送到医院，可是已经晚了。"说到此，前村放在桌子上的双手叠在了一起，不停地在抖动，"他母亲因此自责不已，马上就精神崩溃了。医生说事故的起因是父母的失误，这没错，但我咽不下这口气，根据医生的说法，如果孩子早十五分钟被送到医院的话，或许还有救。"

佐原一直没说话，他的感觉不好，总怕说错话，但尚美还是不知深浅，还在问："出什么事了吗，好像还有其他原因？"

前村伸直了背，看着他们俩，深深地吸了口气，说出了一句石破天惊的话："因为那天只能通过一辆车的小路边停了一辆车！"

"咣！"佐原手中的酒杯掉在地上，他明白，这个男人就是为了这件事，设了一个圈套，把他们引到这里来的。他无力地辩解道："路上停车，谁都有过啊。"

前村脸色铁青，愤怒地说道："那种人乱停车，完全没为别人考虑，也没有一点干了坏事的感觉，你知道吗，就是因为占了道路，我们的车无法通过，足足耽误了半个小时，我、我的孩子……我不会饶恕那个间接害了我孩子的人！"

餐桌上的空气顿时凝固起来。佐原和尚美一刻也无法再呆下去了，他们只希望自己越快离开此地越好。

深夜的山路一片漆黑，佐原和尚美悄悄地将车子开出别墅，行驶了十分钟左右，见前面停着一辆大车，横

跨在路中央。佐原小心地握着方向盘，由于另一侧边上没有护栏，想要开过去，非得胆大艺高不可，否则稍有差池，必定是车翻人亡。佐原一边握紧方向盘，一边对尚美说"原来前村是想让我们尝尝路上乱停车的滋味呀。"尚美害怕地朝外面望望，说："他不会要了我们的命吧？"

佐原浑身颤抖着，小心地踩着刹车，减慢车速。可道路实在太窄了，车镜还是碰上了大车，佐原探手把车镜按下。就在这时，他听到了轻轻的撞击声，车身随即向悬崖一边倾倒，尚美惊慌地探出头，立刻发出一声惊叫："山崖崩了一块，咱们后面的车轮陷下去了。"

瞬间，他俩都冒出一身冷汗。退路没有了，要想脱离险境，能驱动的只有前面两个轮子了。可前面山崖也像是要崩塌，前轮好像也要掉下去了。此刻，他们只感到右边道路一点点在下沉，车身开始朝右倾斜。"这样下去，我们都要掉下山崖摔死了，快想办法呀！"尚美又大叫起来。

可这左边是大车，右边是山崖，能使他俩逃生的门没有一扇能打开，情况非常紧急，佐原明白，这个陷阱一定是前村事前精心策划的，今天肯定是过不去了。一想到死，两个人不寒而栗，不由大喊："救命"！

过了不久，车后镜里映出了灯光，有辆车在几米远的地方停了下

来。只见前村下了车，他弯下腰察看着佐原他们车的状况，然后便转到车前。在前车灯的照耀下，他细眯着双眼，仿佛一只蜘蛛正在看着自己网上的猎物。

佐原和尚美流着泪哀求道："求你了，救救我们，我们知道错了。"

像是过了几百年似的，终于传来了大车轮子发动的声音，不过马上又停顿了下来。

"他究竟要干什么？要倒车把我们撞下山崖？"佐原话音刚落，紧接着就感到车子被撞了一下。尚美又一次尖叫起来。

车子并没有掉下去，相反却一点一点被拉动了。佐原心惊胆战地睁开眼睛，发现大车的车后部有一根绳子连着自己的车，正在把车牵引到路中间。之后前村从车上下来，收起绳子，便开着卡车走了。佐原和尚美像是做了一场恶梦，愣怔着，一直不敢相信自己已从地狱回到人间。

当他俩惊魂未定地将车子开出几百米后，这才发现道路的左侧停着前村的那辆大车。黑暗中，前村坐在驾驶座上一动不动，佐原连忙从车上下来，向着前村深深地鞠躬："非常对不起，路上乱停车给你们家庭带来了不幸，在这里向你道歉。"

前村闭着眼睛，一动不动，就如同一座雕像。

（题图、插图：佐　夫）

□赵守玉

第一煎饼

祸起煎饼屯

有个屯子叫煎饼屯，屯里以煎饼为主食，女人个个都是烙饼高手。但老百姓还有一种传说，说因为正处抗战时期，屯里的男人常年在外和小鬼子打仗，所以许多大姑娘小媳妇儿晚上只能一个人睡，因为孤独，在床上翻来覆去，难以入眠，就跟烙煎饼似的。

这天，一个戴着礼帽、骑着自行车的男人进了煎饼屯。进屯就宣布一件大事儿：城里的田老板开了家工厂，要雇一批女人去烙煎饼，管吃住，给工钱。那时年头不好，能吃上口粮食不易，家里没男人，孩子和老人好几张嘴要吃饭呢。所以好几个女人当时就跟这个男人出了屯。

刚到屯外的小石桥前，只见小石桥对面健步如飞过来一个女人，大马金刀往桥前一站，拦住了众人的去路。

拦在桥头的是福祥婶。福祥婶可是煎饼屯有名的人物，她烙煎饼的技术，在屯里首屈一指，性格泼辣却心地善良。据说有一年冬天，她发现一个人冻昏在门口，便把那人救醒，然后给他烙煎饼。那人一口气吃了七张大煎饼，然后一抹嘴，说日后定加倍回报，便出门而去。不一会儿，认识那人的乡亲就跑到福祥婶家，说那人就是坏事干绝的周少爷。福祥婶一听是个恶棍，立即出门追上去，端了一碗水让周少爷喝。周少爷一饮而尽，喝完便狂呕不止，直到把满肚子的煎饼全吐了出来。其实，福祥婶在水里下了药，因为她的煎饼不能给狼吃。

如今福祥婶家只剩下她一人，老伴儿早没了，唯一的儿子柱子也抗日打鬼子去了。

只听福祥婶对这个男人说："你是谁呀？跑我们这儿拐骗妇女来了？"

"没有，我只是招几个烙煎饼的，管吃管住给工钱。"男人摘下礼帽，笑着说道。

男人一摘下礼帽，福祥婶就认出了他，竟然是当年那个周少爷，福祥婶一愣："是你？听说你可没干过啥好事儿。"

福祥婶朝着那几个准备进城的女人大声说了起来："煎饼屯里男人少，啥事儿都靠女人，你们走了，老人孩子怎么办？"

"我们这也是为了老人孩子呀，不是为了挣口吃的嘛！"田顺家的女人小声儿地说道。

"挣吃的？以前大饥荒大伙儿也都挺过来了。再说周少爷就是一个吃人都不吐骨头的狼，你们要是有个什么闪失，对得起在外头的男人吗？"

女人们不吱声了，一个个低着脑袋开始琢磨起来。周少爷急了，他一指福祥婶："你个死老婆子，敢坏我大事儿！"

福祥婶一笑："我坏你什么大事儿？你要是做好事儿，还愁雇不着人吗？"

众妇女听福祥婶这么一说，开始

扭头回屯。周少爷恼羞成怒，狼一样向福祥婶扑了过去，福祥婶轻轻一闪，周少爷收脚不住，一下子从石桥上掉进水里，费了好大力气才爬上岸。他推过自行车，指了指福祥婶："死老婆子，你等着！等着我回来收拾你！"说着，跟跟跄跄地推着自行车走了。

斗技决高低

第二天一早，周少爷就领一大队人闯进煎饼屯。这伙人有枪有炮，直接把煎饼屯所有人都集中到村边的场院上。周少爷狞笑道："乡亲们，我周某人不是请不动你们吗？我们老板亲自来了，这就是我们老板，皇军的田中一郎！"

只见田中一郎冷冰冰地看着众人，让人把屯里所有的烙煎饼鏊子全部搬了过来，然后一挥手，牙缝里吐出一个带着寒气的字："砸！"

"慢着！"福祥婶从人群里站了出来，问道，"你凭什么要砸我们的鏊子？"

"煎饼屯没人敢去烙煎饼，你们的本事都是骗人的，所以就要砸掉！"田中一郎一指周少爷，由周少爷把他的话翻译给了福祥婶。

"不是我们不敢去，是我们不愿意给你们这些狼做事儿！"

田中一郎仰天大笑："我倒要揭揭你们煎饼屯的老底。"说完，一指身

后的那九个人，说他们都是日本人，也会烙煎饼。所以要和煎饼屯比试一下，他们要让煎饼屯输个心服口服。

"好！比就比，我和他们比！"福祥婶立即应战。

田中一郎摇了摇头："你一个人代表不了煎饼屯。你们必须全部上，你们输了我就烧了你们屯子！你们还要当众承认，中国的煎饼是拜日本为师的！如果你们赢了，我们就不来打扰你们，我还要做一块'第一煎饼'的大匾，亲自给你们送来！"

"成！不过我也还有一个条件！如果我们赢了，你们要剁掉姓周的一只手！"福祥婶说道。

田中一郎点了点头，然后一声令下，场院变成了赛场，一面面鏊子支

了起来。比赛正式开始。煎饼屯的人一边往鏊子下填柴草，一边用勺盛糊旋淋至热鏊子上，然后用竹扒迅速拨摊至整个鏊面，既薄又平，然后用铲刀顺煎饼周边一旋，手提煎饼轻轻一揭，一张平展展黄亮亮香喷喷的煎饼便如荷叶般平铺到了一旁的托帘上，简直就是一件艺术品。

福祥婶烙得的确快，可田中一郎选出来的那个人也丝毫不慢，两个人在激烈地较量着。煎饼屯的人暗暗为福祥婶鼓劲。

也不知烙了多久，日本人的速度明显慢了下来，最后只有喘气的份了。福祥婶心头一喜。这时，又一个日本人冲过来，第一个日本人立即让开，第二个上来的日本人接着他的鏊子继续烙起煎饼来。

一见日本人换了人，福祥婶和众人心头一愣，正要说什么，见人家速度极快，已经把自己甩下，便把话咽回肚子，加快速度。不知又烙了多久，第二个日本人又被甩到了后面，这时，第三个日本人接换上阵。日本人整整换了八个人，可都让福祥婶她们给比了下去。这时，最后一个上来的日本人坐到了煎饼鏊前，对着福祥婶说："前几个都是

初学者，现在我来了，你们马上就要向大日本拜师了！"

那人烙起煎饼来和前几个人大不一样，把所有技巧都拿捏得恰到好处，真正是"勺心向人半满来，翻腕旋洒淋鏊台，竹扒如月铲跟上，顺势续进半把柴"。福祥婶她们很吃惊，这个日本人完全得到了煎饼屯的诀窍。可日本人是怎么得到诀窍的？大家面面相觑。福祥婶一下子站了起来，大吼一声："男人出去了为啥？就为了这个家！我们也不能认怂！继续！"

一声吼如同晴天霹雳，女人们互相看了一眼，振作精神，拼尽全身的精气神，烙起了煎饼。那个日本人也不示弱，双方你追我赶。就这样，直到第三天下午，那个日本人倒在了地上，两只手像鸡爪子一样抽搐在一块儿，而另一旁的福祥婶她们还在继续。旁边一直负责清点煎饼的人走过来，当众宣布："经过认真评判，煎饼屯的煎饼，烙得快、质量好，最终获胜！"

一听说煎饼屯获胜，福祥婶一张嘴，一口鲜血吐了出来。众人急忙过来搀扶，福祥婶摆摆手，慢慢站了起来。

"煎饼屯果然不得了！佩服！"田中一郎竖起大拇指，"可是我有一件事儿不明白，我们搞车轮战，最后一名选手已经搞到了你们烙煎饼的诀窍，可为什么还比不过你们？"

福祥婶说："那是因为最重要的一点你们没学去。"

"什么？难道你最后喊的那几句话里有最关键的诀窍吗？"

"对。你们能抢能烧能偷，可你们却学不会中国人骨子里的硬朗。没有这种硬朗，你们就是偷去再多的诀窍也一样失败！"

田中一郎呆呆地站在那儿，半晌无语。

福祥婶大喝一声："说，你们从谁那偷去煎饼屯诀窍的？"

田中一郎面无表情地说："周翻译接触了田顺家的，用她男人还活着的消息换来了这个诀窍。"

福祥婶和众人脸色发紫，扭头去找田顺家的。可是，田顺家的早已不知了去向。

福祥婶一咬牙："我们赢了。你答应的条件呢？兑现吧！"

周少爷"嗵"地一下跪倒在地，对着田中一郎声泪俱下："皇军！不能呀！我忠心耿耿呀！"

田中一郎不耐烦地一摆手，几个人过来，老鹰抓小鸡一般把周少爷按倒，推到了福祥婶面前，福祥婶一把扯住自己面前那只热鏊子的支脚，狠狠地把热鏊子砸到了周少爷的右手上。

日本兵离去后，福祥婶和众人急

忙去找田顺家的。可刚到田顺家，屋里便传出了哭声。众人进屋去一看，田顺家的已经吊死在了梁上。

福祥婶亲手把田顺家的从梁上放下来。一个五六岁大的孩子哭哭啼啼走过来说："福奶奶，娘说她对不起大伙儿，没脸见我爹。等我爹回来了，求大伙儿别把她的事儿告诉我爹！"

福祥婶痛苦地摇着头，紧紧地把田顺家的尸体抱在怀里，眼泪"扑簌簌"地滚落下来："傻孩子，你咋这么傻呀！"

第二天，田中一郎亲自带人来到煎饼屯，把一面"第一煎饼"的大匾送给了煎饼屯，然后带人离开，打那后，真的再也没来骚扰过。

不只是煎饼

半年后的一天，一群中国军人来到煎饼屯，敲开了福祥婶的家门。福祥婶愣愣地看着这些人："老总，你们找错门了吧？"

"娘，我是柱子！我回来了！"领头的那个独眼军官一下子跪在了福祥婶的面前。

福祥婶这才认出自己的儿子，一把把儿子搂住，泪如雨下地说："我的孩儿呀！你还有命回来看娘呀？咋跑回来了，快走吧，千万别让鬼子发现了！"

柱子给福祥婶擦干了眼泪："娘，日本鬼子投降了，他们已经让咱们赶出去了！"

"真的？"福祥婶兴奋得脸色涨红，"这下可好了！这下可好了！你这眼睛？"

"让鬼子打的！"柱子说着低下了头。

"保住命就好，回来了就好。柱

子，算你，咱村一共三百二十六个小伙子，都去打鬼子了，那他们人呢？"

柱子一颤，老半天才说道"他们都牺牲了！"

闻讯赶来的众女人全都惊呆了，疯了一样拥上来。

柱子的眼泪又淌了下来："那还是半年前，咱们煎饼屯人所在那个团进攻鬼子。鬼子的供给线已经被切断了，用不了多久就会粮断自乱。可谁知鬼子不但没乱，反而精神旺盛。咱们煎饼屯就我捡了一条命，却把一只眼睛搭上了。我一直不明白，已经断粮的鬼子为什么还那么猛。直到前一段时间鬼子投降，我们抓到了一个汉奸，他才告诉了我们实话。"柱子说完后，把一个五花大绑的汉奸推到了众人面前。

那人竟然就是周少爷。周少爷说："我什么都说，别杀我啊！鬼子其实没断粮，是你们亲手给他们烙的煎饼，他们吃了你们烙的煎饼，又打死了你们的亲人。"

福祥婶怒道："你胡说八道什么？"

"你们还记得半年前的'第一煎饼'之争吗？其实那是田中一郎的计。他奉命给军队准备食物。他知道煎饼屯的煎饼好，适合长期保存，就让我撒谎来雇人，见没雇着人，就设了那个'第一煎饼'之争。"

"什么？"福祥婶简直不敢相信自己的耳朵，"我们……成了汉奸？我们用自己烙的煎饼把自己的亲人送上了绝路？"

"娘，这不怪你们，你们也没想到日本人会这么阴险！"

随后，柱子和村里人在村头为牺牲的人建起一座大坟。周少爷被拖过来，一刀砍死在墓前。就在这时，福祥婶走上前去，向着大坟磕了几个头，然后趁大伙不注意，一头撞死在石碑上。

福祥婶死后，众人为她举行了葬礼，有人提议把那块牌匾砸碎，柱子摇摇头："不能砸，一定要留着那块匾，那是咱骨气的象征啊！"大匾最后还是留下了，永远挂在了煎饼屯。而在福祥婶的坟前，人们同样立了一块碑，碑上也刻了四个大字：第一煎饼！

（题图、插图：谢 颖）

紫檀床

□吴卫华

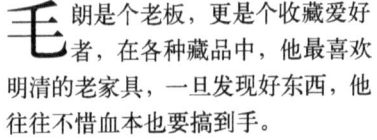

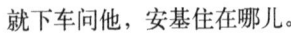

毛朗是个老板,更是个收藏爱好者,在各种藏品中,他最喜欢明清的老家具,一旦发现好东西,他往往不惜血本也要搞到手。

这天,毛朗接到一个神秘的电话,听声音对方是个老婆婆:"你是搞收藏的吧?我家里有一件大家伙,清代的好东西,你过来看看吧。"

毛朗一听,来了兴趣,忙问:"你在哪儿?"老婆婆说:"离你那儿三十里之外的安礼屯。"

毛朗放下电话就出发了,他开车一路打听赶到了那个叫安礼屯的村庄。这时,老婆婆又打来电话"村子里有座清代老建筑,你找一个叫安基的人。"

毛朗还想问详细点,老太太却把电话挂了。

毛朗开着车在村子里转了一圈,也没发现什么清代老建筑,后来看见一个白胡子老头坐在墙根下晒太阳,

就下车问他,安基住在哪儿。

老头儿奇怪地看了毛朗一会儿,然后用手杖一指对面儿座老坟,说:"安基在那儿,坟包最大的那个。"

毛朗一怔,给老头儿递上一支香烟:"我找安基的老宅子。"老头儿又拿起手杖,顺着街道一指,说:"走到尽头向右拐,门上有块'进士宅'木匾的那户就是。"

在老头儿的指引下,毛朗将车开到了一座老宅子前。这宅子外面看不出有什么奇特,等毛朗走进去后,才感觉一种古朴之气扑面而来,里面的屋子宽敞高大,门窗精雕细琢,尽管年久失修,却不难想象当年的辉煌气派。

这时,一个弓身驼背的老婆婆,从挂着门帘的屋里蹒跚着走出来,也不说话,就把毛朗领进了里屋。一进

屋，毛朗就被一件造型奇特、体积巨大的家伙给吸引了，只见那大家伙蒙尘含垢，像座黑乎乎的小木屋，里面安放着架子床，床上有堆破棉被。

毛朗谨慎地问道："多少钱？"

老婆婆向他伸出一根骨瘦如柴的手指，用沙哑的嗓子说："一千万。"

毛朗给她报出的数字吓住了："一架旧木头，哪值那么多？"

老婆婆看看毛朗，拍拍那大家伙上两块方方正正的相面儿："看看这雕板，"又拍拍高大的廊桩，"看看这材料，"最后一指里面那堆破棉被，"闻闻这味儿。"

毛朗笑了："难道要我闻您老的脚丫子味？"

老婆婆脸上显出不高兴的神色，爬进木屋子抱出破棉被要毛朗闻，毛朗不得已只好闻了闻，奇怪了，看似油污破败的旧被子，竟然散发着淡淡的异香，连老婆婆身上也是这种香味。

老婆婆幽幽地说："这木材能除臭生香，衣物在上面放久了，就会薰上香味儿。"

平日里，毛朗有一套将看中的好东西往烂里损的生意经，这会儿又习惯性地说开了："谁知道是不是您喷上了香水，这黑污油腻的，怎么看都是一架烂木头。"

这句话可惹恼了老婆婆，她颤巍巍地走到门口掀起旧帘子，把毛朗往外轰："你哪儿来的，还是回哪儿吧。"

毛朗忙赔不是："我不是说您这床不好，我是稀罕能把被子熏香的木材，咱有话好好说，对于木材我多少也懂点行。"

老婆婆一听就更不高兴了："敢情我家的东西倒没有你清楚了？你走吧，我要睡觉了。"

毛朗哪舍得就这样错过眼前的宝贝，只是赖着不走。老婆婆越发生气"我还是留着自己睡，走吧走吧。"说着和衣躺在床上，不一会儿就响起了鼾声。

毛朗只得回去了。他想了一夜，那张床太勾他的魂了，不说木料，仅那雕板就让他着迷，那绝对是能工巧匠的力作。他见过的古床也不少了，但如此做工考究零件繁多的，还是第一次看到。这床在其流行时，往往是主人身份和资产的象征，非小户人家所能拥有。

第二天一早，毛朗就开车去了老婆婆家。只见老婆婆的院子里堆放着许多烂木头，老宅墙上电线盘结，看得出电线老化得很厉害。

对于毛朗的再次造访，老婆婆一点也不意外，此时，那床床已被她里里外外擦拭得干干净净，静穆中显出一种古老幽雅的紫黑色。毛朗被这床的原色震了一下：难道真的是木中极品小叶紫檀？

老婆婆的衣着看起来也比昨天整洁了许多，她冷冷地说："年轻人，真要不识货，来一百次也白来。"

毛朗赔笑道："那是那是，我眼拙。"话虽如此，毛朗今儿却是有备而来，他先仔细看了看床的构件，只见床所有的围子、细部，都是用很小的木头攒插起来的，没有用一根铁钉，床高接近三米。毛朗拿出一团酒精棉球，在木头的表面擦了擦，棉球上立即染上了紫红色，毛朗不由心中一阵狂喜。

老婆婆将毛朗的这个举动看在眼里，说："年轻人，你哪是眼拙，心里精明着呢。"毛朗有些尴尬："眼看不

准的东西，只有靠这常识了。"

老婆婆追问："这次确定是什么木材了吧？"毛朗迟疑着不肯立即下结论，老婆婆有点不屑地说："你这样也算懂行？紫檀木啊！"

毛朗露出一副难以置信的神情，说："正宗的紫檀木多来自南洋，大些的紫檀木要数百年才成材，在明清两朝已经被砍伐殆尽了，您这床要全是紫檀木的，那就真的是绝世无双了！"

老婆婆得意地说："过了这个村就没这个店了，好东西不要错过。"

毛朗小心地问："一千万也太多了，能不能少些？"老婆婆毫无商量的余地："安基要的就是这个价，少一分都不卖。"

毛朗疑惑地问："安基到底是谁？"老婆婆凑近毛朗说"安基是这床的主人，小伙子，买好东西要趁早。"

毛朗再次闻到老婆婆身上那种古雅浓厚的檀香味，他为难地说："一千万，我真没有。"老婆婆想了想，说："那你连我一块儿带回去，就不用付一千万了。"

毛朗一听，哭笑不得"哪有买家具带活人的？"

老婆婆一下子生气了，又开始赶毛朗走："走吧走吧，你没有诚意哪能买到好东西？"

毛朗被老婆婆一直推到大门外，

他在门外傻傻地站了一会儿，愤愤地想："真是个古怪的老太太，我买床难道还有义务把她带回家养老？"

离开老宅后，毛朗一拐弯又看到了那个白胡子老头儿，还是坐在墙根下晒太阳，毛朗下车又递给老头儿一支烟："老人家，您知道安基是谁吗？"

老头迟疑片刻，缓缓地说："他是光绪五年的进士，才学一等，可就有一点不好，特爱财。"毛朗看老头一副昏昏欲睡的迟钝样，也不知他说的是哪时的老话，觉得问不出什么，只好离开了安礼屯。

毛朗回到家后，怎么也舍不下那张檀木拔步床，还老觉得心神不安，像有什么事要发生似的，在家里坐立不安地烦躁了半天后，就又开车去了安礼屯。当他进村子时，已经是傍晚时分了，此时太阳已经下山了，安静的村子蒙上了一层神秘的雾霭。

突然，毛朗发现不远处有一户人家着火了，而且火越烧越大，许多村民都跑去救火。毛朗仔细一看，只见那大火就在老婆婆家所在的方向，他不由大吃一惊，拔腿就跑。跑到一看，着火的果真是老婆婆家，老宅子里火光冲天，烟火中飘出一股浓郁的香味，一村人都不知道这是什么异香，只有毛朗知道这是古雅的檀香。

老宅的门锁得牢牢的，有村民奇怪地说："这老宅子空置了这些年，怎么突然着火了？救火要紧，打破这门吧。"大家七手八脚撞开了厚实的木门，可里面火势太凶，没人敢冲进去。

毛朗着急地对村民说："里面有个老婆婆，快救出来吧，还有一张床。"村民们都诧异地看着他，说："这老宅子里十几年没人住了，哪有什么老婆婆？"

空气中的檀香味越来越重，毛朗更着急了："有张床在里面！"一个上了年纪的老人说："这是安进士安基的老宅子，里面是有一张老旧的床，样子不错，因为这老宅子里的几代人都是死在上面的，村子里没有人打那破床的主意。"

这场火直烧到半夜才熄灭，空气中弥漫着浓浓的檀香味。毛朗眼睁睁地一直等到大火熄了，看着老宅彻底成为一片废墟，这才恍恍惚惚地离开了。

那晚，毛朗回到家睡下，刚一闭眼，就见老婆婆走过来埋怨他说："你也太笨了，安基要的那一千万，你只要多买些冥币去他坟前烧化了，买卖就成了。我早知道老宅里那老化的电线会引起一场大火，可还是没有躲过被烧成灰烬的劫难啊！"

毛朗吃惊地问老婆婆："安基早就死了！你又是谁？"老婆婆叹了口气说："我就是紫檀床。"

（题图、插图：谢 颖）

□ 孝友

这是为什么

小白领刘频早晨去上班，刚走出楼道，就被一个脏兮兮的小男孩拦住了去路。小男孩给刘频鞠了个躬，手里拿着一个小本本和一支圆珠笔，怯生生地说："阿姨，请您签个名好吗？"

刘频一愣，笑笑说："小朋友，你认错人了吧？"小男孩摇摇头。刘频又说："我不是领导，也不是明星，这算什么事啊？"

小男孩认真地说："阿姨，行行好吧。您就签一个吧！"

刘频看看小男孩一脸严肃的样子，不像开玩笑。刘频赶着上班，顺手在小本上写了一个假名，骑上电动车，扬长而去。

到了单位，刘频和同事一说起这件怪事儿，顿时引起了大家的兴趣。几个同事说，他们也碰到了那个要签名的小男孩，可大家都不认识他，也就不约而同地胡乱签了假名。有写张惠妹的，有写穆桂英的，还有个同事写了孙悟空……

刘频问："谁知道这小男孩是干什么的？"一个同事说："管他呢，反正咱们也不写真名，怕啥！"刘频又问："我们写了真名会怎么样？"大伙都笑了，说："你真幼稚，咱们不明白他的动机，万一上当就惨了。"刘频说："那是个五六岁的孩子，他能骗我们点儿什么呢？"同事们说："那就说不准了，现在古怪的事多了去了，总

编读往来：你的问题我来答

上海读者张哲：前段时间看了电影《让子弹飞》，电影中的麻匪冒充县长。我觉得县长是如今的职位称呼，难道民国时期就有吗？民国时期官吏从大到小大致上是如何设置的？另外，建议贵刊也搭配点这类题材的故事，我们都很喜欢！

绿版编辑部：首先，谢谢你的建议。很巧，本期就有这类题材的故事，叫《草莽师长》。在这个故事中，也有县长这个人物。经查，民国后期确有县长一职。那个时期的官职按大小粗略一分，大致如下：

1、国家元首（大总统，亦或总理、执政，大元帅。）2、经略使（民国地方最大官职，辖四省。）3、巡阅使（控制两省或两省以上的军政长官，如1918年9月，张作霖被任命为东三省巡阅使，为三省最高军政长官。）4、都督（即督军、督理、督办，一省最高长官，辖军、民两政。）5、帮办（一省当中的二号人物。）6、镇守使（一省之内划分几个地域，这片地域的一把手即镇守使。）7、道尹（管理所辖数县行政事务。）8、县长（即县知事。）

（本栏目欢迎读者提供新鲜活泼、有代表性的问题，一经采用，即致薄酬。）

之写真名不好。"

刘频一直想不通，那孩子要签名究竟是什么目的，也搞不清大家为什么连个真名都不敢写。但时间长了，这事儿也就渐渐淡忘了。

一天，刘频在公园门口，居然又看见了那个小男孩。他独自坐在草地上，傻乎乎地看着夕阳，似乎在想着什么心事。

刘频跟小男孩打了个招呼。小男孩连忙站起来，又给刘频鞠了个躬，说："阿姨好。"刘频看了他一会儿，觉得他不像坏小孩，就问他签名的事儿。

小男孩的眼睛突然潮湿起来。原来，他的父亲得了重病，眼看要死了，他很害怕，就想请大家签名，祈求上天保佑他父亲。

刘频心里一颤，只感觉脸上热烘烘的发烧，不由没话找话说："你爸爸好点了吗？"

小男孩痛苦地叹了口气，说："我爸爸死了。阿姨，我听说一个人病了，大家帮他折千纸鹤，他就会好了。但我觉得千纸鹤是假的，签名是真的，应该更管用。所以我要收集一千个人的签名，这样就能保住爸爸，可为什么最后爸爸还是走了呢？"

刘频慌乱得不知道该说啥。忽然，那孩子流着泪说道："阿姨，一定是有人写了假名，上天生气了，才不管我爸爸。我就看见一个不像是人名的，阿姨你说，真有叫孙悟空的吗？"

刘频一下子愣住了，感觉浑身发冷。

（题图：张恩卫）

鸡脖子
与命运

□韩　春

　　都说"人的命，天注定"。这天凌晨，小镇首富匡老爷的夫人生下一个儿子，小公子白白胖胖，哭声响亮。与此同时，长工张福的婆娘在柴房里也给张福生下一个儿子，这小子黑瘦黑瘦，哭声跟病猫呻吟一般……张福听说公鸡打鸣时，鸡脖子是往前一挺，高高地向上昂起，打出鸣来之后，脖子缩回来。人家少爷出生，那正是鸡脖子向上，而自己家这瘦猴露头时，鸡脖子缩回去了。也就是说，人家少爷一生有享不完的福，自己儿子这辈子却有受不尽的苦。

　　于是，这张福就给儿子取名叫张苦娃。苦娃刚懂事，他就告诉苦娃，你是一辈子受苦的命，咱们必须得认啊。

　　苦娃打小就陪在少爷身边，归少爷使唤。少爷读书，苦娃就研墨、扇

　　风、打蚊子，少爷舒坦得眯起眼睛，苦娃累得一脑袋臭汗，身上让蚊子叮得左一个包，右一个包；少爷骑马，得他给牵着，累得两腿发酸，一不顺心，少爷扬手就抽，抬脚就踢。

　　再以后，匡老爷和张福相继去世。很快，匡家大院被少爷挥霍得渐渐没落，只留下了年轻的主仆二人，少爷仍然是只知道辱骂、呵斥。苦娃心想，快了快了，我早晚要熬出头，让那个鸡脖子见鬼去吧。

　　少爷要结婚那年，黄河决了口子，一夜之间把几个县变成了湖泊。张苦娃睡梦中醒来，还不忘职责，把少爷救到一块门板上。也算幸运，两

人的门板在水上漂出去几十里，居然没撞到石头。后来，门板被冲到一处小高坡搁浅停下。苦娃把少爷扶上高坡，此时少爷恢复了威严，说："我是昂首鸡，大难不死，必有后福。如果不是我家日子好，有这么结实的大木门，你早叫大水淹死了，这是托本少爷的福啊。"

苦娃心里虽有些不平，但人家毕竟是主人，门板也确实是他的，也就没再吱声。

可是洪水来得突然，两人只顾逃命，没带吃的。少爷身上倒是有一些贵重的首饰，哪一件也可换得百两纹银，可附近人影都没一个，再贵重的东西也不能换口吃的。少爷饿得双腿哆嗦，骂苦娃道："你倒是托了我的福，我可没沾你啥光。我现在饿了，吃什么？"苦娃揉了揉眼"我们饿不死的，我有办法。"

苦娃跑到坡上，看到苦菜中有嫩些的，拔了一堆，放进水中洗净，双手捧给少爷吃。少爷咬一口，"哇"地吐了出来，骂道："我是牲口吗，你给我这东西吃？"

苦娃说"苦菜虽然难吃，可吃下去死不了人。活下去，等水退了，自然会有好吃

的。"说着，苦娃将苦菜大把塞进嘴里，嚼给少爷看。少爷赶紧闭上眼睛："你给我滚一边吃去，我看着你那下作的样子，就止不住想吐！我可是鸡脖子伸出来的时候出生的，这种东西我怎么能吃！"

少爷眼看要饿死了，他骂苦娃："我要你这奴才有什么用？你以为少爷真败了家？少爷有几辈子花不完的金银财宝，全埋在后院，只要洪水一退，我照样花天酒地。你水性好，赶紧游过对岸，喊人送吃的来。将来我赏你一大笔钱，也娶个媳妇。怎么样啊？"

洪水滔滔，哪有什么对岸呀。听着少爷不住口地辱骂，苦娃想：不是说我命中有好多苦要受吗，既然苦没受完，那洪水怎么敢淹死我！他心一横，跳入洪水中，奋力朝远方游去。

苦娃虽然熟悉水性，但洪水没个

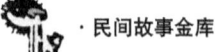

边呀，游了半天，他精疲力尽。此时一个巨浪劈头打来，苦娃便失去了知觉……

不知道过了多久，苦娃睁开了眼。一看，自己竟躺在大船船舱内！他赶紧呼救。船舱外进来一个模样清秀的丫环，见苦娃醒来，又惊又喜，赶紧再喂他一些姜汤水，还服侍他吃了东西。然后，丫环告诉苦娃，他已经昏睡了三天。这艘官船上坐的是巡察水灾的钦差、监察御史孟大人。三天前，水手发现在水里挣扎的苦娃，奉大人之命把他救上来。正说着，孟大人听到说话声，走下船舱，制止住要爬起谢恩的苦娃，说："本钦差船队此行捞上百余具尸体，唯独你这后生得以存活，你身体硬朗，求生欲望强，将来必有造化。"

苦娃还是挣扎着起来跪下了："大老爷快去救小人的少爷吧。"

既然从水中救得苦娃，料定匡少爷离此不远。孟大人命令火速发出小快船，由苦娃带路前往。待攀上小土坡，却看见那匡少爷早已饿死多时……

苦娃看见已死去的少爷，自言自语道："我活了，少爷死了，看来昂首鸡和缩脖鸡之说不可信！"

什么乱七八糟的？孟大人问了半天，才知道事情的原委，不由苦笑道："愚昧之见。"

后来，洪水退去。根据匡少爷生前的描述，苦娃回到匡家的废墟，果然在后院挖出了许多金银财宝。苦娃把这些财宝全部拿出来，救济了许多灾民。此时的苦娃又自言自语道"什么昂首鸡和缩脖鸡，都是假的！福气是要靠自己拼来的！如果少爷当时能吃得下野菜，能撑住，我们不就救活他了吗？"

那个当时喂他姜汤、食物的丫环也过来对苦娃说："是啊！咱们钦差老爷是天黑出生的，鸡都睡了，脖子夹进膀里了，人家比你少爷差吗？人是万物之灵，跟一个小小的鸡脖子有什么关系呀？你现在就苦尽甘来了。大人说你有股子韧劲，善良又不爱财，要把奴家赏给你做媳妇，还要看你有什么能耐，给你找个合适的差事呢。"

（题图、插图：黄全昌）

意外伤害

□ 楚横声

祸从天降

约翰是洛杉矶最年轻的大律师，聪明能干，前途一片光明。但当他看到一部关于非洲的纪录片后，便决定放弃手头的工作，去非洲当一名志愿者，帮助那些挣扎在生死线上的人们。他的好朋友迈克和吉米在他的感召下，也跟着一起来到了非洲。

这天，约翰和两个伙伴带着募捐来的物资，引领着车队来到一个政府军的哨卡时，发现这里的气氛有点异常。要知道两年来，约翰他们无数次从这里进出，早就和驻守在这里的将军建立了深厚的友谊。以往，将军对他们的车队都是睁一眼闭一眼，从不刁难，但今天，站在哨卡前的不是将军，而是将军的手下图阿卡。只见图阿卡面色阴沉，大手一挥，一群士兵便蜂拥上车搜查。他们就像强盗一样，抓起箱子就往下扔，丝毫不管箱子里的药品是否会摔破。

约翰急了，连忙上前两步，对图阿卡说："车上都是一些救援物资，你们可以轻一点吗？还有，将军在哪里？"

图阿卡不怀好意地看了约翰一眼，回答道："将军在早上的战斗中被打死了！有人举报你们的救援物资中混有军火，明白了吗？现在你给我滚开！"说完，一脚踢在约翰身上。

约翰大吃一惊，刚想说些什么，就听到一个士兵大叫一声，用力掀翻了箱子，箱子里随即滚出七八支自动步枪来。图阿卡脸上现出一股杀气，愤怒地说："这就是你的救援物资？这些年来，你为游击队提供了多少枪

械？你这个该死的家伙！"说着，他一脚踹倒约翰，拔出枪来顶在他的额头上。

一旁的迈克惊慌地叫道："图阿卡将军，请您冷静些。我们不知道箱子里有这些东西，我们被利用了！"

"不管你们是否被利用，你们都是在帮助我的敌人，所以你们也是我的敌人。"图阿卡拔出手枪，狞笑道，"你们应该受到惩罚！"说着，他扣动扳机，对准迈克的双腿射击。

约翰当时就惊呆了。这时，吉米突然大吼一声，如猛虎一般扑向图阿卡，图阿卡毫不犹豫地掉转枪口，又冲他开了几枪。随着"砰砰砰"的枪响，吉米颓然倒地，捂着流血的胸口喃喃地说："错了，我们错了……"然

后垂下脑袋死了。

要知道，迈克和吉米都曾经在特种部队服过役，身手不凡，没想到猝不及防之下竟然一死一伤。约翰心如刀绞，他大吼一声，便不顾一切地向图阿卡冲去，但被两个士兵按住了。图阿卡缓缓垂下枪口，对准他的膝盖扣动了扳机，约翰清楚地听到了膝盖骨被打碎的声音，他强忍着剧痛，瞪着图阿卡吼道："为什么？你真相信我们会插手你们的战争吗？"

"不完全是。"图阿卡贪婪地说，"约翰先生，我知道你是有钱人。你贿赂将军，在这里畅通无阻，可现在这里我说了算。我留你一命，让你家人拿一千万赎金来，否则我就杀了你们。"

说完，图阿卡命人将两人的腿简单包扎一下，然后将他们绑在露天的柱子上，每天只给他们少量的食物和水维持生命。一个星期后，约翰再也撑不下去了，他感觉自己随时都会死去，便绝望地对迈克说："对不起，我的朋友，是我连累了你和吉米，看来我们要在天堂里再见了。"

"不，约翰，你要坚持下去，你爸爸会来救我们的。"迈克的身体比约翰要强壮得多，而且伤势也比较轻，他用力喊道，"来人，快救救我的朋友，他就要死了。"

看守的士兵们远远地站着，对他的呼叫毫无反应，一只在天空盘旋已

久的秃鹫一个俯冲，落在约翰面前几米远的地方，贪婪的眼睛死死盯着约翰，只等着他断气，然后就扑上去啄食。约翰只觉得生命飞快地流逝，就在他闭上眼睛的一瞬间，隐约听到迈克带着哭腔叫喊："你不要死，约翰，我对不起你啊！要是知道会搞成这样，说什么我也不会带那些枪的……"

原来，那些枪是迈克带的？他为什么要这么做？可惜，约翰来不及质问，就陷入一片黑暗之中。

给我支枪

等约翰再醒来时，已经是在洛杉矶的医院里。原来，就在他昏倒的时候，老约翰及时赶来交付了赎金，将他从死神手里夺了回来。老约翰紧紧地抱着儿子泣不成声："感谢上帝，你终于活过来了。都怪爸爸，当时我不应该支持你去那个鬼地方，爸爸对不起你啊！"

在洛杉矶最好的医院里，约翰接受了手术。但因为约翰的膝盖已经被打得粉碎，医生也束手无策，只好无奈地截掉了他的右腿。手术后的第二天，老约翰来到医院，装出一副开心的样子说："我的孩子，我要告诉你一个好消息，你现在已经成为名人了。"

原来，自从约翰被救回之后，他的传奇经历便被无孔不入的记者挖掘出来，各种媒体对他的报道铺天盖地。所有人都赞扬他高尚的人道主义精神，也同情他的不幸遭遇，大家都希望他能够早日康复，再有作为。

约翰却对这些毫无兴趣，他疲惫地闭上眼睛。在一片黑暗中，他又回想起了那可怕的一幕，吉米倒在血泊里的画面仿佛就在眼前。吉米是他的好朋友，却因为迈克的愚蠢而失去了生命。该死的迈克，他一定要付出代价！想到这里，约翰睁开眼睛，缓缓问道："爸爸，迈克怎么样了？"

"他运气最好。子弹没伤到他的骨头，只要再治疗一段时间，就可以出院了。"老约翰停顿了一下，又说，"我为吉米的死感到遗憾。你放心，我已经给他父亲送了一百万，你不要对这件事耿耿于怀。"

老约翰走后，迈克来约翰的房间探视，他坐在轮椅上，故作轻松地露出一个夸张的表情，说："兄弟，虽然你失去了一条腿，可毕竟保住了一条命。当时，你都把我吓坏了，我以为你死定了呢，害得我像个娘们儿一样嚎啕大哭。幸亏你昏过去了，没看到我那可笑的样子。"

然而，迈克没想到约翰听到了他的那些话，所以还在演戏欺骗约翰。此刻，约翰的心里充满了怒火，但现在还不是发作的时候。他心想：等等，等我好一些了再说……

又过了半个月，约翰终于恢复了

·海外故事·

精力，他的上半身可以随意活动了。这天，他对老约翰说："爸爸，当吉米死的那一瞬间，我突然感觉到自己是那么无助。如果有枪在手，我决不会允许那样的事情发生。可以给我一支枪吗？我要从现在开始熟悉这玩意儿。"

老约翰疑惑地看着约翰，问道："孩子，你不是想去找图阿卡报仇吧？"约翰突然大笑起来，他指了指自己空荡荡的腿，大喊道："就算我的伤好了，你认为我可能做到这点吗？"老约翰尴尬地低下了头。

第二天，老约翰就给约翰送来了一支枪，并对儿子关照了几句。等他走后，约翰拨通了迈克的电话："我有点事找你，你能过来一下吗？"没多久，迈克如约而至。当他推开病房的

大门时，却看见约翰举起手枪，黑洞洞的枪口对准了自己……

意外真相

迈克呆住了，他抱着头问约翰这是为什么？约翰却直截了当地问："有一个问题，我希望你能如实回答我。为什么你要在救援物资里面带枪？是为了钱吗？"

"约翰？你疯了？"迈克大叫道，你凭什么认为那些枪是我带的？"

"告诉你吧，那天我在昏过去之前，没看到你嚎啕大哭的脸，却听到了你后悔莫及的声音。"约翰愤怒地说，"你说要是早知道会搞成这样，无论如何都不会带那些枪的。迈克，是你害死了吉米，害得我失去了一条腿。如果你不说出真相，我发誓我会打死你！"

迈克面如死灰，拼命地摆手："你别冲动，约翰，你误会了，事情的真相不是你想的那样……"

"我数三声，如果你不说出真相，我就开枪。"约翰冷冷地说，"一、二……"

"我说，我说……这一切都是你爸爸安排的。"在最后的一刹那，迈克突然大叫起来，"枪是你爸爸让带的，也是他向军队告的密。我和吉米不过是你的保镖罢了，你不能把这些怪到我头上来。"

原来，老约翰一直希望儿子能够

60

成为一名大律师，但没想到约翰突然决定远走非洲，老约翰在震怒之下，却敏锐地看到了其中的机会：约翰的非洲之行将为他赢得巨大的声望，对他未来的发展大有益处。于是，老约翰出大价钱雇用迈克和吉米随行，并且买通了将军，保证约翰在非洲的安全。

可没想到两年过去了，约翰依然不打算回来，老约翰急了，于是暗中安排迈克在救援物资中放入枪支，又向军队通风报信。他的计划是让将军借机"逮捕"约翰，适当地对他施以恐吓，让约翰心灰意冷，离开非洲，回到他帮儿子设计的人生轨道上。这个计划本来很完美，但没有想到将军意外死亡，结果事情变得不受控制，导致吉米丢掉了性命，约翰也失去了一条腿。

约翰听得目瞪口呆，手上的枪无力地垂了下来。只听迈克沮丧地说："其实，这件事情我是不应该告诉你的，你爸爸答应我，只要我帮他彻底隐瞒这件事情，他就会多给我一百万的酬劳。现在，这一百万没了。"

约翰苦笑了一下。他原本以为，迈克和吉米都是高尚的人，就像自己一样有着救死扶伤的伟大胸怀，可现在他终于明白，那一切都是假象，真实的他们只有被铜臭锈蚀了的心。

当然还有自己的爸爸老约翰，他自信地以为能够控制一切，却差点害死了自己。约翰拿起手机，拨通了老约翰的电话"爸爸，我不会接受你的安排去当大律师。虽然我只有一条腿，但足以让我在苦难的非洲留下足迹……"

（题图、插图：佐　夫）

·本刊信息传真·

阿P系列幽默故事征文

阿P系列幽默故事栏目开辟二十多年来，深受读者欢迎。阿P是个有多重性格的喜剧人物，他正直、朴实，却又染有许多不良习气；他自作聪明，却又往往事与愿违，弄巧成拙；面对屡屡受挫的现实，他却能自我解嘲，很有点阿Q的精神姿态，让人啼笑皆非。为了把这个栏目办得更好，本刊再次面向全社会征稿，希望有更多的人来关注阿P，把您身边的阿P故事写得更精彩，更有现实意义和典型意义。

来稿方法：1.从邮局寄发，请在信封上注明"阿P故事征文"字样，本刊地址：上海市绍兴路74号《故事会》杂志社，邮编：200020。2.从网上传递，可寄以下信箱：wulun@vip.sohu.net，请在主题上注明"阿P故事征文"字样。凡已和我刊编辑有联系的作者，稿件可继续投给联系的编辑。

特殊的学费

□ 何德铭

梁志夫妇经营着一家面料公司，小日子过得红火，于是资助了一个贫困山区的小学生龚成强，并承诺资助他到大学毕业。他们这么做，除了响应希望工程的号召，还有一个目的，就是要给女儿梁颖找一个贫苦的同龄人结伴，在假期里让他们一起学习、玩耍，从而改掉她身上的娇、骄二气。

时间过得很快，转眼间两个孩子都即将进入高三。这年暑假，龚成强又来到了城里。这天是七夕，吃了晚饭，梁志夫妇带两个孩子出去玩。到了城山广场的山脚下时，梁颖忽然发现石阶旁有无数的亮点。她惊喜地拉着大家跑过去一看，原来是小贩把萤火虫装在透明的塑料瓶里，虽然每只瓶里只有两只萤火虫，却要卖二十元钱。梁颖当时就吵着要买。梁志不忍

拂了女儿的兴致，就掏钱买了一瓶。谁知梁颖还不满足，又要求说："爸，再买一瓶好吗？"

梁志一愣，说："买这么多干什么？又不能当饭吃。"

梁颖说："我，我想再买一瓶送给成强。"这时，梁妻颜月芳插话说："萤火虫是情侣间互赠的礼物，你送给成强不太合适，还是送别的吧。"梁颖的脸刷地一下红了，但仍坚持说："我就是要买一瓶送给成强。"这使得龚成强感到很为难，知道了萤火虫是代表爱情，他又怎么敢再接受这样的礼物？所以坚决地推辞了。为此梁颖还哭了一场。

通过这件事，梁志夫妇发现女儿已经长大了，而且还对龚成强产生了感情。他们夫妇也不是不喜欢龚成强，但他毕竟来自贫困山区，如果考

不上大学……当然，最好的结果是龚成强考上大学，毕业后在城里工作落户，这样即使把女儿嫁给他，他们也安心了。于是梁志又询问了龚成强的学习情况，再次对他说："成强，你一定要争取考上大学，叔叔会承担你读大学的全部费用。"

可天有不测风云，就在梁志对龚成强说这话后不到三个月，就出了一场严重车祸。这天梁志夫妇开车去谈一笔业务，在高速公路上撞上了迎面而来的一辆大货车，梁志当场死亡，颜月芳被送到医院抢救，总算保住了一条命，但下肢瘫痪。这么一来，他们家不光失去了经济来源，看病和赔付还花光了所有积蓄，自然也没有能力再资助龚成强了。

第二年，梁颖拿到了录取通知书，但她知道，家里已经没有能力供她上大学了。她把录取通知书藏了起来，准备去找工作。这时，龚成强来了。他拿出录取通知书对躺在床上的颜月芳说："阿姨，我考上大学了。"

颜月芳苦笑着说："恭喜你考上了大学，但我们实在是没能力再帮你了。"

龚成强说："阿姨我有钱，我不光有了自己的学费，而且把梁颖的学费也带来了。"他从包里拿出一叠还盖着银行封印的百元大钞，放在桌上说，"这里是一万元钱，应该够交梁颖和我的学费了。"

颜月芳说："那不行，我们怎么能花你的钱呢。"

龚成强说："阿姨，这么多年来，你和叔叔都在无私地帮助我，现在你们遇到了困难，难道就不能让我也表示一点心意？"

颜月芳不再推辞，她也很希望女儿能去上大学，只是心里还有些顾虑，趁龚成强不在的时候，她对梁颖说："他到哪里去挣这一万元钱？我怕他做了不好的事。"

梁颖说："绝不可能，成强不是那样的人。"

颜月芳叹了口气，说"我也相信他不是那样的人，但事情总还是弄清楚好。如果成强真的做了什么不好的事，我们一定要及时挽救他。"梁颖答应了。

上了大学后，梁颖暗暗地关注着龚成强，发现他只做了一份家教，而这份家教的收入只够维持他平时的生活，那他们两人的学费又是怎么来的？梁颖终于忍不住找了个机会对他说："成强，你实话告诉我，你给我俩交学费的钱究竟是怎么来的？"

龚成强似乎早就料到梁颖会有此一问，胸有成竹地笑了笑说："这个嘛，暂时保密。不过你放心，我的钱绝对不是通过歪门斜道得来的。"

梁颖这才放心了，说"那你要什么时候才肯告诉我？"

龚成强说"等到放暑假吧，到那

时谜底就能揭晓了。"于是梁颖就天天盼着暑假早日到来，好揭开心中的谜团。

终于等到了暑假，假期第一天梁颖就缠着龚成强，要他说出谜底。龚成强却说"你跟我回到家乡去，到那里我就告诉你。"梁颖就跟着龚成强到了他的家乡。龚成强的家乡梁颖来过好多次，对这里很熟悉，现在看来也没有什么大的变化，真看不出来龚成强从哪里还能挖出这么多钱来，就迫不及待地又问起了这个问题。龚成强又笑着说："别急嘛，到了晚上你就会知道了。"

晚饭以后，天黑了，龚成强拿出两支手电筒，给了梁颖一支，又带了一个大包，然后就向山上出发了。突然，草丛深处闪起了几个小小的亮点，上下飞舞，和天上的星星交相辉映，形成了一幅迷人的画面。"是萤火虫！"梁颖惊喜地喊道。

龚成强说："是啊，它不光美，而且也是我们的学费。"他告诉梁颖，农历七夕之前，商家以五元一只的价格大量收购萤火虫，他们的学费正是靠卖萤火虫赚来的。不过梁颖仍有些疑惑，萤火虫卖五元一只，一万元学费那就得有两千只萤火虫，捕捉到两千只，谈何容易？龚成强似乎猜出了梁颖的想法，他打开带来的那个大包，从里面拿出一只自动喷雾器，又拿出一个很大的纱罩，上面缀满了晶片，挂在了喷雾器的上方，然后打开喷雾器的开关，立刻有一层薄薄的水雾弥漫了开来。喷雾器上还有一盏小灯，在灯光的照射下，纱罩上的晶片开始闪闪发光。杂草丛中，陆续飞出了无数的萤火虫，像赶着聚会一样都飞进了纱罩。

龚成强看着梁颖疑惑的表情说："其实这也很简单，因为萤火虫喜欢潮湿，而它们发出的萤光，又是雌雄间求偶的讯号，我创造的环境正好适合了它们的需要，所以萤火虫都钻入了我的网兜中。这些生物课上不都学过的嘛！"说着，他随手在纱罩里抓了两只萤火虫，递给梁颖说，"给，这是我送给你的礼物。"梁颖想起妈妈曾说过，萤火虫是情侣之间赠送的礼物，心中充满了甜蜜。

（题图、插图：张恩卫）

草莽师长

□白珊珊

民国时期，福春县一伙土匪驻进了县城。不久，有一队兵打过来，一场鏖战，土匪落荒而逃，部队浩浩荡荡开进城里。

这时，当地的县长愁得腮帮子肿得老高，为何？原来土匪盘踞此地时，尽管库里的钱被勒索得一个铜板不剩，县长还是选了个极隐秘的地方，悄悄藏下了一箱用来救急的银元，并派三个护兵日夜监守。哪想到那夜战斗打得激烈时，护兵被人缴了械，银元全部被盗走！县长听说这支部队的赵师长是个杀人不眨眼的主儿，那人大字不识一个，脾气爆得很。如今犒军的钱一分没有，惹得他上了火，脑袋就得搬家，这让县长如何不愁！

正束手无策时，赵师长的副官过来通知，说师长要县长过去商量事儿。县长知道怎么回事，嘴里答应着，两条腿却哆嗦个不停。

那赵师长果然大大咧咧，粗鲁不堪，全无礼貌章法。见面头一句就问："我说县长大哥，弟兄们拼死拼活，好容易把土匪打跑了，犒军的事你想好了没有？"

县长只好把丢钱的事如实禀报，并说，本城有能力绑翻三名带枪护兵的，并且有这个贼胆的，只有秦五子一伙！

"知道是谁了，还不赶紧抓来审问，你还等什么？"赵师长一下子蹦了起来。

县长告诉赵师长，秦五子一伙人不好对付。当年，秦五子是吹鼓手帮的，为跟另一帮同行争地盘，就提出跟人比吹功。对方的掌柜功底确实了得，这秦五子丝毫不惧，于是两人背对背当街盘腿打坐，一吹就是三天。

秦五子实在压不住对方的音响，着急之际一拼力，右眼珠子都鼓了出来，血淋淋地搭拉在腮边，可他置之不理，仍然不歇气地吹，吓得对手只好带着众徒跑了。秦五子还有五个把兄弟，都是泼皮，他们不惧生死，就算是打死他们，也不会开口，那银元被他们抢了去，恐怕永远找不回来了。

赵师长一脚踢翻了太师椅，对县长吼道："这种祸害还留着干什么？借这大洋的茬口，等找出钱来，我就替你绞死他们。县长大哥，你马上安排人，去校场钉六只木笼子，笼子中间要相隔十几丈，囚犯互相看得见，却听不清对方说什么。"

说话间，副官带人把秦五子六人全绑了来。赵师长挺诧异："这么快？"

副官说，这几个一块儿凑在秦五子家掷小骰，熬得眼睛血红，正好一锅端来。他们把秦五子家翻了个底朝天，又去另外五个泼皮的家中看过，任何蛛丝马迹也没发现。

县长眉头一皱"按常理，他们做了案，应当分散开来回家睡觉才是，怎么会在一起？"

不想赵师长却不屑地一撇嘴："回家睡觉？那样的话，你县长就把案子破了，还要我干什么？如今听得见大洋的响声了，看本师长如何取回来。"

疑犯被押到堂前，并排跪下。赵师长不客气地高踞上座，把惊堂木一拍，厉声喝道："昨天夜里，你们做的好事，快快从实招来，免得皮肉受苦。"

泼皮们异口同声，都说昨夜喝了点酒，六个人聚到一块打小骰戏耍，稀里糊涂被抓了来。

县长和副官强忍住不敢笑出来。按常识，应当把六人分开，逐一审讯，泼皮们的供词必有矛盾处，这才好抓住漏洞，逼他们说出实情。把犯人弄一块审问，岂不等于给嫌犯提供了串供的方便吗？

赵师长盯着泼皮们看了一阵，嘴里说声："混蛋！好大胆！敢如此不老实！吩咐军法队，每人先来二十军棍玩玩。"打完后，赵师长吩咐先把他们关起来，哪个想明白了，就先放哪个。

六个泼皮被关进了校场的木笼里，旁边有卫兵把守，不许任何人靠近。头顶日头晒，身上蚊子叮，伤处苍蝇爬……一般人受不了的。可六个泼皮，真是名不虚传，晒得昏死过去，没一个吭声的。

大家急得直跺脚，可赵师长只当没看见，把副官叫到身边，如此这般地吩咐了一遍，

下午，副官骑马来到校场，从第一个笼子看起，挨个问："说出赃物所在，就有酒肉招待。你不想说点什么

66

吗？"问了一圈，六个泼皮都是一声不吭，气得副官跺着脚哇哇大叫一阵，垂头丧气地走了。

太阳落山，副官又来了，还是那套话。唯独到了老三那个笼子前，多待了一阵儿，问完后，没跺脚没吼叫，骑着马唱着戏曲离开了。

泼皮们看着副官耍猴似的表演，好生奇怪，想知道自己跟别人说的是不是同一内容，可一个字也听不到。为什么单单在老三笼子多待了一会儿呢？一个个正自疑惑，副官带过来一辆马车，几名士兵把老三搀上马车，扬长而去。校场只剩下了弟兄五个。这五个心里就犯嘀咕了，老三不会是顶不住出卖大家了吧，那这顿苦受得就冤枉。第二天上午，副官把老四又弄走了。到了傍晚，副官又来到木笼前重复那套话，老六忍不住了，问副官"你把我三哥、四哥弄哪去了？"

副官反问："你也想自新吗？好酒好肉你不馋，傻熬什么。"

老六咬住嘴唇不吱声了。

副官冷森森的一笑，拔出枪，朝天放了一枪。很快，那辆马车又飞驰而来，副官朝老五那边一指，卫兵把老五搀上车子。老六一想，六个人如何只搀走仨？肯定是招了，这样下去，谁扛到最后谁倒霉，砍了头，就算有人替养老婆孩子，那老婆已经是人家的老婆了。于是，老六就哀告："老总，我想自新！"

结果，老六一到大堂，就竹筒倒豆子，一口气全招供了。

原来，看管那箱银元的班长也是个赌棍，跟秦五子混得很熟。前段时间手气不好，输得口袋比脸都干净了。那班长就跟秦五子设了个苦肉计，趁两军激战的当口，由他配合，让秦五子几个连他一同绑倒，然后将大洋挖出来抬走，藏在秦五子家中粪缸下面。

审讯完，赵师长吩咐："问问他想吃什么，喝什么，照答应的准备。"卫兵去买回酒肉，让老六大吃大喝一通，然后，师长又吩咐："把另外两个也带回来吧。"

县长见赵师长如此破案，而且真的有效果，不由得目瞪口呆。赵师长见状，得意洋洋地问县长："你读过多少书？"

"卑职四书、五经、六艺、天文地理……"县长是晚清进士，民国初，地方上大都沿用的旧官吏。

赵师长一昂头，不屑地说："回去告诉你家子孙，书念多了比屎还贱。本师长总共就听过一段木板大鼓'三国'，就学会借用它一招。说是那个曹操使离间计，挑拨马超跟他那个叔叔的关系，只不过在阵前跟叔叔说几回无关紧要的悄悄话，就引起了马超的猜疑。马超是个大将，比本师长军衔高得多吧，他都受不住，何况区区蠢贼？本师长就是这么离间他们。马超那个权叔叫马岱……"

"师座。"县长忍住笑，纠正道，"马岱是马超的堂弟，那个权叔叫韩遂。"

赵师长愣了一下："韩什么？算了！我管他姓甚名谁，找回大洋来，才是真本事。"

副官鼓了鼓勇气："不敢请教长官。您老人家听说六个泼皮聚一块赌博，怎么不经审问，就断定他们是作了案呢？"

"那还用说。"赵师长咧嘴笑了，"都担心别人私自多拿了，所以藏得再深，哪个也不肯离开的，只能聚一块儿相互盯着。索性告诉你们实底儿吧，老子从军前，也伙同毛贼们干过这个的！"

（题图、插图：刘斌昆）

· 本刊信息传真 ·

第 15 期故事创作研讨班招生

为培养故事创作的骨干力量，本刊将于2011年5月在上海举办《故事会》第十五期故事创作研讨班"，邀请有培养潜力的新作者来沪学习。会议期间，编辑部将组织各类富有针对性、实效性的学习活动，使参加学习的作者在故事创作方面取得新的成效，从而缩短作为一个故事作者的成熟周期。凡录取者，差旅食宿等费用均由本刊承担。参加研讨班的条件：编辑部以培养故事创作人才为目的，所有报名者，不论资历，公平竞争，以作品和创作潜力为衡量标准。具体为：1.提供本人创作简历一份；2.提供数篇新创作的故事；3.需注明本人真实姓名及联系方式。

本期研讨班的报名工作正在进行中，报名截止期为2011年5月15日。

详情请见2011年1月下半月、2月上半月。

傍晚时分，大伙儿都应该结束了一天的劳作，而出租车司机刘东却接了一个"大活儿"……

接了一个『大活儿』

□ 黄胜

1.遭遇

刘东是东山市一个出租车司机，这天傍晚，他去幼儿园接了女儿圆圆后，车开走不多远，就看到路边有一胖一瘦两个人挥手叫车。刘东忙一打方向盘，慢慢把车靠向路边，不料，就在这时候，一辆蓝色出租车突然抢在他前面，猛地一拐，"吱嘎"一声，停在两人身前。

幸亏刘东眼疾脚快，及时踩了刹车，不然非追尾不可。他不由摇头苦笑：这些同行，为了抢生意，都快要拼命了。也难怪，本地的出租司机，不你抢我，我抢你，咋挣钱养家呀。

刘东理解地没说什么，可五岁的圆圆生气了，她从车窗伸出小脑袋，冲那个司机喊了一句："你这个叔叔怎么这样开车啊？"

哪知圆圆这一叫，却引起了那个胖子的注意。这招手叫车的胖瘦两乘客，每人手里提着一个大提包。这时，胖子刚打开蓝色出租车的车门打算上车，听到圆圆的喊声后，回头望了一眼，立刻关了车门，一把拽住正要上车的瘦子，说："去坐后面那辆车。"接着他大声呵斥蓝色出租车司机："哪有你这么冒失开车的，太危险了。我们可不敢坐你的车。"说罢，拉着同伴，提着行李径直来到刘东车前。

刘东心中欢喜，忙下车打开后备箱，请他们把行李放进去。胖子却一摆手，说："不必了，我们带在身边就行。"刘东想：看来，提包里面装着的可能是贵重物品，也就不勉强他们

故事会2011年2月下半月刊·绿版 **69**

了。

胖子坐在了副驾驶座上,瘦子则从后门上车,坐在了圆圆旁边,冲圆圆一笑。圆圆也习惯地冲瘦子甜甜一笑。

刘东主动解释说:"这是我女儿,不好意思,我老婆八点才能下班,现在送她回家也没人照顾,所以我就让她先呆在车上。"

胖子很理解地说:"没事。干你们这行不容易啊。"

刘东道谢后,问:"两位大哥,你们要去哪里?太远的地方我不能去,八点还要送女儿回家做作业。"

胖子说:"放心,我们去机场,你八点肯定能返回来的。"

后座的瘦子对刘东说:"师傅,太热了,你把车窗关上,打开空调吧。"

刘东立即关好车窗,开了空调,然后开车上了路。走了一会儿,刘东

见两人都不说话,车里怪闷的,就挑起话头,问身边的胖子:"两位大哥这是要坐飞机去哪里?"

胖子好像想了一下,才不情愿地从嘴里吐出两个字:"上海。"

刘东听了一怔,心想:晚上没有去上海的航班啊,想再问,却见胖子往椅背上一靠,闭上了眼睛,一副不愿说话的表情,刘东只得把疑问咽回肚里,专心开车。

此刻正是下班高峰,到处都在堵车。出租车走走停停,半个小时后,才出城来到前往机场的高速路入口。刘东驾车刚要拐上高速,他身边那个闭目养神的胖子突然睁开眼睛,吩咐道:"前面向左拐。"

刘东奇怪地说:"你们不是要去机场吗?右拐才是去机场呀。"

"我们是明天早晨的飞机,你先送我们去桃源镇。"

刘东一听,立刻将车停了下来,抱歉道"实在不好意思,桃源太远了,我还要送女儿回家,麻烦你们下车另打一辆车吧。"

胖子盯着他,皮笑肉不笑地说:"都到这里了,我们可不想换车,你最好还是乖乖送我们去。"

刘东一听,心中一紧,隐约感觉对方话语不善,就更不想去了,于是,

他探身过去，推开胖子一侧的车门，说："车费我不要了，请你们下车吧。"

就在此时，刘东突然感觉右肋一疼，低头一看，竟是一把匕首顶在那里，刀尖已经刺在肉里。刀锋冰冷，胖子的声音比刀锋还要冷："你还是乖乖听话吧。"

刘东惊恐之后，正要就势挥肘击打胖子下巴，突然传来圆圆的惊叫声"爸爸"。刘东慌忙回头一看，顿时惊得直冒冷汗。只见瘦子左手像抓小鸡一样揪住圆圆的后颈，右手握着一支手枪，黑洞洞的枪口指在圆圆的头上。

刘东不敢反抗，举起双手，说："两位大哥，千万不要伤害我女儿！要钱的话我全部给你，要车的话你们开走就是了，放我们下车。"

胖子冷冷地说："我们一不要钱，二不要车，只想让你当我俩的司机。你放心，只要你乖乖配合，我保证你和你女儿都没事。好了，开车吧。不过，我先警告你，别报警，也别耍花招，否则，你女儿……嘿嘿……"

刘东见对方既不为钱又不为车，看来不是一般劫匪，他看着胖子阴鸷凶狠的脸，目光又落在放在他脚下那个沉甸甸的提包上，脑子一闪念，突然想起一件事，心中顿时一颤：难道是他们？

一个月前，东山市发生一起抢劫银行运钞车大案，两名劫匪在储蓄所门口，开枪打死了一名押运员，抢走八十多万现金，然后就人间蒸发一样销声匿迹了。警方抓捕未果，就通过电视台播放了当时的银行监控录像，希望知情者提供线索，悬赏捉拿疑犯。不过，录像画面非常模糊，两个劫匪又头戴摩托车头盔，所以只能看清楚身型，两个劫匪是一胖一瘦。

刘东也看过录像，记得其中一个嫌疑人的身型跟这个胖子差不多。不过，事发是在一个月前，大家早已放松警惕，所以刚才胖瘦二人打车的时候，刘东根本也没往那方面去想。

刘东看着瘦子手里的枪，心里又惊又怕 如果真是他们，那就危险了，对方心狠手辣，又有人命在身，什么事都干得出来，如果是自己一个人还好些，可女儿呢？女儿可是自己的命呀！女儿现在也在车上。

刘东不敢再想下去，忙说："只要不伤害我们，我一切听你的。"

于是，他按照胖子的指示，将车驶上前往桃源的公路。

2. 胁迫

天色已经完全黑下来。出租车在路上疾驶。刘东紧握方向盘，双眼凝视前方，可他脑子却在急剧转动。他想，此时，车窗紧闭，又是晚上，外面的人根本发现不了车里的异常情况，不会帮自己；想制造车祸事故？

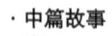

但不行，那样会伤及女儿圆圆，不到万不得已，绝不能用这一招。怎样想办法发信号报警呢？

胖子似乎知道刘东在想什么，冷冷地问："你是不是在想办法报警？"不等刘东回答，他回头吩咐瘦子："老二，你把眼珠子瞪大点，只要发现他搞小动作，或者看到有警察，就给我马上开枪，杀了他女儿。"

瘦子答应着："明白。杀这小丫头比踩死一只蚂蚁都容易。"

胖子得意地看着刘东，冷笑道："嘿嘿，我倒要看看，是警察动作快还是我们的子弹快。"

刘东突然明白，这两个家伙为什么要上自己的车了，其实他们本来是要上那辆蓝色出租车的，可是女儿从车里探出头被他们发现了，他们这才改变了主意，因为有小孩子在手里，会更容易胁迫司机就范，遇到危险情况，孩子又是最理想的人质。

刘东觉得如果他们只是一般抢匪，目的就是为了抢钱抢车，此时亮出凶器暴露自己还可以理解。如果他们是那两个银行劫匪，他们所带的提包里肯定是钱，完全可以装成普通乘客付钱坐车，为什么他们要这样急吼吼地暴露自己呢？

刘东越想越感到心惊，因为劫匪这样做只有两个原因：第一是他们做贼心虚，怀疑自己认出了他们，所以不肯换车；二呢，就是他们根本就没打算放司机回来，也不想让第二个司机知道他们的行踪，这样逃到外地后杀人灭口，就不会有任何人知道他们的去向了，所以才有恃无恐。如此说来，自己和女儿是凶多吉少了。

就在刘东心急如焚时，放在驾驶座中间杂物箱的手机响了。他心中一喜，刚要去抓，胖子却抢先把手机抓到手里，看了看屏幕上显示的"老婆"二字后，才递给刘东，并阴森森地说"给我好好接电话，什么也不许透露！聪明点，多想想你女儿吧！"

后座的瘦子伸出左手捂住圆圆的嘴，右手把枪举起来，顶在圆圆的太阳穴上。

刘东按下接听键，"喂——"了一声。

妻子问："你怎么才接电话啊？"

刘东扫了胖子一眼："刚才有车抢道。有事吗？"

妻子说："我下班回家了，你什么时候把圆圆送回来啊？"

刘东平静地说："我刚接了个大活儿，回去要晚一点，别担心。"

妻子在那边顿了一下，说："那你小心点啊，早点回来。"说完就挂了。

胖子松了口气，他见刘东要把手机放到兜里，立刻伸出手，说："少给我玩花样，把手机给我。"

刘东只得把手机放到他手里。

一个小时后，车驶到桃源镇。胖子却说："继续往前开。"

刘东为难地说："再开就到林州境内了，我不熟悉路况，你们还是另换车吧，我保证，绝不向任何人透露你们的行踪，就当我没见过你们。"

胖子眼里凶光一闪，盯着刘东，问："你一定认出我了吧？"

刘东急忙摇头否认："我怎么会认识你，我今天头一次见到你啊。"

胖子恶狠狠地哼了一声，说："不管你认不认识，反正你……"说到这里他话锋一转，"你要想活命，就给我乖乖地继续向前开，等出了省界就放你回去。"

从胖子的语气里，刘东已基本确

定：这两个家伙一定是潜逃的银行劫匪。从他的话里也可以听出，到达目的地后，他们是不可能放过自己和女儿的。现在的情况是：离目的地越近，自己和女儿就离死神越近。

这时刘东听到一阵阵抽泣声，这是女儿圆圆发出的。瘦子不断恐吓着女儿，说："你再哭就打死你爸爸，把你扔出去喂野狗。"

刘东转回头，愤怒地说："不要吓唬我女儿！"又安慰女儿，"圆圆，你别哭了，爸爸向你保证，咱们很快就能回家。"

圆圆吓得小小的身子缩成一团，她用小手捂住自己的嘴巴，不让自己哭出声来，可她那大大的泪眼里，布满了惊慌与恐惧。

刘东见了心如刀绞，暗暗为自己鼓劲：刘东啊刘东，你一定不能绝望，为了女儿，你要打起精神，一定得想出办法来！

3. 吃药

出租车在夜色中箭一般向前驶去。一个多小时后，小车来到林州市郊。向前穿过林州市，再行二十公里，就出省了。等出了省，劫匪随时可能对他们下手。

刘东心里清楚，林州，是他们父女脱身最后的机会。

此时，已是晚上十点。

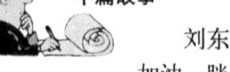

刘东提出要给车子加油。胖子看了一下油表，同意了，但他不忘警告："你最好不要耍花样，多说一句话，就要你女儿的命。"

汽车驶进加油站。加油工是个挺爱说话的小伙子，他加完油，收钱的时候，问刘东："师傅，没喝酒吧？"

刘东一怔，道："没有啊，怎么了？"

"没事，就是提醒你一下，今晚城里交警到处都在设卡。"

胖子一听设卡，顿时紧张起来，问道："设卡查什么呀？"

加油工说"查酒后驾车呗。我们这里最近抓酒驾都抓疯了。"

胖子试探地问："不查别的吧？"

"这次是酒驾专项治理，查到了就要扣人扣车，你们看——"他说着，

抬手指了指对面，那里的旅店停车场停着的几辆车，笑道："刚才好几位司机喝了酒，吓得不敢进城，都在这儿住下了。"

胖子说了声"谢谢"，便令刘东关好车窗，开车上路。

刘东心想，只要能住下，拖延一下时间，说不定可以找到机会脱身。于是，他试探地问胖子："到处是交警，要不，咱们也暂时住下吧？"

胖子似乎看出了他的意图，恶声问道："你喝酒了？"

刘东摇摇头："当然没有，不信你闻闻。"说着，对着胖子呼了一口气，说，"我是为你们着想，怕出意外。"

胖子哼了一声："你又没喝酒，咱们怕什么？赶快走！"

车子开出加油站，握在胖子手里的刘东的手机突然响了一声，来短信了。胖子打开短信看了一眼，没说话。刘东忙说："让我看一下是谁的短信，不回的话恐怕不好，对方反而会怀疑我出事了。"胖子这才说："是你老婆发的。"他说着举着手机给刘东看，短信很简单，只有一句话：别忘了吃药，最好是喝口服液。

"口服液？"刘东

念叨了一遍，心中猛地一动，然后他使劲抽了抽鼻子，又揉了揉，痛苦地说，"我最烦的就是吃药。我这几天感冒了，一直都没好。这女人啊，就是啰嗦，就怕我不吃药。"

胖子哼了声，未置可否。

刘东央求说："大哥，车里温度太低，太难受了，能不能打开车窗透透气？我就是因为感冒才不敢开空调的。"

胖子一口拒绝："不行，不能开窗。"

刘东无可奈何地叹口气说："那我还是吃点药吧。"说着，左手掌握方向盘，右手伸进杂物箱，掏了一阵，掏出一个塑料袋，解开。

胖子一直两眼不眨地盯着他，见塑料袋里面的确全是药物，也就没再阻拦。

刘东将车停下，从里面挑出三支口服液，打开一支，一口喝下，又将另外两支放在仪表盘上，说待会儿再喝。

胖子冷冷地看着他，嘴角露出一丝讥笑，很想说你都活不到天明了，死人还害怕感冒啊？当然，这话此时还不能说，他只是不耐烦地催促道："行了，别耽误时间了，赶快开车走吧。"

十分钟后，他们接近了进城必经的一个十字路口。果然，老远就看到，有三四位交警站在路中央，正在拦车检查。而且，是每车必查。

4.酒驾

胖子不放心，距离路口很远处就让刘东将车靠边停下，他要先观察观察。

没错，的确只是查酒后驾车。只见交警拦下车后，并不让司机下车，只是令司机从车窗探出头对着测试仪吹一口气，没有问题立即放行，发现酒驾的，才让司机下车处理。

胖子连续观察了十几辆车，见都是这样，就放下心来，对刘东说"好，我们过去吧。不过我还是要提醒你，你和你女儿的命都在我手里，你要是敢报警或者出什么花样，别怪我不客气。"

刘东唯唯诺诺道："我不敢。"

胖子又转回头，扬了扬手中的匕首，一脸凶相地威胁圆圆："还有你，小丫头，从现在起你就是哑巴，不许你说一句话。看见这把刀了吧，只要你说一句话，我立刻就用它杀了你爸爸！我问你，你听不听话？"

圆圆吓得紧闭双唇，惊恐地连连点头。

胖子又问："那会不会说话呢？"

圆圆摇摇头，吓得眼泪又流出来了。

胖子满意地说："这才是好孩子。"随即吩咐瘦子，"老二，给她擦干眼泪。你盯着她，到时候她要是敢

出声呼救，你就开枪打死她！"

刘东听了，忙从车门那一侧扭回头，对女儿说："圆圆，你千万要听叔叔的话，一定不要乱说话啊，爸爸向你保证，咱们没事的。"边说，边偷偷向女儿挤了挤眼睛。

圆圆看到后，懂事地对爸爸点了点头。

刘东轻轻呼出一口气，竭力让自己平静一下，这才把车开到了十字路口，然后停车，跟在前面的几辆车之后，排队等候检查。

在等候过程中，他连打了两个喷嚏，打完，苦笑道"这感冒真是烦人，看来还要吃药。"说着，随手拿起仪表

盘上的一支口服液，打开，一仰脖子，灌了下去。

三分钟后，就轮到他们了。

打开车窗之前，胖子低声警告："记住，别做傻事！"

后座的瘦子则将握枪的手放在他和圆圆之间的座位上，枪口指着圆圆，上面用衣服遮盖住。

刘东深吸一口气，打开了车窗。

交警走到车前，敬了个礼，说："您好，查酒驾，请您配合一下。"说完，将手里的测试仪举到车窗前，命令刘东，"请对着吹管吹一口气。"

刘东探出头，用嘴含住吹管，猛吹了一口气。

"嘀嘀嘀……"测试仪上的红灯立刻亮了，发出一连串的报警声。

交警又是一个敬礼，严厉地说："你涉嫌酒驾，请马上下车处理。"

刘东缩回头，无辜地对胖子说："不可能啊，我又没喝酒，灯怎么亮了？"

事出意外，胖子根本没想到会这样，一时有些手足无措，咬牙切齿地低声问刘东："妈的，是不是你搞的鬼？"

刘东委屈地说："不是我，你也看到了，我又没喝酒，根本不怪我啊。"

后座的瘦子慌乱地问："大哥，怎么办？动不动手？"

刘东听了，紧张得几乎窒息，幸亏胖子说，先等等。

外面的交警催促说："司机同志，别磨蹭了，赶快下车处理。"

只要和交警有单独接触的时候，就有机会报警，刘东心里暗暗欢喜，他装作不情愿的样子，正要打开车门下车，胖子却突然拉了他一把，说等一下。

随后，胖子抬起身子，从刘东身上探过去，满脸堆笑，对交警说："警察同志，我可以作证，这位司机师傅真的没喝酒，一定是你们的仪器出毛病了。"

交警笑道"这就奇怪了，怎么偏偏轮到他就出毛病？不信你吹一下试试。"说着，将测试仪伸到胖子的嘴边。

胖子含住吹管，吹了一口气，测试仪却毫无动静。胖子不服，缩回脑袋，吩咐刘东说："你再吹口试试。"

刘东只得又吹了一口，红灯顿时又亮了。

胖子傻了眼，刘东抱歉地看着他，说："这仪器也太灵敏了。可能是我中午喝了瓶啤酒解暑，可这么长时间了，怎么还起作用啊？"

胖子气急败坏，一时之间，他心中犹豫不决：是就此发难，还是随机应变看一下再说？

这时候，另一位交警来到胖子这一侧，敲开车窗，敬礼，彬彬有礼地说："乘客同志，这位出租车司机涉嫌酒后驾驶，是对你们乘客极大的不负责任。实在抱歉，他不能继续载你们了，请你们配合，下车另外搭乘出租车吧。这附近就有出租车，很方便的。"

胖子迟疑了片刻，还是侥幸心理占了上风，毕竟，不到万不得已，谁也不想前功尽弃、将自己逼上绝路的。最终还是无奈地点头同意了。

胖子恼怒地瞪了刘东一眼，警告他不要轻举妄动，然后回头冲瘦子一使眼色，大声吩咐道："老二，别愣着了，赶快领着你的女儿下车啊。"

瘦子一怔，很快明白过来，答应一声，握住圆圆的手："孩子，咱们下车吧。"

5.抢客

刘东见胖子同意下车，心里不由松了口气。没想到，狡猾的劫匪要带走圆圆。

女儿在他们手上，即使自己脱险，又有什么意义呢？刘东顿时急得火烧火燎。

但刘东又不敢说圆圆是自己的女儿，如果说了势必逼得劫匪狗急跳墙，可能会当场开枪发难。没办法，刘东只得眼睁睁地看着瘦子，右手抓起衣服，连手带枪，一起缠绕遮盖住，然后用左手紧紧拉着圆圆的手臂，将她拖下了车。下车后，他就将圆圆推到身前，挡住他持枪的手。

胖子眼睛一直盯紧刘东，等瘦子

下车后，这才抓起脚下的大提包，开门下车。下车前，他又恶狠狠地瞪了刘东一眼，那意思是：你女儿在我们手里，你放聪明点。

刘东明白，如果任劫匪带走女儿，后果不堪设想，情急之下，他伸手一把拽住胖子的提包："大哥，你们不能带我……"

胖子眼睛里露出凶光，打断他："你要干什么？"

刘东瞥了车外的交警一眼，把"女儿"二字咽回肚里，但他仍不肯松手，将目光落在车下的圆圆身上，面露哀求之色说："你们不能……你们还没给车费呢，我到哪里找你们啊？"

胖子明白他是想问怎么接他的女儿，低声说："你放心，只要你不乱说话，到时候一定会找到你女儿的。"说

完，一抖提包，甩开刘东的手，抬脚下了车。

刘东慌忙跳下车，还想追过去，不料，他刚一下车，一个交警立刻一把攥住他的胳膊，手上加劲，说："怎么，你还想跑啊？"

刘东转回头，挣扎着刚想解释，却发现那交警向自己挤了挤眼睛，低声说："不要冲动，别逼急了歹徒，你女儿不会有事的。"

刘东先是一惊，旋即又是一喜，刹那间，如同吃了定心丸：警察既然已经知道了内情，一定是来救自己的。他不再挣扎，眼看着两个劫匪挟持着女儿，向路边走去。

路边，一溜停了四五辆候客的出租车，那些司机看到有了客人，如同饿狼看到猎物，立马行动起来，争先恐后地迎上去，围住三人，七嘴八舌地揽客："你们去哪里？坐我的车吧。""坐我的吧，我的车好。""我的便宜。"……

这种出租车司机争抢乘客的场面，在刘东所在的东山小城倒也司空见惯，没想在林州这个地级市，司机们的素质还这么差。而身边这些交警对此竟视而不见。

胖子陷入重围，毫无办法，嘴里喊着："让开，快让开，我们不坐。"

可司机们根本没有放弃的意思，而且迫不及待，开始动手争抢起客人来：只见这一位殷勤地去接胖子手里的提包："大哥，坐我的车，来，我给你拿行李。"另一个见状，不肯相让，抱着胖子的另一只胳膊就往自己车上拽；瘦子那边也一样，有人抱着他的胳膊拖，也有人直接蹲下去要抱圆圆，嘴里还说着："小姑娘，跟你爸爸上我的车吧。"

等胖瘦两个劫匪意识到，事情有些诡异时，已经晚了。猛听到有人大喊一声："动手！"

此时，两个劫匪的胳膊都被几个司机或抱或拽，动弹不得，刹那间，没等两人反应过来，已经被按倒在地，双臂被反扭住，完全失去了反抗能力。

几个司机动作麻利，在毫秒之间，有的夺枪、搜身，有的则亮出明晃晃的手铐，干净利落地铐在了两个劫匪的手腕上。

6.收网

一位"司机"抱着圆圆向刘东走来，刘东抢上几步，接过女儿，紧紧搂在怀里。父女俩劫后余生，忍不住喜极而泣。

此时，两个劫匪被押向警车。经过刘东身边时，刘东忽然想起一事，忙对一个警察说："这两人可能是上个月在东山市抢劫运钞车的劫匪，他们有两个提包。"

警察忙喊人打开劫匪所带的那两个提包，只见提包里面满满当当，全是一摞摞的百元大钞。众人又惊又喜，击掌相庆。他们原以为只是抓获两个抢劫出租车的持枪歹徒，没想到竟然破获了一起大案，真是一箭双雕啊！

一个警察兴奋地对刘东说："师傅，看来你也是因祸得福，警方的悬赏是非你莫属了。"

胖劫匪咬牙切齿地对刘东说："是你报的警，对不对？你到底搞了什么鬼？"

刘东笑道"也可以这么说，我只是在接我妻子电话的时候，用暗语告诉她我出事了。"

胖劫匪气急败坏地说："你接电话的时候我在旁边听着，怎么没发觉？是什么暗语？"

刘东说"现在告诉你也无妨，我们开出租车的，许多人都跟家里人有暗语，像我，如果家里人打电话问我什么时候回去，正常的情况，我就会回答我现在在哪儿，大约几点回去。如果我说我接了个大活儿，你千万别担心，那就说明我遇到麻烦了，家里人就会及时报警。"

"那警察怎么会知道我们跑到了哪里？"

"这就更简单了。我的车上装有定位仪，警方很容易追踪到我所在的

位置的。"

胖劫匪实在忍不住好奇，疑惑地问："那刚才测酒驾的时候是怎么回事？为什么你没喝酒那玩意儿也响？"

刘东笑道："那是因为我喝了口服液啊。其实，那是藿香正气水。我接到妻子让我别忘了吃药喝口服液的短信后，想起妻子为我准备的常用药里面有藿香正气水。那水里面含有酒精成分，喝下它在十几分钟内会被测试仪测出来，容易被误认为是酒驾。当我知道有交警在查酒驾时，便猜到妻子可能是想让交警以酒驾为由扣留我，从而脱离你们。

不过，我也想不到，这里怎么会埋伏着这么多警察。"

旁边一个警察听了，插话道："是东山警方请我们协助抓捕的。他们说有劫匪劫持出租车向我市靠近，因为车上有孩子，千万不能强行抓捕。我们研究后，就定下这条计策，决定以查酒驾为名拦车，然后设法将劫匪骗下车，再实施抓捕。哈哈，不过，我们还真没想到刚才测试仪会响，你跟我们配合得这么圆满，丝毫没引起劫匪的怀疑，不然的话，把这两个狡猾的家伙骗下车还真有些困难呢。"

胖劫匪面如土灰，怨恨地对刘东说："本来就是看你带着女儿，才坐你的车，以为有你女儿在我们手里，你只能乖乖听话，万万不敢反抗的，没想到还是被你钻了空子。"

刘东打断他："你大错特错了，正因为我女儿遇到了危险，才激起我的斗志，这斗志逼迫我必须想办法救她、保护她！"

两个劫匪黯然地垂下脑袋，警察把他们押上了警车，伴着警笛声凯旋而归。

刘东抱起女儿，在她脸上亲了一口，说："好孩子，咱们这就回家，你妈妈一定等急了。"说着大步朝出租车走去。

圆圆纵声欢呼："回家了，我们要回家了！"

（题图、插图：杨宏富）

要回我的 *房子*

□丁昌春

有对小夫妻，男的叫唐聚，女的叫夏雯，他们有一家规模不小的儿童玩具厂。可能是因为劳累，夏雯怀孕三个月流产了，身体一直比较虚弱，唐聚心疼妻子，就让夏雯安心在家休息。

可是时间不长，夏雯就发现唐聚有外遇的迹象了，不到半年，待夏雯准备回厂工作的时候，却发现唐聚已将厂子卖掉，并毫不留情地向她提出了离婚的要求。原来丈夫爱上了会计柳丝丝。

那天，夏雯呜咽着坐到了天亮，也没见唐聚回来。上午时候，夏雯实在忍不住，就来到玩具厂，但找不见唐聚，也找不见柳丝丝。后来看大门

的工人对夏雯说："唐老板今天一早，开着车接走了柳丝丝，听说两个人开车去了九寨沟。"

听了这些话，夏雯气得忍不住破口大骂："唐聚，你这个混蛋，你去玩吧！早晚让车撞死你！"

到了晚上，夏雯拖着疲惫的双腿，刚刚回到家里，手机就响了起来"喂，你是唐聚的妻子夏雯吗？"夏雯很疑惑，因为已经很久没有人这样打电话了。

在确认了夏雯的身份后，对方说："你好，我是交通队的，你的丈夫在高速公路上出了车祸，当场死亡……"

后面的话夏雯听不清了，夏雯赶到了交警所说的医院，唐聚已经躺在太平间里，而柳丝丝只是受了轻伤躺在病床上。看着这一切，夏雯又恨又悔：恨的是丈夫有了外遇，和柳丝丝

外出游玩；悔的是自己一气之下诅咒他们让车撞死。

回到家，夏雯一件一件地整理着唐聚的遗物，突然在抽屉里发现了两份资料：一份是购买一幢别墅的合同和收据，一共是三百万元，落款时间是三个月前；另一份是卖掉厂房得款三百万元的合同和收据，落款时间也是三个月前。夏雯非常愤怒，这么大的事，自己竟然一点也不知道！

收拾完遗物，几天后，夏雯根据购房合同，找到了那处别墅，试着敲了一下门，有人打开了门，夏雯吃惊地发现，开门的竟是柳丝丝。看来，房子是丈夫买了送给情人柳丝丝的！夏雯刚要发作，不料，柳丝丝以主人的

身份先开口了："唐聚的去世令大家都很难过，不过欢迎你到我家来坐坐。"

夏雯平静了一下心情，问："这房子是唐聚花的钱，怎么会是你的家呢？"

"房子的确是唐聚花的钱，我所花的只是装修的钱，但唐聚把它送给我了。"

"我怎么不知道？你无权住在这里，请你出去！"夏雯不能接受这个事实，一想到自己与唐聚创业以来，全部资金和心血都花在厂里，她的心就在滴血。

柳丝丝显然早有准备，她拿出房产证，说："你知不知道我不管，这栋房子的房产证上的名字写的可是我柳丝丝。"

夏雯拿过来一看，是货真价实的房产证，的的确确写着柳丝丝的名字。

柳丝丝见夏雯一时开不了口，更加得意了："这是我的房子，你就是到法院去，法院也只认房产证！"

从别墅出来，夏雯感到非常的委屈和无助：丈夫没了，厂子卖了，丈夫还买了房子给婚外恋的女人。不行，不能就此算了，夏雯下定决心要讨回这栋房子，于是她把柳丝丝告上了法庭。

在法庭上，夏雯出示了唐聚抽屉里的资料，用来证明：唐聚是卖了玩

具厂，用这笔钱又购买了别墅，并且出示了自己别墅内和柳丝丝的谈话录音——夏雯偷偷地录了音，要求法院将房子判给自己。

而柳丝丝的律师也承认房子的购房款柳丝丝没出一分钱，但《合同法》185条有规定：赠与合同是赠与人将自己的财产无偿给予受赠人，受赠人表示接受赠予的合同。房子是由唐聚赠送给柳丝丝的，并且办理了房产证，合法有效，柳丝丝是房子的合法所有人。

由于事实非常清楚，证据确凿，很快法庭就做出了判决：唐聚将房子送给柳丝丝的赠予行为部分无效，房子归柳丝丝所有，但柳丝丝应当支付给夏雯一半购房款一百五十万元人民币。

法官的解释是：夫妻对共同所有的财产，有平等的处理权。

因唐聚用来购买房屋的钱，是在半年前付出的，很明显属于与夏雯的婚后财产，是唐聚、夏雯夫妻双方的

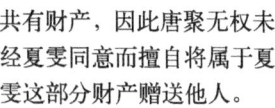

·解剖一个案例 明白一个道理·

共有财产，因此唐聚无权未经夏雯同意而擅自将属于夏雯这部分财产赠送他人。

律师点评：

这个故事涉及到了一个"部分无效民事行为"的法律问题。即唐聚如果要赠与他人财物，仅限于自己那部分，否则无效。由于他将夫妻共有的厂房擅自变卖，得到的三百万元全部用于购置别墅，无偿赠送给了柳丝丝，其行为显然侵犯了夏雯的权益。根据我国民法规定，民事行为部分无效，不影响其他部分的效力，其他部分仍然有效。唐聚生前所赠送的三百万元，有一半是他自己的财产，其行为仍然有效；而另一半则是夏雯的财产，其行为无效，故柳丝丝应当将属于夏雯部分的一百五十万元退还给夏雯。如果不能退还，则可通过变卖房产予以支付。

（题图、插图：安玉民 梁 丽）

·本刊信息传真·

法律知识故事征文

本刊推出的"法律知识故事"，通过发生在我们身边的、短小而具体、在法理上容易混淆的个案，生动、形象地宣传法律知识。为鼓励作者深入生活，写出高质量的法律知识故事，我刊决定面向全国征文，优秀作品除在《故事会》发表并参加评奖外，还将结集出书（具体评奖方法稍后公布）。

本次征文也欢迎读者和法律界人士提供相关素材、案例，一经录用，即付稿酬。

来稿方法：1. 从邮局寄发，请在信封上注明"法律知识故事"字样，本刊地址：上海市绍兴路74号《故事会》杂志社，邮编：200020。2. 从网上传递，可寄以下信箱：wulun@vip.sohu.net，请在主题上注明"法律知识故事"字样。凡已和我刊编辑有联系的作者，稿件可继续投给原编辑。

"三十六计"流传了千年，被人们广泛运用于战争和平常生活中，这里讲述一组"三十六计"的故事。

毕再遇巧妙撤军

宋朝开禧年间，宋将毕再遇和金军对垒，连连获胜。后来金兵又调集数万精锐，要与宋军决战。此时，宋军只有几千人马，必败无疑。毕再遇为了保存实力，准备暂时撤退。这时，金军已兵临城下，如果知道宋军撤退，肯定追杀，宋军损失一定惨重。就在毕再遇苦苦思索如何转移部队时，帐外传来马蹄声，他计上心来。

当天半夜时分，毕再遇下令兵士擂响战鼓。金军听见鼓响，以为宋军趁夜劫营，急忙集合部队，准备迎战。可奇怪的是：只听宋营战鼓隆隆，却不见一个宋兵出城。宋军连续不断地击鼓，搅得金兵整夜不得休息。金军的头领似有所悟：宋军采用疲兵之计，用战鼓搅得我们不得安宁。好吧，你擂你的鼓，我睡我的觉。宋营的鼓声连续响了两天两夜，金兵根本不予理会。到了第三天，金兵发现，宋营的鼓声逐渐微弱，金军首领断定宋军已经疲惫，便一声令下，金兵如潮水般冲进宋营，但他们惊讶地发现宋军已经全部撤离了。

原来毕再遇让兵士将数十只羊捆在树上，使倒悬的羊的前腿拼命蹬踢，又在羊腿下放了数十面鼓，鼓声自然不断，迷惑了敌军，宋军安全转移了。

（推荐者：吴乐晚）

关键词：金蝉脱壳

一纸合同搏未来

位姓李的老总迷上了一款韩国公司推荐的游戏，当他决定出资与这家韩国公司合作时，遭到自己后台投资公司的否决，但李总坚持自己的决定，为此，后台投资公司撤回了他们的股份。

此时，李总的公司只剩下五十万美金，只够勉强签下游戏的运营合同。

游戏合同签下后，李总需要很多台服务器，可他已山穷水尽，没钱去购买这些设备。他并没有退缩，而是拿着与韩国商家的"国际合同"，敲响了浪潮、戴尔等服务器厂商的大门。

当大家质疑这个空手而来的客户时，李总拿出这份"国际合同"，颇有气势地告诉他们："我们是要运行韩国人的游戏，我申请试用机器两个月。"服务器厂商拿着合同一看，合同的确是正规的，于是就同意了。凭着一纸"国际合同"的气势，李总拿到了价值数百万的服务器。但是即便如此，他还是缺乏宽带的支持。于是，李总又拿起了与浪潮、戴尔这些服务器厂家的合作协议来到了中国电信。

李总依旧是颇有气势地对中国电信的工作人员说："我们要运行韩国人的游戏，浪潮、戴尔都给我们提供服务器，我们需要很大的宽带运营游戏，请你们给我们提供免费的宽带试用。"中国电信的人一看，浪潮、戴尔都与他签订了免费试用服务器的合同，断定这个人有潜力可挖，于是也成全了他。

就这样，李总得到了完善的基础设备，游戏测试顺利运行，测试之后，受到了巨大的欢迎。两个月之后，他的游戏开始收费。又过了仅仅一个月，他的投资就已完全收回了！

（推荐者：张 宇）

关键词：借尸还魂

黄巢长安克敌

公元880年，黄巢率领起义军攻克唐朝都城长安。唐僖宗仓皇逃到四川成都，纠集残部，准备反攻。第二年，唐军部署已完成，便出兵向长安杀来。由于唐军准备周密，起义军接连受挫。

黄巢见形势危急，召众将商议对策。众将分析了敌众我寡的形势，认为不宜硬拼。黄巢当即决定：部队全部退出长安，往东开拔。

唐朝大军气势汹汹地杀进长安城内，这才发现黄巢的部队已全部撤走。唐军毫不费力地占领了长安，众将领欣喜若狂，纵容士兵抢劫百姓财物。士兵们在城里纪律松弛，成天三五成群骚扰百姓，长安城内一片混乱。

黄巢派人打听到城中情况，十分高兴地说："敌人已入瓮中。"当天半夜时分，黄巢急令部队迅速回师长安。此刻，唐军还沉浸在胜利的喜悦中，他们饮酒作乐，欢庆胜利。突然，神兵天降，起义军以迅雷不及掩耳之势，冲进长安城内，杀得毫无戒备的唐军尸横遍地。

黄巢的起义军又重新占据长安。

（推荐者：张 维）

关键词：关门捉贼

（本栏插图：安玉民 梁 丽）

是谁派来的

□ 曹景建

李大爷刚搬进新建成的楼房不到半个月，便碰到了件烦心事，原本白白光光的墙壁布满了开锁店的小广告，像盖戳一样把整个墙都快盖满了。李大爷找过物业多次，人家经理也说马上想办法解决，可就是没见动静，李大爷鼻子都气歪了。

周一上午，李大爷听见外面楼道

有动静，他透过猫眼向外一瞅，原来是个背着工具包的小伙子正上上下下打量着贴满广告的墙壁。李大爷心想，好么，又趁大家伙上班，到这儿来印小广告的。过会儿我就把你逮个现行，然后再送到物业去处理。

小伙子看了一会儿，从包里掏出刷子来，然后蹲下身去。李大爷这时才看见，原来地上还放着一个小桶，桶里装着和好的白色涂料。小伙子把刷子在桶里搅了两下，便向那些印着小广告的墙上刷去。

原来是粉刷墙壁的。李大爷不禁感叹起来，看来自己前段时间没有白跑，物业终于派人来了。

李大爷打开门，跟小伙子打了个招呼就喜滋滋地到物业公司去了。他一见经理，高兴地说："您派的人正在粉刷墙壁，这回我放心了。"

经理一惊："我没有派人去啊。"

李大爷心想，这是咋回事？于是他又去找正在干活的小伙子，打算弄清楚。到了楼道抬头一看，刷得的确不错，可是还有一个小广告没有刷掉，小伙子已经在收拾东西准备收工了。

李大爷指着那个小广告问："小伙子，好事做到底，怎么不刷得彻底点呢？"

小伙子笑了："那不行，我是开锁店老板花钱雇来的，他要求我把同类小广告都涂掉，只剩他们一家。"

圣诞快乐

□ 朱道能

圣诞夜，睡在公园长凳上的流浪汉杰克，推推还在酣睡的约翰，说："醒醒伙计！我们去吃圣诞大餐吧！"约翰揉揉惺忪的眼睛说"你在说梦话吧，你有钱吗？"

杰克笑嘻嘻地说道："我有一百美元，走。"

不一会，杰克把约翰带到一家五星级的大酒店，约翰吓了一跳"你疯了吗？我们只有一百美元呀！"杰克狡黠地一笑："跟我来吧。"

进了酒店后，杰克拿过菜单，手指点个不停。约翰急了，偷偷地去扯他的衣角。杰克毫不理会，又点了两瓶高档红葡萄酒。酒菜上桌，杰克举起酒杯说："约翰，圣诞快乐！"

可怜的约翰，虽然饥肠辘辘，可面对着满桌的美味佳肴，却不敢动刀叉。直到杰克再三保证"天塌下来我顶着"，他才狼吞虎咽起来。

两小时后，满面红光的杰克问："吃饱没有？"回答他的是约翰那一连串的打嗝声。于是，杰克把手一挥，对服务生说："把你们经理叫来！"

经理来了，不等他开口，杰克就一耸肩，一摊手，说："我身无分文，你看着办吧。"经理恼羞成怒，立刻报了警。

警察一到，杰克就指着脸色发白的约翰，说："一切都与他无关，我愿承担全部责任！"最后杰克被推进了警车。

约翰则失魂落魄地回到公园的长凳上，独自伤感。突然，他听到"哈罗"一声，杰克竟然笑嘻嘻地出现在他的面前。

约翰揉揉眼睛，惊叫一声："天啦，究竟是怎么回事？"杰克怪模怪样地一耸肩，一撇嘴"你怎么还不明白呢？我把那一百美元给了警察，而警察就给了我自由。"

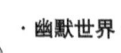

感谢的理由

□ 王燕燕

吉姆有一块谷地在威尔家的旁边。今年，吉姆的谷地喜获大丰收，特意扛了半袋新谷子去拜访威尔夫妇。

吉姆一见威尔夫妇就笑着说："嗨，威尔，我给你们送谷子来了！我谷地的产量比别人家的要多好几十磅呢。"

"这和我们有什么关系？"威尔

太太大声反问道。

吉姆认真地说："当然有关系啦，要是没有你们的帮助，我的谷物怎么能这么高产呢！"

听吉姆这么一说，威尔笑了："我想起来了，我经常在你家地里解手，这是肥料。"

威尔太太不甘落后，说"不！肯定是我经常把洗碗水泼到地里，起到了灌溉作用！"

"错，肯定是我解手后留下的肥料起了作用！"威尔盯着太太说道。

威尔太太斜了一眼丈夫，大声反驳："别恶心了，你那也算肥料？要我说还是我泼的废水让谷子生长！"

威尔也不示弱，高声喊："行了，你这个蠢妇人，你的那些脏水还不把谷子给废掉了！"

两人越吵越激烈，嗓门越提越高。

吉姆有点受不了了，往他们中间一站，说道："别吵了，这其实是你们共同的功劳！实话说了吧，就是因为你们夫妇之间常常为一点小事争吵才帮了我的大忙。"

"我们吵我们的，怎么还能帮你的谷子地助产？"

吉姆眼一瞪，说道："当然助产啊，你看远处地里放置了稻草人都吓不走偷吃的鸟儿，可这块地在你家门口，你们争吵的噪音就是最好的驱鸟声音啊……"

·幽默世界·

签 字

□ 王知强

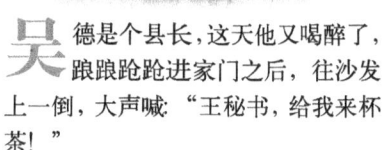

吴德是个县长，这天他又喝醉了，跟跟跄跄进家门之后，往沙发上一倒，大声喊："王秘书，给我来杯茶！"

老婆阿玉从里屋出来，知道他又喝多了。吴德醉酒有个特点，精神亢奋，谁都不认识。阿玉见怪不怪，倒上一杯茶，就转身回了卧房。

这时，上小学的儿子从自己房间出来，轻手轻脚走到吴德面前，叫道："爸爸。"

吴德呷了口茶，问："有事吗？"

儿子小心地将手里的试卷递给他，胆怯地说："您给签个字。"

吴德看都没看就随手放到一旁："放这里吧，等有结果再通知你。"

儿子见他不肯签字，立马检讨："爸，您就给我签了吧。我这次没考好，以后我一定会努力学习。"

吴德不耐烦地说："我一个人说了不算，要研究研究。"

儿子央求道"您别开玩笑了，不签明天老师不让上学了。"

吴德大手一挥，作出个送客的姿势，字正腔圆地说："行了行了，上面有政策，我们怎么能违反政策？"

吴德不再理睬他，拿起电话，号码也没拨，就对着话筒开始唾沫星子满天飞。

儿子只好跑到妈妈屋里求援，"妈，爸爸不给我签字，您去说说他吧。"

妈妈想了想，伸手拉开床头柜，拿出个挺厚的信封，交给儿子，说："去，你拿去交给你爸爸，再让他签字。"

儿子便拿着信封走到爸爸身边，把信封递上去，说："爸，您快给我签了吧。"

吴德抬起头："你这是什么意思？跟我来这套？下不为例啊！"

没等儿子回答，吴德已经接过信封，飞快地往兜里一塞，拿起笔，在卷子上写下"同意"二字。

（本栏插图：包丰一 顾子易）